물의
정거장

물의 정거장

전경린 소설

바다엔
젖은 가방들이
떠다닌다

꽃과 연애에 빠진 적이 있었다. 색깔은 흰색이었고 통꽃으로 꽃잎 모양은 백합과 비슷했다. 그리

고 촉감은, 굳이 말하자면 여자의 속살과 거의 같았다. 여자의 속살을 꽃잎처럼 그렇게 얇게 떠낸다면

말이다. 길고 투명한 꽃술들이 꽃잎 중앙에서 흔들렸고 그 꽃술들 가장자리에 은분홍색의 애교점들이

헤픈 여자의 웃음소리처럼 난만하게 흩어져 있던 꽃.

꽃과 연애에 빠진 적이 있었다. 마르코폴로라는 이름의 꽃이었다. 아마도 나리과의 꽃일 것이다. 색깔은 흰색이었고 통꽃으로 꽃잎 모양은 백합과 비슷했다. 그리고 촉감은, 굳이 말하자면 여자의 속살과 거의 같았다. 여자의 속살을 꽃잎처럼 그렇게 얇게 떠낸다면 말이다. 길고 투명한 꽃술들이 꽃잎 중앙에서 흔들렸고 그 꽃술들 가장자리에 은분홍색의 애교점들이 헤픈 여자의 웃음소리처럼 난만하게 흩어져 있던 꽃.

나는 매주 화요일에 단골 가게에 들러 늘 열세 송이의 마르코폴로를 샀다. 마르코폴로는 값비싼 꽃인데다 보통의 꽃집에서는 볼 수 없는 귀한 꽃이어서 어쩌다 단골집이 문을 닫은 날은 열 군데쯤의 꽃가게를 찾아헤매야 했다. 하루하루 꽃잎이 벌어지는 것을 보기 위해 처음엔 꼭 닫힌 꽃들을 고르곤 했다.

퇴근해 현관에 들어서면, 내가 오지 않아 하루 종일 애태우기라도 한 듯, 빈집을 꽃향기로 가득 채워놓고 일제히 문 쪽으로 얼굴을 돌리고 있다가 나와 눈을 맞추던 꽃. 아침에 눈을 뜨면, 내 잠 속의 꿈이 근심스럽다는 듯, 밤새 꽃잎을 조금 더 벌린 모습으로 일제히 나를 내려다보고 있던 꽃. 침대에서 빠져나오면 화병을 끌어안고 화장실로 갔고 볼일을 볼 동안 무릎 위에 올려놓았었다. 때론 너무 끌어안아 꽃잎이 이지러지기도 했지만. 세수할 땐 물론 세면기 곁에 두었고 아침식사를 준비할 땐 화병을 싱크대 위에 올려놓았으며 식사할 때는 의자를 바짝 당겨 곁에 앉히고 꽃들에게 말을 걸고 꽃들의 대답을 느끼며 수저질을 했다.

어느 화요일날 단골 가게의 주인은 더이상 마르코폴로는 오지 않는다고 말했다. 국내 판매가 신통치 않아 전량을 일본으로 수출하게 되었다는 것이다. 남쪽 지방의 어느 화훼단지에 가면 볼 수는 있을 거라고 했다. 한동안은 단념하지 못하고 낯선 꽃집들을 기웃거리기도 했고 휴가를 받으면 남쪽 지방의 화훼단지를 찾겠다는 계획도 세웠다. 하지만 막상 휴가 때는 번번이 다른 일이 생겼고 그후로 다시는 마르코폴로를 볼 수 없었다. 그렇게 해서 꼬박 일 년 동안 계속된 연애는 끝이 났고 시간은 마구 흘러갔고 어느 사이 나는 예전처럼 향기도 없고 시선도 없는 빈집에 익숙해졌다.

그후로 이 년이 흘러갔다. 아무것도 사랑하지 않은 이 년이었다.

간혹 선을 보았고 화요일과 목요일엔 수영을 했고 일요일에는 조깅을 하고 대청소를 했다. 다른 독신자들과 달리 나에겐 근본적인 우울증 같은 건 없다. 대체로 나는 평화롭고 건전하고 부지런하다. 나는 나 자신의 본질에 대해 회의하지 않고 내가 선택한 것들이 가져온 결과에 대해 후회하지도 않는다. 알코올 중독 증세도 없고, 밤마다 여자를 찾아헤매는 나방병도 없으며 마약도 하지 않고 도박에도 빠지지 않았다. 빚도 지지 않았고 위염이나 위궤양도 앓지 않았고 성병도 걸리지 않았다. 저녁식사는 시간에 맞추어 집에서 직접 해먹고 친구는 금요일에만 만나고 집 안과 목욕탕과 차 안은 똑같이 잘 청소되어 있었다.

물론 청결한 생활이 저절로 되는 것은 아니다. 집 안에 들어서면 나는 늘 깨끗한 걸레를 곁에 두고 바닥에 실오라기 하나나 얼룩 한 점도 보이는 대로 닦고 목욕탕 거울에 비누나 치약 거품이 튄 것이 보이면 즉시 닦아내며 음식을 꺼내거나 넣을 때도 한 손엔 행주를 들고 냉장고 속을 닦는다.

하지만 이렇게 꼼꼼한 낙천주의자인 나로서도 매달 찾아오는 이십오 퍼센트의 고통은 어쩔 수가 없다. 마치 여자들이 생리하는 것처럼 어김없이 찾아드는 고통. 그것은 칠십오 퍼센트에 비해 관대할 정도로 짧지만 그러나 내 생활 전체를 압도하는 고통이어서 심도로 따지면 칠십오 퍼센트와 거의 맞먹는다. 앞에서도 말했듯이 나는 낙천주의자이다. 나는 열 가지 중 한 가지만 좋아도 아홉 가지 고통을 괘념치 않고 한 가지만을 선택적으로 즐긴다. 고통에 대해 괘념치 않으면 최소한 감정적이 되지는 않았다. 단지 불편할 뿐이다. 삶을 점점 건조하게 만들어가는 것. 건조하면 적어도 자멸하진 않으니까. 이런 작전으로 이십오 퍼센트의 압도적인 고통을 조금씩 줄여간다. 이십사 퍼센트로 이십삼 퍼센트로 이십이 퍼센트로 말이다. 그러나 여자가 없는 건 상상 이상으로 괴로운 일이다.

배출 욕구를 못 이겨 자위행위를 하는 짓은 한 해 한 해 나이 들수록 스스로에게 민망하기 짝이 없다. 여자들이란 왜 없을 때는 한 명도 없고 있기 시작하면 한꺼번에 줄을 지어 오는 건가…… 내가 아직 독신인 이유에는 이런 시스템적 장애도 있었다. 없을 때는 없기 때문에 결정할 수 없고 여럿일 때는 여럿이기 때문에 결정할 수가 없는 것이다.

주위에서 여자를 소개해주지 않은 건 아니었다. 그들은 한시바삐 나를 제도권 안으로 넣기 위해 애써왔다. 친구들은 내가 결혼해 가족동반 주말여행계에도 들고 수요부부친목회에도 들고 부부등산회에도 들기를 간절히 바란다. 함께 여름휴가와 크리스마스를 보내고 자녀 교육 문제에 대해서도 의논하게 될 날을 고대하고 있다. 가족들은 어서 내가 짝을 지어 명절에 사람 구실 하게 되기를 염원한다. 회사 사장도 내가 아내를 얻어야 더 신뢰할 수 있다고 말하고 아파트의 맞은편 집에 사는 아주머니도 앞집에 당연히 들어와야 할 말 친구가 비어 있으니 재수 없어한다.

이번주에도 선이 한 건 들어와 있다. 상대편은 내 친구 박의 친구인 조의 처제의 친구라고 한다. 내가 선을 보는 날은 언제나 금요일이다. 오늘은 목요일. 이젠 선을 본다고 해서 머리를 자르거나 새로운 색깔의 셔츠를 사입거나 향수를 뿌리지는 않는다.

퇴근길에 공항에 들렀다. 나의 오늘밤 계획은 집에서 저녁을 먹고 축구경기를 보는 것이었는데, 공항에서 일하는 여자에게서 전화가 왔다. 여자는 자기도 축구를 보겠다며 데리러 와달라고 했다. 나는 여자가 공항에서 어떤 일을 한다고 했는지 까맣게 잊어버렸다. 항공회사의 유니폼을 입고 창구에서 티켓 발매하는 일을 하는지도 모른다. 아니면 검역일을 할 수도 있고 세관일 혹은 그 외 출입국 업무를 할 수도 있다. 혹은 간이매점에서 샌드위치를 파는 웨이트리스거나 선물가게의 점원인지도 모르겠다. 많은 여자들이 나에게로 왔다가 사라져갔는데 어떤 여자는 갑자기 다시 연락을 하기도 한다. 이 여자도 그런 여자이다. 내가 도착했을 때 여자는 국제선 청사 앞에 나와 있었다.

내가 밥을 하고 미역국을 끓이고 감자 껍질을 벗겨 고기와 볶는 동안 공항 여자는 식탁에 앉아 지나간 잡지를 본다.

"아, 이건 겨울바다예요. 난 겨울바다에 한 번도 가본 적이 없어요."

서른한 살인 공항 여자는 반찬도 만들 줄 모르고 온천에 가본 적도 없고 섹스를 해본 적도 없다고 한다. 어쩌면 첫키스도. 겨울바다에 가본 적이 없다니 그녀는 정말 순결한 처녀인 것 같다. 난 낡아빠지고 질긴 순결에는 관심이 없다. 부담스럽기도 하고 청승맞기도 하고 좀 역겹기도 하다. 아직 순결한 여자는 서른한 살이 되도록 무엇을 했을까……

"꼭 보통의 여자애들처럼 살았어요. 그애들처럼 학교를 갔고 직장에 다녔죠. 표면적으로는 나도 영화를 보러 갔고 간혹 미팅도 했고 계절이 바뀌면 옷을 사러 다니기도 했고 조금도 지지 않고 수다도 떨었어요. 그런데 다른 애들은 언제 그런 일을 하는지 모르겠어요. 그런 일은 아무도 보지 않는 곳에서 비밀스럽게 이루어지거든요."

"반찬 만드는 것도?"

"물론이죠. 난 친구들이 반찬 만드는 걸 본 적이 없는걸요. 그애들은 결혼을 하고 집들이 같은 것을 할 때면 갑자기 음식들을 상 위에 펼쳐놓고 짠, 하며 모두 자신이 만들었다고 선포하죠…… 그런데 사람들은 왜 겨울바다에 가죠?"

"……가방을 버리려고 가지."

여자는 어이없는 농담이라는 듯 깔깔 웃었다.

"가방을요?"

"일반적으로 이삼 년마다 한 번꼴로는 갈걸. 그게 아니면 이삼십 년에 한 번꼴인가…… 어쨌든 살다보면 버려야 할 가방이란 게 생기게 마련이거든."

여자는 약간 심각한 표정으로 고개를 갸우뚱했다.

저녁을 먹고 여자에게 설거지를 시켰다. 그래야 공평하니까. 나는 식탁에 앉아 지나간 잡지를 본다. 겨울바다도 본다. 겨울바다 따위는 이십대의 몇 년 동안 거의 해마다 갔었다. 불을 먹은 사내처럼 펄펄 뛰어오르는 친구놈들과 그리고 그렇고 그런 여자애와의 최초의 밤들과 마지막 밤들을 위해…… 그리고 더 나이가 들어서도 가게 되는 수가 있다. 소용없는 기억들로 가득 찬 낡은 가방을 버리기 위해…… 설거지조차 서툰 여자는 결국 유리접시 하나를 깨고 만다. 축구경기를 보는 동안 여자는 거실 구석자리에 박혀 배 한 조각을 오래오래 씹으며 말 한마디 없이 앉아 있다. 나 역시 뭐라고 할 말이 떠오르지 않는다. 역시 코드가 맞지 않는 여자다. 나는 아직 내가 독신인 것에 안도감을 느낀다. 나는 축구경기가 끝나자마자 서둘러 여자를 집까지 태워다준다.

내 나이는 서른아홉. 작은 광고회사에 나가고 있다. 한때는 큰 광고회사에서 감각적인 카피라이터로 이름을 날리기도 했지만 독립했다가 IMF를 만나 겨우 일 년 만에 얼마 안 되는 재산을 날리고 선배가 경영하는 작은 회사로 다시 기어들었다. 남은 거라곤 전세 든 24평 아파트와 아직 할부가 다 끝나지 않은 자동차가 있을 뿐이다.

카피에 대한 나의 태도도 그사이에 많이 달라졌다. 이젠 공연히 제품의 구매 의욕을 자극하는 경쟁적이고 공격적이고 과대포장적인 카피가 아니라 제품을 가장 쉽고 간단하게 설명하는 성실한 카피가 최고의 카피라고 생각한다. 요즘은 한 중소기업의 등산화 매뉴얼을 제작하고 있다. 재질에서부터 인체공학까지…… 마치 고급 물리화학 문제를 푸는 것 같다.

퇴근을 하고 곧장 약속장소인 이층 커피숍으로 갔다. 몇 번 선을 본 적이 있는 장소이다. 마치 호텔 룸처럼 개인적인 취향과 감상이 제거된 곳이어서 이런 일을 하기에 적합하다. 수없이 무산된다 해도 각자의 기억 속에 실패의 미미한 자국조차 남기지 않을 곳.

여자는 피부가 가무스름하고 체구가 조그맣다. 얼굴빛이 약간 추워 보이고 고개를 숙이고 앉은 자세가 숨기는 것이 있는 듯 비밀스러워 보인다. 작은 은행의 전산과에 육 년 동안 다니고 있고 나이는 서른 살, 이름은 화련이라는 여자이다. 나는 다가가 인사를 하고 앉으면서 첫인상이 별로라고 생각한다.

"광고일을 하신다고요? 재미있으세요?"

인사를 나누자마자 여자가 냉큼 물었다. 낮고 까끌거리는 음성, 위벽을 훑는 듯 자극적이었다.

"뭐 요즘은 싸다는 것이 가장 좋은 카피죠. 기교를 부릴 게 없으니 전만큼 재미는 없어요. 하지만 재미없는 카피의 묘미를 느끼는 중이죠. 할 만해요. 은행에서 전산일을 하신다고 들었습니다. 그 일은 지루하진 않나요?"

"지루해요."

여자는 탄력 있게 받아넘기고는 나를 물끄러미 쳐다보았다. 눈빛이 막막하고 언뜻 퇴폐적인 느낌까지 주었다. 나는 양해를 구하고 담배를 피워물었다.

"결혼하면 직장은 계속 다니실 건가요?"

"어느 쪽을 원하세요? 결혼하면 아내가 집에 있기를 원하는 쪽인 가요?"

여자는 '맞벌이 부부와 여성의 지위' 같은 제목의 앙케트 조사원 처럼 객관적인 표정을 짓고 약간 지친 태도로 대답해줄 것을 요구했다. 갑자기 건조하고 깔끄러운 음색이 매력적으로 느껴졌다. 나의 돌연한 심적 변화 때문에 당혹스러웠다. 뭔가 여자의 마음에 드는 쪽의 대답을 하고 싶어졌다.

"아닙니다. 적어도 당분간은……"

나로서는 깊이 생각해본 바도 없고 꼭 이래야 한다고 정한 바도 없었지만 적어도 아이도 없는 신혼엔 직장이 있는 아내가 더 나을 것 같았다. 꽃도 아닌 누군가가 하루 종일 집에서 나를 기다리는 생활은 답답할 것 같다. 그리고 여자는 하루 종일 집에서 남자나 기다릴 여자로 보이지도 않는다. 서른 살이 되도록 일을 해온 여자가 아닌가. 그리고 경제적인 형편도 지금으로서는 한 여자를 집에 가두어놓고 만족시킬 수 있을 만큼 넉넉하지 않다.

대답을 머뭇거리며 담뱃불을 비벼끄고 문득 고개를 치켜들다가 두 개의 테이블 너머 대각선 쪽에 혼자 앉아 있는 남자와 눈이 마주쳤다. 유난히 새하얀 셔츠를 입고 최신 유행의 질감이 거친 무채색 넥타이를 매고 푸른빛이 도는 양복을 입은 남자였다. 약간 곱슬머리에 역삼각형의 얼굴, 쌍꺼풀이 없는 좁다란 눈과 언제든지 표정을 바꿀 만반의 준비가 되어 있는 얄팍한 입술. 전형적인 중간 간부의 야비한 자신감과 이유 없는 대담성과 구질구질한 변명의 표정이 정확히 삼분의 일씩 나뉘어 있는 얼굴이다. 왠지 나는 깜짝 놀란다. 나의 놀란 눈과 마주친 남자는 천천히 손을 놀려 테이블 위의 담뱃

갑과 라이터를 주머니에 넣고 일어서서 계산대로 나갔다.

"가족이 다들 지방에 내려가 있다고요? 그럼 여기선 혼자 살고 있나요?"

"네. 가끔 가족들이 다녀가기도 하지만 대체로는……"

아버지 직장 문제로 부모님이 지방에 내려가 있고 언니들은 결혼을 했으며 남동생과 여자만 서울집에 사는데 남동생도 곧 결혼을 하게 된다고 들은 바가 있었다.

"저는 형님 한 분, 누님 세 분이 있어요. 다들 나이가 많아요. 부모님은 좀 일찍 돌아가셨습니다. 부모님이 안 계시다보니 결혼하라고 서두르는 사람도 없었고…… 결혼이라는 게 발벗고 나서서 시키려는 사람이 없으면 심지어 사람이 있어도 잘 안 되더군요. 화련씨도 혼기를 많이 놓친 셈인데 부모님이 결혼하라고 종용하지 않나요?"

여자는 곁에 놓인 백의 끈을 꼭 쥐면서 혼잣말처럼 중얼거렸다.

"……그래서 이렇게 나와 앉아 있잖아요."

"독신주의자세요?"

이번엔 여자가 대답하지 않았다. 여자는 자리가 불편한지 금세라도 일어설 것처럼 백의 줄을 쥐고 있었다. 여자의 불안정한 태도로 인해 말이 끊어진 채로 잠시 머뭇거리다가 내가 일어서며 말했다.

"저녁을 먹을 만한 곳으로 자리를 옮기죠."

"아뇨. 저 오늘은, 사실은 다른 일이 좀 있어요. 오늘은 안 돼요. 지금 가봐야 해요."

여자는 발딱 몸을 일으켰다. 만난 지 삼십 분도 채 지나지 않은 시간이었다.

여자는 나의 대답도 듣지 않은 채 벌써 나가고 있어서 나도 따라

나갔다. 찻값을 지불하는 사이 여자는 벌써 문을 밀고 계단을 내려 갔다.

"기다려요. 내가 차를 태워줄게요."

잔돈을 지갑에 넣고 뒤따라 계단을 뛰어내려갔다. 거리에는 행인 도 거의 없이 한산했다. 그런데 어디에도 재색 스커트를 입고 긴 머 리카락을 내린 여자의 모습은 없었다. 그토록 짧은 시간에 감쪽같 이 사라져버린 것이다. 다른 건물로 들어가버린 것인가? 나는 영문 을 알 수 없는 얼굴로 거리에 우두커니 서 있었다.

다음날 뜻밖의 전화가 왔다. 화련이었다.

"어젠, 미안했어요. 급한 일이 있었어요. 오늘 다시 봐도 될까요?"

침울하고 단정하고 여전히 깔끄러운 음성이었다. 그 음성을 듣고 있으니 이 변덕스럽고 불안정한 여자와 깊이 연루되겠구나 하는 생 각이 들었다.

"좋아요. 그런데 오늘도 삼십 분인가요?"

"……우리 저녁 먹어요. 맛있고 편안한 집에서 천천히요."

그녀는 천천히를 강조하면서 마치 잘 아는 사이처럼 다정하게 말 했다.

그날 화련은 저녁을 먹은 후 나의 아파트로 차를 마시러 왔다. 저 녁을 먹으면서, 괜찮은 여자라는 생각이 들었다. 키가 작기는 하 지만 피부가 탄력 있어 보이고 성격이 직설적일 것 같아 느낌이 좋았 다. 전날과 달리 아주 짧은 스커트를 입었는데 키에 비해 다리가 길 고 매끈했다. 한쪽 눈을 찡그리고 윗입술을 뒤집으며 웃는 모양이 약간 헤퍼 보이기는 했지만 타고난 천성일 수도 있다. 그리고 직장 도 괜찮았다.

한적한 뒷거리가 내려다보이는 베란다 창 밖에는 가을비가 내리기 시작했고 나는 갱스부르의 CD를 선택했다. 담배연기가 자욱하게 밴 편안하고 퇴폐적이고 감각적이고 허무한 음악 속에서 우리는 당연한 것처럼 섹스를 시작했다. 놀라운 섹스였다…… 특별히 건강하고 촉촉하고 예민한 질감을 가진 여자라는 점만으로는 부족한 무엇이 있었다. 세번째로 섹스를 한 뒤 나는 거의 가사상태의 행복감 속에서 불현듯 화련에게 현재진행중인 남자가 있을 수 있다는 생각이 들었다. 그렇지 않고는 그런 기교와 자연스러움과 민감한 포용력을 갖기란 불가능한 일이다.

새벽 두시에 화련은 냉장고를 뒤져 미역과 오이와 양파만으로 새콤하고 칼로리도 없는 냉채를 만들어냈다. 포도주를 한 잔 마신 뒤 화련은 집으로 돌아가겠다고 했다. 그대로 편안하게 잠을 자고 바로 출근을 하라고 말렸지만 막무가내였다. 하는 수 없이 오십 분이나 걸려 화련을 데려다주었다.

화련의 집은 주홍색 기와지붕과 미색 벽을 가진 똑같은 모양의 집들이 서른 채쯤 모여 있는 연립주택 구역 내의 한 집이었다. 화련은 열쇠로 문을 딴 뒤 뒤돌아보고 짧게 손을 흔들고는 재빨리 들어가버렸다. 문이 잠기자 화련의 집은 옆집과 앞집과 뒷집과 똑같아졌다. 철책 담장 사이로 보이는 아직 꽃이 피어 있는 가을장미들과 물들기 시작한 은행나무들까지도. 다음에 찾으려 해도 절대로 알수 없을 것 같았다.

세번째 화련을 바래다주고 돌아오던 날 나는 의심과 불안과 흥분이 뒤섞인 곤혹한 심정으로 화련과의 결혼에 대해 생각해보았다. 나는 이제 한결같고 따스하고 잔잔한 풍경화 같은 결혼을 꿈꾼다.

세월만 흘러갈 뿐 더이상 변화하지는 않을 그런 생. 모험도 없고 혼란도 없고 걱정도 없고 실패도 없고 갈등도 없고 이별도 없는, 나머지 인생은 정말 그러기를 바란다. 한 여자가 오직 나만을 알고 나도 오직 한 여자만을 사랑하는 진짜 결혼.

하지만 화련은 약간 수상쩍은 여자이다. 화련 같은 여자는 이미 섹스의 카타르시스를 아는 여자이고 한 남자만으론 만족하지 않을 것만 같다. 결혼하기엔 오히려 공항 여자가 더 안전할지 모른다. 결혼이란 어차피 지리멸렬하게 계속되는 생활이고, 살다보면 결국 요리도 섹스도 겨울바다에 떠다니는 가방들도 알게 될 테니까. 그러나 공항 여자와 평생을 살아야 한다고 생각하면 그건 치명적인 결함이 있는 풍경이 될 것 같다. 크리스마스 카드 그림에 흰 눈이 없는 것처럼, 마을의 저녁 그림에 연기가 피어오르지 않는 것처럼, 바다의 새벽 그림에 안개가 없는 것처럼. 그러나 화련은 반대로 온 세상으로부터 고립시킬 흰 눈이고 눈을 못 뜰 만큼 매운 연기이고 생을 온통 축축하게 휘감을 안개 같은 여자이다. 그녀에겐 크리스마스나 마을의 저녁이나 새벽바다 같은 배경 따윈 기대할 수 없을지도 모른다.

늘 그렇듯이 한 남자의 세상엔 꼭 두 가지 타입의 여자만이 존재한다. 공항 여자들이나 화련들. 내 욕망은 결혼에 대한 설계를 대폭 수정하며, 어차피 한 여자하고만 살아야 한다면 좀 위험하더라도 화련 쪽을 선택하고 싶어한다. 화련이라면 꼭 끌어안고 아주 깊은 물 속이라도 숨도 쉬지 않고 견딜 수 있을 것 같다.

화련을 만난 지 일 주일이 지나 다시 금요일이었다. 우리는 그 주를 온통 함께 보냈다. 나는 화련을 만나기 위해 약속장소로 가던 중에 줄을 이어 선 화원 거리에서 갑자기 차를 갓길로 빼내고 멈추었다. 그리고 한 화원으로 불쑥 들어가 마르코폴로가 있는지 물었다. 주인은 그런 꽃 모른다며 고개를 저었다. 나는 그 다음 집에도 들어가보았고 그 다음 집에도 들어가서 물었다. 마르코폴로 있나요? 네 번째 화원에 들어서서 분갈이를 하는 화원 주인의 넓적한 등을 보았을 때, 나는 커다란 넝쿨잎들이 새파랗게 자라나는 퀴퀴하고 축축한 습기 속에서 깨달았다. 아, 내가 사랑에 빠졌구나. 나는 화련과 꼭 결혼하고 싶었다. 어려운 장애가 있더라도. 설혹 그녀에게 다른 남자가 있더라도…… 서른이나 된 여자에게 남자가 전혀 없었기를 바라는 건 무리가 아닌가.

　물론 현재진행중인 관계는 문제이다. 그 남자는 누구이며 얼마동안이나 계속된 관계이고 또 지금은 어느 정도의 거리에 있을까? 그녀가 선을 본 건 결혼하려는 뜻이 있다는 의미일 것이다. 그녀는 결혼을 계기로 그와의 관계를 청산하려는 결의를 갖고 있을까? 나는 그 남자를 이길 수 있을까? 혹시라도 화련이 나와 결혼한 후에 다시 그 남자와 관계를 가질 위험성은 몇 퍼센트 정도일까…… 어쩌면 그런 남자 따윈 없을 수도 있다. 적어도 현재로는.

　다시 차에 탔을 때 화련에게서 전화가 왔다.

　"미스가 났어요. 오늘 늦을 것 같아요."

　"얼마나?"

　"알 수가 없어요. 미스가 난 지점을 찾기 전엔 퇴근 못 해요. 돈이 많이 비어요. 밤을 꼬박 새울지도 몰라요."

　"맙소사……"

　"늘 이런걸요. 퇴근시간이 따로 없어요."

　"하여튼 일이 끝나면 전화해요. 집까지 태워줄 테니."

"아뇨, 기다리지 마세요."

"그러면 차도 끊긴 시간에 어떻게 집에 간다는 거요?"

"타고 갈 차가 있으니 걱정 마세요."

"무슨, 누구 차를? 직장 동료요?"

나도 모르게 허둥대고 있었다. 그녀 쪽은 전화기에서 사라진 것처럼 조용했다. 은행 전산실 일이란 늘 그 모양일 것이었다. 오류가 생기거나 돈에 차질이 생기면 한없이 늦어지고…… 함께 일하는 전산실 동료는 몇 명이나 될까? 셋일 수도 있고 넷일 수도 있지만 단 둘뿐일 수도 있다.

"내가 지금 은행 앞으로 가겠소. 어차피 저녁식사 타임 아니오?"

"안 돼요. 이미 배달을 시켰어요. 나갈 틈이 없어요."

화련의 음성이 마치 처음 본 날처럼 낮고 깔끄럽고 차가웠다. 너무 낯선 어투여서 딱딱하고 투명한 유리문에 얼굴을 박는 느낌이었다.

"대체 누구 차를 타고 갈 거요?"

나는 벌컥 화를 내며 물었다. 화련은 조금 망설이더니 짜증스럽게 대답했다.

"부장님 차예요. 우린 카풀 동료예요. 우리 동넨 교통이 불편해서…… 부장님 집은 우리집과 같은 방향이에요. 출퇴근을 함께 하죠."

"……"

부장이라는 작자에 대해 상상이 되지 않았다. 후덕하고 풍채 좋은 오십대 남자? 키 작고 허풍쟁이이고 간신 같은 사십대 남자? 멸치같이 마르고 신경질적이고 까탈스러운 삼십대 남자? 어쨌든 직장 동료를 불순하게 상상했으니 미안해졌다.

"짜증내서 미안해요."

"전화 끊을게요."

화련은 냉정하게 전화를 끊어버렸다.

화련을 본 형님과 누나들의 평은 그다지 좋지 않았다. 큰누나는 대뜸 너무 빈티 나 보이는 얼굴이다, 라고 했다. 작은누나들도 맞장구를 쳤다. 가무스름한데다 스타일이 꼭 식당에서 노래를 파는 필리핀 여자 같다는 것이었다. 누나들은 입을 모아 노처녀라 그런지 근심이 있는 얼굴이라며 도덕성이 없어 보인다고 낮게 수군댔다. 그날 가족과 첫상면하는 데 화련이 너무 짧은 치마를 입고 나온 탓도 있었다. 형님도 아무 말 하진 않았지만 내켜하지 않는 얼굴이었다. 형님은 극히 상식적인 선 안에서 사는 사람이었다. 그러나 가족들 모두 서른아홉인 내가 마흔이 되기 직전에 여자를 가족에게 선보였다는 점에서 기본적으로 감동하고 있었기 때문에 더이상 감정적인 내색을 하지는 않았다. 하지만 가족들이 준 점수는 40점이 채 못 돼 보였다.

그에 비해 화련의 가족이 나에게 보여준 반응은 뜻밖이었다. 과묵한 타입일 것 같은 화련의 아버지는 거의 미안해하는 표정을 지었고 어머니는 나의 손을 잡고 딸을 잘 부탁한다면서 애원하는 분위기였으며 남동생과 언니들은 경의를 표하는 가운데 뭔가 숙연한 눈빛이었다. 불치의 병에 걸린 처녀나 탑에 갇혀 잠든 처녀를 구해주는 것 같은 어리둥절한 기분이었다.

양쪽 가족들의 전폭적인 지지에 힘입어 우리는 만난 지 이 주 만에 약혼을 했다. 결혼식 날짜도 이 주일 뒤로 정했다. 그다지 준비할 것도 없어 보였다. 나의 아파트에 화련이 들어오기만 하면 될 정도니까. 화련이 결혼하고 나면 곧장 남동생도 결혼해 그 집에서 살림을 차리게 될 모양이었다.

약혼한 다음날 나는 화련에 대해 그 동안 느껴온 문제점들을 몇 가지 이야기하기로 했다.

"카풀, 그거 이제 하지 말아요. 아무리 늦게 마쳐도 내가 집까지 태워다줄게."

"아침에는요?"

화련이 갑자기 눈썹을 곤두세우고 노려보듯이 두 눈을 똑바로 떴다.

"아침엔, 버스를 타요."

"안 돼요. 지각하게 돼요."

"조금만 더 일찍 나오면 되잖아요."

"못 해요."

"아무리 직장 동료라지만 약혼까지 한 여자가 늦은 밤에 남자와 함께 차를 타는 건 이상하지 않아요?"

"뭐가 이상하다고 그래요? 부모님 승낙하에 오 년째 계속 카풀을 하고 있는데."

나는 좀 놀랐다. 오 년이라니.

"그러면 언제까지 계속하겠다는 거요? 결혼해서도?"

화련은 조금 당황하는 듯하더니 말머리를 돌렸다.

"그런 건 중요한 게 아니죠. 전…… 제가 살던 집 가까이서 신혼 생활을 하고 싶어요."

"이사를 하자는 거요? 집이라고 해도 부모님도 안 계시는데 무슨 의미가 있다고 그래요?"

"……제겐, 익숙한 곳이니까요."

"진담이오?"

"진담이에요."

24

나는 어이가 없다는 얼굴로 화련을 쳐다보았다.

"내가 이사를 못 한다면?"

화련은 대답하지 않고 창가로 고개를 돌렸다. 금세라도 그 동안의 진행을 무산시키고 낯모르는 사이로 돌아가겠다는 듯한 묘한 결의와 비밀스러운 오만이 엿보이는 무례한 얼굴이었다. 문득 카풀제를 한다는 부장이란 작자가 의심스러워졌다. 오 년 동안이나 함께했다니……

"설마, 결혼한 뒤에도 부장이라는 사람 차를 타고 출퇴근을 하겠다는 말은 아니겠지?"

"왜, 안 돼요?"

속눈썹을 파르르 떨며 흥분한 건 오히려 그녀였고 나는 울음이라도 터뜨릴 것 같은 얼굴이 되었다.

"그렇게 어렵게 출퇴근을 해야 한다면 차라리 직장을 그만두어요."

"왜 이렇게 간섭이 심해요? 그건 나의 일이에요."

자리에서 벌떡 일어선 건 그녀였다. 나는 길거리에서 화가 나서 걷고 있는 화련을 붙잡아 간신히 집으로 데리고 갔다.

그날 밤 화련은 열 손가락을 활짝 펴고 척추를 쓸어내리면서 속삭였다. 그녀의 입술과 혀가 내 귓속을 파고들었다. 나는 소름이 끼쳐 아득해졌다.

"삶이 갑자기 많이 변하는 게 싫어서 그래요. 이해할 수 있잖아요?"

나는 그저 응응, 할 수밖에 없었다.

"누군가 두 사람 중 한 사람이 이사를 해야 하는 거예요. 당신이 우리 동네로 와주어요, 응? 이사할 수 있죠?"

화련이 갈비뼈에 이빨이 부딪치도록 깊숙이 나의 가슴을 깨물었다.

나는 그녀의 조그마하고 탄탄한 등을 꽉 끌어안으며 또 응응 했다.

"약혼했다고 갑자기 간섭하는 거 싫어요. 결혼해서도 마찬가지고……"

화련은 나의 것에 콘돔을 씌우고 입을 맞추었다.

섹스가 끝난 후 땀에 젖은 화련의 앞머리를 넘겨주고 손바닥으로 드러난 이마의 땀을 닦아줄 때면 우리 사이엔 아무것도 문제될 것이 없어진다. 음악도 끝나고 땀냄새와 분비물의 냄새가 뒤섞인 가운데 필립모리스 한 개비를 둘이서 나누어 피우며 천천히 숨을 내쉬는 그 시간. 새처럼 몸 속에 따뜻한 공기주머니가 부풀어오르는 것 같은, 봄도 가을도, 여름도 겨울도 없는 풍경 위에 떠 있는 기분, 세상에서 그보다 더 아름다운 때는 없을 것이다. 나는 그 시간을 위해 여자를 그리워하고 여자에게 호소하고 여자에게 달려든다. 그리고 결혼이란 그 아름다운 풍경의 약속이어야 한다고 생각한다. 갱스부르와 필립모리스, 그리고 화련…… 내 생은 완벽해지고 있는 것 같았다. 나는 무엇보다 화련이 섹스를 잘하는 점이 좋았다. 그건 정말로 중요한 장점인 것이다.

그날도 화련은 자정이 넘은 시간에 집에 가야 한다고 옷을 입었다. 먼 곳에서 마음을 쓸 부모님 때문이거나 남동생 눈치를 보느라 마지못해 하는 짓이거나 아니면 단순히 자기의 방에서만 잠이 오는 잠버릇이거나 간에 마음에 드는 행동이어서 늘 그랬듯이 집까지 태워주었다. 나는 대문 앞에서 화련을 끌어안고 가볍게 입을 맞추었다. 대문 안으로 들어가기 전에 화련은 활짝 웃으며 손을 반짝 들었다가 내렸다. 도로를 달리다가 삼십 분쯤 뒤, 화련이 몸을 씻고 잠자리에 들 무렵 전화를 걸었다. 통화중이었다. 화련과 남동생은 분명히 각자 전화를 가지고 있다고 했었다. 한 번 더 재발신을 눌렀다가 오 분 후쯤에 다시 걸었다. 여전히 통화중이었다. 이상한 일이었다. 수화기를 잘못 놓았는가……

며칠 전엔 이제 막 들어간 사람이 전화를 계속 받지 않은 일이 있었다. 세시까지 틈틈이 전화를 하다가 잠이 들어버렸다. 다음날 화련은 모르겠다고 간단하게 말했다. 전화벨이 울린 적이 없었다고 했다. 이해가 되지 않는 일이었다. 나는 집에 도착하자마자 다시 전화를 걸었다. 통화중이었다. 누구와 긴 통화를 하고 있는 것인가. 이상한 생각이 들었다. 샤워를 하고 다시 전화를 했을 때 두 번 벨이 울리자 곧장 화련이 수화기를 들었다.

"잠이 안 와요?"

잠기라고는 전혀 없는 비음이 섞인 명랑한 음성이었다.

"……"

"여보세요, ……누구세요?"

나는 전화를 끊어버렸다. 왜 그랬는지 논리적으로 설명할 수는 없다. 왠지 가슴이 뛰었고 전화를 끊어야만 할 것 같았다. 분명한 건 비음이 섞인 그 명랑한 음성이 섬뜩하도록 낯설었다는 것이다.

결혼식에 관해서도 화련과 나는 생각이 달랐다. 화련은 사촌언니가 결혼 이벤트 사업을 한다며 거기에 맡길 것을 제안했다. 나는 그런 상품화된 결혼은 싫다고 분명하게 맞섰다. 드레스와 턱시도를 입고 덕수궁 같은 곳에서 오십여 쌍의 다른 커플들 사이에서 야외 촬영을 하고 혼잡한 결혼식장에서 국화빵 찍듯 찍어내는 결혼식을 치르고 먹을 거라고는 없는 피로연을 열고 우리나라 신혼부부로 만원인 비행기를 타고 우리나라 신혼부부로 만원인 외국 섬 관광지와 호텔을 돌아다니는 일정이란 게 뻔했다. 나는 차라리 격식 없고 간소하고 자연스러운 결혼식과 개인적이고 은밀한 신혼여행을 원했다. 푸케트든 괌이든 발리든 신혼여행지로는 다 싫었다. 이미 너무 많은 신혼부부들의 발자국으로 닳은 곳이고, 무엇보다 신혼여행이란 줄을 지어 구경 가는 게 아니지 않은가. 차라리 흑산도 같은 곳에서 3박 4일쯤 조용히 지내다가 오고 싶었다. 게다가 나는 화련이 몇 가지 수상쩍은 일들을 해명하지 않아 마침내 화가 난 상태였다.

"누구와 통화했냐니까?"

화련은 또 그 이야기냐는 듯이 지겨운 내색을 했다.

"왜 대답을 명확하게 안 해? 분명히 통화를 했잖아?"

"참 나쁜 취미가 있군요. 의심증 있는 사람처럼 왜 그렇게 간섭하고 캐묻고 그래요?"

"의심증? 이젠 아주 나를 환자 취급하려고 하는군. 어제 내가 전화 걸기 전에 통화한 사람이 누구냐고 묻는 데 대답만 해주면 되잖아?"

"……내가 왜 대답해야 해요? 말하고 싶지 않아요."

"화련인 내가 결혼할 여자야. 난 알 권리가 있어."

"권리요?"

"그래, 권리."

화련은 예상 외의 난관이라는 듯이 이마를 잔뜩 찌푸렸다.

"혹시 지금 사귀고 있는 사람 있어?"

실은 처음 만난 날부터 묻고 싶었던 것이었다. 화련을 만날 때마다 치솟던 것을 꾹꾹 눌러왔는데 화가 난 나머지 그만 돌발적으로 튀어나와버렸다.

"……"

화련은 묘한 눈으로 물끄러미 쳐다보았다. 꼭 처음 보는 사람을

28

보듯 오만하고 차갑고 무례한 눈빛이었다.

"이런 식으로 나오면 곤란해요."

나로서는 무엇이 곤란하다는 것인지 알 수가 없었다.

"난 나를 감시하려는 사람하고는 결혼 못 해요. 오늘은 이만 가볼게요."

그녀는 오더를 취소하는 비즈니스맨 같은 태도로 말했다. 언젠가처럼 유리벽에 얼굴을 세게 부딪친 기분이었다. 나는 어처구니가 없어서 멍하니 보고만 있다가 그녀를 붙잡기 위해 달려나갔다. 늘 그런 식이었다.

"왜 이래요? 날더러 어쩌라는 거야?"

내가 빠르게 걸어가는 화련의 팔을 붙들자 그녀는 길거리에서 소리를 꽥 질렀다. 눈이 번쩍번쩍 빛났다. 행인들이 일제히 나와 화련을 쳐다보았다. 화련의 눈에서 눈물이 마구 솟구쳤다.

"다들 나더러 어쩌라고 이러는 거야? 어쩌라고?"

화련은 나의 팔을 두들기며 악을 썼다. 나는 화련을 진정시키기 위해 힘껏 붙들어 끌어안으려고 했다. 영문을 알 수 없었지만 내가 무언가 아주 많이 잘못한 사람 꼴이었다. 무엇이 그렇게 분하고 서러운지 화련의 얼굴이 온통 눈물 범벅이었다. 그녀는 백의 줄을 짧게 그러쥐더니 돌연 나의 얼굴을 후려치고 달리기 시작했다. 반사적으로 손이 맞은 귀 쪽으로 올라갔지만 나는 이내 내렸다. 모욕스럽고 당혹스러워 양쪽 팔이 부르르 떨렸다. 그녀는 빠르게 달려가더니 택시를 타고 사라져버렸다.

다음날 아침 나는 화련이 원하는 대로 하겠다고 말하고 결혼 이벤트 사업을 한다는 사촌의 사무실에서 만날 약속을 했다. 사촌의 사무실은 은행과 오피스텔이 있는 큰 건물이었다. 그녀는 한시 삼십분 건물의 이층 로비에서 보자고 약속을 정했다. 토요일이라 길이 막힐 것이 염려되었지만 나는 이의를 달지 않았다.

나는 정확하게 한시 삼십분에 일층 로비를 지나 로비 중앙의 계단을 통해 이층 로비에 도착했다. 일층 로비를 지날 때 습관적으로 주위를 휘둘러보았는데 은행 셔터문은 내려져 있었고 그 앞에서 유난히 양복을 깔끔하게 입은 젊은 남자 둘이 이야기를 나누고 있었다. 그리고 로비 가장자리의 의자엔 사환 같은 어린 아가씨 셋이 다리를 앞으로 쭉 뻗은 채 자판기 커피를 마시고 있었고 이제 막 열린 엘리베이터 문으로 미니스커트를 입은 오피스 걸들이 빠져나오고 젊은 남자 하나가 들어갔다.

이층 로비는 대형 화분이 군데군데 놓여 있을 뿐 텅 비어 있었다. 나는 자판기 커피를 뽑아들고 먼지를 부옇게 덮어쓴 종려나무와 동백나무, 벤자민 사이를 서성이며 플라스틱 잎인지 진짜 잎인지를 확인했다. 묘하게도 두 개는 진짜이고 세 개는 플라스틱이었다. 사무실들은 텅 비었는지 적막하기만 했다. 이십 분쯤을 기다리다 약속장소를 잘못 알고 있는 것이 아닌가 미심쩍어 일층 로비로 내려가보았다. 그때 로비에 걸린 대형 벽시계가 한시 오십분을 가리키고 있었다.

로비는 텅 비어 있었고 엘리베이터 앞에만 두 사람이 서 있을 뿐 호젓했다. 나는 잠시 서성거리다가 다시 이층 로비로 올라가며 주머니에서 휴대폰을 꺼내 살펴보았다.

정확히 오십 분 후인 두시 이십분에 전화벨이 울렸다. 화련이었다.

"어디 계세요?"

화련이 달려들 듯이 짜증스럽게 물었다.

"······여긴, 약 약속장소지. Y빌딩 이층 로비······"

나는 화를 내기에도 지친 상태였지만 그녀의 말투가 당혹스러워 말을 더듬기까지 했다.

"어머, 이상하네. 약속장소가 왜 이층이에요? 일층이지."

화련은 여전히 짜증을 거두지 않고 투덜댔다.

"어디 있어요?"

"일층 로비에서 공중전화로 거는 거예요. 어서 내려오세요. 우리 때문에 퇴근도 못 하고 기다리고 있단 말이에요."

나는 화가 복받쳤다.

"언제 왔어요?"

나의 음성은 몹시 이성적이었다.

"한시 삼십분에요."

"······"

화련의 백이 얼굴을 후려치던 순간이 떠올랐다. 빌어먹을······ 나는 전화를 끊고 일층 로비로 내려갔다. 그녀는 시간이 없으니 사촌 언니 사무실로 가자고 끌었다.

"당신 정확하게 몇시에 왔어?"

"한시 삼십분요."

그녀는 눈도 깜빡하지 않고 거짓말을 했다.

"당신은 한시 삼십분에 오지 않았어."

"왔어요."

"그렇다면 왜 이제야 전화를 했어?"

"처음엔 길이 막혔나보다 했고 조금 후엔 무슨 사정이 있나보다 했고 나중에 걱정이 되어서 전화를 한 거죠."

사무실에 도착했기 때문에 나는 그녀의 사촌이라는 여자와 인사를 나누었다. 사촌은 전형적인 결혼 이벤트 사업자처럼 생긴 여자였다. 주홍색 투피스에 하이힐을 신고 구색을 갖추어 고운 피부에 은테 안경까지도 끼고 있었다. 그녀가 나에게 무어라고 말하고 있었지만 나에겐 들리지 않았다.

"난 한시 삼십분에 일층 로비를 지나면서 둘러보았고 한시 오십분에도 일층 로비에 내려갔었어. 당신은 분명히 없었어. 몇시에 왔어? 솔직하게 말을 해, 진심을."

나는 진심을, 이라고 말했다. 정말 진심을 알고 싶었다.

"한시 삼십분에 왔어요. 그리고 꼼짝도 하지 않았어요."

그녀는 꼼짝도 하지 않았다는 말을 강조했다. 대담한 여자였다. 두 번쯤 화장실에 갔었다고 둘러대지도 않았다.

"내가 내려갔을 때 넌 없었어."

"나도 당신 못 봤어요."

"네가 죽 거기 있었다면 내가 오는 걸 왜 못 봤지?"

"몰라요, 몰라요. 왜 이렇게 사람을 못살게 굴어요? 만났으면 됐지."

그녀가 소리를 꽥 질렀다. 나도 모르게 팔을 뻗어 그녀의 어깨를 잡고 흔들었다.

"거짓말이야, 전부. 넌 거짓말하고 있어. 거짓말투성이야. 정신차려. 왜 이렇게 자꾸 거짓말을 하는 거야? 왜 사람을 미치게 해?"

그녀의 사촌이 나를 뜯어말렸다.

"무슨 일이 있나본데 진정하고 내 설명이나 좀 들어요."

사촌이 나를 나무라며 결혼식 매뉴얼을 들이밀었다. 나는 매뉴얼을 내던지며 발작적으로 소리를 쳤다.

"난 이런 결혼 안 해요. 난 결혼 비슷한 게 아니라 진짜 결혼을 원해."

"어머, 이 사람이…… 그럼 내가 진짜 결혼을 하라고 하지 가짜 결혼을 하라고 하나?"

나는 화련에게 나가자고 했다. 화련은 두 눈을 번쩍이며 노려보았다.

"당신 나가서 뭘 하려는지 뻔해. 몇시에 왔냐고 계속해서 나를 들볶으려고 그러지. 아아, 지겨워. 난 안 가, 혼자 가요."

화련은 팔짱을 꼈다. 나는 화련을 일으켜세우려고 했다. 화련은 비명을 지르며 버텼다. 사촌이 펄쩍펄쩍 뛰자 옆 사무실에서 덩치 큰 남자 하나가 뛰어나왔다. 사촌의 남편인 모양이었다. 그는 아무 말 없이 나를 문 밖으로 밀어내었다. 이번엔 나도 화를 참을 수 없어 닫히는 문을 쾅 차버리고는 비상구 문을 열고 계단으로 내려갔다. 도대체 그 이벤트 사무실이 몇층에 있었던가. 마른 먼지 냄새가 매캐한 계단을 나는 끝도 없이 내려갔다. 발소리의 울림이 몹시 길고 혼란스러워서 위층 어딘가에서 화련이 따라내려오고 있는 것만 같아 몇 번이나 발을 멈추고 귀를 기울였다. 어리석게도, 정말 나는 얼마나 어리석었던가. 그것도 모자라 나는 일층 로비의 엘리베이터 앞에서 한동안을 더 서성거렸다.

다음날 전화를 하자 화련은 끝났다고 했다. 두번째 전화를 하자 다시는 통화할 일 없도록 하자고 말하고는 재빨리 끊었다. 늘 그런 식이었지만 이렇게 끝을 내겠다니 납득할 수가 없었다. 나는 다시 전화를 걸어 우린 결혼할 사이였는데, 끝내더라도 마지막으로 만나서 이야기해야 하지 않느냐고 침착하게 말했다. 그녀는 냉담하게 거절했다.

그날 화련의 집 앞에서 새벽 한시까지 기다렸다. 남동생도 들어오지 않았는지 그때까지 집에 한 번도 불이 켜지지 않았다. 혹시나 하고 틈틈이 집으로 전화를 했지만 받지 않았다. 나중엔 내가 다른 사람 집 앞에서 화련을 기다리고 있는 것이 아닌가 의심스러워 주변을 휘둘러보았다. 똑같이 생긴 연립주택들, 장미들은 이제 초겨울로 접어들었는데도 아직 피어 있고 은행나무들은 잎이 거의 다 져 있었다. 화련의 집인 건 틀림없었다.

다음날 또 전화를 걸었다. 나는 꽤나 이성적으로, 마지막이라도 좋으니 만나서 이야기하자고 말했지만 마음은 까맣게 타는 것만 같았다. 너 없이는 살고 싶지 않다고 말하고 싶은 것을 간신히 누르고 있었다. 그렇게 자주 다투었고 의심했고 화를 냈고 매일매일이 혼란스러웠는데도 불구하고 화련을 잃고 나면 살 이유가 없을 것 같은 공포에 빠졌다. 어째야겠다는 생각은 없었다. 단지 화련과 시간을 갖고 싶다는 의지밖에는. 나는 아직 그녀에 대해 아는 것이 아무것도 없었다.

다음날 화련의 집 앞에서 자정까지 기다린 나는 귀가하는 그녀를 붙들고 다투다시피 해 약속을 받아냈다. 토요일 오후 세시. 우리가 처음 만났던 커피숍이었다. 화련은 이제 나를 무서워하는 것 같았다. 나는 그 점도 이해할 수가 없었다. 왜 나를 무서워하게 되었는지.

전처럼 화련이 먼저 와 있었다. 화련이 처음 보았을 때처럼 그 자리에 좀 추워 보이는 얼굴로 앉아 있는 것을 보자, 결혼 이벤트 사무실에 갔던 날 어쩌면 정말로 화련이 한시 삼십분부터 일층 로비의 의자에 줄곧 앉아 있었을 수도 있었겠다는 생각이 들었다. 약속 장소도 이층 로비가 아니고 화련의 말대로 일층 로비였을 수도 있다. 그렇다면 나는 얼마나 미친 놈인가…… 화련과 마주 앉으니 오히려 마음이 가라앉았다. 그녀도 얼굴이 더 어둡고 수척해 보였다. 나는 우선 이렇게 만나기 위해 그 동안 무례하게 굴었던 점을 사과했다. 그녀는 아무런 반응도 없었다.

"가을이 다 지나가버렸더군, 화련씨를 만나는 사이에……"

그녀가 여전히 반응이 없기에 나는 계속 말했다.

"시간이 가는 줄도 몰랐어. 이렇게 몰두하기도, 참 오랜만이야. 그 동안 사실 화련씨 믿지 못했어. 그건 지금 이 순간에도 마찬가지야."

"저 바빠요."

화련은 첫날처럼 발딱 일어설 기세로 백의 끈을 꼭 쥐었다. 용건만 빨리 말하라는 뜻 같았다. 불쾌했지만 나는 여전히 침착하게 말했다.

"그렇지만 화련씨를 사랑해. 무슨 사정이 있는지 알고 싶어. 난 정말, 화련씨에게 남에게 말 못 할 애인이 있다고 해도, 화련씨 마음만 확실하다면 결혼할 수 있어. 결혼한 뒤엔 만나지 않겠다는 약속만 해준다면."

"이미 끝난 이야기예요."

화련은 차갑고도 짜증스럽게 말했고 나는 얼굴이 달아올랐다.

"이유가 뭐야? 왜 결혼할 수 없다는 거야? ……대답 좀 해봐, 제발. 나도 예의바른 사람은 아니지만 화련씨도 꽤나 무례한 축이라는 거 알고 있어? 여태껏 나하고 장난한 거야? 최소한 뭐라고 대답은 해야 할 거 아니야?"

"아시잖아요?"

화련은 마치 낯모르는 남자에게 붙들린 어린 여자애처럼 갑자기 지독한 존대어를 썼다.

"뭘 알아? 내가 뭘 안다는 거야?"

"……"

"좋아, 이것만 대답해."

나는 담배를 물고 불을 붙인 뒤 몸을 한껏 뒤로 젖혔다.

"화련씨 사귀는 사람 있어?"

화련의 얼굴이 크게 한 번 흔들렸다. 눈동자는 마치 내 등뒤의 어떤 글자들을 읽고 있는 것처럼 순간적으로 헤매었다. 뒤꼭지가 이상했다. 나는 칼집을 등에 멘 무사처럼 휙 뒤돌아보았다. 남자가 혼자 앉아 있었다. 약간 곱슬머리, 감색 양복, 자그마한 체구…… 그 순간 남자의 긴 촉수와 나의 촉수가 어둠 속에서 잠시 엉킨 것처럼 오싹한 전율이 일었다.

"짐작은 하고 있었어. 그게 나를 끊임없이 혼란스럽게 한 점이지. 확실한 걸 알아야겠어."

화련은 백의 끈을 쥐고 고개를 숙인 채 앉아 있었다. 남자가 등받이에 붙이고 있던 몸을 앞으로 굽혔다. 담뱃불을 끄는 것 같았다.

"억지예요. 난 말할 이유가 없어요. 그만 가봐야겠어요."

화련이 일어섰다. 나는 퉁겨오르듯이 일어나 화련을 눌러앉혔다.

"당신도 나와 결혼하려고 했잖아? 분명히 그랬잖아, 아니야? 대답해봐, 아니었어?"

소란스러워지자 커피숍 주인이 다가와 어정쩡하게 미소 띤 얼굴로 서성댔다.

"맞아요. 아니, 아니었어요. 한 번도 정말로 결혼하려고 한 적 없

36

어요."

"그럼 뭐야? 대체 뭘 한 거냐고?"

나는 일어서려는 화련의 어깨를 한 손으로 눌렀다.

"몰라요. 이거 놔, 이거 놔요."

화련이 뿌리치는 바람에 나는 손을 놓으며 동시에 백을 빼앗아들었다. 화련은 잠시 머뭇거리더니 주춤주춤 카운터 쪽으로 나갔다. 뒤따라가기 위해 테이블 위의 담배와 라이터를 급하게 집어올리다가 그만 라이터를 바닥에 떨어뜨려버렸다. 그사이 뒷자리의 남자가 자리에서 일어섰다. 남자는 천천히 뒤돌아보았다. 라이터를 주워올리던 나는 남자와 눈이 마주쳤다. 남자의 얼굴은 창백했고 갑충류처럼 무표정하고 야비해 보였다. 분명 어디선가 본 얼굴이었다. 남자는 선 채로 마치 내가 먼저 나가야 한다는 듯이 머뭇거렸다. 나는 천천히 몸을 펴고 라이터를 닦아 주머니에 넣으며 남자가 먼저 나가도록 시간을 끌었다. 화련은 카운터 앞에서 뒤돌아보았다. 화련의 눈이 나와 남자를 번갈아보았다.

남자가 먼저 카운터에서 계산을 했다. 나는 남자의 옆얼굴을 노려보았다.

"백을 주세요."

그 곁에서 화련이 귓속말처럼 낮게 외쳤다. 나는 못 들은 척했다.

남자는 머리를 비스듬히 돌린 채 문을 열고는 동시에 내 쪽을 돌아보았다. 그 얼굴이었다. 전형적인 중간 간부의 야비한 자신감과 근거 없고 돌발적인 대담성과 구질구질한 변명의 표정이 정확히 삼분의 일씩 나뉘어 있는 얼굴. 내장이 쑥 내려앉는 기분이었다. 남자는 천천히 계단을 내려갔다. 나는 화련의 어깨를 꽉 붙들었다.

"백 주세요."

화련의 얼굴이 굳어졌다.

나는 계산을 끝내고 화련을 인질처럼 끌며 거리로 나갔다. 남자
는 어디에도 없었다. 어딘가에 숨어 있을 것이다. 근처 어느 건물의
현관쯤에 몸을 숨기고 나와 화련을 엿보고 있을 게 틀림없었다. 나
는 무조건 앞으로 걸었다.

"놔요, 왜 이래요?"

화련은 나를 밀치려 했다. 나는 이 괴상한 한 쌍의 남자와 여자가
왜 나에게 이런 짓을 하는지 정말 알 수가 없었다.

"묻고 싶은 건 나야. 너희들 왜 이러는 거야? 넌 왜 나를 만나고
다닌 거야? ……조금 전 그 남자, 부장이라는 작자지?"

"무슨 상관이에요?"

"너희들 오래된 관계지?"

"……"

"목적이 뭐야? 대체 뭐냐고? 무슨 이유가 있을 거 아냐!"

"몰라요. 백 줘요. 이리 줘요."

화련은 백을 뺏기 위해 팔을 마구 휘두르기 시작했다. 행인들이
한둘씩 모여들었다. 나는 화련의 따귀를 힘껏 때렸다. 그리고 발로
옆구리를 걷어찼다. 화련이 날카롭게 비명을 질렀다. 어딘가, 근처
에서 남자가 보고 있을 것이었다. 나는 화련을 일으켜세워 한 번 더
따귀를 때렸다. 그때 한 남자가 맞은편 쇼핑몰 입구에서 엉거주춤
나타났다. 나는 여자의 배를 걷어찼다. 놀란 남자가 길 양쪽을 살피
며 차들이 달리는 거리를 주춤주춤 건너오고 있었다. 약간 곱슬머
리에 역삼각형 얼굴, 흘겨보는 듯한 가느다란 눈, 푸른색 양복을 입
은 남자, 그들이 만날 때면 늘 혼자 앉아 있었던 남자, 은행 여직원
의 상사, 그녀의 정부, 여러 개의 다리 사이로 연고같이 끈끈한 점

액질을 묻히고 다닐 늙은 곤충……

겨울 동안 나는 폐광처럼 공허했다. 수영도 하지 않았고 조깅도 하지 않았으며 청소도, 요리도 하지 않았다. 나는 자다가도 벌떡 일어나 화련과 내가 몇 번 만났는지 숫자를 세었다. 서른여섯 번, 혹은 서른일곱 번이었다. 서른여섯 번, 혹은 서른일곱 번. 그중에서 남자가 함께 있었을 가능성이 있는 장소와 가능성이 없는 장소를 분류했다. 화련의 사촌이 운영하는 결혼 이벤트 사무실이 있는 건물의 일층 로비에도 남자가 있었다면 최소한 스물다섯 번쯤은 동석해 나를 탐색했을 것이었다. 더구나 화련과 단둘이 있었을 때조차 그녀가 남자의 교사를 받고 행동했을 것이라는 데까지 생각이 미치면 온몸이 끈끈한 연고 같은 점액질을 뒤집어쓴 것처럼 음산했다.

아무리 건조해도 아픔은 생기는 법인가. 겨울이 끝날 무렵 나를 흔들면 굳어버린 인스턴트 커피가 담긴 병처럼 딸각딸각 소리가 날 것 같았다. 가방을 버리러 가야 할 때가 된 것이다.

어느 날 공항 여자가 전화를 했다.

"저, 아직 결혼하지 않았나요?"

여자가 물었다.

"왜요?"

"그냥요. 겨울 동안 우르르 결혼들을 하니까요. 그쪽도 아직 결혼하지 않았으면, 저…… 다가오는 일요일에, 우리 겨울바다에 갈까요?"

"아직 겨울이 끝나지 않았나요?"

"아직은요. 지금쯤 가면, 바다엔 온통 젖은 가방들이 떠다니겠죠?"

나는 건조한 입술 사이로 비죽비죽 웃었다. 그사이 공항 여자가 조금 자란 것 같았다. 어차피 인생에 더 나은 것 따위는 없을 것 같다. 우리는 단지 더 모르는 것에 끌릴 뿐이다. 그리고 모르는 것이 없어질수록 삶의 열정도 사라져간다.

다섯번째 질서와
여섯번째 질서 사이에 세워진
목조마네킹 헥토르와
안드로마케

시간은 마치 다른 세계 속으로 잠적한 것 같았다. 다시는 돌아오지 못할, 흐름이 박탈된 광물질의 세계로. 금주는 포개어져 잠든 두 남자를 생각했다. 사랑하는지 미안해하는지 열등감에 빠져 있는지 그리워하는지 모른다는 남자들의 잠. 그리고 팔 없는 목조 마네킹 헥토르와 안드로마케…… 인디오의 한 부족은 이 세계를 다섯번째의 질서로 믿었다. 금주는 '다섯번째의 질서'라고 중얼거리며 걷기 시작했다.

금주가 이한의 전화번호를 알게 된 건 일 년 전이었다. 그때 금주는 히말라야 트래킹에 관한 상담을 받기 위해 여행사에 갔다가 대학 때 같은 동아리 활동을 한 김과 마주쳤다. 그는 여행사 직원이 되었고 머리숱이 성기어져서인지 얼굴이 부어 보였다. 상담을 끝내고 이런저런 이야기를 하던 중에 금주는 이한의 근황을 듣게 되었다. 그의 입에서 이한의 이름이 나왔을 때, 금주의 표정은 원망이라도 하는 듯 동요되었다. 파문 같은, 평면적인 동요가 아니라 마치 물의 표면을 높이 끌어올린 것 같은, 이내 주르르 흘러내릴 듯한 위태로운 동요였다. 금주의 얼굴을 물끄러미 쳐다보던 김은 일 주일 뒤에 전화를 했다. 그리고 이한의 전화번호를 가르쳐주었다. 수소문하는 데 시간이 좀 걸렸다고 말하면서.

　"이한은 아직 독신이야. 그리고 네가 곧 전화할 거란 걸 알고 있어. 내가 그렇게 말해두었거든."

"……나에 대해서, 혹시 뭔가 묻지는 않았니?"

"아니."

"그는 왜 결혼하지 않았을까, 무슨 이유라도 있니?"

금주는 생각지도 않았던 말을 해버렸다. 상대방은 잠시 어리둥절해하는 것 같았다. 금주는 그 순간 전화기를 놓아버리고 싶을 만큼 수치스러웠다. 자신이 함부로 결혼한 이유와 같은 이유로 이한이 아직 결혼하지 않았기를 바라는 것일까……

"모르지. 한 오 년 베트남에 파견근무도 나갔었고…… 아무튼 결혼을 못 한 건 상대를 못 만났기 때문이 아닐까. 그건 모르겠어. 이한은 지난해에 회사에서 나왔고 지금은 다른 일을 하고 있어. 아무튼 전화해봐."

그해에 금주는 히말라야 트래킹을 가지 않았다. 어차피 여행 상담은 몇 년에 걸쳐 계속된 부정기적이고 강박적인 취미활동 같은 것이었다. 티베트 성지 순례여행이나 이집트 요르단 터키 그리스 스페인 포르투갈에 이르는 지중해 완전 일주여행, 아프리카 사파리 투어, 실크로드 여행이나 일본 3대 온천이 들어간 디럭스 북해도 일주, 홍콩 요리여행, 미국 동부 캐나다 퀘벡 일주, 유럽 기차 배낭여행, 중남미 일주여행, 혹은 노르웨이나 핀란드 같은 눈나라 여행, 인도 핵심여행, 발리나 피지, 푸케트, 베트남과 괌, 사이판까지도. 금주는 상품이 된 모든 여행에 대해 호응하듯 상담을 했었다. 그해에도 금주는 아무 곳으로도 떠나지 않았고 일 년 동안이나 전화번호를 가지고 있었으면서도 이한에게 전화하지 않았다. 물론 이한 때문에 금주가 이혼을 한 것도 아니었다.

결혼한 지 삼 개월 만에 처음으로 이혼을 생각했었다. 하지만 그녀는 십 년 동안 결혼을 지속해왔다. 다른 많은 여자들이 그런 것처럼, 결혼에도 관성이 있기 때문이다. 그 십 년 사이에 금주는 세 번 변호사 사무실을 찾아갔다. 그녀가 만난 변호사 사무실의 사무장들은 치과의사 같은 표정으로 한결같이 물었다. 폭행을 당했습니까? 남편이 외도를 했습니까? 가정을 돌보지 않았습니까? 금주가 아니라고 말하면 그들은 난감하고 지리멸렬한 표정을 지었다. 금주는 매번 시시콜콜 자신의 이야기를 해야 했다. 그러나 두 아이를 낳았지만 부부간에 한 번도 키스를 하지 않았다는 말은 하지 않았다. 감상적인 여자로 보여서는 변호사를 납득시킬 수 없을 것 같아서였다. 사무장들은 그 정도 사유로는 승산이 없다고 말했고, 변호사를 만날 기회는 오지 않았다. 세번째에 가서야 만날 수 있었던 변호사는 남편이 단 한 번도 직업을 가진 적 없이 물려받은 재산으로 생활해왔다는 사실에 주목했다.

"저는 강력한 이혼사유가 된다고 봅니다. 오십 대 오십이지만 승산이 있어요. 양쪽이 팽팽할 경우 재판장은 이혼하고 싶어하는 쪽의 의사를 더 중요시합니다. 일단은 본인의 이야기를, 판사가 충분히 납득할 수 있도록 아주 자세히, 그리고 아픔에 대해 감동적으로 써오십시오. 참, 그리고 또 한 가지. 아쉽게도 저는 이 소송을 맡을 수 없는 입장입니다. 다른 변호사 사무실을 소개해드리죠. 이 사안에 깊이 공감하는 변호사로 말이지요."

변호사는 명함을 꺼내주었다.

"왜 소송을 맡을 수 없죠?"

"아, 저는 출마를 하게 되었어요. 이번 달로 업무를 일단 중단하고 선거 준비에 들어갑니다."

"……"

금주는 자신의 사안에 깊이 공감하는 다른 변호사를 다시 만나러

가서 모든 이야기를 다시 해야 한다는 것이 허황되게 느껴졌고 피로했다.

　이혼은 갑작스럽게 이루어졌다. 어느 날 아침 차를 마신 뒤에 남편은 법원에 가자고 했다. 원하는 대로 해주겠다고 했다. 모든 재산은 상속으로 취득된 것이어서 재산분할권은 행사되지 않았다. 금주는 자신이 타던 차와 위자료와 딸아이가 열여덟 살이 될 때까지 양육비를 받을 수 있었다. 금주는 만족했다. 자신도 무슨 일이든 할 수 있을 것이었다. 무슨 일이든. 아무런 의미 없는 노동을 반복하면서, 직장과 셋방 사이를 평생 동안 왔다갔다할 것이었다. 남들이 저렇게 살려고 이혼까지 했을까, 하며 혀를 찰 정도로 아무 일도 일어나지 않는 삶도 태연히 살아갈 수 있었다.

　셋방을 얻기 전까지 당분간 금주와 딸아이는 늙은 이모 혼자 사는 낡은 집에서 생활하기로 했다. 아이를 전학시킨 다음날 금주는 아무 생각도 없이 버스 터미널로 가 행선지도 정하지 않은 채 시외로 나가는 버스를 탔다. 그리고 계속 버스들을 갈아타면서 조금씩 조금씩 더 멀리로 갔다.

　여름의 첫 태풍 소식이 온 날 거친 바람이 불더니 굵은 빗줄기가 퍼부었다. 금주는 그날 남쪽 지방의 국립공원 내에 있는 절 아래 마을에 있었다. 산채비빔밥과 순두부 식당들이 늘어서 있는 거리엔 부연 안개가 바람에 이리저리 날려다닐 뿐 길에 나다니는 행인은 아무도 없었다. 금주는 가게 차양 아래에 있는 공중전화 곁에 서서 비를 맞고 있는 묶인 개와 쌀뜨물 같은 술을 가득 채운 막걸리 병들과 비안개에 멀어져가는 숲과 텅 빈 길을 가만히 보고 있었다. 비는 가느다란 채로 팽팽한 가죽을 두드리듯이, 흡사 장구의 리듬처럼 일정한 박자로 경쾌하고도 그늘진 소리를 내며 차양에 떨어졌다.

　가게 안엔 근처 가게 주인들인 듯한 두 여자와 한 남자가 작은 테이블에 막걸리와 깍두기를 놓고 앉아 서로에게 소리를 질러대고 있었다.
　"울면서 살 지경이면 콱 죽어버려. 옛날엔 여자의 눈물이 무기였던 때도 있었지. 여자가 울면 남자가 안절부절못하던 시절도 있었다고. 요즘은 눈물이 똥보다 못해. 조롱거리라고. 아무도 우는 여자를 바로 안 본다니까. 배를 갈라 창자를 내놓았으면 내놓았지 눈물은 흘릴 게 못 돼. 독한 세상이라고. 아무도 울면서 안 살아……"
　울던 여자가 코를 핑 풀고는 누구에겐지 모르게 소리를 질렀다.
　"안 부딪치면 들어오든 나가든 난 신경 안 써. 근데 왜 여자를 끼고 들어오냐고! 아이들도 있는 집에! 아이고 짐승, 짐승……"
　이제 여자는 울지 않는 모양이었다. 모두 입을 다물고 있었다. 금주는 가게에서 비닐우산을 샀다. 그리고 나오다가 마치 그렇게 하기로 정해두었던 듯 수첩을 펴고 이한에게 전화를 걸었다.
　"이한입니다. 여보세요?"
　"……금주예요."
　"아, 금주……"
　이한은 외마디 호명을 했다. 이한의 음성은 그대로였다. 음성은 이한에게서 가장 마음에 들지 않았던 부분이었다. 변성기를 넘어서지 못한 열네 살 남자애 같은 비릿하고 가느다랗고 기어드는 듯한 내향적인 음성.
　"어디니?"
　이한의 특징은 누구에게나 아주 편안한 반말을 쓰는 데 있었다.

그는 십 년 만인데도 예전 그대로 말했다.

"어디랄 것도 없이, 이리저리 여행중이야."

금주는 긴장을 풀기로 결심하면서 반말을 했다. 좀 다정하게 느껴졌다.

"여행? 누구와?"

"……혼자."

"혼자?"

"……"

"……어디랄 것도 없이 여행중이라니, 나에게도 들러. 시간이 된다면 한 일 주일 묵었다가 가도 돼."

이한은 아주 선선하고 개방적이었다. 성긴 그물 같은 그 선선함이 오히려 서운하게 느껴질 지경이었다. 어쩌면 결혼 십 년 만에 여행자의 몸이 된 금주의 사정을 대강 알아챈 것 같기도 했다.

"그럴까 해."

"좋아. 언제?"

"모레쯤."

"오케이. 그날은 집에 있을 거야. 도착하는 대로 연락해. 그런데, 우리 서로 알아볼 수는 있겠지?"

금주는 전화기를 놓으면서 약간 어리둥절했다. 십 년이 넘는 간격을 두고도 그처럼 예사롭게 말하고 약속을 한 것이 이상했다. 금주는 한동안 어디로도 가지 못하고 비닐우산을 펴고 가게 처마의 경계지점에 서서 입술을 만지작거렸다. 그렇게 입술을 만지니 입술이 자기에게 속한 것 같지 않고 자신을 봉인한 부드럽고 가벼운 마개처럼 풀려 달아날 것만 같았다. 금주는 입술을 손바닥으로 막았다가 숨이 찰 무렵 입을 활짝 열었다. 그리고 우산을 뒤로 넘겼다. 화장한 얼굴이 이내 젖었다.

'정말 우린 왜 그렇게 헤어졌을까. 그는 왜 그렇게도 갑작스럽게 식어버렸을까……'

이한과 함께한 건 열아홉 살 겨울에서 스물한 살 겨울까지, 겨우 이 년에 불과했지만 그 질문은 평생 동안 우환처럼 계속될 것만 같았다.

금주가 친구와 함께 하숙을 했던 셋방들이 즐비한 시장 근처의 좁고 긴 거리가 그들의 배경이었다. 그곳엔 계절에 따라 조금씩 달랐지만 상한 밀감 냄새와 사과 냄새, 석유 냄새, 양파 냄새, 주정 냄새, 고기 익는 냄새와 맥주 냄새, 구정물 냄새와 매연 냄새가 늘 떠돌았다. 함께 고전음악 다방에서 아르바이트를 하고 돌아올 때면 버스에서 내리자마자 길모퉁이의 노점에서 핫도그를 사먹곤 했다. 그 노점을 지나 들르는 곳은 레코드 가게였다. 레코드를 사지 않을 때도 불쑥 들어가 노닥거릴 수 있었던 것은 이한의 친구가 아르바이트를 하던 가게였기 때문이었다. 그 가게 맞은편 냉면집 앞엔 검은 털실뭉치 같은 개 한 마리가 늘 묶여 있었다. 금주는 그 개에게 주기 위해 과자를 남겨 호주머니에 넣어다녔기 때문에 바지나 외투의 주머니 속이 늘 지저분했다.

이한은 초가을부터 늦봄까지 주로 베이지색 체크무늬 상의와 잉크색 코르덴 바지를 입었고 금주는 긴 머리카락을 아무렇게나 풀어헤치고 베이지색 코르덴 셔츠와 물이 빠진 초록색 면바지를 입었었다. 그들은 당시에 붙임성이 좋았던 것 같다. 어떤 패거리가 주말여행을 간다고 하면 따라붙었고, 친구의 하숙집에서 요리 만들어 먹기를 좋아했으며, 사진 작업을 하는 선배의 스튜디오에 단골 방문

객이 되어 자정까지 노닥거리기도 했는데, 어느 날 선배는 왜 너희들은 둘이 섹스하지 않고 이런 데서 시간을 낭비하느냐고 진지하게 물었었다. 그리고는 연애는 너희들처럼 하는 게 아니라며 여관비를 주며 쫓아냈다.

그날 금주와 이한은 첫키스를 했다. 어느 관공서 옆의 작은 공원에서였다. 오래된 플라타너스 나무들이 서 있었다. 벤치가 몇 개 있었고 그들처럼 두 쌍이 벤치에 꼭 붙어앉아 있었다. 좀 추웠고 가로등이 깨어져 아주 어두웠다. 어둠 속에서 커다란 낙엽들이 낡은 장갑처럼 떨어졌다. 11월이었고 그들은 스물한 살이었다. 아마 이한도 그랬겠지만, 금주에게 생애 첫키스는 아니었다. 금주는 여고생때 터무니없는 상대에게 기습적으로 첫키스를 당했었다. 텁텁한 혀가 이빨을 밀며 목구멍 깊숙이 들어왔다가 나갔는데 혀의 이물감과 함께 반쯤 내장 속에서 소화된 김치 냄새의 역겨움이 오랫동안 기억에 남았다.

이한과의 키스는 그 남루한 키스에 대한 낭패감과 환멸을 단번에 상쇄시키며 그녀 생에 키스의 표상을 새롭게 만들어냈다. 이한이 금주에게서 잊혀지지 않았던 것은 아마도 바로 그 점 때문이었다. 키스의 기억은, 오래 고인 물처럼 무겁게 가라앉았을 그녀의 삶에, 늘 새롭게 생성되어 공기 밖으로 퐁퐁 날려가는 청신한 기포같이 존재해왔다. 그 기억마저 없었다면 금주의 생은 딱딱하고 눅눅하고 참을 수 없도록 불결한 얼룩을 가진 아주 오래 쓴 담요 같았을 것이다.

그날 그들은 거의 삼십 분 동안 계속 키스를 나누었다. 그리고 그날을 분기점으로 이한은 납득할 수 없는 표정으로 멀어져갔다. 그리고 다음해 봄 이한은 소식도 없이 입대를 해버렸다.

길고 가파른 에스컬레이터에 실려 지상으로 올라왔을 때 전철역 광장의 시계는 오후 다섯시를 조금 더 지나고 있었다. 타일이 깔린 광장 양편에는 적어도 오층 이상의 상가 건물이 서 있었고 앞에는 이면도로를 건너 거대한 아파트 단지가, 뒤에는 4차선 도로를 건너 공원으로 가는 블록 깔린 길이 뻗어 있었다. 금주는 백화점을 향해 걷는 동안 도시로부터 야릇하게 비어 있는 공허의 울림과 습지의 젖은 흙냄새와 알 수 없는 커다란 곤충들과 거위의 날개 치는 소리를 어렴풋이 느꼈다.

　이한이 백화점 아케이드로 다가오는 것을 보았을 때 금주는 놀랐다. 이한이 집에서나 입을 반바지를 입고 낡은 레몬색 티셔츠를 입고 슬리퍼를 끌고 왔기 때문만은 아니었다. 이한의 모습은 전체적으로 자신이 갖고 있던 기준에서 비켜나 있었다. 그러나 그것이 무엇인지는 구체적으로 알 수가 없었다. 단지 십이 년이라는 시간의 개입인지도 몰랐다. 이한과 눈이 마주친 짧은 순간 금주는 그가 자신에 대해 전혀 긴장하지 않는다는 것을 알아챘다. 그는 금주를 가볍게 안았다. 그의 몸이 솜뭉치가 든 헝겊인형처럼 당혹스럽도록 가볍게 느껴졌다. 이한은 포옹을 푼 뒤에 금주를 살펴보았다. 그리고 애처롭게 웃었다. 너무 흐린 웃음이었다. 원래 하관이 긴 예술가 타입인 그는 살이 빠져 더욱 예민해 보였다. 금주의 눈에 갑자기 눈물이 고였다.

　헤어진 지 십이 년 만에 찾아온 여자치고 금주의 행색은 좋지 않았다. 그녀는 긴 여행중이었고 당연히 지쳐 있었다. 머리카락은 드라이도 하지 못한 채 뒤로 묶었고 구두 속의 발바닥은 부풀어올랐으며 긁힌 손목엔 살색의 진득한 밴드가 붙어 있었다. 며칠 동안 갈아입지 못한 옷은 금속처럼 무겁고 피부는 보풀이 일어나는 헝겊인형처럼 까칠하고 몸 안엔 모래가 가득 차 자꾸만 두 눈으로 새어나오는 듯했다. 이한에게 도착하기까지 지나치게 망설이며 오래도록 우회한 결과였다.

그에게선 이제 막 샤워를 한 것이 틀림없는 비릿한 물냄새가 났다. 그는 금주의 어깨에 매달려 있던 가방을 빼앗아들었다. 가방이 떠나자 몸이 훌렁 떠오르는 것 같았다. 차를 탔을 때, 이한은 금주의 얼굴을 짧게 응시했는데 얼굴을 보는 것이 아니라 얼굴에 묻은 시간을 재보는 것 같았다.

"예상했던 대로구나. 네가 이런 모습일 줄 알았어. 어떤 종류의 사람들은 나이가 들지 않아. 단지 조금 더 피곤해 보이지."

이한은 시동을 걸었다.

"넌 많이 달라 보여. 어딘가가…… 네 눈빛이…… 이제 내게 전혀 기대하지 않는 거니?"

금주는 돌연 신랄하게 말했다.

"……"

왜 그런지 이한은 금주를 그런 식으로 허용했다. 금주는 그렇게 말한 것이 후회스러워서 입을 다물고 말았다.

차가 달리는 동안 금주는 도시가 텅 비어 있다는 느낌을 받았다. 그러나 그것은 영화의 세트처럼 작위적이고 창백하게 텅 빈 것이 아니라 발굴되기를 기다리는 유적지처럼, 친숙하면서도 기억이 제거되어 구토를 일으킬 것처럼 낯선, 고통스러운 갈망을 간직한 공백이었다.

이한의 집은 이십사평형 아파트였다. 집의 표면엔 균등하게 먼지가 덮여 있었다. 신발장과 장식장과 부엌 싱크대의 기름때 긴 타일과 찬장 위와 식탁과 책장과 문턱들과 변기의 물통과 베란다……
그리고 마네킹 위에도. 마네킹은 남자였는데 검은 진바지 위에 길
이 잘 든 검은색 가죽점퍼를 입고 침대 곁에 세워져 있었다. 침실엔
옷장 한 짝과 마네킹 외엔 어떤 물건도 없었기 때문에 금주는 잠시
쳐다보았다. 마네킹이 왜 그곳에 있는지 의아스러웠지만 너무 피곤
해서 묻지 않았다. 그날 금주는 중국음식을 먹고 샤워를 한 뒤 초록
색 시트와 이불이 덮인 이한의 침대에서 잠이 들었다.

비누거품 위에 뜬 것 같은 잠이었다. 금주는 오랜만에 긴장이 풀려
응석부리는 듯 몸을 뒤치며 달콤한 신음 소리를 내었다. 거품은 얼룩
에 스며들어 흔적을 지우듯 서서히 여행의 피로를 용해시켰다. 피부
의 숨구멍마다 아지랑이가 아른아른 새어나오는 듯한 잠이었다.

눈을 떴을 때, 마네킹 때문에 화들짝 놀랐다. 마네킹은 창에 비쳐
든 불빛을 받으며 눈을 부릅뜬 채 그녀의 머리 위를 쳐다보고 있었
다. 평생을 그렇게 살아도 마네킹과 친숙해지기는 불가능할 것 같
았다. 저런 걸 침실에 두고 자다니, 고약한 취미군…… 금주는 중얼
거렸다. 아직 새벽 두시였다. 다시 잠들 수 없을 지경으로 정신이
말짱했다. 이한은 서재에 이불을 펴고 잠든 것 같았다. 금주는 스탠
드를 켜고 멍하니 앉아 남자 마네킹을 바라보다가 여행가방을 풀어
찢어진 차표와 유원지 사진이 들어 있는 국립공원의 티켓들과 몇
장의 메모지와 명함과 상처에 붙이는 녹은 밴드들과 껌과 빈 담뱃
갑과 여행용 티슈 등을 버렸다. 그리고 또 멍하니 마네킹을 바라보
다가 이한의 옷장 문을 열어보았다. 가장 먼저 눈에 띈 것은 옷장
문에 붙은 걸이에 걸린 세 장의 실크 스카프였다. 뒤로 늘어뜨리는
긴 스카프 한 장과 사각 스카프 두 장. 인도풍의 무늬를 넣은 샤넬

제품들로 보기 드물게 화려한 색상이었다. 대단히 열정적인 취미를 가진 여자의 이미지가 떠올랐다. 한 장의 스카프라면 몰라도 세 장의 스카프는 의미하는 바가 좀 심각했다. 현재 여자의 흔적이 어디에도 없는 이 아파트에 언젠가 한 여자가 살았었다는 추측을 하기에 손색이 없는 것이다. 금주는 옷장 안의 옷을 하나하나 젖히며 살폈다. 초록색과 검정색의 실크셔츠 한 쌍이 손에 잡혔을 때 금주는 잠시 멈칫했다. 어딘가 특이한 옷이었다. 여자 옷이라고 하기엔 사이즈가 크고 남자 옷이라고 하기엔 광택이 너무 화려한…… 뭐라 규정할 수 없는 분위기의 옷이었다. 더이상의 여성용품은 나오지 않았다. 다만 이한의 옷이 하나같이 낡은 상태라는 사실에 금주는 조금 놀랐다.

이한은 전에 다니던 무역상사에서 나와 구두회사에 다니고 있었다. 그는 첫날 이후론 절대로 밥을 시켜먹지 않았다. 주말엔 반드시 대형마트에 가서 일 주일분의 음식을 사와서 저장하고, 아침엔 비타민제와 아메리칸 타입의 묽은 커피 세 잔과 바게트에 양상추와 토마토를 얹고 샐러드 드레싱을 듬뿍 끼얹은 식사를 하고 저녁에는 나누어놓은 고기를 구워, 김과 젓갈과 감자와 호박 같은 두세 가지 정도의 반찬을 만들어 밥을 먹었다. 그리고 아직 결혼한 적 없는 이한은 최근 들어 각종 결혼 대행사의 중매쟁이들로부터 회원 가입을 하라는 전화에 시달리고 있었다. 겉보기에 이한의 삶은 그 또래의 독신자답게 단출하고 건조하고 금욕적으로 보였다.

"마네킹이 왜 여기에 있니?"
둘쨋날 저녁밥을 먹을 때 금주가 물었다. 이한의 어깨가 전보다 좁아 보이고 팔과 다리도 더 가늘어 보였다.

"룸메이트가 떠나면서 주고 갔어."

"룸메이트?"

"요전에 나와 지낸."

"그런데 하필이면 마네킹이라니, 그게 무슨 뜻이니?"

"별뜻은 없어. 그냥 외롭지 말라고……"

금주의 마음이 잠잠해졌다. 마네킹 같은 상상도 하기 어려운 걸 주고 간 사람이나 눈을 부릅뜬 마네킹을 침실에 세워두고 잠드는 사람이나 예사로운 심정은 아닐 것 같았다.

"그 룸메이트…… 혹시, 사랑하는 사이?"

이한은 조금 망설이다가 고개를 끄덕였다. 이한에게 그런 일이 전혀 없을 것이라고 생각했다면 그건 터무니없는 억지이거나 무지일 것이다. 금주는 자신의 내부 공간이 꽤 넓다는 것을 느끼며 동요하지 않는 자신을 대견해했다.

"좀 힘든 상대야."

"왜?"

"차가워, 말도 없고 제멋대로이고…… 그럼에도 불구하고 다른 사람의 열정을 불러일으키는 재능을 가진 타입이지."

금주는 화려한 실크 스카프를 떠올렸다.

"말이 없으면서 까다로운 성격을 생각해봐. 그러고 싶어도 비위를 맞출 수가 없잖아. 게다가 여간 히스테릭한 게 아냐."

이한은 자신의 사랑을 자랑이라도 하듯 갑자기 말이 빨라졌다.

"된통 걸렸구나."

"하하, 그래 된통 걸렸어. 자신은 화를 잘 내면서 누군가 자신에게 화내는 건 견딜 수 없어하지."

말로는 결점을 홍보하는데도 이한의 표정에는 자랑스러움과 행복이 끓어올라 처음으로 천진한 옛날의 얼굴로 돌아갔다.

"그럼 누군가가 화났을 땐 어떻게 해야 해?"

"그냥, 자기 인생에서 사라지는 거지. 소리내지 말고. 사라질 생각이 아니면 참아야 해."

"그래서, 그녀는 화가 나서 네게서 떠나버렸니? 소리없이?"

이한이 잠시 금주를 바라보더니 고개를 가로저었다. 무언가를 부정하고 있기는 한데 그것이 무엇을 지시하는지 짐작할 수 없었다. 무슨 말 못 할 고뇌를 간직한 듯 눈 속에 아픔이 차올랐다.

"곧 돌아올 거야."

이한이 확신을 가지고 말했다. 금주는 찔리는 듯 아픔을 느꼈지만, 동시에 아픔을 느끼는 자신이 어처구니없었다. 질투하는지 낙심하는지, 그냥 고통스러운지 그런 것이 상실감인지 모호했다.

"그렇게 생각해?"

"그애도 나를 사랑해. 단지 그 사실을 인정하지 못하는 것뿐이야."

"그래서 그를 기다리는 중인 거니?"

이한은 고개를 끄덕였다.

"그랬구나……"

금주는 그랬구나, 라고 말해버리고 갑자기 식탁에서 일어났다. 눈과 눈 사이가 후끈 매워졌다. 그랬구나…… 금주는 바삐 수돗물을 틀고 설거지를 시작했다. 그랬구나…… 몇 번인가 그릇이 손 안에서 미끄러져나갔지만 다행히 깨지지는 않았다. 설거지를 끝낼 무렵엔 참아낸 눈물들이 증발해 온몸이 축축한 안개로 가득 찬 듯했다. 싱크대에서 돌아서서 나오다가 식탁 모서리에 몸이 쿡 부딪쳤다. 금주는 장님처럼 앞을 더듬어 욕실로 들어가 비누로 손을 깨끗이 씻고 칫솔에 치약을 묻혀 입 안에 밀어넣었다. 눈 속이 늙은 토끼처럼 붉었다.

　바쁜 며칠이 지나자 둘은 이른 저녁을 먹은 후 한국영화를 상영하는 극장을 골라 영화를 보러 가기도 했고 서로의 옷을 봐주기 위해 쇼핑을 하기도 했으며 전철역 앞까지 걸어가 흑맥주와 튀긴 감자를 먹고 돌아오기도 했다. 그리고 목요일엔 휴가를 내어 서해안으로 당일 코스의 짧은 여행을 했다.

　금요일 저녁엔 아무 곳에도 가지 않고 나란히 앉아 책을 읽었다. 소파에 앉아 같은 페이지를 읽고 동의를 구한 뒤 책장을 넘기고 한 사람이 주스를 마시거나 화장실에 갈 동안 한 사람은 기다렸고 한 사람이 담배를 피우면 다른 한 사람도 피웠다. 꼭 붙어 있는데도 금주와 달리 이한은 놀라울 만큼 성적인 자극을 받지 않는 것 같았다. 또 한 페이지를 넘기려 할 때 금주는 그의 손등을 덮었다. 그리고 그녀 쪽으로 얼굴을 돌리는 이한의 건조한 입술에 자신의 입술을 가까이 댔다. 가느다랗게 열린 그의 입에서 따스하고 고요한 숨이 흘러나왔다. 그의 냄새는 여전했다. 식물의 즙 같은 쓴맛과 그가 즐겨먹는 박하 드롭스의 싸한 향과 뒤섞인 담배 냄새와 근거를 뚜렷이 댈 수 없는 복합적인 육체의 냄새…… 금주는 그의 귓가에 목에 코에 입술을 대고 냄새를 맡았다. 그리고 다시 숨이 흘러나오는 이한의 입에 입술을 갖다댔다. 이한의 입술이 미미하게 달싹이더니 조금씩 열렸다. 그러나 키스는 이루어지지 않았다. 이한은 이를 완강하게 닫아버렸다. 이는 거대하고 차가운 금속 빗장 같은 질감이 났다.

　'너 왜 이러니? 왜, 그런 식으로 나를 멀리했니? 왜 나를 보지도 않고 입대를 해버렸니? 너 그때 정말 왜 그랬니? 어째서 나에게 그렇게 싸늘해졌던 거니?

속에서 터져나오려는 질문을 금주는 잔뜩 억누르며 아무 일도 없었던 것처럼 책의 페이지를 넘겼다. 이한이 금주의 손등을 가만가만 쓸었다. 글자들이 좀벌레처럼 책 바깥으로 기어나갔다. 금주는 더이상 책을 읽고 있지 않았다.

붙잡을 수 없었던 순간이 깨어지는 거울처럼 공중 높이 떠올랐다가 바닥에 산산이 흩어진 뒤에, 금주는 실패한 욕망의 잔해에 찔리면서 그 순간을 혼자 연장하고 있었다. 그들의 혀와 이빨들과 선홍색 잇몸은 서로를 알아보며 탐색하기도 전에 감동적으로 조우했을 것이다. 내성적인 그들은 반가움을 억누르며 예의바르게 격식을 갖추어 서로를 가만가만 건드렸을 것이다. 그리고 수줍음을 타는 사람들 특유의 그늘진 열정에 사로잡히는 순간이 오면 더이상 지체하기 어렵다는 듯 와락 달려들어 묘기를 부리는 한 쌍의 돌고래처럼 즉흥적으로 화려하고 드라마틱한 곡예를 시작했을 것이다. 그리고……

그리고 금주에게 더이상의 상상은 없었다. 어둡고 좁은 입 안에 붙박인 채 저작과 맛보기와 언어적 업무를 성실히 수행해온 혀와 이빨들과 잇몸들이 단번에 실용성을 초월하며 자유롭고 독립된, 마치 물 속의 포유류처럼 힘차게 유영해 식도를 지나 위를 지나 어둡고 긴긴 창자의 터널을 지나 자궁의 끝까지 도달한 뒤에…… 금주의 기억도 상상도 그 지점에서 갑작스럽게 사라져버렸다.

그 주의 토요일에 이한은 친구의 결혼식에 참석해야 했다. 금주는 혼자 영화관에 다니며 두 편의 영화를 보고 들어갔다. 저녁 여덟시였다. 이한은 낮은 조도의 초록빛 스탠드만 켜고 나뒹구는 술병 같은 모습으로 탁자와 소파 사이에 누워 있었다. 탁자 위엔 맥주병들과 참외를 깎은 껍질이 수북하게 쌓여 있고 빈 접시와 두 개의 유리잔과 과도가 있었다. 금주는 말없이 이한을 일으켜 소파 위로 끌어올려 앉혔다. 이한은 반바지 위에 단추가 열린 새하얀 와이셔츠를 아무렇게나 걸치고 있었다. 창백한 얼굴에 비해 입술은 피가 맺힌 듯 붉었다.

"결혼식에 갔었니?"

"응……"

이한은 눈을 감은 채 대답했다. 금주는 어쩐지 마음이 아파와 이한의 얼굴 가까이에 바짝 얼굴을 갖다붙였다.

"무슨 일이 있었니?"

"거기서 말이야, 유경을 만났어."

"너의 사랑?"

이한이 고개를 세게 끄덕였다. 이한의 물렁한 얼굴이 금주의 뺨에 닿았다.

"그래, 내 사랑. 그게 그애의 이름이야. 물 좀 줄래?"

금주는 얼굴을 떼어내고 냉장고에서 차가운 물을 꺼내 플라스틱 잔에 가득 부어주었다. 이한은 단번에 컵을 비웠다. 가벼워진 빈 컵이 탁자에서 굴러떨어졌다.

"여기 누가 왔는지 알면 금주 넌 무척 놀랄 거야. 결혼식에서 돌아올 때 말이야, 유경이 함께 왔어. 비가 계속 내렸지. 비가 계속 내리는데 우린 둘 다 처음으로 동시에 양복을 입고 만났어. 마치 결혼하려는 부부 같았어. 유경이 너무 아름답더군."

금주는 당황했다. 갑자기 시계의 초침 소리가 또각 또각 또각 들렸다.

"유경은, 남자?"

금주의 음성이 갈라졌다. 억눌린 비명처럼 들렸다. 이한은 방심한 채 긍정했다.

"들어오는 길에 아파트 앞 가게에서 참외를 샀어. 유경인 참외를 가장 좋아해. 참외 향기를 가장 좋아해. 우린 참외를 깎아먹었어. 달콤한 즙에 싸인 그 작은 씨앗들이 이 사이에서 까끌까끌 씹히더군. 난 말이야 유경을 만지고 싶었어. 다른 곳이 아니고 손등을 말이야, 쓰다듬고 싶었어. 그런데 우린 참외만 죽어라고 깎아먹는 거야. 개구리알같이 작은 씨앗을 얼마나 많이 먹었는지 뱃속이 꿈틀거렸어. 배가 뒤집힐 것만 같은 거야."

이한의 코끝이 붉어지더니 조용히 눈물이 넘쳤다. 금주는 그 모습을 어안이 벙벙한 채 건조한 눈으로 마주 보았다.

"밖엔 비가 계속 내리고 있었지. 어찌나 초조했는지 벽들이 갈라지고 있는 것만 같았어. 내 살도 갈라지는 것 같고…… 난 참외 깎던 칼을 바닥에 떨어뜨렸어. 그리고 일생일대의 용기를 내어 유경에게 말했지. 내 음성이 몹시 떨렸을 거야. 뭐라고 말했는지 아니?"

"……"

"졸음이 와. 다시는 보지 말자. 난 네가 지루해. 그 말을 하자 생이 정지하는 것 같았어. 유경은 일어서더니 나갔어. 난 그의 다리만 보았어. 유경은 구두를 신으려다가 멈추어 섰어. 그리고 몸을 돌렸지. 난 아무렇지도 않은 것 같았어. 하지만 그가 현관에서 발을 들어올리고 다시 내 앞으로 와 섰을 때, 난 그를 와락 끌어안았지. 마침내 살이 갈라져 내가 둘로 나누어지는 것 같았어. 내 몸에 이렇게 넓은 틈이 있었던가…… 나는 나를 수습하듯 그의 등과 목과 머리를 꽉 쓸어안았어. 따스함 부피감 단단함…… 우린 사랑을 나누었어. 상상해봐, 상상이 되니…… 처음이었어."

결혼식에 다녀온, 양복을 입은 두 남자. 그리고 사랑의 행위……
금주는 어떻게 해야 태연하게 보일지 궁리를 하느라 입술이 타는
듯했다.

"좋았겠다. 그런데 왜 몸 버린 사람처럼 구석에 쓰러져 있었니?"

금주는 자신의 음성이 지나치게 친절하게 들렸다.

"……모르겠어. 나를 내던져버리고 싶어. 내가, 유경을 망치는 거
같아."

"죄책감?"

"그럴지도."

"……"

울어서 눈과 코가 붉어진 이한이 다른 어느 때보다 투명하고 연
약하고 신선해 보였다. 서른 중반의 남자였다. 그런데도 너무 깨끗
이 씻느라 여기저기 찢어진 상춧잎처럼 생채기마다 여린 풋냄새가
났다.

"내일 유경이 올 거야."

"넌 여자와는 결혼하지 않겠구나."

"난 결혼을 할 만큼 오래 살 거 같지 않아……"

"왜 그런 생각을 해?"

"그런 생각을 하는 게 아니야. 그런 생각이 나를 방문해. 아침에
깨어날 때나 밤에 잠들어갈 때 내 속에서 누군가 중얼거려. 이렇게
생이 끝나는구나…… 이렇게. 유경은 아직 해결하지 못한 과제 같
은 거야. 내 삶은 유경을 지나가고 싶어해."

일요일 오후 네시에 유경이 도착했다. 유경은 물론 〈거미여인의

키스〉에 나오는 모리나처럼 생기지도 않았고 모리나처럼 말하지도 않았다. 그는 이한과 달리 고전적인 미남자였고 잔정이 없고 고독하고 권위적인 타입이었다. 잘 웃지도 않고 말도 아주 짧게 했다. 모리나처럼 웃고 말하기 시작한 사람은 이한이었다. 자기 살을 찌르는 열정의 아픔과 수줍음을 간직한 채 안간힘을 다해 타인에게 건네는 한마디 말과 애잔한 웃음…… 다른 사람의 눈 속에 눈동자가 있듯 이한의 눈 속에는 진주처럼 단단하게 맺힌 고뇌와 동경의 빛이 자리잡았다. 그는 눈부신 표정으로 유경을 마주 보았고, 수다스럽고도 신중하게 말했으며 우아하게 움직였다. 그날 이한이 골라 입은 V형 네크라인의 푸른색 실크셔츠의 연약한 떨림을 바라보며 금주는 자신이 여자 자체임에도 불구하고 여성적인 것에 대해 이질감과 감탄을 동시에 느꼈다. 그가 바로 더도 덜도 아닌 이한이라는 데 금주는 동의했다. 그러나 곤혹스러웠다.

이한은 그날 아침 옷장 문을 열고는 신중하게 이 옷 저 옷을 입어 보았다. 그리고는 흰색 바지와 광택이 나는 푸른색 실크셔츠를 선택했다. 금주는 놀라면서 염려의 말을 했다.

"이게 네 옷이니? 이런 걸 입고 나가면 모두들 쳐다볼 텐데?"

"나가지는 않을 거야."

이한은 얼버무리듯 말했다.

"그럼, 이 스카프들도 모두 너의 것이니?"

이한은 약간 수줍어하며 중얼거렸다.

"11월이 왔으면 좋겠다. 유경은 이 스카프들을 좋아해."

"너, 정말 그 사람 사랑하는구나……"

금주의 탄식에 이한은 고개를 저었다.

"우리의 감정엔 그런 권위가 없어. 그냥 예외적인 감정이지……

우린 사실 뭘 하고 있는지 잘 몰라. 사랑하는지, 미안해하는지, 열등감에 빠져 있는지, 그리워하는지…… 난 사실 잘 몰라. 미안해. 난 네게……"

"알아…… 이젠 알 거 같아. 전부……"

이한이 너무 힘들게 말하려 해서 금주는 실크셔츠의 목 부분을 펴주고 이한을 끌어안았다.

"두렵지 않니?"

금주는 이한의 어깨 너머로 물었다.

"……두려웠어. 하지만 이젠 괜찮아. 암이나 자동차 사고 알코올릭이나 끊임없이 진행되는 노화와 자살충동 그런 거 정도지."

금주는 여동생을 결혼시키는 언니처럼, 이한이 유경을 사랑하는 것보다 유경이 더 많이 이한을 사랑했으면 하는 바람을 가졌다.

그날 밤 서재에서 잠자리를 편 금주는 끝내 잠을 이루지 못했다. 새벽 두시에 금주는 가방을 들고 나섰다. 꼭 닫힌 침실 방문엔 유경의 이삿짐 속에 들어 있던 기리코의 대형 패널이 걸려 있었다. 〈헥토르와 안드로마케〉. 팔 없는 두 목조 마네킹이 작별을 앞두고 차오르는 슬픔을 억제하며 서로 기댄 채 얼굴을 붙이고 있는 그림이었다. 금주는 부화되지 못한 새의 알 같은 얼굴을 물끄러미 쳐다보다가, 또하나의 팔 없는 목조 마네킹인 것처럼 그들에게 다가가 가만히 몸을 붙였다. 목조 마네킹의 지지대인 가느다란 틀이 휘청 흔들리고 안드로마케의 엉치에 못 박힌 삼각형의 자투리 나무조각이 금주의 폐부를 깊숙이 찌르는 듯했다. 슬픔이 차올라 금주의 얼굴도 헥토르처럼 아래로 숙여졌다.

안녕, 무사하길 바래. 금주는 헥토르를 트로이 전쟁에 내보내야 하는 안드로마케처럼 속삭였다.

거리엔 비가 내리고 있었다. 금주는 비를 맞으며 잠시 서 있었다. 가슴에 쓰라림이 몰려왔다. 아파트 앞의 아케이드 상가도 불빛이 꺼져 이제 막 발굴된 무덤 같았다. 세진컴퓨터랜드, 질경이우리옷가게, 대우그릇총판, 전당포, 책대여점, 아이스크림가게, 피카소화실, 우영그릇, 건강식품가게, 노래지도교실, 데이바이데이어린이영어교실, 수족관가게, 애완견센터, '당뇨병 희소식'이라는 현수막…… 그런 것들이 관람시간이 끝난 박물관의 유물이 다시 암흑 속으로 가라앉듯, 침침한 어둠 속에 매몰되어 있었다.

기묘하게 공허해 보였다. 밤과 낮 사이의 망각의 벽이 뒤로 물러서고 젖빛 아침이 오면, 호객을 위한 현수막과 간판들은 글자를 드러내고 가게들은 물건을 아케이드 앞에 줄줄 겹쳐 내놓겠지만 그 시각엔 시간이 흐르고 있다는 걸 좀처럼 실감할 수 없었다. 시간은 마치 다른 세계 속으로 잠적한 것 같았다. 다시는 돌아오지 못할, 흐름이 박탈된 광물질의 세계로. 금주는 포개어져 잠든 두 남자를 생각했다. 사랑하는지 미안해하는지 열등감에 빠져 있는지 그리워하는지 모른다는 남자들의 잠. 그리고 팔 없는 목조 마네킹 헥토르와 안드로마케…… 인디오의 한 부족은 이 세계를 다섯번째의 질서로 믿었다. 금주는 '다섯번째의 질서'라고 중얼거리며 걷기 시작했다. 혼수상태의 거리를 힘겹게 끌고 다섯번째 세계와 여섯번째 세계 사이의 틈 속으로 빨려드는 기분이었다.

메리고라운드 서커스 여인

아무것도 지키지 않고 아무것도 갖지 않고, 아무것도 거부하지 않고 생에 대한 의지도 상실해버린 채 모든 것으로부터 떠나 먼지 가득한 잠을 자온 여자. 그 여자, 죽음과 같은 지긋지긋한 격리의 나날 속에서 가끔 벼락을 맞은 듯 깨어나 짙은 화장을 하지요. 그리고 겹겹이 옷을 입은 안전한 당신들에게 와락 다가가 꼬리치며 함부로 교태를 떨고 이토록 엄숙한 삶에게 가랑이를 벌려 노역을 하지요. 삶을 돌보지 않고 구멍난 옷을 입고 떠돌아다니며 너무나 간단히 옷을 벗는 가난하고 권태로운 서커스 여인……

그 여자, 풍문대로 오래 전에 해진 여자인걸요. 아무것도 지키지 않고 아무것도 갖지 않고, 아무것도 거부하지 않고 생에 대한 의지도 상실해버린 채 모든 것으로부터 떠나 먼지 가득한 잠을 자온 여자. 그 여자, 죽음과 같은 지긋지긋한 격리의 나날 속에서 가끔 벼락을 맞은 듯 깨어나 짙은 화장을 하지요. 그리고 겹겹이 옷을 입은 안전한 당신들에게 와락 다가가 꼬리치며 함부로 교태를 떨고 이토록 엄숙한 삶에게 가랑이를 벌려 노역을 하지요. 삶을 돌보지 않고 구멍난 옷을 입고 떠돌아다니며 너무나 간단히 옷을 벗는 가난하고 권태로운 서커스 여인…… 그 여자는 알지요. 삶의 굴욕과 침묵을 버린 뒤에 우리가 바라는 궁극은 죽음이란 것을.

　이 도시에서 그 여자를 처음 발견한 사람은 메리고라운드 서커스단의 단장 최모였어요. 일 년 전 겨울이었죠. 여자는 초조한 상점

주인들이 성급하게 네온의 불을 켜놓은 초저녁의 거리를 걷고 있었습니다. 신호등이 네 개나 있는 아주 긴 직선거리였어요. 신호등들이 크리스마스 불빛처럼 제각각 초록불로 바뀌었다가 붉은불로 바뀌었다가 갑자기 노란불로 바뀌었고, 갑충류의 벌레 같은 차들은 색깔의 변화에 따라 민감한 더듬이로 감응하듯 일제히 정지하거나 일제히 쏟아져 직진 주행을 하거나 교차로를 가로질러 좌회전을 했어요.

오렌지색과 푸른색 파카를 입은 어린애들과 검은색 코트를 입은 남자들. 그러나 행인들 중에서 여자는 단지 그녀뿐이었어요. 차가운 비가 올 것같이 우윳빛 안개가 낀 추운 겨울 저녁이었구요. 여자는 잿빛 코트에 불타오르는 듯한 샐비어색 목도리를 하고 있어서 눈에 띄었어요. 최모는 거리가 내려다보이는 쇼핑몰의 칠층 맥주집에 앉아 있었고 교회 지붕 위의 십자가에 붉은 네온이 이제 막 켜지는 순간에 우연히 교회 건물 앞 인도를 걷고 있는 여자를 보게 되었죠.

어깨 위에 헝클어진 머리카락과 길게 늘어뜨린 붉은색 목도리와 힘겹게 들고 걷는 커다란 가방에 차례로 눈길을 던졌다가, 최모는 연약한 몸에 휘어지도록 매달린 그 커다란 가방을 노려보게 되었습니다. 여자는 가방 때문에 몸이 한쪽으로 치우친 채 약간씩 비틀거리며 걸었는데 무언가를 찾는 듯 두리번거렸어요. 기온이 순간순간 급강하하는 겨울의 밤이 시작되고 있는데, 무언가를 아직 찾지 못한 거예요. 어쩌면 친척 집의 주소나 친구 집의 약도를 주머니 속에 감추고 있는지도 모르지만 단순히 하룻밤을 쉬어갈 모텔을 찾는지도 모릅니다. 여자는 정처없고 황량하고 불안해 보였으니까요. 이 도시에는 모텔이 없습니다. 모텔은 근교 유원지에 모여 있죠. 그렇게 걸어서는 밤이 다 지나가도록 찾을 수 없을 거예요.

너무 오랫동안 내려다본 나머지 최모는 여자를 자신의 손바닥 위에 올려서 바로 코앞에 내려놓고 싶어졌습니다. 나뭇잎을 따서 물살에 떠내려가는 개미를 건져주듯 말이에요. 그리고 안심시키고 입김을 불어 말린 뒤 아주 따뜻하게 해주는 거죠. 거리를 너무 오래 내려다보고 있으면 그런 착각을 하게 됩니다. 도시 전체가 실체가 아니라 모형처럼 느껴지고, 삶도 추상적으로 느껴집니다. 사람도 그래요. 삶 속에 얽혀 있는 정교한 인과관계나 운명 같은 것이 한갓 기계 뒤편에 숨겨진 전자기판의 회로처럼 얄팍하게 느껴지고 의미가 증류되어버리는 느낌이 들죠. 어쨌든 무거운 가방을 든 여자는 아주 오랫동안 모형의 거리에 설치된 태엽인형처럼 까닥까닥 다가왔습니다. 그녀 속에는 또 어떤 고통과 추억과 운명이 내장되어 있을까……

마침내 여자가 바싹 가까이 다가와 마지막 신호등 앞에 섰어요. 여자는 한순간 최모가 앉아 있는 창을 올려다보았습니다. 그 눈의 그늘, 납작한 얼굴, 한쪽으로 기울어진 어깨, 기대라고는 없는 체념적인 태도…… 그 태도로 인해 여자는 인형이 아니라 갑자기 사람이 되어버렸고 그때 최모는 그 여자의 생이 던져주는 어떤 영감에 포박되고 말았어요. 동정심과 사랑스러움과 슬픈 열정이 흡사 말굽처럼 거세게 가슴을 차버린 거예요. 그는 갈비뼈가 쩍 벌어지는 것 같아 실제로 몸통을 움켜쥐었습니다. 그것은 너무 돌발적이고 강렬하고 확신을 주는 심각한 통증이었죠. 그러나 자리에서 일어나 맥주 값을 지불한 후 엘리베이터를 타고 바람처럼 거리로 달려가 여자에게 말을 거는 짓은 하지 않았습니다. 당연하죠.

1998년 겨울에는 이제 어떤 남자도 모르는 여자에 대한 영감 때문에 그런 짓을 하지는 않습니다. 60년대는 물론이고 70년대까지도 그런 행동을 하는 남자들이 왕왕 있었죠. 어쩌면 80년대에도요. 하지만 1990년대의 마지막 두 해는 달라요. 이제 거리는 그 어느 곳보다도 비현실적인 공간이 되어버렸어요. 사람들은 사이버 세계 속에서 음화 같은 의사소통을 하죠. 더구나 메리고라운드 서커스단의 단장 최모는 여자와 연애하는 남자가 아닙니다. 그는 몇 번의 실패를 한 뒤로는 여자를 믿지 않게 되었죠. 게다가 그는 충동대로 움직이는 인간이 아닙니다. 그는 늘 가슴 한쪽이 막연하게 아프고 습기차 있고, 때로는 걷잡을 수 없는 분노가 치솟는 상실의 영혼을 가진 사람이니까요. 여자의 뒤에 걸린 현수막에서 파란색 글자가 선명하게 보였어요. '시험관 아기 시술센터 개원.' 그는 글자를 한 자 한 자 재확인합니다.

빌어먹을, 그는 무언가를 향해 한마디 욕설을 내뱉은 뒤 욕망의 거친 흡반이 영혼의 밑바닥을 훑고 지나갈 때까지 눈을 감고 지그시 견뎠어요. 그리고 눈을 떴을 때, 붉은 목도리와 커다란 가방을 다시 발견했죠. 그 여자가 스카이라운지의 레스토랑 갈색 유리문을 열고 들어선 거예요. 여자는 아무 망설임도 없이 깊숙이 들어와 그의 맞은편 테이블을 차지했습니다.

가방을 내려놓은 여자는 한동안 두 팔을 내리고 두 다리를 쭉 뻗은 자세로 정면을 보고 있었습니다. 말하자면 그를 보고 있었어요. 최모는 의식을 끌어당기고 있던 중력이 풀리면서 붕 뜨는 기분이었어요. 한동안 최모는 맥주를 마시며 한사코 창 밖을 쳐다보았죠. 여자는 그의 시야에서 벗어난 곳에 안개 속의 나무처럼 미동도 하지 않고 부옇게 떠 있었습니다. 이윽고 여자가 한 손으로 턱을 고이고 창 밖으로 고개를 돌렸을 때 최모는 여자를 정면으로 보았어요. 상상한 것보다는 나이가 좀 들어 보이는 여자였어요. 약간 빛이 바랜 노란빛 살갗, 아주 가느다랗고 긴 코와 목과 손가락과 보랏빛 입술을 가진 선병질적인 여자. 전쟁터를 헤매고 다닌 목이 긴 새처럼 허기져 보이기도 했어요.

약간 고개를 숙인 여자가 새하얀 눈자위 위로 커다란 갈색 눈동자를 둥실 띄우며 최모를 빤히 쳐다보았어요. 최모도 이번엔 눈길을 피하지 않았어요. 여자를 멍하니 쳐다보던 최모는 다음 순간 눈을 동그랗게 치떴습니다. 최모는 그제야 자신이 벌써 한 시간 동안 한 여자를 기다리고 있었다는 사실을 깨달았습니다. 그리고 자신에게 전화를 건 그 낮은 음성의 여자가 바로 이 여자라는 사실도.

두 사람은 잠시 멍하니 서로를 쳐다보았어요. 여자의 눈빛은 너무나 친숙하게 느껴졌습니다. 냄새로 변해버린 추억과 호두껍질처럼 단단한 보호본능에 둘러싸인 죄의식과 묵처럼 흐늘흐늘하게 뼈마디 속에 재워진 깊은 상처들을 천천히 일깨우는 눈. 처음 보는 여자의 눈에서 그런 오래고 오랜 슬픔의 기원을 읽게 되다니 이해할 수 없는 일입니다. 어쩌면 여자는 최모가 사춘기 시절 방 안에 붙여두었던 영화 포스터 속의 어떤 여배우와 닮은 눈을 가졌는지도 모릅니다. 탐욕과 성스러움이 동시에 깃들인 순수하고 신비한 눈동자. 여자의 눈 속에서는 꽃잎이 권태롭게 떠다니고 있었습니다.

최모는 자리에서 일어났어요. 그 순간 자신이 아주 약간 꼽추라는 사실을 떠올렸습니다. 몇 년 만이었습니다. 자신의 비정상적인 모습을 자각하는 것은 고통스럽고 화가 나는 일이었어요. 실은 그는 화를 잘 내는 인간이었습니다. 극단적인 감정의 인간이죠. 그는 잠시 멈칫했습니다. 그러나 힘껏, 자신에게 잔혹해지면서 한 발 한 발 여자의 테이블로 다가갔지요. 그리고 성급하게 앉았어요. 명함을 내밀었어요.

"혹시, 전화를 거신 분인가요? 제가 메리고라운드 서커스단의 단장 최모입니다. 회전목마를 심벌로 하고 있는 바로 그 서커스단이죠."

여자는 막연하고 혼란스러워하는 표정을 지었습니다.

"늦어서 미안해요. 실은 오는 동안 좀 망설였어요. 생각하느라 좀 걸었죠. 전…… 서커스는 이 나라의 도시 어디에서도 본 적이 없어요. 완전히 사라진 줄로 알았어요. 정말로 서커스단이 있나요?"

"물론이죠. 메리고라운드는 오랜 역사를 가진 국내 유일의 정통 서커스단입니다. 국내보다는 동경과 홍콩에 더 알려져 있어요. 지금도 홍콩 공연중이에요. 겨울 시즌 동안은 우리 유원지가 폐쇄되기 때문에 늘 그래왔습니다."

"유원지라고 하셨나요?"

여자가 눈꺼풀을 손으로 비비며 중요한 문제는 아니라는 듯 물었어요. 최모는 감탄하는 마음으로 아주 길고 좁다란 열 개의 손톱을 쳐다보았어요. 손톱 끝이 회칠을 한 듯 희었습니다.

"메리고라운드는 섬 유원지에 속해 있는 서커스단이죠. 당신은 서커스 경험이 있나요? 전화상으로는 어떤 재주가 있다고 하셨는데……"

여자는 기묘한 표정을 지으며 턱을 고였어요. 비밀을 발각당한 사람의 난처함과 수치심을 자극당한 불쾌감과 은밀한 자긍심이 은은하게 뒤섞이는 표정이었지요.

"전, 접시를 돌리는 여자예요. 그리고……"

여자는 마치 놀란 듯이 눈을 커다랗게 뜨며 얼굴을 조금 더 앞으로 내밀었습니다. 그리고 비밀스럽게 속삭였어요.

"……저는 공중에 뜰 수가 있어요."

여자의 예상과 달리 최모는 표면적으론 전혀 놀라지 않았습니다. 최모는 아연하고 슬픈 마음으로 무덤덤하게 여자를 바라보았어요. 최모는 그녀가 꽃잎이나 나뭇잎처럼 가볍다는 것을, 거리에서 발견했을 때부터 그러니까 첫눈에 알아챘어요. 바람이 불면 공중에 뜰 수도 있을 정도로 가볍다는 것을. 그래서 자신의 의지로가 아니라 오히려 자신이 어쩔 수 없는 가벼움 때문에 이곳까지 날려왔다는 사실을. 죽은 새의 깃털이나 민들레의 갓털 씨앗이나 커다란 빗방울이나 찢어진 종이연이나 바람이 든 비닐봉지처럼…… 고아처럼 인연이 없고 영혼처럼 중력이 없고 안개처럼 언제나 승화할 태세가 되어 있는 것들. 이 여자에게는 화를 낼 수 없겠구나, 변덕스럽고 극단적인 감정을 가진 최모는 문득 숭고한 생각을 했습니다. 이 여자를 돌보고 싶다. 최모는 천천히 고개를 저었습니다.

　"사실이에요."

　여자가 어떤 반응을 원하면서 중얼거렸어요. 그 말투 속에 언뜻 깊은 피해의식이 엿보였습니다.

　"사실이겠지요. 하지만……"

　최모는 잔기침을 해 음성을 가다듬으며 고개를 저었습니다.

　"가족은 없나요?"

　여자는 담배에 불을 붙이고 연기를 뱉어낸 뒤, 또 성급하게 담배를 입에 물었을 뿐 대답할 의사가 없어 보였습니다. 생의 어느 시기에 블랙홀로 빠져들어 중력을 상실해버린 여자. 사람의 몸무게는 바로 지구가 끌어당기는 중력의 무게라고 합니다. 그렇다면 인연의 무게는 몇 킬로그램쯤일까요? 연인 간에 당기는 무게는, 엄마와 아이들 간의 무게는 부부간의 무게는 자매간의 무게는…… 공중에 뜨는 여자에게는 그런 관계의 무게조차도 없어지는 것일까요……

여자에게는 다른 무언가가 더 있는 것 같았습니다. 생에는 일반적이지 않은 불가피한 고통들이 얼마든지 있습니다. 여자의 모습을 하고 있지만 내면적으로는 남자라든가, 사랑하는 남자의 아기를 낳을 수 없는 자궁이 약한 여자라든가, 타고난 레즈비언이라든가, 간질환자라든가…… 최모는 얼마 전에 보았던 텔레비전 프로그램을 떠올렸습니다. 여자들이 자신도 제어할 수 없는 도벽 때문에 울고 있었습니다. PMS(월경전증후군). 바로 자신의 자궁 때문에 어떤 여자는 십사 년 동안이나 삶으로부터 격리되어 보호감호소에 갇혀 지내고 있었습니다. 그 여자들의 소원은 도둑년이라는 손가락질을 받지 않고 가족과 함께 살아가는 평범한 생활을 되찾는 것뿐이었습니다. 그 증상에서 정말 벗어날 수만 있다면 당장에 자궁을 척출하겠다고 말하는 바로 그런 고통.

최모는 여자의 어깨를 만져주고 싶었습니다. 그는 공중에 뜨는 사람의 고통을 알 수 있었으니까요. 삶의 편에서 볼 때 그건 곱사등이나 동성애와 마찬가지로 일종의 장애입니다. 공중에 뜨는 사람은 사람의 길을 알 수가 없어요. 걸음걸이도 서툽니다. 그는 허공에 유폐된 자아를 지닌 자이며 세상으로부터 중절된 자인 것입니다.

물론 '공중에 뜨는 여자'는 대대적인 흥행이 보장된 서커스죠. 그녀에게 날개옷을 입히고 커다란 새장 속에 넣어 홍콩과 라스베이거스로 보내면 그는 곧바로 돈방석에 앉게 될 것입니다. 그러나 최모는 고개를 저었습니다. 그는 이 무방비한 여자가 내던지는 생의 영감에 사로잡혀 있었으니까요.

"공중에 뜨는 건 진지하지 않은 구경거리에 불과합니다. 진정한 서커스는 그런 것을 원하지는 않습니다. 차라리 그냥 접시돌리기가 낫겠군요. 아니면 다른 훈련을 받아보든지……"

최모는 단호하게 말했습니다.

"다른 훈련이 뭐죠?"

"외줄타기 같은 거죠. 당신 같은 사람은 공중에 뜨는 힘을 통제하고 그물에 추를 달듯 신체 각 부분에 존재의 중량을 정교하게 분배해야 합니다."

"지금 와서, 내가 무언가를 위해 노력해야 할까요?"

여자의 입술이 절망적으로 열려 있었습니다. 여자는 무엇인가를 할 의지가 남아 있지 않은 것 같았습니다. 여자는 얼굴을 가리는 앞머리카락을 쓸어올렸습니다. 가느다랗고 긴 밀짚색 머리카락이 부서질 듯 건조했습니다. 모든 인연이 끊어진 고아이자 공중에 떠다니는 지친 부랑자. 그녀가 사라져버린다 해도 아무도 실종 신고를 하지 않을 것입니다. 폐쇄된 섬 유원지로 데려가기에 아주 적합한 여자였어요. 자신의 사랑을 받아주고 언제까지나 순종만 한다면 그녀는 비록 유폐된다 해도 안전할 것입니다.

여자는 그날 밤 최모와 함께 서커스 연습실이 있는 섬 유원지로 갔습니다. 여객 터미널의 선착장엔 바람이 몹시 불고 묶여 있는 배들과 강철로 만든 선착장과 거대한 체인들이 파도에 서로 부딪혀 철컹철컹하는 쇳소리를 냈습니다.

최모의 보트를 탔을 때, 최모는 길게 늘어뜨려진 여자의 붉은 목도리를 새로 묶어주었습니다. 얼굴을 친친 감고 난 후 자신의 검정색 펠트 모자를 벗어 깊숙이 씌워주었죠. 코끝을 스치는 최모의 손가락에서 최모의 팔 아래에서 최모의 모자 속에서 여자는 그의 냄새를 맡았습니다. 두려움을 모르는 여자도 처음으로 꺼려졌습니다. 여자의 가슴속에 어떤 예기치 않은 일에 대한 불안이 엄습했어요.

여자는 최모를 경계하며 새삼스럽게 바라보았습니다. 그는 약간 꼽추에 작은 체구였고 긴 얼굴과 기다랗고 큰 코를 가졌으며 뭔가에 집중된 날카로운 눈 속에 범죄자 같은 불안한 우수가 스며 있었습니다.

밤바다에서 새가 고양이 소리를 내며 날고 있었어요. 아마 괭이 갈매기였겠지요. 보트가 달리자 겨울바람이 깨어지는 벽처럼 얼굴을 후려쳤어요. 언젠가 보았던 텔레비전 뉴스가 떠올랐습니다. 바닷가 도시의 선창가 횟집에서 일하던 주방장 남자가 사랑하던 여자를 목졸라 죽인 뒤에 토막내 종이박스에 넣어 냉동시킨 뒤 유람선을 타고 바다에 빠뜨리던 중에 잡혔다는…… 여자는 무서운 영화를 보듯 팔에 얼굴을 묻고 고양이 소리를 내며 나는 갈매기들과 퉁겨오르는 물방울들과 먼 도시의 불빛과 캄캄한 밤바다를 보았어요. 얼음조각 같은 바람 속에 신선한 해초의 냄새와 석유 냄새와 마른 장미꽃의 신 냄새가 묻어왔어요. 섬이 가까워오자 짐승의 울음소리가 들렸습니다. 너무나 괴롭고 슬픈 울음소리였어요.

폐쇄된 섬의 유원지에는 동물원 사육사와 두 명의 인부, 밥 짓는 아주머니, 서커스 훈련을 하는 두 소녀, 그리고 이제 막 스물네 살이 된 매혹적인 남자가 있었습니다. 그 남자는 특별한 인상이어서 여자는 당황했습니다. 두드러진 광대뼈와 삼각형에 가까운 두 눈, 눈 속의 눈동자는 구두약처럼 검었습니다. 그리고 완벽하게 잘생긴 코와 연약해 보이는 짧은 턱. 가슴과 허리에 꼭 달라붙는 호피무늬 스웨터와 타이츠같이 붙는 바지 차림. 날씬한 허리와 두 개의 사과 같은 단단한 엉덩이, 길고 곧게 뻗은 다리, 냉담해 보이는 입술…… 그는 소녀와 소년의 중간쯤인 남자였습니다. 여자는 그 남자에 대해 금세라도 손을 뻗어 얼굴을 끌어안고 싶은 납득할 수 없는 열정에 피가 뜨거워졌습니다. 그녀가 끌어안으면 겨울날의 성에 긴 유리창처럼 차갑고 딱딱하고 투명하기만 할 어린 남자. 여자는 처음 본 그 순간에 물 속에 풀리는 물감처럼 한 몸이 되는 그들을 상상했어요.

최모는 이 섬 주인의 세번째 아들이었습니다. 늙은 주인은 이곳 말고도 다른 유원지와 호텔이 있어서 섬과 서커스단은 최모에게 맡겨져 있었습니다. 여자에게는 섬 가장자리의 목제 방갈로가 주어졌습니다. 석유난로가 있고, 두꺼운 모래색 커튼이 쳐진, 방풍이 잘 되는 방이어서 잠잘 때는 속옷과 양말만 신으면 새하얀 캐시밀론 담요 속에서 따뜻하게 잘 수 있었습니다.

최모는 전혀 서두르지 않고 여자를 내버려두었습니다. 여자는 고급 휴양객처럼 섬 유원지를 구경하고 해안길을 산책하고 먼 도시를 조망하며 빈둥거렸으며, 바다 위의 레스토랑에서 하루에 두 번 점심과 저녁에 식사를 했습니다. 섬의 동물원에는 다양한 동물이 갇혀 있었습니다. 꼬리에 무수히 많은 눈이 달린 청색과 초록과 백색과 흑색의 신비로운 공작새들, 짐승처럼 커다란 육식성의 독수리와 부엉이, 악어와 보아뱀, 표범과 사자와 원숭이와 호랑이와 물개, 물범과 낙타와 포니와 당나귀, 그리고 유난히 명태를 좋아하는 큰 불곰이 있었습니다. 곰 우리는 북쪽 바다와 암벽 사이에 설치되어 있어서, 곰은 바닷물에 반쯤 빠진 채 녹슨 쇠창살을 앞발로 쥐고 서서 먼 바다를 바라보고 있었습니다.

여자는 동물원 근처에서 시간을 많이 보냈어요. 사육사와는 이내 사귀게 되었고 사육사를 돕는 젊은 남자와도 인사를 하게 되었습니다. 사육사는 소박하고 단순하고 선량하고 잘 웃는 오십대의 비대한 남자였는데 수의사이기도 했습니다. 그의 붙박이장은 동물들을 치료하는 온갖 작은 약병들로 빼곡히 차 있었습니다. 류라는 젊은 남자는 수줍음을 많이 탔고 말이 없었습니다. 그는 광대뼈 때문에 몽고나 티베트 사람처럼 보이는데다 가끔 방울이 달린 털모자까지 쓰고 있어서 기묘한 모습이었습니다. 그리고 언제 보아도 아름다운 몸의 선을 최대한 노출시키는 꼭 달라붙는 유혹적인 옷차림을 하고 있었습니다. 또한 손가락은 새의 발처럼 앙상하고 길고 날카로웠습니다. 어쩌면 그 섬에서 여자를 가장 매혹시킨 동물은 바로 류일 것입니다.

밤이면 짐승들의 울음소리가 커다랗게 울려서 여자는 잠을 이루지 못했어요. 최모는 아침마다 여자의 방갈로 앞에서 기다렸습니다. 그리고 인사했습니다. "잘 잤어요?" 여자는 밤마다 울부짖는 짐승들에 대해 말하지 않고 그냥 고개를 끄덕였습니다. 최모는 여자와 섬의 해안길을 산책했고 함께 아침을 먹고 오전의 재스민차를 오래오래 마셨습니다. 최모는 낡은 옷만 가진 여자에게 새로운 털코트와 부츠를 선물했고, 꽃다발과 포도주와 중국향을, 소원을 이루어준다는 페루산 날개 달린 뱀도자기와 한 쌍의 나비탈을 주었으며 그녀를 위해 매일 한 가지씩 특별한 요리들을 만들도록 식당 아주머니에게 지시했습니다.

여자는 밤에 한 쌍의 나비탈을 벽에 걸면서 생각했어요. 이제 곧, 이 섬 유원지의 주인인 최모가 함께 자자고 하겠지. 그때 여자의 얼굴은 기묘한 것이었습니다. 마치 이 삶의 하루하루를 수락해야 하듯이 남자의 요구 역시 거부할 수 없는 성질의 것이라는 듯. 더이상 이유 없이도 살아가고 있는 것처럼, 자신을 방기함으로써 강간을 허락하는 것처럼…… 여자는 이 년 동안 떠돌이 생활을 하면서 여러 사람들을 만났고 세상도 웬만큼 알았습니다. 자신의 경험상 남자가 이런 식으로 배려를 하고 그 배려를 받을 때면 당연히 암묵적인 성적 흥정이 있게 마련이라고 여겼습니다. 왜냐하면 남자들이 그녀에게 담보할 수 있는 것도, 또 자신이 내놓을 수 있는 것도 그것 외엔 아무것도 없었으니까요. 여자는 누구하고든 섹스를 할 수 있습니다. 최모가 꼽추라 해도 말이에요. 무슨 목적이 있는 행위가 아니라, 단지 그녀가 하는 거니까요. 누구하고 섹스를 하든 여자는 늘 '자신'이고 변하는 건 아무것도 없는걸요. 상처란 언제나 무슨 일에나 누구하고든 있게 마련이죠. 그러나 여자가 욕망을 갖기 시작하면 모든 것은 달라집니다. 욕망은 짙은 화장을 하게 하고 범람하는 강처럼 위험한 교태를 떨게 하고 꽃이 피어나듯 스스로 다리를 벌리게 하고 영원히 사라지지 않을 감각의 추억을 몸 속에 남기고 그리고 회오리바람처럼 자신이 모를 곳으로 휩쓸어가버립니다.

눈이 아주 많이 온 날이었습니다. 여자는 섬의 서쪽에 있는 서커스 공연장으로 갔습니다. 반원형의 야외 공연장이었어요. 천장은 오 미터쯤 되어 보이는데 높이 그네들이 매어져 있었고 허공을 가로지르는 줄도 걸려 있었습니다. 여자는 공연장 구석에서 긴 파이프를 들고 줄타기가 시작되는 지점까지 알루미늄 사다리를 타고 올랐습니다. 두려움은 전혀 없었어요. 당연하죠. 그녀에게는 상승과 추락에 달리 구분이 없으니까요. 여자에게 줄타기의 어려움은 일정한 고도를 유지하는 정도에 있습니다. 공중에 뜨는 여자에게도 허공에 놓인 줄 위를 일정하게 걷는 일은 쉽지 않은 거예요. 무척 어렵죠. 여자는 공중에 뜰 수 있지만 그것은 매우 불안정한 것이에요. 자신의 의지와 상관없이 붕붕 떠오르는 것에 불과하니까요. 자칫

발꿈치의 집중력을 놓치면 중력의 배분이 흐트러지고 몸이 둥실 떠올라 천장에 닿아버리거나 줄 아래로 거꾸로 걷게 되니까요. 줄에서 이십 센티미터쯤 아래로 벗어난 여자가 도로 줄 위로 오르기 위해 안간힘을 쓰고 있을 때 류가 나타났습니다. 류는 허공에 떠 있는 여자를 발견하고 깜짝 놀랐습니다.

"오, 안 돼요—"

류가 비명을 질렀습니다. 비명 소리는 소녀의 것처럼 날카로웠습니다. 당황한 여자도 몇 번의 헛몸짓을 한 후에 간신히 바닥에 내려섰어요.

"난 당신이 추락하고 있는 줄로 알았어요. 당신은 특별한 사람이군요."

"아뇨. 오히려 보통 사람이 가진 어떤 부분이 결락된 사람이에요. 이를테면 평형감각 같은 것. 어린 시절에 귓속의 어떤 기관이 상처를 입었는지도 모르죠."

여자가 손톱이 긴 손가락들로 양쪽 귀를 가렸습니다.

"이곳에선 당신이 공중에 뜬다는 사실이 철저히 비밀에 부쳐져야 합니다. 당신은 서커스에서 진귀한 동물 같은 구경거리가 되어 우리 속에 갇힌 짐승처럼 살게 될지도 몰라요."

류의 음성이 갑자기 약간 높아지고 말도 빨라졌습니다.

"아니면, 일본의 광적인 과학자 집단에 납치되어 너무나 진지하게도 산 채로 가슴과 뇌가 해부될지도 모르고 중력이 작용하지 않는 외계로부터 온 생물로 오인되어 FBI 첩보요원들에게 잡혀가 당신이 온 혹성 루트에 대해 실토할 때까지 고문을 당할지도 몰라요. 어쩌면 당신처럼 비밀스럽게 사는 사람들이 더러 있을 거예요. 어떤 암호를 써서 서로 대화하는 지하 동호인들이 있을지도 모르죠."

류는 말하고 난 뒤 웃었습니다. 수줍어하는 류가 처음으로 여자에게 농담을 한 것입니다.

흥분한 류의 목 언저리가 붉게 변했습니다.

"놀이기구를 탈래요?"

류가 천진하게 묻자 여자는 손으로 커다란 찻잔 쪽을 가리켰습니다.

류는 관리사무실로 달려가서 키를 가지고 왔습니다. 소복이 쌓인 눈이 그 보이지 않는 내부로부터 서서히 녹고 있었고, 햇빛이 눈 위에 반사되어 공중에 빛을 되쏘았습니다. 청설모들이 뒤뚱뒤뚱 눈 덮인 가지들을 지나가며 눈을 푸스스 떨어뜨렸고, 우리의 동물들은 낮잠에 빠져 있었습니다. 너무나 고요했어요. 여자와 류는 그 눈부신 고요 속에서 비밀스럽게 찻잔 안으로 들어가 서로의 무릎을 맞대었습니다. 그리고 찻잔이 빙글빙글 돌아가는 동안 웃지도 않고 서로를 뚫어지게 쳐다보았습니다. 여자의 커다란 갈색 눈동자와 류의 구두약처럼 검은 눈동자가 고리처럼 단단하게 걸렸습니다. 삶의 얼굴을 빈틈없이 끌어안고 있는 느낌이었어요.

최모가 여자의 방갈로를 찾아온 것은 바로 그날 밤이었어요. 눈이 너무 많이 내렸기 때문에 여전히 지붕과 문 앞에 하얗게 덮여 있었고 처마에서는 물방울이 똑똑 떨어지고 있었어요. 여자는 장미향이 가득한 방 안에서 오이를 얼굴에 붙이고 두툼한 기모노식 잠옷을 입고 침대에 누워 있었어요. 최모는 발소리도 없이 들어와 아무 말도 없이 여자의 옷을 풀고 윗옷을 입은 채 재빨리 삽입하여 너무나 빠르게 사정을 하고 곧바로 떠나버렸습니다. 여자는 전혀 저항하지 않았어요. 저항하지 않는 것은 여자의 천성인지도 모릅니다. 여자는 얼굴에 여전히 몇 조각의 오이를 붙인 채 젖은 가랑이를 닦지도 않고 멍하니 누워 있었습니다. 차갑고 상큼한 오이 냄새와 미지근하고 비릿한 정액의 냄새…… 몸이 찻잔을 탔을 때처럼 빙글빙글 돌아가는 것 같았습니다. 류가 그리웠어요. 매끈한 등과 편편한 가슴, 삼각형의 눈과 구두약처럼 검은 눈동자, 튀어나온 광대뼈, 소녀같이 작은 분홍빛 입술…… 여자의 몸에 구름덩이같이 붙잡을 수 없는 미열이 떠다녔습니다. 곰 울음소리가 다시 들리기 시작했습니다. 류를 불러보았습니다. 류— 류…… 그러자 여자의 머리카락이 갈색의 길고 긴 강물처럼 어딘가로 흘러가는 듯했습니다.

섬에서 보면 도시는 물위에 떠 있는 듯 조금씩 움직입니다. 밤의 불빛이 차가운 바다 속에 찬란한 뿌리를 내리고, 낮 동안 불었던 바람은 잦아졌어요. 털코트를 머리부터 덮어쓴 여자는 류와 흔들리는 다리 위에 앉아 도시를 바라보았습니다. 물 속에는 별처럼 많은 해파리들이 그 속에 꽃잎 모양을 간직한 채 나풀거리고 있었어요.

"당신 이야기를 해봐요. 부모가 살아 있나요? 이 섬엔 언제, 왜 왔죠? 왜 이곳에 있는 거죠? 당신은 누구인가요?"

"부모는 살아 있어요. 심양에 있죠. 삼 년 전에 왔습니다. 심양에서 최모를 만났어요. 난 이곳이 좋아요. 최모가 나를 보살펴주죠. 난 불리는 그대로 류예요. 다음해엔 스물다섯 살이 될 거예요. 국적은 아직 중국이고. 그리고 전생엔 여자였고 고관의 첩이었어요."

여자는 아연해졌습니다. 중국인일 줄은 미처 상상하지 못한데다 자신의 소개에 전생까지 기정 사실로 넣는다는 것이 이상했습니다. 하지만 류다운 자기 소개이기도 했어요.

"난 호텔에 있을 때 중국에서 온 서커스단에게 접시돌리기를 배웠어요. 훌륭한 서커스단이었어요. 그 사람들 중엔 전생에 한국 사람이었다는 이가 둘이나 되었죠. 그들은 보이지 않는 어떤 힘의 작용으로 이 나라에 오게 되었다고 하더군요. 전생의 마을을 찾고 싶어했지만 그러지는 못했어요. 그들은 이제 다른 나라로 갔어요. 나만 외톨이로 남은 거죠."

"……나도 한국인이었어요. 1880년대 여자였죠. 나의 근본적인 영혼은 여자예요."

"전부터 당신을 안 것만 같아요. 나의 기분 이해할 수 있나요?"

류가 고개를 끄덕이며 여자의 얼굴을 가린 머리카락을 걷어주었습니다. 여자는 용기를 내어 류의 손을 붙잡았습니다. 류의 손은 비단처럼 부드러워서 그만 미끄러져나갈 것만 같았습니다.

"난, 최모에게 팔려왔어요. 난 최모의 것이죠."

여자는 류의 손등에 입술을 대고 힘껏 눌렀어요. 류가 다른 손으로 여자의 얼굴을 쓰다듬었습니다. 그리고 키스를 했어요. 류의 어깨가 여자의 어깨를 누를 때, 그것이 얼마나 친숙한 느낌인지, 여자는 자신도 1880년대에 살았고 그때의 류와 매우 가까웠다는 것을 확신했습니다. 여자는 류의 얼굴을 와락 당겨 안았습니다.

"당신을 사랑해. 아주 옛날부터, 내 살과 피와 영혼의 기억으로……"

"그날, 당신이 추락했다면, 그 순간을 목격한 나의 심장은 영원히 상처를 입었을 겁니다. 당신은 내게 소중한 사람이에요. 이상하게도 난 아주 오래 전부터 이 사실을 알고 기다려왔던 것 같아요. 당신이 이곳에 오기를. 당신이 죽지 않아 얼마나 다행인지……"

류도 떨리는 음성을 누르며 고백을 했어요. 이제 막 깊은 잠에서 깬 듯 여자의 눈이 반짝 빛났습니다.

"당신에 대해 말해줘요. 당신은 누구고 어디서 왔나요?"

"난 어려서 부모를 잃고 할머니 손에서 자랐어요. 할머니가 돌아가신 뒤 곧바로 사진관 남자를 만나 결혼해 그 사진관 이층에 집을 꾸미고 살았죠. 두 아이를 낳았고 정확히 십 년 뒤에 집을 떠났어요. 무슨 이유 같은 건 없었어요. 걸리는 게 있다면 낮 내내 아래층에 있던 남편이 하루도 빠짐없이 정오에 점심을 먹으러 올라왔다는 것 정도죠. 평생 동안의 정오의 시간들…… 그리고 둘이 함께 잠자리에 누운 자정의 시간들. 어느 날 집을 떠날 때, 그건 그냥 가을에 나뭇잎이 떨어지듯 자연스러운 거였어요. 세탁소 앞을 지나갈 때 다림질 냄새를 맡거나 두꺼운 겨울코트들을 뒤집어 햇볕에 말리는 풍경을 보면 집 생각이 나요. 설거지가 끝난 부엌, 이제 막 닦은 마루, 물로 씻어낸 현관 바닥, 신선한 구두약 냄새가 나는 신발장, 바짝 마른 빨래들, 방금 갈아낸 날이 선 부엌칼, 삶아낸 행주와 걸레들, 익숙한 청소기, 목욕탕 타일의 촉감, 서랍 속의 새하얀 속옷들, 양념이 가득 담긴 투명한 그릇들, 딸아이의 운동화, 아들아이의 자전거, 아이들의 살냄새와 피부의 부드러움, 콧등을 찡그리고 웃는 표정과 웃음소리…… 먼 곳에 오면 산다는 것이 그럴 수밖에 없다는 걸 알게 되죠. 때론 삶의 굴욕과 침묵과 시간이 비스킷처럼 부서지던 그 사소함이 그리워질 때가 있어요."

여자가 줄타기 연습을 할 때면 언제나 류가 나타났어요. 여자는 줄타기 연습이 끝난 후에는 류 앞에서 자신이 가진 최선을 바치듯 접시를 돌렸습니다. 고개를 젖히고 서서 이마 위에 돌아가는 접시를 꽂은 대를 하나 올리고, 한쪽 무릎에도 한 개씩 접시가 돌아가는 대를 올리고 그리고 양쪽 손에 두 개씩의 대를 쥐고 접시를 돌리는 거예요. 그렇게 전부 여섯 장의 접시를 돌리는 거죠. 한 장도 떨어뜨리지 않아야 해요. 그건 너무나 고요하고 엄정하고 숭고한 중심 잡기죠.

"접시를 돌릴 때면 꿈틀대는 짐승의 등 위에서 한 장의 접시도 떨어뜨리지 않고 끝까지 돌리며 가야 하는, 그 잔혹한 것이 생 같아. 접시돌리기를 멈추면 짐승은 나를 내동댕이치고 달려가버리고 접시들은 어김없이 바닥에 떨어져 깨어지고 생의 빛도 암흑 속으로 사라져버리지. 접시돌리기의 망상, 그것이 생이에요. 누구나 꿈틀대는 짐승의 등 위에서 돌려야 하는 접시가 있지."

접시들을 포개 상자 속에 넣으면서 여자는 말했습니다. 류는 여자의 어깨를 안고 목과 귀에 가볍게 입술을 댔습니다. 여자는 오랫동안 류를 바라보았습니다. 여자의 눈이, 물이 고인 웅덩이처럼 캄캄하게 빛났습니다.

여자는 매일 줄타기 연습을 했고 최모는 모든 홀수 날짜의 밤마다 여자의 방갈로를 찾아왔습니다. 밤에 여자는 천장 모서리에 떠 있거나 뜨개질을 하고 있기도 했고, 책을 읽거나 무언가를 쓰고 있기도 하고 음악을 듣고 있기도 했습니다. 어느 때는 몹시 취해 있기도 했어요. 어느 날 최모는 늙은 앵무새가 들어 있는 둥근 새장을 들고 왔습니다.

"새에게 말을 가르쳐요. 서커스에 쓸 새요."

초록색 날개를 가진 주홍색 얼굴의 앵무새는 볍씨 같은 노란 눈꺼풀로 눈을 덮은 채 잠들어 있었습니다.

"여러 날 계속해서 줄타기 연습을 하고 있더군."

최모는 공연장에서 류와 함께 있는 여자를 매일 보았습니다.

"그냥 해보는 거예요. 시간이 넘치니까. 매일 연습하지만, 나아지지 않아요. 공중에 뜨는 것 따위는 줄을 타는 데 전혀 소용이 없다는 것을 알았어요. 그냥 붕붕 떠오를 뿐, 나의 의지대로 되어주진 않으니까요."

"그것을 당신 의지대로 한다면 당신은 바다 위를 걸어 도시로 갈 수도 있을 거요."

"마치 그전에는 절대로 도시로 갈 수 없다는 말처럼 들리는군요."

"어쩌면."

여자가 놀라 눈을 커다랗게 떴습니다.

"당신을 사랑해."

"그건 나와 상관없는 일이에요. 온전히 당신 일이죠. 난 당신 같은 사람을 알아요. 언제나 일방적으로 사랑하고 누군가가 당신을 사랑하면 경멸하고 차갑게 등을 돌리는 사람. 언제나 일방적이기만 하죠. 당신은 자신을 혐오하기 때문에 당신을 사랑하는 사람을 견디지 못해요. 당신은 결국 혼자 나를 사랑하다가 내가 쓸모없게 되면 어느 날부턴 사랑하지 않게 되겠죠."

여자가 차갑고 낮게 말했습니다.

"난 언제든 이곳을 떠날 수 있어요."

물범의 울음소리가 들렸습니다. 최모는 경고하듯 단호하게, 그러나 위로하듯 부드럽게 말했습니다.

"당신은 자신이 아는 것보다 훨씬 깊은 곳에 들어와 있어요. 고립되었어. 생은 생각보다 폭력적이오. ……류와 함께 있지 말아요. 그 애는 나의 연인이오. 당신도 그렇지만. 당신이 말한 대로 난 아무도 나를 사랑하는 걸 원치 않아요. 당신 역시 나의 류처럼 언제까지나 무력하고 차갑게 내 곁에 있기를 바래."

최모가 떠난 뒤에 여자는 새를 깨워 맨 처음 단어를 가르쳤습니다.

"류…… 류…… 류……"

그것은 불가능한 것의 이름이었습니다. 지난 이 년 동안, 아니 온 생애를 통해 여자는 불가능한 것을 갈망해본 적이 없었습니다. 류……
여자의 머리카락이 갈색의 강물처럼 흘러가는 것 같았습니다.

공연장에선 두 소녀가 서커스 연습을 하고 있었습니다. 연두색 비단원피스를 입고 붉은 리본으로 머리를 묶은 소녀, 그녀는 말을 하지 못했어요. 노란 피부의 덩치 큰 몸이 천천히 고무처럼 휘어졌어요. 마치 살이 빠져나간 우산처럼 금세라도 몸이 주저앉을 듯이 비정상적으로 보였습니다. 아무래도 서커스 소녀들에게 나도는 풍문처럼 식초를 너무 많이 먹은 것 같았어요. 소녀는 이마 위에 콜라병을 올리고 그 위에 유리잔을 올리고 몸을 뒤로 젖혀 두 다리를 펴고 완전히 누웠다가 다시 두 다리를 모아 온 힘을 다해 일어서는 동작을 반복했어요. 유난히 노란 얼굴이 부석부석 부어올랐고 너무 고요하고 아무런 표정도 없었어요. 피부가 단단하고 이목구비가 앙증맞게 생긴, 아주 검은 머리를 가진 소녀는 외발 자전거를 타고 인형을 업고 파라솔을 쓰고 부채를 부치며 장애물들을 지나가는 훈련을 했습니다. 고요함 속에 장애물 넘어지는 소리가 텅텅 울렸어요. 외발자전거를 긴 소녀의 가랑이가 쇠붙이처럼 단단하고 차가워 보였습니다. 서커스 소녀들을 바라보는 여자의 눈에 눈물이 차올랐어요. 아마도 고아원에서 온 소녀들이겠지요. 소녀들은 생을 알지 못해요. 세탁소를 지나다가 다림질의 냄새를 맡거나 두꺼운 겨울코트를 햇볕에 말리는 풍경을 보더라도 집을 그리워하지 않을 거예요. 삶이 얼마나 사소하고 굴욕적이고 고요한 것인지도 모를 거예요. 영원히 모를지도 몰라요.

여자는 한동안 줄타기 훈련을 하지 않았어요. 앵무새에게 말을 가르치고 불곰에게 명태를 던져주고 당나귀들에게 건초를 먹이고 공작새 우리에 들어가 새들이 앉은 가지에 올라앉아 함께 시간을 보냈어요. 움이 트는 벚나무 가지에 봄물이 팽팽하게 차오르는 것이 느껴졌습니다. 실버들은 멀리서 보면 아슴한 봄빛에 어려 푸른 빛을 띠었고 바닷물은 납 같은 회색빛에서 허물을 벗듯 파래졌어요. 동물들이 추위에서 벗어나며 하품을 하고 새들이 생기를 띠며 지저귀기 시작했어요. 상큼한 풀냄새가 바다를 건너오는 바람 속에 뒤섞여 날려왔어요.

"봄이 오는데도 서커스단은 돌아오지 않는군요."
최모가 몸을 안자 여자가 말했습니다.
최모는 조용히 두꺼운 옷을 입은 여자의 몸을 파헤치고 속으로 들어갔습니다.
"아무도 돌아오지 않을 거야. 서커스 같은 건 필요 없어."
"그게 무슨 뜻인가요?"
"몇 년이 흘러도 아무도 이 섬에 오지 않을 수도 있다는 거요."
"안 돼요."
여자는 고개를 저으며 최모를 밀어냈습니다. 여자의 저항에 최모는 놀랐습니다. 최모가 떠날 때 앵무새가 새빨간 부리를 열고 소리를 냈습니다. 류, 류, 류……

최모가 돌아간 뒤에 여자는 서커스 공연장으로 달려가 장대를 들고 줄 위에 올랐습니다. 난 할 수 없어. 할 수 없어…… 여자의 몸은 쇳덩이처럼 움직이기를 거부했습니다. 여자의 의식은 앞으로 걸어나가려 했습니다. 몸을 공중에 띄우고 동시에 몸 전체에 그물추를 달아매듯 존재의 중량을 고루 배분하여 한 걸음씩 나아가기란 흡사 산을 옮기듯 힘겨운 것이었습니다.

'이건 류에게 가는 길이야.'

여자는 자신에게 다짐했습니다. 여자의 발끝은 시멘트벽을 후벼 파는 듯 아팠습니다.

'이건 바다를 지나는 길이야.'

여자는 크게 한 번 흔들렸지만 이내 중심을 회복했습니다. 그리고 불을 밟은 듯 뜨거운 줄 위에 몸무게를 실었습니다.

'이건 집으로 가는 길이야.'

그 순간 여자는 줄에서 기우뚱 벗어났습니다. 여자는 그저 허공에 잠시 떠 있다가 얼마간 아래로 떨어졌다가 위로 천장까지 치솟았습니다. 여자는 공중에 뜨는 자신이 혐오스러웠어요. 아무 데도 쓰일 때 없이, 아무 곳으로도 가지 못하고 고작 치명적인 상처를 모면하는 정도의 얄팍한 묘기일 뿐인 것입니다. 여자는 검푸른 허공에 몸을 맡겨버렸습니다. 여자의 몸은 커다란 풍선처럼 부유했습니다. 어쩌다가 류를 이렇게 사랑하게 되었을까…… 믿어지지 않는 일이야. 사랑하는 류…… 뱀 같은 허공의 길을 걸어 너에게로 가고 싶어.

봄이 가고 여름이 가고 가을이 왔습니다. 폐쇄된 섬 유원지에는 아무 일도 일어나지 않았어요. 서커스단은 돌아오지 않고 유람선도 들어오지 않고 관광객도 오지 않았습니다. 대신 비가 자주 오고 태풍이 불어와 해변의 나무들이 뽑혀 바다로 날려가고 벤치의 의자들이 모두 망가졌어요. 나뭇잎은 깊이 쌓이고 동물들은 식욕을 잃고 우리에서는 배설물 냄새가 점점 심해지고 밤엔 짐승들이 더욱 거칠게 울었어요.

　여자는 어린 말들의 우리 앞에 앉아 무의식적으로 마른 풀잎을 뜯고 있었습니다. 시선은 어린 말의 갈기쯤에 멍하니 고정되어 있었어요. 어린 말의 황금색 갈기가 햇빛에 빛나고 공기 속엔 함부로 쌓인 나뭇잎 마르는 냄새가 가득했어요.

　"유원지가 팔렸다는군요."

　풀잎을 뜯는 여자의 불안한 손을 쳐다보는 류의 눈빛이 초조해 보였습니다.

　"최모의 아버지는 사업이 어려워지자 지난겨울에 섬의 유원지를 내놓았죠. 그런데 며칠 전에 팔렸대요. 섬을 산 사람은 다른 계획을 가지고 있어서 서커스단과 동물원은 인수하지 않기로 했답니다. 그래서 서커스단은 돌아오지 않기로 했고, 동물들은 필요한 곳으로 한 마리씩 팔려가게 되었어요. 우리도, 곧 어딘가로 떠나게 될 거예요."

　여자는 여전히 어린 말의 등에 시선을 둔 채 더욱 거칠게 풀잎을 뜯었습니다. 여자의 손가락에 풀잎의 초록물이 들었어요. 류, 류, 류…… 여자의 앵무새가 하염없이 류를 부르고 있었습니다.

　"난 당신들과 함께 가지 않을 거예요."

　"왜죠?"

　"……당신과 나 사이에 생긴 무게가 버거워요. 난 그런 여자예요. 다른 곳이 필요해요. 류…… 오늘밤, 나에게 와요. 우리에겐 지금, 바로 오늘밤뿐이에요."

　빠르게 말하는 여자의 무표정한 눈 속에 햇볕이 가득히 들어 있었어요. 여자는 아무것도 보지 않았어요. 새하얀 눈을 뜬 장님처럼……

깊은 밤에 류가 바스락바스락 나뭇잎을 밟으며 머뭇머뭇 여자의 방갈로를 찾아왔습니다.

"내 것이라곤 이거뿐이군요."

류가 내민 것은 조그만 찻주전자였습니다. 아주 오래되었는지 밑바닥이 그을리고 맨들맨들 닳아 있었습니다.

"중국의 집에서 가져온 거예요. 당신이 가졌으면 좋겠어요."

"간직할게요, 영원히. 난 지금으로 충분한 것과 영원히 계속되어야 할 것을 잘 구분하고 싶어요. 당신, 우린 지금뿐이고 이 순간으로 충분해요."

류가 여자를 안았습니다. 그때 바람이 들이치듯 문이 벌컥 열렸어요. 그리고 최모가 성큼 들어왔습니다.

"안 돼."

최모가 붉어진 얼굴로 저지했어요. 바람이 맨발로 들이닥친 도적 떼처럼 커튼을 높이 들어올리고 방 안을 한 바퀴 휘저었습니다.

"나가세요."

여자가 낮은 소리로 외쳤어요.

"둘 중에 누군가 나가야 한다면 그건 류가 아닌가?"

"그건 당신이에요. 난, 류를 사랑해요."

"난 당신을 사랑해."

"그건 나와 상관없는 일이에요."

"상관 있게 해주겠소."

여자의 얼굴이 새하얗게 질렸어요.

"당신은 류를 사랑하고 난 당신을 사랑하오. 그리고 류는 내 것이오. 나에게 팔린 몸이지. 나와 함께 떠나면 당신은 안전하고 평화롭게 살아갈 수 있소. 그러나 당신이 류를 사랑한다면 나는 그에 상응하는 보복을 할 것이오. 그런데도 류를 사랑하오?"

최모는 의자를 침대 앞으로 끌어당겨 털썩 앉았습니다.

"나를 태운 짐승을 내쫓는 것, 그건 나의 병이죠. 날 그냥 둬요. 일생 동안 이 순간처럼 무언가를 원해본 적은 없어요."

여자는 류를 끌어안았어요. 여자는 스스로 옷을 벗고 류의 바지를 풀었어요. 류는 두 팔을 늘어뜨린 채 여자가 하는 대로 수동적으로 움직였습니다.

"류……"

여자가 속삭이며 류의 입술을 파고들어 목구멍 깊숙이 혀를 밀어넣었습니다.

"류……"

여자가 류의 목과 어깨에 이빨을 박아넣었습니다.

"류……"

여자가 류의 옆구리를 혀로 핥으며 아래로 더 아래로 내려가 무릎을 꿇었습니다.

최모는 의자에 앉아 여자의 전부를 노려보았습니다. 독을 마신 듯 눈 속에 붉은 핏물이 번지고 있었습니다.

"류, 제발 두려워하지 말고 두 팔로 나를 안아. 이것이 재난이라 해도, 너를 원해."

류는 서서히 손을 들어올려 여자의 머리를 쓸어안았습니다. 그리고 튕겨 일어나며 여자의 얼굴을 끌어당겨 안았습니다. 여자가 희미한 비명을 지르며 류의 몸을 타고 올랐습니다. 최모의 눈 속에서 눈물이 차올라 넘쳤습니다. 여자는 단 한 번도 최모 쪽을 보지 않았지만 최모는 뚫어지도록 여자를 노려보았습니다. 배가 싸늘해졌습니다. 최모는 자신이 죽음보다 더 먼 곳으로 아득히 사라져가는 것을 느꼈습니다. 겨우 한 번의 겨울과 한 번의 봄과 한 번의 여름과 가을이 흐르는 사이에 그토록 많은 것을 여자에게 빼앗겨버린 것입니다.

섬의 유원지에서 동물들은 날마다 한 마리씩 천천히 팔려나갔습니다. 일본원숭이는 백이십만원, 타조는 팔백만원, 불곰은 이백오십만원, 표범은 팔백만원, 독수리는 이십만원, 공작새는 십오만원…… 어느 날 우리에 든 여자가 팔려갔습니다. 여자의 머리카락과 손가락과 입술엔 이미 거미줄이 쳐졌고 눈꺼풀 위엔 부연 먼지가 덮여 있었어요. 여자는 커다란 새장 속에 갇힌 채 아주 먼 나라, 동유럽의 어느 나라에 있는 서커스단으로 간다고 들었습니다. 여자를 태운 배가 떠날 때 손을 흔들어주는 사람은 아무도 없었습니다. 류와 최모도 섬에서 사라진 지 오래였으니까요. 여자는 앵무새가든 작은 새장과 찻주전자를 꼭 쥐고 있었습니다. 그날은 11월의 첫날이었어요. 공중에 여러 장의 유리가 낀 듯, 금세라도 쨍하며 깨어져내릴 듯, 맑은 날씨였지요.

첫사랑

그 남자는 나에게 말도 붙이고 혼자 이런저런 이야기도 하고 무어라고 묻는 말에 내가 대답하면 하하 웃기도 했어. 그날 난, 병신인 내게 친절한 젊은 일꾼에게 그만 반해버렸단다. 남자가 좋아진 건 생전 처음이었어. 아니, 그게 아니라, 말하자면 난, 무서움을 이기고 누군가를 그만 사랑하게 된 거야. 누군가를 사랑하게 되면 무서운 일이 생기고 말 거란 걸 알고 있었기 때문에 그런 일은 꿈도 꾸지 않았는데 말이야. 해가 다 저무는데도 꼼짝 않고 그 자리에 앉아 있었어.

—사람들은 첫사랑을 떠올릴 때 화들짝 놀라고 이어 얼굴을 약간 붉힌 뒤, 막막하고 허술한 표정이 된다. 그리고 흔히 이런 관용구로 첫사랑에 관한 말을 시작한다. '글쎄 그걸 첫사랑이라고 할 수·있을지 모르지만……' 첫사랑이란 실은 둘 사이에 아무 일도 일어나지 않은 어떤 억눌린 감정에 관한 추억인 것이다. 하지만 그렇지 않은 사람도 간혹은 있다. 첫사랑이 생애에 유일한 사랑인 사람들. 그런 확신이 단 한 번으로 영원히 자신을 사로잡을 때, 명료하지도 않고 약속도 없는 하나의 이미지가 존재의 결계가 되기도 하는 것이다.

　은무는 전복을 사들고 어둑한 생선전의 고르지 못한 바닥을 골라 딛느라 미간을 찌푸렸다. 그리고 그를 보았다. 은무는 아, 하며 잠시 허공에서 아연하게 떠 있다가 젖은 바닥을 철벅 밟아버렸다. 샌들을 신은 하얀 발가락에 검은 수챗물이 스며들었다. 열어젖혀진 생선의 내장 속에서 흘러나왔을 비릿하고 탁한 먹빛…… 은무는 암울하게 남자를 바라보았다. 오징어나 문어 같은 미끄럽고 역동적인 이물감이 단번에 머리를 디밀며 들어왔다. 추억은 얼마만큼이나 자발적인 것일까. 상념은 기억의 위태로운 집적을 단번에 무너뜨려버렸다.

무릎을 덮은 폭이 넓은 반바지와 소매 없는 진노란색 셔츠를 입은 남자는 가게 기둥에 걸린 파리채를 빼내 진열해놓은 물건들 위의 공기를 휘휘 휘둘러 파리를 쫓았다. 천장에서 돌아가는 커다란 선풍기 바람에 남자의 머리카락이 우스꽝스럽게 이마를 덮었다. 남자가 땀에 젖은 얼굴에 달라붙는 머리카락을 짜증스럽게 걷어올렸다. 의식을 벽 너머에 두고 나온 사람처럼 흐릿한 표정이다. 이제 막 짧은 낮잠에서 깬 것 같은…… 아마도 입 안 가득 더러운 침과 시큼털털한 구취가 고여 있을 것이다.

은무는 사내가 지키고 있는 진열대의 물건들을 살펴보지 않아도 무엇이 있는지 알 수 있었다. 한쪽 가장자리를 많이 차지한 것은 참기름병들이다. 그리고 빨은 고춧가루와 볶은 깨와 땅콩들도 쌓여 있을 것이다. 밀가루와 식용유와 국수와 소금과 설탕, 사카린과 소다와 베이킹파우더, 고무장갑과 파리채와 모기향과 각양각색의 고무줄들과 옷핀과 실과 바늘, 좀약과 방향제 따위도 색이 바래고 먼지가 스민 채 어딘가에 쌓여 있을 것이다.

'수복만물상회.' 그 가게의 이름이었다. 은무처럼 그 지역 사람들은 간판이 없어도 가게 이름을 알고 있었다. 삼십 년 전부터 있었는지도 모르고 어쩌면 사십 년이나 오십 년 전, 그녀가 태어나기도 전부터 있었는지도 모른다. 아직 슈퍼마켓이나 농협 연쇄점 같은 것이 생기기 이전 시대에 있었던 소읍의 유일한 만물상회였다. 그늘이 깊은 가게 안 흙바닥엔 고추 빻는 기계와 깨를 볶아 기름을 짜는 기계, 쌀을 빻는 기계들이 엄연히 있었지만 그 집은 방앗간이 아니고 만물상회여서 어린 시절 엄마 심부름은 늘 그 반경 안에서 해결되었다.

가겟방에서 검은색 부채를 든 여자가 나왔다. 염색한 파마머리를 위로 잔뜩 치켜올려 묶고 붉은 립스틱을 칠한 날씬한 젊은 여자다. 아주 얇은 천의 짧은 반바지를 입고 굽이 높은 슬리퍼를 끌고 있었다. 이제 막 찬물로 샤워를 한 것처럼 피부가 긴장되어 보였다. 여자는 껌을 씹으며 무어라고 빠르게 말하고는 부채를 활활 부치며 가게 밖으로 횡 나갔다. 남자는 무표정하게 여자의 뒷모습을 일별하고는 겨냥도 하지 않고 벽 여기저기를 툭툭 두드려 파리를 때려 잡았다.

하룩은 아니었다. 하룩이 아닌데도 은무는 하룩이 살아돌아와서 그렇게 살아가는 것을 보고 있는 것 같은 슬픔과 혼란에 빠졌다. 하룩이 읍내의 다른 남자아이들처럼 겉늙어서, 꼭 어릴 때 본 그들의 아버지나 삼촌 같은 모습이 되어, 상가세를 걷으러 다니거나 가업을 물려받아 두부공장이나 횟집이나 가구점이나 만물상회를 하며 초등학생의 학부모가 되어 있기를 바라는지, 열아홉 살의 아름다운 얼굴로 정지한 채 영원히 늪지의 미라가 되어 있기를 바라는지 알수가 없었다. 슬픔은 두 가지 중에 아무것도 선택하지 않고 순수하게 은무의 내면을 차지했다.

하룩의 동생을 어릴 때 몇 번 본 적이 있었다. 짙은 눈썹과 부드럽

게 흰 분홍색 입술과 윤기 있는 갈색의 피부는 눈에 떠었지만 실제
로는 하록과 아주 다른 아이였다. 평범하고 과묵하고 소박했고 어
떤 면에서는 좀 모자란 듯한 아이였다. 그는 이제 살도 많이 붙어
몸이 무르고 둥글어졌고 뜻없이 시선을 끌던 짙은 눈썹과 휘어진
분홍색 입술마저도 권태로운 세속의 요령에 젖어 볼품없이 수그러
져 있었다. 갈색 피부도 그 집안 특유의 윤기는 걷혀버려 어딘가 병
이 있는 듯 누렇게 떠 보였다.

　미장원과 전자제품 가게 사이의 안경점에서 은무는 또하나의 아
는 얼굴을 보았다. 초등학교 무용반에서 함께 춤을 추었던 여자아
이. 유난히 무용 교사의 말귀를 못 알아듣고 자신의 몸을 뜻대로 움
직이지 못해 벌을 자주 섰던 아이였다. 그 아이는 나이 들면서 몸집
이 아주 커졌고 얼굴은 비에 젖었다가 마른 신문지처럼 딱딱하고
커다랗게 부풀어올라 있었다. 처녀 시절에 유행했을 법한 어울리지
않는 긴 파마머리 때문에 더욱 퇴색되고 무참한 모습이었다. 그녀
는 원인 모를 불행에 대해 몹시 성이 난 듯한 얼굴로 손님 없는 가
게의 카운터에 꼿꼿하게 서 있었다. 은무는 안경점을 지나치며 어
린 시절 과자도매점이었던 자리는 패스트푸드점이 되었고 시계수
리점포는 중급 브랜드의 의류매장이 되었다는 것을 새삼 깨달았다.
갑자기 색깔들이 희끗하게 지워지더니 거리가 온통 퇴색한 흑백의
화면으로 바뀌고 있었다.
　은무는 두 아이의 여름방학을 맞아 이미 다섯 차례나 세 시간 동
안 고속도로를 달려와, 시장에 들러 전복을 사고 어둡고 젖은 시장
길을 걸어나와 병들어 누워 있는 사촌언니의 집에 문병을 갔다.
수복만물상회 앞을 다섯 번이나 지나쳤으면서도 한 번도 하록을 떠

올리지 않았고 안경점 여자도 본 적이 없었으며 패스트푸드점과 의류매장 앞을 지날 때도 아무 기억도 없는 이방인이 고개를 치켜들고 그저 그런 소읍의 거리를 걷듯이 방심한 채 지나쳐 갔었다. 전해에도 그랬고 그 전해에도 그랬다. 오 년 전에도, 팔 년 전에도 십 년 전에도…… 결혼이 갑자기 만들어낸 실용적인 관계들의 틈바구니에 치여 일체의 정서적인 관계를 상실해버린 듯이, 혹은 연애를 마감하고 결혼한 두 사람이 다시는 자신의 성장기에 대해 말하지 않는 것처럼…… 결혼이 그토록 강고한 형태인 데 비해 하록은 은무의 생에 그처럼 연약하고 흐릿하게 연루되어 있었던 것이다. 그건 사실이었다. 아무 일도 일어나지 않았던 그 모든 첫사랑이 그렇듯이.

태풍은 비켜갔지만 폭우가 퍼부은 뒤라 햇볕이 불을 쏟아붓는 듯 뜨거웠다. 은무는 도로가에 세워둔 차에 오르자마자 차창을 내리고 에어컨을 켜고 선글라스를 꼈다. 8월이 며칠 남지 않았다. 은무는 차를 출발시킬 때, 페인트 가게 앞에 놓인 비닐소파에 앉아 부채를 부치는 두 노인을 보았다. 노인들의 얼굴도 낯이 익었다. 한 사람은 커다란 짐자전거에 늘 유리나 거울을 싣고 와, 동생들이 깬 유리창이나 거울의 치수를 줄자로 재어 마치 도화지를 자르듯 칼로 자른 뒤 마술처럼 갈아끼워주던 유리집 남자였다. 그리고 한 사람은 연탄배달을 하던 약간 모자란 남자였다. 그는 어린 시절에도 그랬듯이 여전히 얼굴을 좌우로 약간 흔들고 있었다. 유리집 곁에는 아직도 양복집이 있었다. 친구의 아버지가 하던 가게였다. '대성복장사.' 알 수 없는 일이었다. 의류 브랜드의 체인점이 몇 개나 들어선 거리에 아직도 양복점이 있다니. 그리고 사거리엔 이태리 양화점도 그대로 있었다. 남양알로에 대리점과 파리바게트 사이였다. 곱슬머리를 어깨까지 기르고 늘 양복을 입고 백구두를 신었던 양화점 남자는 하록이 유일하게 선배라고 부르며 따랐던 미남 사내였다.

목욕탕과 다방과 약국과 음식점 거리로 갈라지던 예전의 사거리는 이제 새로 지은 건물들로 인해 어둑한 소로로 변했고 이백 미터쯤 위에 신호등까지 설치된 사거리가 사차선 도로로 새로 나 있었다. 은무는 신호를 받고 정지했다. 그 거리였다. 버스가 멈추어 섰던 곳…… 이곳에 온 이상 그냥 통과할 수 없을 거라는 건 은무도 알고 있었다. 한때는 고향에 올 때마다 마치 방문을 허용받는 절차처럼 하록과 연루된 어두운 기억의 숲을 지나야 했던 적도 있었다. 은무는 누가 질긴 피아노줄 같은 것으로 뒤통수를 당기기라도 하는 듯 천천히 돌아보았다. 목이 뻑뻑했다.

열아홉 살, 도시의 대학에 다니던 은무는 첫 방학을 맞아 고향에 돌아오고 있었다. 사거리를 돌자마자 고속버스가 멈추었다. 경찰이 길을 봉쇄하고 있었다. 이제 막 포장한 이차선 아스팔트 도로는 석탄처럼 검었다. 쇳덩어리로 된 롤러로 길을 다지던 장난감 같은 차도 길가에 버려져 있었다. 길 양편 가게의 점주들이 인도에 나와 서 있었다. 하늘가엔 생크림으로 만든 성채 같은 구름이 둥실 떠 있었고, 화로 속처럼 뜨거운 공기는 석탄 타는 냄새와 석유 냄새를 뒤섞은 채 미동도 하지 않고 멈추어 있었다. 승객들이 창문을 열고 얼굴을 밖으로 내밀었다. 이태리제화 앞 약국에서 윗옷을 벗은 청년이 경찰관을 밀치고 튀어나왔다. 길 한가운데서 청년은 날아오르려는 듯 하늘을 향해 높이 뛰어올랐다. 검은 바지 위에 노출된 갈색의 상체가 고무처럼 탄탄했다. 햇볕이 갑옷처럼 상체를 두르고 있어서 표창도 그대로 튕겨져나올 것만 같았다. 청년은 하늘을 향해 얼굴을 쳐들고 무어라고 외치며 달리기 시작했다. 마치 뜀틀을 넘기 위해 도약하는 운동선수처럼 정면의 그 무엇인가를 향해 사나운 속도로 내달렸다. 경찰 셋이 청년을 우르르 뒤따랐다. 달리던 청년은 골목에서 튀어나온 매복한 경관과 어깨를 부딪혀 뒹굴면서 잡혔지만 양쪽 겨드랑이를 붙들린 채로 커다란 새가 날개를 퍼덕이듯 몇 번인가 더 하늘로 튀어올랐다. 하록이었다. 하록은 몰라볼 정도로 체격이 커진 모습이었다. 거의 이 미터는 되어 보였다. 검은색의 고수머리와 갇힌 짐승같이 권태롭고도 애절한 두 눈동자, 얼굴에 예리한 각을 만드는 상큼한 콧날과 공격적으로 치켜든 군더더기 없는 턱…… 그것이 은무가 본 하록의 마지막 모습이었다. 하록은 그해 여름 열아홉 살의 나이로 죽게 된다.

하록이 언제부터 은무의 인생 속에 들어와 있었는지 정확히 알 수는 없었다.

은무는 여중생이 되고 난 뒤에 '우린 유치원 동창이야'라고 주장한 한 여자애가 가지고 온 유치원 졸업사진 속에서 그를 찾아냈다. 그러므로 하록을 처음 만난 건 유치원에서였을 거라고 짐작했다. 만약 유치원 동창이라고 주장한 여자애를 만나지 않았더라면 그 일은 수수께끼로 남았을 것이었다.

유치원에 다니던 은무는 이따금 장롱 속의 과자를 훔쳐 가방에 넣어 갔다. 은무는 과자를 훔쳐넣던 순간의 느낌을 지금도 기억하고 있다. 그건 결코 자신이 먹기 위해서가 아니었다. 그리고 아이들에게 내놓고 나누어주기 위해서도 아니었다. 그 어린 여자애는 훔치는 행위보다 열 배는 더 은밀한 증여의 행위에 대한 기대로 떨었다.

고아원을 겸한 유치원은 철길 바로 옆 가파른 시멘트 계단 끝에 있었다. 유치원의 철문가에는 커다란 아카시아나무들이 서 있었다. 계단을 오를 때 자주 기차가 지나갔고, 기차가 일으킨 바람과 수많은 쇠바퀴의 고통스러운 울림 때문에 아카시아꽃이 화르르 떨어지거나 노란 아카시아 나뭇잎이 활활 뿌려졌다. 어린 여자애는 파란 페인트칠이 군데군데 떨어져나간 녹슨 난간을 힘껏 쥐고 기차가 다 지나가도록 눈을 꼭 감고 있었다.

유치원 문을 들어서면 바로 앞에 놀이터가 있었고, 그 근처 수돗가 곁엔 아주 큰 솥을 걸어둔 간이 조리실이 있었다. 아이들에게 급식할 옥수수죽이나 우유죽을 끓이는 곳이었다. 그리고 반대편 넓은 마당 끝엔 단층 목조 건물인 고아원이 있었다. 고아원은 침목처럼 검은 색이었고 유치원은 설탕처럼 흰 색이었다. 유치원 교실은 수돗가를 지나 낮은 돌계단 위에 있었다. 유치원의 진열장 안엔 프랑스에서 보내온 진귀한 장난감들이 있었다. 금발머리 인형들과 동물 모양의 커다란 헝겊인형들과 정교한 함선들과 프랑스 집들……

유치원 시절은 행복했다. 하지만 어떤 얼굴도 기억해낼 수 없다. 마치 달걀귀신들의 세상이나 투명인간들의 세계처럼 흐릿하고 단속적인 속삭임과 사물들만 둥둥 떠다닌다. 빙빙 돌아가는 놀이터의 기구들, 아이들의 웃음소리, 높이 쌓아올려진 장난감 벽돌, 그림책들, 동물인형들, 텅 빈 골마루, 간식으로 먹은 딱딱한 고체 우유 조각, 몇 가지 노래들과 연약하게 떠들어대던 작은 울림들, 무엇보다 가장 인상적으로 남아 있는 것은 남향 벽을 장식한 아주 많은 유리창이었다. 물처럼 울렁거리는 것 같기도 하고 젤리처럼 말랑거리는 것 같기도 하고 얼음 조각처럼 차가운 것 같기도 하던, 비현실적으로 맑게 닦인 유리창들…… 그 시절의 기억 속에 남자애의 얼굴은 없다. 물론 그녀 자신의 얼굴도, 우린 유치원 동창이야, 라고 말한 여자애의 얼굴도.

모든 것이 해가 뜨기 전의 새벽안개처럼 희뿌열 뿐. 은무는 성장기의 어느 시점부터 자신이 은무라는 것을 깨닫게 되었는지 알 수 없었다. 오랫동안 달걀귀신처럼 누구의 것도 아닌 얼굴로 자라난 듯했다. 은무가 아는 건 아직 자신의 얼굴도 알아보지 못하는 그 어린 여자애가 은밀한 관계의 기쁨을 느끼고 그것을 반복하기 위해 자주 과자를 훔쳤고 그 과자는 분명 유치원 아이 중 누군가에게 바쳐졌다는 것이었다.

유치원을 졸업한 후 하록과 은무가 다시 마주친 것은 그로부터 삼 년이 지난 뒤 초등학교의 강당에서였다. 은무는 발레부원이 되어 강당에 들어섰다. 강당은 뜀틀넘기를 훈련하는 남자 체조부원들의 쿵쾅거리는 소리로 커다랗게 울리고 있었다. 달리기와 도약과 착지의 소리였다. 바닥엔 매트들이 깔려 있었고 철봉대가 설치되어 있었으며 높이가 다른 평균대들이 가장자리를 따라 늘어서 있었다. 그리고 강당 양쪽 벽엔 〈북한의 실상〉이라는, 붉은색과 황토색과 검은색과 백색으로만 칠해진 악마파의 화풍이라 할, 포스터들이 빈틈없이 들어차 있었다.

문득 고개를 돌린 은무의 눈에 한 남자아이가 들어왔다. 푸른빛이 도는 흑색 고수머리에 갈색 피부, 검정색 운동 팬츠를 입은 야위고 다부진 남자애였다. 그는 바람을 일으키며 달려와 도약을 했다. 세 개의 뜀틀이 연결되어 있었다. 남자아이는 세 개의 뜀틀을 훌쩍 넘더니 안정된 자세로 매트 위에 착지했다. 남자아이의 눈이 동그랗게 치뜬 은무의 눈과 마주쳤다.

그러자 즉시 은무는 훔쳤던 과자와 증여의 기쁨이 떠올랐다. 그리고 까맣게 잊혀져 있던 기억 하나가 되살아났다. 유치원의 놀이 터였다. 아이들의 소리가 소란스럽다. 은무는 어떤 적대적인 공기 속에서 울고 있다. 그런데 어느 순간 누군가가 나타난다. 그러자 갑자기 은무를 둘러싼 공기의 구도가 날카롭게 바뀐다. 빙글빙글 도는 새장처럼 생긴 놀이기구에 타고 있던 아이들이 침통하게 내리고 은무 혼자 놀이기구에 올라가 동글게 휘어진 살을 잡는다. 누군가 천천히 기구를 돌린다. 그의 웃음소리가 들려온다. 놀이기구는 땅에서 뽑혀 하늘로 날아가는 듯 거침없이 빙빙 돈다. 그런데도 은무는 무서워지지 않고 구름 속에 파묻힌 듯 부드럽게 미소짓는다. 그 감정은 어른이 되어서 아주 낯선 마을의 놀이터를 지날 때도 마음 깊은 곳에서 솟구쳐나와 은무를 미소짓게 했다.

은무는 그를 알고 있다는 것을 깨달았다. 이름도 나이도 집도 모르지만 은무는 그를 알고 있었다. 이상한 일이었다. 근원을 알 수 없는 앎이었다. 아홉 살의 하록과 은무는 반가움과 궁금증에 사로잡힌 얼굴로 어리둥절하게 마주 보았다. 한참이 지나 중학생이 된 은무에게 한 여자애가 '우린 유치원 동창이야'라며 사진을 보여주었을 때에야 어렴풋이 납득할 수 있었다.

체육 교사는 키가 작고 흰 피부를 가진 총각 선생이었는데 별명이 독사였다. 그는 독사처럼 사나웠다. 어느 날 그는 체조선수들을 한 줄로 길게 세워놓고 훈시를 하던 중에 별안간 신고 있던 갈색의 플라스틱 슬리퍼를 벗어 하록의 머리통을 마구 휘갈겼다. 하록은 두 손으로 머리를 감싸 자라처럼 어깨 속으로 집어넣고는 바닥을 뒹굴었다. 그것을 시작으로 독사는 닥치는 대로 슬리퍼를 휘둘렀다. 선수들이 차례차례 쓰러졌다. 무대 위에서 연습하고 있던 발레부원들이 동작을 멈춘 채 숨을 죽였다. 〈백조의 호수〉가 고요히 흐르고 있었다. 은무는 그만 선 채로 오줌을 누어버릴 것만 같았다. 체조선수들은 은무와 마찬가지로 겨우 3학년일 뿐이었다. 그런 매를 맞기엔 몸이 너무 물렀다. 그러나 어떤 식으로든 맞지 않고 훈련이 끝나는 날은 거의 없었다. 참나무 매로 엉덩이를 스무 대씩 맞든, 평균대 위에서 물구나무서기 벌을 받든, 운동장을 열 바퀴씩 돌든, 주먹이나 슬리퍼로 마구잡이로 맞든……

삼 년이 더 흘러 하록이 학교를 떠나기까지 맞은 매의 양이 얼마일까…… 그 정도의 매는 자라서 복수해야 할 원한이 되는 게 아닐까…… 4학년 운동회날 발레 팀과 체조선수 팀은 공연을 했다. 그날 하록은 철봉 시범 도중에 운동장 바닥으로 추락했다. 아주 높은 철봉에서 3단돌기를 하던 남자애가 마치 바람에 날리는 빨래처럼 높이 치솟더니 가볍게 날려 깔아둔 매트를 지나 땅바닥에 떨어진 것이었다. 사람들이 아—악, 하며 희미한 비명을 질렀다. 하록은 들것에 실려 양호실로 호송되었고 잠시 후에 구급차가 왔다. 그리고 하록은 사 주 뒤에 다시 학교에 나타났다.

5학년이 되었을 때였다. 그해에 하록은 소년체전에 출전해 상을 받아왔다. 은무는 발레부를 빠져나왔다. 하록이 체조선수에서 빠지는 것은 간질을 일으키기 전에는 불가능한 일이었지만 은무가 발레부를 그만두기 위해서는 전신에 기운을 빼고 이 주일 정도 엄살을 피우며 아버지를 조르는 것으로 충분했다. 은무가 더이상 강당에 가지 않게 된 어느 날 교사 뒤에서 마주친 하록은 주먹을 꽉 쥐고 사정없이 은무를 때렸다. 은무는 오랜 뒤에야 자신이 맞은 이유를 알 것 같았다. 하록이 독사에게 맞는 것을 그토록 여러 번이나 보았기 때문이었다. 그리고 더이상 맞는 것을 보지 않게 되었기 때문이었다. 치욕이란 익숙해질 때와 낯설어질 때가 있는 것이다. 하록은 초등학교를 졸업한 후 체육 특기생으로 뽑혀 대도시의 중학교로 진학했다.

철로 아래 굴다리를 거쳐 가구 공장을 지나면 주택가가 시작되었다. 오층짜리 낡은 아파트가 나오고 새로 짓는 아파트의 황금빛 모델하우스가 나왔다. 그리고 모델하우스를 지나면 계획 없이 마구 지은 소규모 빌라와 그 사이에 주저앉은 옛날 주택들과 실핏줄이 노출된 노파의 다리처럼 구부러지고 터져버린 좁은 포장길이 나타났다. 주택가인데도 치킨집과 피자집, 갈비집과 노래방과 꼬치집들이 파고들어 있었다. 그 밀집된 주택가에서 사촌언니의 집은 가장 오래된 집이었다. 어린 시절엔 교육청과 기차역 사이의 푸른 들판에 겨우 두어 채의 집과 두부공장 하나만 있었을 뿐이어서 큰집은 푸른 물결에 둥둥 떠가는 클레멘타인의 외딴집 같았다.

큰어머니는 당뇨를 오래 앓다가 사촌언니가 스물한 살 때 돌아가셨다. 사촌언니가 소아마비였기 때문에 큰어머니는 임종을 거의 한 달 동안 끌며 좀처럼 눈을 감지 못하고 괴로워했다. 사촌언니는 큰아버지와 단둘이 그 집에서 살다가 스물네 살에 결혼을 했다. 아주 잘생겼던 남편은 결혼한 지 삼 주 만에 집을 떠나버렸다. 남자가 떠난 뒤에 친척들은 수군거렸다. 큰아버지가 남자 집에 약속했던 돈을 주지 않았기 때문이라고도 하고, 남자에게 숨겨둔 여자가 있었는데 사기결혼을 한 거라고도 하고, 돈만 받아먹고 마음이 변해 도망간 거라고도 했다. 그리고 이혼을 하려고도 않고 여전히 시집 대소사를 챙기며 태연한 얼굴로 살아가는 언니를 두고 분수 모르고 욕심껏 결혼했다가 일을 그르치자 이번에는 제 실패를 인정하기 싫어 엉뚱한 괴력을 발휘하고 있다고 말했다. 언니는 큰아버지를 모시고 계속 큰집에서 살았다. 그리고 오 년 전쯤에 큰아버지도 돌아가시자 언니는 완전히 혼자가 되었다.

어린 시절 은무는 사촌언니의 행동범위 안에서 자랐다. 사촌언니의 어둡고 좁다란 방과 천이 스치듯 약간 거친 숨소리와 입에서 나오는 달큰한 냄새와 허방다리를 짚는 듯 아득히 출렁이는 걸음걸이와 비단과 레이온 같은 부드러운 천의 맞춤옷들과 향기와 맛이 다른 여러 종류의 껌들과 화려한 매니큐어를 칠한 손톱과 아름다운 색의 레이스 실들…… 사촌언니는 유별나게 은무를 예뻐해서 늘 곁에 두었다. 젖망울이 생기기 시작할 무렵 예쁜 수를 놓은 도톰한 젖가리개를 만들어준 것도 사촌언니였고 포목점에서 가장 부드러운 면을 떠와 생리대를 준비해준 것도 사촌언니였으며 여고생이 되었을 때, 손거울과 살을 조이는 거들을 사준 사람도 사촌언니였다.

은무는 다섯 채의 집이 나란히 서 있는 소로에서 차를 세우고 세 번째 집 담에 차를 바짝 붙였다. 파초가 유난히 성성한 집, 마른 피처럼 붉은 열매를 단 석류나무가 담 위로 솟아 있었다. 현관으로 들어가는 좁다란 통로를 제외하고는 온통 정원인 마당에는 가지와 잎이 제멋대로 뻗친 무성한 나무들과 짙은 보라색 꽃을 피운 달개비와 붉은 달리아 무리가 함부로 넘어져 있었다. 오래 돌보지 않아 퀴퀴하고 축축한 냄새가 났다. 어릴 때에도 큰집에는 유난히 달팽이와 지렁이와 이끼와 먼지가 많았었다. 집은 넓었고 식구는 적었기 때문이었다. 마당 안엔 잠자리떼가 유난히 어지럽게 날았다.

집은 많이 개조되어 옛날 것은 지붕과 기둥들과 뼈대만 남았을 뿐이었다. 마루에 새시를 해 온실처럼 둘러쳤고 좁다란 현관문은 꼭 닫혀 있었다. 문을 열고 높은 마루에 올라서도록 아무 기척도 나지 않았다. 마루엔 검정 색깔의 값싼 남자 구두가 신문지 위에 놓여 있었다. 은무는 합성 피혁 구두의 사이즈를 가늠하며 방문 앞에서 잠시 머뭇거리다가 문을 열었다. 어둑한 방 안에서 욕창과 궤양의 냄새가 혹 밀려왔다. 은무는 자신도 모르게 눈을 감았다가 떴다. 일부러 맞추어놓은 듯 선풍기가 벽을 향해 돌아가고, 병자가 얇은 삼베이불을 덮은 채 잠들어 있었다.

냄새에 비해 방 안은 세심하게 청소를 한 듯 정갈했다. 머리맡의 작은 상 위엔 유난히 싱싱해 보이는 다섯 개의 난 화분과 언니의 틀니가 놓여 있었다. 틀니는 선홍색 인조 잇몸 때문에 더욱 이물스러웠다. 은무는 틀니를 뽑아낸 움푹 팬 입과 한결 허전하게 가라앉은 한쪽 다리를 우두커니 내려다보다가 뒷걸음질을 쳤다. 방문을 닫고 나오기 직전에 벽에 걸린 남자의 양복 윗도리를 본 것 같았다. 은무는 다시 방문을 열었다. 틀림없이 후줄근하게 낡은 볼품없는 여름 양복이었다. 언니는 여전히 곤히 잠들어 있었다. 깨워서 물어볼까 하다가 그만두었다. 환자라 한번 잠들기가 쉽지 않은 까닭도 있었지만, 요즘은 제정신일 때도 별로 없었다. 고통 때문인지 언니는 스무 살 이전의 세계 속에 뒤죽박죽 두서없이 머물고 있었다. 은무를 숙모라고 부르고 간병하는 앞집 새댁을 용님이라고 불렀다. 용님은 큰집에서 일했던 식모애의 이름이었다.

부엌 앞 작은 마당엔 사촌언니의 옷일 듯싶은 빨래들이 물을 뚝뚝 떨어뜨리며 어설프게 널려 있었다. 불과 몇 분 전에 누가 빨래를 해 넌 것 같았다. 은무는 불만스러운 얼굴로 옷들을 하나하나 걷어 물기를 꼭 짜고는 다시 털어 널었다. 칠칠치 못한 솜씨였다. 언니를 보살피고 있는 앞집 새댁의 손길은 아니었다. 은무는 뒤꼍에서 날려오는 연기를 따라갔다가 아연해졌다. 감나무 아래에 쓰레기를 모아 불을 붙여둔 것이었다. 집 안에 불을 놓아두고 어디에도 사람이 없다는 것이 납득이 되지 않았다. 은무는 놀란 나머지 얼른 바가지에 물을 떠서 다 타지 않은 쓰레기 더미 위에 끼얹었다. 부엌에 들어가니 이번엔 얇은 냄비가 가스불 위에 올려져 바글바글 끓고 있었다. 은무는 어이가 없어 멍하니 부엌을 둘러보았다. 역시 수분 전에 설거지를 한 듯 그릇과 싱크대가 물기에 흠씬 젖어 있었다. 한쪽 구석엔 녹즙기를 사용하고 바로 씻지 않아 찌꺼기가 마르고 있었다. 은무는 눈살을 찌푸렸다.

당장 앞집 새댁에게 찾아가 물어볼까 하다가 마음을 다독이며 쌀을 씻어 물에 불렸다. 그리고 전복을 다듬기 위해 두리번거리다가 엉뚱한 자리에 놓인 도마와 칼과 꽉 짜둔 행주를 보고는 다시 고개를 갸웃했다. 부엌 꼴이 아무래도 예사롭지 않았다. 분명 앞집 새댁의 손길이 아니었다. 남자의 양복 윗도리와 구두를 떠올렸다. 사이즈가 상당히 커 보였다. 이백칠십쯤…… 그리고 벽에 걸린 큰 사이즈의 남자 옷도 가늠해보았다. 이 집에 올 남자라고는 누구 하나 상상해볼 건더기가 없었다. 은무는 아주 잠깐 형부였던 잘생긴 남자를 떠올렸다. 그가 돌아온 것일까, 만에 하나라도 그럴 수가 있는 일일까. 그 남자가 언니의 피 묻은 옷을 빨고 쓰레기를 태우고 냄비에 물을 올려놓고 행주를 짰을까. 그 남자는 지금쯤 몇 살이나 되었을까. 그렇게 환하던 사람도 늙었을까……

"외출을 거의 안 하는데, 오랜만에 이모가 찾아왔기에 이모를 따라 외가 마을로 나들이를 갔었지. 이모는 그곳에서 옛날 친구를 만나 나를 참외밭에 남겨두고 마을의 집으로 가버렸어. 나 혼자 참외밭 농막에 앉아 있는데, 비가 왔어. 비가 오니까, 노란 배꼽참외를 광주리 가득 딴 젊은 일꾼이 일을 중단하고 농막으로 들어왔어. 젊은 남자가 비를 후드득 털고는 젖은 손으로 참외를 건네며 깎아먹으라고 하는데, 그 노란 배꼽참외를 쥔 손이 얼마나 잘생겼는지…… 그 남자는 나에게 말도 붙이고 혼자 이런저런 이야기도 하고 무어라고 묻는 말에 내가 대답하면 하하 웃기도 했어. 그날 난, 병신인 내게 친절한 젊은 일꾼에게 그만 반해버렸단다. 남자가 좋아진 건 생전 처음이었어. 아니, 그게 아니라, 말하자면 난, 무서움을 이기고 누군가를 그만 사랑하게 된 거야. 누군가를 사랑하게 되면 무서운 일이 생기고 말 거란 걸 알고 있었기 때문에 그런 일은 꿈도 꾸지 않았는데 말이야. 해가 다 저무는데도 꼼짝 않고 그 자리에 앉아 있었어. 이모가 나를 데리러 올 거라는 핑계를 대고. 비가 그치자 그 남자는 남은 일을 하기 위해 어스름이 깔리는 밭으로 다시 들어갔고……"

은무가 첫 생리를 했던 열네 살의 어느 날 언니가 해준 이야기였다. 언니가 결혼한 지 삼 년째 되던 해였다.

"며칠 뒤에 다시 참외밭에 갔더니, 그 남자가 침통한 얼굴로 내가 걷는 모양을 골똘하게 보더라. 그 남잔 내가 다리를 전다는 사실을 그때서야 안 거야. 그날부터 매일 갔어. 그 남자가 점점 나를 무서워하는 것 같더라. 물론 나도 무서웠어. 그런데도 단념할 수가 없었지. 내 몸에선 시시각각 소리가 들렸어. 그 사람을 가질 수 없다면 낭떠러지에 떨어져 죽어버리겠어…… 잠이 들 때도 깰 때도 낭떠러지에서 떨어져 등이 산산이 부서지는 것만 같이 두렵고 아득했어…… 태어나서 처음으로 고집을 부렸지. 아니, 고집이 아니라, 그건 내 운명이었어. 두어 달 가까이 잠을 자지 못하고 먹은 것을 토

해내고 빈사 상태에서 헤매니까, 아버지가 그 동네 사람을 통해 중신을 넣고 돈을 싸들고 갔어. 그 사람이 아홉 남매의 장남인데 땅한 뙈기 없이 지지리 가난했거든. 그랬어…… 논 한 마지기 갖는 게 소원인 중늙은이를 꼬였던 거지. 사람들이 병신 주제에 염치도 없는 년이라고 욕을 했지만 결국 아홉 달 만에 결혼할 수 있었어. 너도 내 결혼식 날 생각나지? 그날은 정말이지 얼마나 아름다운 날이었니…… 5월이었지. 집집마다 넝쿨장미가 활짝 피어났고, 모란이 진 자리에 이제 막 작약이 꽃잎을 열고 있었지. 저 액자 속의 사진을 봐. 양가의 모든 친척들이 다 들어 있고, 양복을 갖추어 입은 그가 분명히 내 곁에 서 있고 내가 눈부시게 흰 비단한복을 입고 높고 긴 베일을 쓰고 있지. 봐, 다들 저렇게 기쁜 표정을 짓고 있어. 진짜 결혼이지. 그렇게 보이지? 식이 끝나고 우리는 버스를 타고 해수욕장 근처의 여관으로 신혼여행을 갔었다……"

빠르게 말을 쏟아내던 언니는 입을 꼭 다물더니 화근내가 나는 긴 한숨을 내쉬었다. 눈에 붉은 눈물이 가득 고였다.

"그 잘생긴 손, 하얀 얼굴, 길고 반듯한 허리와 그렇게 친절하던 말투와 손짓…… 하지만 그건 단 한 번도 내 것이 되지 않았어."

언니는 보라색 실로 포도넝쿨 수를 놓은 손수건을 꺼내 얼굴을 가리고 잠시 흐느껴 울었다.

"그 사람 가버리고 난 뒤에 여러 가지 말이 많았지…… 그 집에서는 돈을 돌려주겠다고 이혼을 하자는데, 난 돈도 받지 않고 이혼도 하지 않겠다고 했어. 은무 네 아버지가 받아내겠다고 펄펄 뛰기에 그 돈 받아오면 당장 혀 깨물고 죽을 거라고 협박했지. 우리 집안 사람과 그쪽 집안 사람들 모두가 일제히 나에게 화를 냈어. 병신년이 싫다고 도망까지 간 남자를 놓아주지 않고 거머리처럼 달라붙는다고…… 그렇게 된 거야. 구차하게 삶을 살지 않겠다고 결심했던 내가 참 질기고 파렴치해졌지. 원래 난 결혼하지 않겠다고 결심했었단다. 가능한 한 덜 모욕적으로, 곱게 살다가 죽기로. 그게 내 육체의 운명이지. 생각해봐. 이런 몸으로 어떤 결혼을 할지는 뻔하지 않니. 그리고 그 결혼이 얼마나 척박할지도 불을 보듯 뻔하지. 정상적인 사람이라면 고생도 의미 있게 보일 수 있지만 나 같은 사람에게는 그저 구차하고 미련스러울 뿐이지. 그런데 그 사람을 보았어. 결론부터 말하자면 은무야, 이건 어른들한테는 비밀인데, 난 결혼한 뒤에 그가 도망갈 줄 알고 있었단다. 하지만 말이야 난 다른 것도 알고 있었어. 그가 아무리 멀리 가도, 이 생의 끝까지 달아나도 그에게는 내가 유일한 아내라는 사실…… 그에겐 잔인하고 나에겐 슬프지. 하지만 우린 불행으로라도 삶을 채워야 하는 거야. 아니면 내게 무슨 일이 일어났겠니."

열일곱 살의 여름에 은무는 하록을 다시 만나게 되었다. 은무가 도시의 하숙집에서 돌아온 지 일 주일째였다. 건조하고 뜨거운 날씨가 계속되었다. 은무는 엄마의 부엌일을 도와 감자를 깎거나 미역 줄기를 볶거나 부침개를 부치거나 『완전정복 영어』와 『수1정석』 따위를 붙잡고 늘어지거나 털실뭉치 따위로 고양이와 장난질을 치거나 사촌언니를 만나러 가거나 라디오를 들으며 '여름방학을 보내고 있었다.

그날은 일요일 한낮이었고 은무는 샤워를 한 뒤 마루에 길게 누워 영어 문법책의 부록편을 펴놓고 미국의 주 이름을 읽고 있었다. 오리건 주, 몬태나 주, 노스다코타 주, 미네소타 주, 아이오와 주, 미시시피 주, 네바다 주, 텍사스 주, 조지아 주, 버지니아 주, 네브

래스카 주…… 동생들은 교회에, 어머니는 점심을 먹는 친목계에 가고 없었다. 집 뒤 군청 정구장에서 정구공 튀는 소리가 맑게 울렸다. 아버지와 동료들은 어릴 때부터 일요일이면 늘 그랬듯이 맥주 내기 게임을 하고 있었다.

선풍기에 머리카락을 말리며 정구공의 울림을 가만히 듣고 있으면 더할 수 없이 평화로워져서 내 몸 안에서 시간이 무용하게 빠져나가는 것이 느껴졌다. 나도 사라져가고 시간도 사라져가고 풍경도 사라져간다. 거울을 보면 엄격하게 양육되고 있는 내성적인 여학생 특유의 맑은 눈이 되비쳤다. 시간의 유한성 위에 달처럼 휘영청 떠 있는 고요하고 공허하고 결백한 눈. 나는 유기하고 있는 중요한 일이 있는 것처럼 초조해져서 마루를 서성거렸다. 마치 보이지 않는 출혈을 계속하고 있는 것 같은 낭비의 느낌.

그러나 그런 권태와 불안정한 평화는 일요일을 꼭 반으로 가르며 갑자기 끝이 났다. 정오였다. 누군가가 마당에 깔린 자갈을 조심스럽게 밟으며 집 안으로 들어섰다. 은무 또래의 단발머리 여학생이었다. 키가 작고 얼굴이 햇볕에 그을리고 귀엽게 생긴 소녀는 은무가 어리둥절한 얼굴로 앉아 있는 사이에 마루 아래까지 오더니 대뜸 물었다.

"너 하록이 알지?"

은무는 고개를 끄덕였다.

"하록이가 지금 너를 한번 봤으면 하는데."

"……"

은무는 이상하게도 그 순간이 올 것을 알고 있기라도 한 것처럼 별로 놀라지 않았고 하록이 여학생을 보낸 것에 저항감도 갖지 않았다.

"어디 있는데?"

"늪에 있어."

"그렇게 먼 곳에?"

"우리가 데려갈 수 있어."

"우리?"

"응."

여학생은 대문 쪽으로 고갯짓을 했다. 누군가 함께 온 모양이었다.

은무는 소매가 동그란 노란색 반팔 원피스를 입고 새하얀 양말을 신고, 아버지의 여름 등산모자를 쓰고 검은색 에나멜 구두를 신고 나갔다. 대문 앞엔 모터사이클을 타고 헬멧을 쓴 남자애 둘이 기다리고 있었다. 여학생이 하는 대로 은무도 남자애의 뒷자리에 올라 앉았다. 모터사이클은 은무의 아버지가 정구를 치는 군청 앞을 지나 들판 가운데로 뻗은 농로를 따라 맹렬하게 달려갔다. 모자가 이내 벗겨졌다. 다행히 목끈이 있어 날아가지 않고 등에 붙어 있었지만 바람에 날려 몹시 성가셨다. 얇은 천의 원피스는 더욱 막무가내로 바람에 날렸다. 무엇인가 잘못되어가는 느낌이었지만 은무는 어쩌지 못하고 코앞에서 기차가 지나갈 때처럼 눈을 반쯤 감은 채 미덥지 못한 남자애의 등허리만 꽉 쥐고 있었다.

그들이 다리 위를 지나갈 때면 개천에서 헤엄을 치는 아이들과 고기를 잡는 남자들이 머리를 쳐들고 물끄러미 쳐다보았다. 은무는 숨고 싶을 정도로 부끄러우면서도 동시에 대담한 비밀을 가진 성숙한 처녀라도 된 듯한 이상한 자긍심에 사로잡혔다. 남자애들은 마을로 진입하는 난간 없는 다리 위에 사람들이 모여 일제히 아래를 보고 있자 모터사이클을 갑자기 세우기도 했다. 그곳에서는 물에 빠진 차를 두 대의 경운기가 끌어올리고 있었다. 호기심을 채운 남자애들은 별것 아니군, 하면서 이내 다시 달리기 시작했다. 토마토 밭들을 지나자 연밭이 이어졌다. 그리고 고인 민물의 비린내가 훅 올라왔다. 남자애들은 삼거리에서 모터사이클을 세우고 팥이 든 빙과를 사왔다. 넷은 플라타너스 나무 그늘에 앉아 쉬며 빙과를 먹었다. 빙과를 먹는 동안 낯선 여학생은 자신을 태우고 온 남자애와 농담을 하며 웃어댔다. 은무에겐 아무도 말을 걸지 않았다.

작은 과수원 앞에서 좁은 샛길로 들어섰다. 방향을 트느라 모터사이클의 속도가 떨어졌다. 울타리도 제대로 없는 양파농장의 지붕뿐인 창고 앞에서 쉰 살쯤 된 여자가 늘어진 젖가슴을 드러내고 이제 막 치마를 걸쳐입고 있었다. 남자애들은 자기 엄마뻘인 여자를 향해 휘파람을 휙 불며 주먹 쥔 팔뚝을 내밀었다. 늙은 여자는 젖가슴을 가릴 생각도 하지 않고 놀란 눈으로 아이들을 쳐다보기만 했다. 남자애들과 낯선 여자애가 깔깔대며 웃었다. 은무는 왜 여자가 한낮에 길가의 창고 앞에서 젖가슴을 드러내고 있는지, 아이들이 어떻게 엄마뻘 되는 여자에게 음란한 손짓을 할 수 있는지 이해할 수 없었다. 은무는 남자아이의 등허리를 잡았던 손을 스르르 놓았다.

늪으로 들어가는 길은 황폐했다. 길 양쪽엔 은무의 키보다 큰 잡초들이 두꺼운 먼지를 덮어쓰고 시들어가고 작은 늪지에는 농약이라도 부었는지 죽은 고기떼가 배를 뒤집고 떠 있었다. 햇볕에 탄 듯 검붉은 수풀이 우거진 공터엔 군데군데 폐타이어들이 내던져져 있었고 길가 미루나무는 잎사귀마다 흙먼지가 두껍게 덮여 아래로 축 늘어진 채 무릎께까지 물에 빠져 있었다. 미루나무숲이 끝나자 갑자기 늪이 드러났다.

늪을 따라 모퉁이길을 돌자 외딴집이 나타났다. 남자아이들은 그 앞에서 모터사이클을 세웠다. 그리고 집 앞의 실버들나무에 묶인 낡은 나룻배를 풀더니 우르르 배에 올랐다. 은무는 잠시 망설였지만 일제히 종용하는 여섯 개의 눈빛에 밀려 그들이 하는 대로 따랐다. 남자아이 하나가 장대로 배를 밀고 늪으로 들어갔다. 어미 오리를 선두로 잿빛 새끼 오리 다섯 마리가 배 곁으로 날개를 치며 소란스럽게 지나갔다. 은무는 그때 처음으로 늪을 보았다. 걸쭉한 흙물 위에 여러 종류의 수초가 덮여 있어 배는 수초들을 가르며 간신히 나아가는 것 같았다. 박제 새처럼 무생명적으로 보이는 커다란 재두루미가 물을 딛고 서 있다가 그들이 다가가자 놀랍도록 커다란 날개를 펼치고 낮게 날아올랐다. 늪에서는 뜨겁고 야생적이며 청렬한 민물 내음이 났다. 수면 위의 공기는 너무 고요해서 거대한 자석이 대기를 빨아들이는 듯한 긴장감이 감돌았다. 미루나무숲으로 보이는 작은 섬에 배를 대자 퇴색한 검은 티셔츠를 입은 하록이 나타났다. 그는 별다른 내색 없이 배에서 내려선 은무를 잠시 쳐다보았다. 그것으로 끝이었다.

하록은 내내 은무에게 한마디 말도 하지 않았고 가까이 다가오지도 않았다. 남자아이들과 여학생이 불을 지펴서 늪에서 건진 고동을 익혀 속을 파먹는 동안 그것을 먹을 생각이 없었던 은무는 가만히 앉아 있기만 했다. 하록은 고동을 안주로 소주를 마셨고 자주 담배를 피웠다. 아무도 하록에게 말을 걸지 않았고 은무에게도 말을 걸지 않았다. 하록은 키가 많이 자란 것 같았다. 그는 마치 인간에게 내장되어 있는 온갖 감정의 늪을 다 아는 듯한 표정을 짓고 있었다. 갇힌 늪이 그런 것처럼 하록도 지나치게 우울하고 격정적으로

118

보였다.

늪에 저녁안개가 내려 풍경이 흑백 수묵화처럼 흐려졌다. 그들은 다시 배를 밀어 작은 섬에서 떠났다. 늪가의 빈집은 남자아이의 고모할머니 댁인데 아들 집에 가서 비어 있다고 했다. 집이 비는 여름 동안 그들의 아지트가 될 모양이었다. 하록은 모터사이클에 타더니 웃옷을 손에 들고 은무를 돌아보았다. 머루같이 검은 눈동자와 말린 듯 휘어진 분홍색 입술이 아름다워 한순간 은무는 무엇을 해야 할지 모르고 서 있었다. 은무가 다가가자 하록은 커다란 여름점퍼를 은무의 어깨에 덮고 목까지 지퍼를 올려주었다. 은무는 하록의 뒤에 타 그의 허리를 잡았다. 하록의 속옷에서 덥고 청렬한 늪 냄새가 훅 끼쳤고 뒷목과 검은 고수머리의 탐스러운 제비초리가 속눈썹에 닿을 듯 가까웠다. 하록은 군청 앞에 은무를 내려줄 때까지 한마디 말도 하지 않았다.

그날의 일에 대해서 은무는 무척 소상하게 기억하고 있었다. 이상한 것은 하록과 만났던 일과 모터사이클을 타고 돌아왔던 일이 꿈속의 일처럼 흐릿한 데 비해 헤어지고 난 뒤의, 늘 반복되었던 평범한 저녁의 모습이 너무 생생하게 간직되어 있다는 것이었다. 수저를 뜨다 말고 헝클어진 머리로 지쳐서 돌아온 은무를 쳐다보던 가족들의 어리둥절한 표정과 미역줄기볶음과 감자볶음, 오이냉국과 부추전, 계란찜 같은 그즈음 늘 상에 오르던 지루한 반찬들. 반바지를 입은 아버지와 동생들의 다리. 저녁공기의 눅눅함과 독한 모기향 냄새와 개구리 울음소리, 마루 바깥에 켜진 알전구로 날아들던 날벌레들의 혼란스러운 날갯짓…… 은무가 머뭇거리자 엄마는 밥 먹어라, 하고 말했고 아버지는 내 모자를 쓰고 나갔구나, 했다. 그리고 말없이 식사를 계속했다. 수저가 그릇에 부딪치는 소리와 음식 씹는 소리, 동생이 웅얼거리는 소리와 아버지의 헛기침 소리를 들으며 은무는 옷을 갈아입었다. 지구를 반 바퀴쯤 돌고 온 것 같은데 그게 다였다.

은무의 여름 이미지는 그렇게 하록으로부터 왔다. 불에 그을린 듯 시든 풀덤불 사이에 버려진 폐타이어들, 강으로 달려가는 남자애들의 모터사이클에 실린 튀어오를 듯 팽팽한 검은 튜브, 이제 막 포장한 검은 아스팔트 길, 고무처럼 탄탄한 갈색의 윗몸, 그리고 햇볕에 데워진 태반처럼 비릿한 늪의 냄새, 바람에 수런대는, 파라솔만큼이나 높고 큰 연잎들, 그 그늘 속에 가려진 가시연꽃들…… 점점 더 늪의 바닥으로 빠져드는 미루나무숲, 고여 있는 늪이 빨아들이는 집요하고 끈적한 기운…… 늪가에 무서울 만큼 많이 버려져 있던 속을 파먹힌 논고동 껍질, 늪을 뒤덮은 수초들과 잔잔히 일렁이는 수련.

여름방학이 끝날 즈음 여자애가 한 번 더 은무를 데리러 왔다. 여자애가 은무를 데리고 간 곳은 기차역 옆의 외딴 농막이었다. 은무의 집에서도 십오 분 정도의 거리였다.
은무는 여자애를 따라 역으로 가는 들판길을 걸으며 물었다.
"하록은 늘 그렇게 말이 없니?"
"그앤 말할 필요가 없어. 그 패거리의 대장이니까."
"대장? 유치해."
은무가 조금 웃었다.
"유치하다고? 그애들은 비장해. 그 패거리는 기계체조 선수 출신들이야. 하록만 도시의 체육고등학교로 뽑혀가고 남은 애들은 여기 시골 중학교를 거쳐 농업고등학교의 문제아들이 된 거지. 하록이 작년부터 방학을 맞아 내려오니까 다시 뭉치게 된 거야."

"너무 말이 없으니까…… 많이 힘들어 보여."

"몰랐니?"

"뭘?"

"넌 의외로 하록에 대해 모르는구나."

"무슨?"

"그애의 괴로움. 무엇보다 그앤 키가 마구 자라고 있어."

"키가 자라는 게 어때서?"

"넌, 오랫동안 하록을 잊고 있었구나. 그앤 재작년 초까지만 해도 유망한 기계체조 선수였어. 중3 땐 소년체전에서 은메달을 받기도 했지. 그런데 재작년부터 올해까지 이십오 센티미터가 자라버린 거야. 체조선수에게 키와 체중은 경마선수처럼 치명적인 조건이야. 열 살 때부터 체조선수였던 애가, 공부 따윈 전혀 해보지도 않은 애가 선수에서 밀려나면 깡패가 되는 것말고 뭘 할 수 있겠니. 집안 사정도…… 하록이 아버지가 하록일 너무 때리거든. 게다가 죽은 엄마 대신 살림을 하던 누이가 동네 유부남이랑 도망을 친 뒤로는 집에도 잘 들어가지 않는데…… 그만 하는 게 좋겠어. 언젠가 하록에게서 듣게 되겠지. 그는 너를 보고 싶어했어."

"우린 그런 사이는 아니야. 그냥, 궁금해하는 거야. 오래 전부터 아는 사이니까, 그사이 어떻게 변했나, 하고."

"그게 그 말이지 뭐야. 좋아하지 않는다면, 뭐 한 식구라도 되어서 궁금하겠니?"

그 말을 듣자 은무는 어쩐지 육친 쪽에 더 가까운 것처럼 느껴졌다.

"다른 남자애들은 해가 지면 여자애를 불러내는데, 하록은 그렇지 않아."

은무는 그 말의 뜻을 잘 이해할 수 없었다.

"너같이 얌전한 앤 저런 애들의 낮과 밤이 얼마나 다른지 모를 거야."

여자애가 답답하다는 표정으로 말했다.

ㅁ자 형의 농막은 사면을 모두 커다란 시멘트 블록으로 쌓아 슬레이트 지붕만 얹은 창고였다. 창고엔 사료가 가득 찬 가마니들과 마른 보리짚이 천장까지 가득 차 있었다. 그들은 가마니와 보리짚이 깔린 바닥에 앉거나 누워 담배를 피우고 있었다.

은무가 그늘로 들어서서 모자를 벗자 남자애 하나가 반기며 중얼거렸다.

"은무는 언제 봐도 고급 원피스를 입고 있네. 얼굴은 설탕같이 흰빛이고……"

채 말이 끝나기도 전에 하록이 피우던 담배를 남자애 얼굴을 향해 던졌다. 남자애는 재빨리 머리를 숙여 손등으로 얼굴을 가렸다. 담배는 남자애의 손등에 맞았다가 바닥으로 떨어졌다. 남자애는 담뱃불이 보리짚에 옮겨붙을까봐 후닥닥 일어나 발로 비벼댔다. 그 남자애는 정미소 집의 이란성 쌍둥이 중의 하나였다. 여자애의 남자친구는 두부공장 집 아들이었고 건재사 집 아들과 철물점 집 아들도 있었다. 그들은 은무와 함께 있는 동안 술을 마시거나 담배를 피우고 동전놀이를 하는 것 외엔 돌아가며 낮잠을 잤고 그게 아니면 기둥에 기댄 채 졸듯이 단조롭게 앉아 있었다. 다들 삼 일쯤 못 잔 사람들처럼 수척해 보였다. 더운 여름이기 때문인지도 몰랐다.

몇 번인가 기차가 바로 곁으로 지나갔다. 기차가 지나갈 때면 은무의 눈 속에 어린 시절 유치원의 가파른 계단이 어지럽게 떠올랐다.

은무는 브로크 벽에 기댄 채 잠든 하록을 바라보았다. 하록도 문득 눈을 뜨고 아직 꿈인 듯 애매한 시선으로 은무를 쳐다보았다. 공기를 가득 메운 보리짚 냄새 때문에 나른하고 몽롱했다. 아무런 의미 없는 휴식시간이 길고 느리게 지나갔다. 저녁이 되자 그들은 약속이나 한 듯이 보리짚을 훌훌 털며 일어나더니 강으로 수영하러 갈 거라고 했다. 남자애들은 팔에 팽팽한 검은 튜브들을 끼우고 요란한 모터사이클 소리를 내며 멀어졌다. 하록은 은무를 집 근처 들판 길에 내려주었다.

"겨울방학 때도, 만나러 와줄래?"

그것이 그날 하록이 처음 한 말이었다. 하록은 눈썹을 들어올리고 고개를 약간 숙여서 기울인 특유의 각도로 무엇을 씹는 듯 입술을 약간 일그러뜨린 채 은무를 쳐다보았다. 은무는 대답하지 않고 웃었다.

"······네 얼굴이 어떤지 아니? 이래······"

은무는 양쪽 손으로 눈썹을 들어올리고 턱을 아래로 잔뜩 내리고 입술을 깨물었다.

"네가 아무리 인상을 구겨도 난 무섭지 않아."

하록의 얼굴은 더 외롭고 성이 난 표정이었다. 은무는 그 얼굴이 좋았다. 그 얼굴이 웃고 수다떠는 것은 상상할 수도 없었고 어울리지도 않는 일이었다. 헤어지는데도 하록은 바지 호주머니에 손을 찌르고 잔뜩 간격을 두고 걷고 있었다.

전복을 잘게 다져놓고 불린 쌀을 빻고 있는데 앞집 새댁이 부엌

문으로 들어섰다. 새댁은 은무의 일하는 모양과 부엌방을 번갈아
살폈다.

"오늘쯤 오실 줄 알았어요……"

새댁은 무엇을 참는 듯 낮은 음성으로 느릿느릿 말했다.

"남자분은 어디 가셨나…… 좀전까지 있었는데."

"언니에게 손님이 왔나봐요?"

은무가 빤은 쌀을 냄비에 부어 안치고 묻자 여자는 잔뜩 참아온
것처럼 갑자기 말을 쏟았다.

"모르셨어요? 그저께 낮에 어떤 남자가 왔어요. 저보고 이제 간
병을 하지 말라고 하던데요. 자기가 한다고요. 누구예요, 그 남자?
아세요? 이웃 사람들도 아무도 모르더라구요. 다들 맡겨야 할지 어
떨지, 그렇잖아도 걱정하는 중이었어요. 밤에도 가지 않고 옆방을
치우고 잤어요."

은무는 구두 사이즈와 양복 윗도리의 크기를 다시 가늠했다.

"몇 살쯤 된 남자던가요?"

"한 예순은 된 거 같았어요. 몹시 야위고, 안색도 검어요. 죽을 끓
이고 마루를 닦고 이불을 빨고 쓰레기들을 태우고 부지런하게 움직
이긴 하지만 그 남자도 성한 사람 같지는 않았어요. 아까 보니까,
깨죽도 한 냄비나 쑤어서 냉장고 안에 넣어두었던데."

은무는 긴 나무주걱으로 죽만 자꾸 젓고 서 있었다. 나이는 언니
보다 한두 살 많아서 오십대 중반일 텐데, 남자는 벌써 육십대로 보
일 만큼 상한 모양이었다.

"아는 사람이에요?"

새댁이 한 번 더 다잡아 물었다.

은무는 고개를 끄덕였다.

124

"언니는 그 사람 알아보던가요?"

"모르겠어요. 방 안에 같이 있는 건 못 봐서요."

"간병은 잘해요?"

"예, 정성이 이만저만이 아니에요. 암을 치료한다는 무슨 버섯을 갈아서 먹이더라구요. 대체 누구예요?"

은무는 갑자기 웃음이 치밀어 해죽 웃었다. 잔뜩 들이밀던 어떤 힘이 쑥 빠져나가버리는 듯, 이 모든 것이 실없는 듯, 허방을 딛는 듯한 느낌이었다. 새댁은 갑작스러운 은무의 웃음에 동조라도 하듯 두 눈에 웃음기를 담고 동그랗게 떴다.

"언니 남편이에요."

새댁은 입을 다물지 못하고 은무를 마주 보았다.

"남편이 있었어요? 이 동네에서 이십 년이나 산 사람들도 모르던데…… 이 집 주인이 결혼을 했었단 말이에요?"

은무는 또 해죽 웃고는 고개를 끄덕였다. 새댁은 납득이 가지 않는다는 얼굴로 고개를 갸웃거렸다.

"그런데 왜 평생을 헤어져 있었을까……"

"어떤 사람들에겐 그런 결혼도 있는 거죠."

집을 떠나 십오 년째 되던 해에 처음으로 편지가 왔다. 여자가 생겼으니 이혼을 해달라는 것이었다. 편지는 두 해에 걸쳐서 다섯 통쯤이 왔다. 언니는 묵묵부답으로 일관했다. 그때 듣기로 남자는 어느 공단 도시에 살고 있으며 뜻밖에도 나이트클럽에서 색소폰을 분다고 했다. 언니는 그해, 겨우 서른아홉 살에 틀니를 해넣었다. 언니는 틀니를 해넣었다며 몹시 울었었다.

은무는 죽을 한 그릇 떠서 언니의 방으로 들어갔다. 여전히 자고 있었다. 무슨 낮잠을 이리 오래 잘까…… 쓰레기에 불을 붙여놓고,

냄비를 불 위에다 올려두고 나간 사람이 어쩌자고 여태 돌아오지
않을까…… 은무는 혼잣말을 했다.

은무는 난을 밖으로 꺼내 물을 흠뻑 먹이고 물기가 다 빠지도록
수돗가에 앉아 있다가 다시 난을 언니방에 하나하나 가져다놓았다.
문 여닫는 기척이 나고, 난 화분을 놓다가 상 모서리에 쿵 부딪히기
도 하고 받침대에 놓느라 딸각딸각거리기도 했는데 언니는 여전히
가슴을 오르내리며 잠들어 있었다. 은무는 마루에 앉았다가 마당을
서성이다가 정원의 쓰레기들을 주워내기도 하며 막연한 시간을 보
냈다. 어느덧 해가 지려는 시간이었다. 무슨 잠을 저렇게 오래 잘
까…… 쓰레기에 불을 붙여놓고 냄비를 불 위에 올려두고 나간 사
람이 어쩌자고 여태 돌아오지 않을까…… 은무는 또 한 번 중얼거
렸다.

겨울방학을 맞아 은무가 집으로 돌아왔을 때, 소읍엔 끔찍한 사
건이 일어나 있었다. 예순여섯 살의 노파가 강간을 당한 뒤 살해되
어 역 앞 농막에 버려졌던 것이었다. 소읍엔 늘 한두 가지 사건이
일어나고 그 사건을 중심으로 확인할 수 없는 소문들이 부대낄수록
부풀어오르는 세제의 거품처럼 알맹이가 안 보이도록 자욱하게 일
어났다가 천천히 빠져나가곤 했다. 작년에 과부가 된 신발가게 여
자와 학교 앞 문방구 집 남자가 사귀다가 들통이 나 대낮에 신발가
게 유리문이 다 부서지고 문방구 집 여자가 신발가게 여자를 한 시
간 동안이나 끌고 다녔다는 이야기, 가구점에서 일하던 총각과 화
장품가게 유부녀가 삼 년이나 몰래 사귀다가 화장품가게 여자가 드
디어 이혼을 하고 둘이 살림을 합쳤는데 한 달 만에 총각이 심장마

비로 죽었다는 이야기, 서울에서 내려온 신원 모를 한 쌍의 남녀가 차를 탄 채 저수지로 달려들어 자살했다는 이야기……

"1차 조사를 받고 증거 부족으로 풀려나기는 했지만 만물상회 아들 소행이 틀림없대. 읍내 사람들 모두가 다 그렇게 믿고 있어. 그 패거리들이 농막에 진을 치고 살았던 걸 모르는 사람이 없으니까. 그것들이 일을 저지르고 간 크게도 제 발로 신고까지 한 거야. 게다가 만물상회 큰아들이 지난가을에 체고에서 퇴학을 맞고 돌아와 칼부림하고 다닌 건 세상 사람이 다 아는걸. 경찰서에 잡혀가서 잔 날이 제 집에 가서 잔 날보다 더 많을 거야. 오죽하면 그 집 아버지도 이젠 두 손 두 발 다 들고 항복했다고 한다더라."

은무는 너무 무섭고 기막힌 이야기라 당혹스럽기만 했다.

"그앤 틀림없이 감옥살이를 할 거야. 아니면 평생을 도망 다니겠지."

"언니, 그앤 나와 유치원 때부터 알던 사이였어. 어쩌면 그 이전부턴지도 몰라."

"그게 무슨 상관이니?"

사촌언니는 어이없는 눈으로 은무를 살폈다. 은무도 왜 불쑥 그런 말을 했는지 당혹스러웠다.

"유치원 때부터가 아니라 뱃속에서부터 알았다고 해도 소용없어. 그애와 너는 다른 삶을 살고 있으니까."

"내 말은 그애가 그랬을 리가 없다는 거야. 내가 그애를 알 만큼 안다는 말이야."

은무가 고집스럽게 말하자 사촌언니는 혼잣말처럼 중얼거렸다.

"어쨌든, 그애는 읍내의 골칫거리야. 사람들은 이번 일을 계기로 그애가 완전히 사라져주기를 바라고 있어. 잡혀가든 도망을 가든."

은무는 초조해졌다. 하록의 집과 가족들, 그들의 아지트와 담배와 술과 동전놀이. 짐작할 수 없는 밤을 향해 달려가는 그들의 모터사이클, 팽팽하게 부풀어오른 검정색 튜브, 엄마 또래의 여자를 향해 음란한 손짓을 하던 그의 패거리들, 패거리들과 연루된 노인 강간의 끔찍한 소문, 그리고 모르는 소녀의 말.

"너같이 얌전한 앤 저런 애들의 낮과 밤이 얼마나 다른지 모를 거야……"

며칠 뒤 은무는 길에서 하록과 마주쳤다. 공무원들의 퇴근시간이었다. 그는 모터사이클을 타고 곧장 달려와 그녀 발 앞에서 멈추더니 핸들을 옆으로 확 젖혔다. 은무는 고개를 숙였다. 지난여름에 맡은 하록의 체취가 은무의 정수리를 찌르는 듯했다. 늪의 공기와 청렬한 내음과 가시연꽃과 길을 뒤덮고 있던 파먹힌 고동 껍질들이 떠올랐다. 하록은 묵묵히 은무의 이마쯤을 바라보았다.

"언제 왔니?"

은무는 장갑 낀 손을 코트 깊숙이 찔러넣고 말없이 서 있었다. 퇴근하는 공무원들이 은무와 하록을 언짢은 표정으로 바라보며 지나갔다. 그 속에는 낯이 익은 아버지의 동료들도 끼어 있었다. 은무는 그들이 자신을 알아보지 못하기를 바라며 외면했다. 그들은 몇 년 전의 얼굴 그대로 조금씩 낡아가지만, 은무는 사흘이 다르게 변해가는 중이었다.

"타."

은무는 여전히 고개를 숙인 채 입을 꼭 다물고 서 있었다. 하록은 웃었다. 그러나 일그러진 얼굴이었다. 하록은 모터사이클 위에 앉은 채 뒷걸음질쳤다. 지나가는 사람들이 놀라 비켜 걸었다. 하록은 조금 거리를 두고 한동안 은무를 노려보았다.

"너도 이제, 내가 무서운 거야……"

슬프고 노여운 눈이었다. 침묵의 긴장이 이어지다가 하록이 아주 가벼운 물건을 허공에 놓듯 담담하고 짧게 말했다.

"가."

하록의 음성은 공허하고 따뜻했다. 그리고 단호했다. 어떤 단념의 심정, 마구 자라나는 키 때문에 기계체조를 단념했을 때처럼, 자신 속의 무엇 때문에 그 순간을 갑작스럽게 단념하는 것이 느껴졌다. 하록의 말이 떨어지기 무섭게 은무는 걸음을 떼었다. 몇 발짝 걸은 뒤에 모퉁이 앞에서 갑자기 나타난 군청 여직원들에게 눈인사를 했다. 그들은 지나치면서 중얼거렸다. 누구지? 모르니? 내무과 장님 따님이야. 못 알아보겠어. 한창 자랄 때잖니…… 긴 직선도로를 끝까지 걸었는데도 하록의 모터사이클이 출발하는 소리는 들리지 않았다. 그러나 은무는 뒤돌아보지 않았다. 은무는 망설임 없이 모퉁이길을 돌았다.

어디선가 아이가 높은 곳에서 떨어지기라도 한 듯 자지러지게 울어댔다. 그리고 덩치 작은 개가 왈왈거리며 마구 짖었다. 은무는 새시의 유리를 닦다 말고 갑자기 불길해져서 걸레를 쥔 채 언니의 방문을 왈칵 열고 들어갔다. 옷걸이에 걸린 남자의 양복 윗도리와 상위에 놓인 틀니의 선홍색 잇몸이 다시 눈에 들어왔다. 언니는 반듯하게 누운 채 눈을 활짝 뜨고 있었다. 후회의 빛이 가득한 무력하고 슬픈 얼굴이었다.

"언니."

은무의 음성이 헛것처럼 가볍게 울렸다. 언니는 그대로 천장만

보고 있더니 낮게 중얼거렸다.

"은무야, 다음에 이야기하자. 그 사람이 불편해하는구나……"

언니는 무겁게 눈을 닫고 벽 쪽으로 돌아누웠다. 은무는 그제야 언니가 다른 어느 때보다 맑은 정신으로 여러 시간째 누워 잠든 체했다는 것을 눈치챘다. 그리고 남자 역시 갑자기 들이닥친 은무를 피해 집 안 어딘가에 몸을 숨긴 채 여러 시간 동안 은무가 돌아가기만을 기다리고 있다는 사실도. 그래서 쓰레기가 타고 있었어, 그래서 냄비에 물이 바글바글 끓고 있었어, 그래서 부엌이 그렇게 젖어 있었어.

은무는 방문을 닫고 나왔다. 마당엔 셀 수 없이 많은 잠자리가 쫓기듯 어지러이 날고 숨막히는 적막이 흘렀다.

은무는 하록이 죽고 이 년이나 지난 뒤에야 길에서 우연히 만난 남자애로부터 소식을 들었다. 늪이 넘쳐 길을 뒤덮었던 우기에 모터사이클을 탄 채 높은 둑길에서 늪으로 뛰어들었다고 했다. 술을 많이 마신 상태여서 사고였는지 자살이었는지는 모른다고. 모터사이클은 곧 찾았지만, 늪을 제대로 수색할 수 없어서 하록은 찾아내지 못했다고 했다. 어떤 사람들은 하록이 자살을 위장해 먼 곳으로 도망갔다고 주장했지만, 하록이 모터사이클을 타고 뛰어드는 것을 목격한 마을 사람이 엄연히 있었다. 길에서 만난 그 남자애는 하록의 소식을 전해준 뒤에 이젠 다 지난 일이지만, 그는 너를 많이 좋아했어, 라고 말했다. 너를 생각하면 기분이 좋아진다고. 너를 언제부터 알았는지 모른다고 했어. 처음부터 알고 있었다고. 그게 수수께끼처럼 늘 이상하다고 했어. 은무는 그 말을 듣자 하록이 죽음에 빠져들던 순간의 아름다운 얼굴을 오래 전 꿈속에서 보았다는 생각이 들었다. 늪의 푸른 이끼들이 담요처럼 부드럽게 하록의 몸을 둘러싸안는 것을. 물의 흙 속에 묻혀가던 하록의 손과 손톱과 손마디들과 손금과 치아와 눈동자가 자세히 보였던 것 같았다. 넓은 어깨와 곧은 척추와 웅크린 다리와 잠들어가듯 윤곽이 흐려지던 얼굴. 웃고 있던, 웃음이 잘 어울리던 부드럽게 휘어진 분홍색 입술……
하록은 그해에 열아홉 살이었다.

달의 신부

'이녁을 행복하게 해줄게.'

아침에 눈뜨거나 밤에 슬몃 잠들어갈 때면, 가슴속에 웅크려 있던 날쌘 짐승이 쓰윽, 빠져나가듯 그 말이 울렸습니다. 이상한 일이지만, 그것은 분명 자신의 음성이었습니다. 생각에서 나오는 말이 아니라, 몸에서 나온 하나의 울림…… 그는 하루빨리 자신의 배필을 만나 그 말을 꼭 하고 싶었습니다.

1

옛날에 정이라는 가난한 나무꾼이 살았습니다. 정은 높은 산 밑 오두막집에서 늙은 어머니와 단둘이 살았습니다. 논도 없고 밭도 없고, 인연조차 없어 소작도 붙이지 못한 정은 나무를 해다가 숯을 구워 팔며 하루하루 연명하는 처지였습니다. 형님들이 살아 있고 어머니가 좀더 젊었을 때는 정도 망나니들과 어울렸습니다. 야심을 품어볼 수조차 없는 자신의 신분과 가난을 한탄하며, 세상에 분을 풀고, 여자들을 욕보이며 장터에서 제법 싸움꾼 행세를 하기도 했습니다. 그러나 둘이나 되던 형님들이 한꺼번에 돌림병으로 죽고, 어머니의 말문이 닫히고, 정 역시 장터 망나니가 휘두른 낫에 맞아 한 일 년 앓고 일어난 후론 모든 것이 달라졌습니다.

정은 이제 장터 싸움패들과의 인연도 끊고, 술도 마시지 않고, 속이 뒤집히면 황소처럼 아무나 들이받아 피를 튀기던 불량한 행사도 부리지 않았습니다. 과묵해지고 쌀쌀해져서, 사람들은 그가 무슨 생각을 하는지 알 수가 없었습니다. 정은 다만 낮에는 산 속에서 하루 종일 나무를 하고 숯을 굽고, 밤이면 산 밑 움막에서 잠들고, 새벽이면 숯을 팔러 나갈 뿐이었습니다.

정의 어머니는 형님 둘을 홀연히 잃은 뒤로 말을 하지 못하게 되었습니다. 그러나 정은 말문 막힌 어머니가 품고 사는 가장 간절한 소원이 무엇인지 잘 알고 있었습니다. 그것은 정 자신의 소원이기도 했으니까요. 정은 숯을 팔아 곡물과 바꾸고 남은 엽전을 어김없이 벽장 속의 독 안에 넣었습니다. 돈은 더디게 모여 소망도 아득하게만 느껴졌습니다. 돈만 제대로 모이면, 정도 참한 여자에게 장가를 들 수 있을 것입니다. 정의 가슴속엔 누군가를 사랑하고 싶은 뜨거운 욕망이 여러 해 묵은 솜처럼 꾹꾹 눌려 있었습니다.

'이녁을 행복하게 해줄게.'

아침에 눈뜨거나 밤에 슬몃 잠들어갈 때면, 가슴속에 웅크려 있던 날쌘 짐승이 쓰윽, 빠져나가듯 그 말이 울렸습니다. 이상한 일이지만, 그것은 분명 자신의 음성이었습니다. 생각에서 나오는 말이 아니라, 몸에서 나온 하나의 울림…… 그는 하루빨리 자신의 배필을 만나 그 말을 꼭 하고 싶었습니다.

2

여러 해가 그냥 흘러갔습니다. 정은 더욱 과묵해지고 쌀쌀해졌습니다. 이제 어머니조차 그의 속마음을 알 수가 없게 되었습니다. 그러나 정은 여전히 부지런하게 나무를 하고 숯을 구워 내다 팔았습니다. 그러던 어느 날, 일을 하다 그만 해를 넘겨 험하고 어두운 산길을 더듬어 내려오게 되었습니다. 그믐을 며칠 앞둔 때라 달이 눈썹처럼 여위게 휘어졌습니다. 숲에서는 밤새들의 울음소리와 담비나 토끼 혹은 살쾡이 같은 작은 짐승들이 바스락거리는 소리와 늑대 울음소리, 그리고 멧돼지가 달리는 듯한 쿵쿵거리는 울림이 들렸습니다. 정은 숯자루가 담긴 지게를 고쳐 지며, 숲 양쪽을 두리번거렸습니다. 그리고 한 발을 내딛었을 때입니다. 정은 사람을 밟았다는 것을 느꼈습니다. 그것은 물컹하고 따뜻하고 여린 살이었습니다. 정은 소스라치게 놀라 발을 들어올린 채 아래의 것을 내려다보았습니다. 오래 내려다보니 희미한 달빛에도 분간이 갔습니다. 여자였습니다. 가을숲은 쌀쌀한데, 긴 머리를 풀어헤친 여자는 벌거벗은 채 엎드린 자세로 버려져 있었습니다. 정은 지게를 풀어 막대기로 세우고, 다리를 꺾고 앉아 여자를 바로 뉘었습니다. 숨이 막힐 것만 같았습니다. 여자는 왼쪽 다리와 왼쪽 허벅지에 상처를 입고 피를 흘리고 있었습니다. 우선 여자의 코에 손등을 대어보았습니다. 더운 숨이 잡히지 않았습니다. 정은 잠시 망설이다가 두 송이 박꽃보다 더 흰 여자의 가슴에 귀를 묻었습니다. 여자는 살아 있었습니다. 정은 더욱 놀라 여자의 몸에서 떨어졌습니다. 가슴의 따스함과 뭉클함, 그리고 희미한 젖냄새가 이미 그를 혼미하게 만들었습니다. 무엇보다 어스름 속에 드러난 여자의 배 아래 곧바로 두 개의 다리로 갈리는 오붓한 음부는 언제나 버겁게 느껴지는 그의 것에 비해 너무나 간결하고 청결했습니다. 정은 서둘러 자신의 웃옷을 벗었습니다. 몇 가닥으로 찢어 두 군데 상처를 묶고, 남은 것으로는 여자의 몸을 덮었습니다. 그러자 다시 밤새들의 울음소리와 작은 짐승들이 바스락대는 소리, 늑대 울음소리와 멧돼지가 달리는 듯한 쿵쿵거리는 울림이 들렸습니다. 더 머뭇거리다가는 피냄새를 맡은 짐승의 공격을 받을지도 모를 일이었습니다. 정은 여자를 안 아올렸습니다. 그리고 산길을 걸어내려왔습니다. 정의 걸음은 점점 빨라져 마침내는 멧돼지처럼 쿵쿵 달리기 시작했습니다. 어두운 산길에는 막대기에 괴어진 숯지게가 서 있었습니다. 그리고 여자가 누웠던 자리 옆 숲에는 속이 텅 빈 늑대가죽 한 벌이 뒹굴고 있었습니다.

3

여자는 삼 일 만에 눈을 떴습니다. 정은 꼬박 삼 일 동안 꼼짝도 하지 않고 여자의 곁을 지켰습니다. 여자가 눈을 감고 있을 때도 여러 번 그런 순간이 있었지만, 여자가 눈을 뜨는 순간, 정은 가슴속에서 울리는 자신의 음성을 다시 들었습니다. '이녁을 행복하게 해줄게.' 가슴 밑바닥에 억눌려 있던 솜더미가 여름날의 흰 뭉게구름처럼 단번에 두둥실 솟구쳐오르는 것 같았습니다. 여자의 눈은 두려움과 놀라움을 담고 있었으나, 각이 많은 구슬처럼 산란하며 아름답게 빛났습니다. 여자는 말하려고 하지 않고 다만 의아해하고 두려워하기만 했습니다. 여자는 자신이 왜 이곳에 와 있는지, 이곳이 어딘지 묻지 않았습니다. 여자는 아무 기억도 없는 사람처럼 방안을 휘둘러보고 정을 바라보았습니다. 그리고 자신의 매끈하고 흰 두 팔을 들어올려 손가락들을 펴보았습니다. 그리고 놀라움이 가득한 눈으로 정을 향해 희미하게 웃었습니다. 여자의 열 손가락 역시 아무 경험도 없는 듯 티 하나 없이 길고 매끈하고 고왔습니다.

"이름이 무엇이오?"

몸을 일으켜 자리에 앉은 여자가 거울을 당겨 그 속을 들여다보았습니다. 그리고 거울을 향해 자꾸만 고개를 저었습니다.

"집은⋯⋯"

여자가 거울에서 눈을 떼고 안타깝게 정을 바라보았습니다. 정은 말을 멈추었습니다. 여자를 잃게 될까봐 두려워 더이상 물을 수가 없었습니다. 여자는 달포가량을 누워지낸 뒤 자리에서 일어났습니다. 정은 독 안에 저축했던 돈을 들고 나가 노랗고 파란 공단옷과 나막신을 사왔습니다. 공단옷을 입자 여자는 더욱 매혹적이었습니다.

정은 여자와 단풍놀이를 갔습니다. 둘은 장터에 가 참빗이며, 동백기름, 댕기, 손거울과 분, 속곳 등 여자에게 필요한 물건들을 사들였습니다. 그들은 남사당패 구경을 나갔고, 동네 혼례잔치에 갔으며 굿구경을 다녔습니다. 그리고 어느 날 밤에 정은 청혼을 했습니다. 처마 위 하늘엔 노란 반달이 떠 있었습니다. 여자는 거절을 했습니다.

"저는 제가 누구인지 모릅니다."

"누구면 어떻소? 당신은 나에게 다만 여자요. 이 세상에 하나뿐인 나의 여자요."

"저는 어디서 왔는지도 몰라요."

"어디서 왔으면 어떻소? 당신은 피와 살이 부드럽고 따뜻한 여자요. 이 세상에 하나뿐인 나의 여자요. 제발 나의 청혼을 받아주시오."

정이 여자의 손을 쥐었습니다. 여자가 손을 빼내고 손가락으로 달을 가리켰습니다.

"저 달이 제게 뭔가 말하려고 해요. 그러니 보름달이 뜬 날 제 대답을 드리지요."

정은 크게 실망했습니다. 여자가 예사 사람이 아닐 것이라는 생각이 들었습니다. 귀한 가문의 규수일지도 모르고, 어쩌면 이 나라에 하나뿐인 공주일지도 모를 일이었습니다. 정은 그 여자만 가지면, 세상의 권력과 명예와 부를 다 가진 사람조차 하찮기만 할 것 같았습니다. 정은 여자를 절대로 놓치고 싶지 않았습니다. 보름이 다가오는 동안 정은 아무 일도 하지 못했습니다. 숯이 바닥이 났는데도 나무 하러 가지도 않았습니다. 단지 여자의 거동만 살폈습니다. 여자는 방 안에서 말 못 하는 어머니를 따라 바느질을 하였습니다. 여자는 솜씨를 타고났는지 사흘 만에 저고리를 만들어내었습니다. 말 못 하는 어머니가 감탄을 하였습니다. 집 안에는 전에 없던 웃음이 감돌고 다정한 화기가 생겼습니다. 가족을 이루고 산다는 것이 무엇인지 어렴풋이 느껴지는 나날이었습니다. 정은 밤마다 달을 보며 그 달이 무슨 말을 하는지 들어보려 했습니다. 그러나 정에게는 들리지 않았습니다. 달의 음성을 듣는다는 여자가 불안하고 신비스럽기만 했습니다. 드디어 보름날이 되었습니다. 저녁이 다가오자 정은 여자를 잃을 것이 두려워 견딜 수가 없었습니다. 초저녁이 되자 머리를 곱게 빗은 여자가 마당 가운데로 나와 무릎을 꿇었습니다. 산 위에서 노란 달이 고개를 내밀었습니다. 정의 몸이 부르르 떨렸습니다.

"달이 무슨 말을 하든지 이녁은 내 여자요. 내가 이녁을 살린 주인이요!"

정은 화를 터뜨리며, 여자를 방 안에 끌어넣고 문에다 쾅쾅 못질을 한 뒤 달빛이 비치지 않도록 방문에 검은 천을 가렸습니다. 보름달은 물결을 헤치고 나가는 범선처럼 검은 구름을 걷으며 밤하늘

가운데를 둥둥 흘러갔습니다. 어디선가 사납고 애절한 늑대 울음소리가 들렸습니다. 달이 마침내 희미해져 산 너머로 사라질 때를 기다려, 정은 여자를 취했습니다. 갇힌 여자는 밤새 무엇을 했는지 땀에 젖고, 손가락 하나 까딱하지 못할 지경으로 지쳐 있었습니다. 그리고 다음날 정은 여자와 혼인식을 했습니다. 어머니가 떡을 했고, 아랫동네 사람 몇이 와서 신부의 얼굴을 보았습니다. 정은 행복했습니다. 보름밤을 지내고 자신을 겪은 여자는 야위고 수척했으나, 또한 비할 바 없이 아름다웠습니다.

"이녁을 행복하게 해줄게."

정은 자신의 음성이 웅크리고 있던 거센 짐승처럼 가슴을 확 밀고 빠져나가는 것을 느꼈습니다. 정은 마침내 그 말을 한 것입니다. 그러나 꼭 누군가 그렇게 말하도록 등을 민 것 같기도 했습니다. 후련하면서도, 열 개의 발톱에 가슴을 할퀸 듯 쓰라리기도 했습니다. 그것이 한 여자를 소유하게 하는 유혹의 말이며, 자녀들을 거느리게 해주는 약속의 말이며, 일가를 이루고 가장으로 군림하게 해줄 권력의 말이라는 것을 그는 알지 못했습니다. 그 짐승이 빠져나간 뒤 어쩐지, 정의 가슴은 더욱 묵직해졌습니다.

그 말을 들은 여자의 눈에서 눈물이 굴러떨어졌습니다. 정은 자신을 믿고 모든 것을 맡기는 온순한 체념의 눈물로 여겨져 그 역시 흐뭇했습니다.

4

이듬해에 여자는 아들을 낳았습니다. 여자의 몸에서 나온 아이라 그런지, 아이는 희고 고귀해 보였습니다. 아이가 자라 말을 배울 쯤, 어머니도 말을 회복했습니다. 여자의 바느질 솜씨는 근동 다섯 개 마을에 소문이 나 삯일이 끊일 사이가 없었습니다. 여자의 솜씨 가 인연이 되어 정은 차차 논과 밭을 넉넉하게 부칠 수 있게 되었습 니다. 정은 숯 굽는 일을 그만두고 농사를 지었습니다. 정은 쌀 한 톨이라도 더 얻기 위해 허리 펴는 사이 없이 살면서도, 여자를 행복 하게 해줄 수 있다는 생각에 힘이 들지 않았습니다. 정은 참으로 열 심히 일했고, 다른 사람과는 비교가 안 될 만큼 풍성한 수확을 거두 었습니다. 그러나 정은 마음 한구석이 늘 불안했습니다. 여자가 달 의 말을 듣고 자신이 누구인지 알게 되면, 이내 어딘가로 사라져버 릴 것만 같았습니다. 불안을 이기지 못할 때면 정은 술을 마셨고, 취하면 달을 저주했습니다. 정은 여전히 보름날엔 여자의 방에 못 질을 하고, 검은 천으로 달빛을 가렸습니다. 보름달이 뜨는 밤이면, 정의 귀에는 언제나 사납고도 애절한 늑대 울음소리가 들려왔습니 다. 여자는 말이 없었고 웃는 법도 없었습니다. 마실을 나다니지도 않았고, 사람을 사귀지도 않았습니다. 한여름에도 한겨울에도 차갑 고 어둑한 방 안에 틀어박혀 바느질만 했습니다. 여자의 바느질 솜 씨는 신비해서 품삯은 점점 더 높아갔습니다.

　몇 년이 더 지나자 모든 것이 놀라울 정도로 달라졌습니다. 아이 는 검고 무지하게 생긴 아비와 달리 고귀한 얼굴로 자라났고, 땅이 생겼고, 위채도 새로 지었습니다. 근동 마을 사람들은 그들을 부러 워하고 존경하기 시작했습니다. 집안 형편이 달라지자 어머니는 노 여움을 느꼈습니다. 그 동안은 며느리를 보고도 손님처럼 방에 앉 혀놓고 자신이 세 끼 부엌일이며 빨래며 청소며 물 긷는 일에다 험 한 밭일까지 해왔던 것입니다. 며느리는 밤낮 바느질만 할 뿐 사람

사는 형편에는 관심을 기울이는 법이 없었습니다. 가난해서 끼니를 잇기 어려울 때는, 그것이 대견스럽고 기특했지만 이제 괘씸하게만 여겨졌습니다.

"네가 상전이냐? 돈 못 벌어도 좋으니, 나와서 집안일을 하거라."

어느 날 어머니가 문을 활짝 열고 불호령을 내렸습니다. 정은 어머니에게 당하는 여자가 가여웠으나, 어머니 뜻이라 따르지 않을 수 없었습니다. 정도 어머니의 말에 가세하여 여자를 어둡고 먼지 덮인 차가운 방에서 끌어냈습니다. 어머니와 정은 여자의 바느질 도구를 모두 불살라버렸습니다. 여자는 이제 부엌과 밭으로 내몰렸습니다. 어머니는 이제 손도 까닥하지 않고 여자를 부리기 시작했습니다. 여자는 살림에는 솜씨도 없고 마음도 없었습니다. 매일 매 끼마다 불을 지펴 밥을 짓고 음식 데우는 일을 힘겨워했으며, 기껏 밥상을 차렸다 해도 메마르고 차갑기만 했습니다. 방과 마루에 먼지가 쌓여도 닦을 줄을 몰랐고 뙤약볕에서 밭고랑을 타고 앉아 김 매는 일도 전혀 진척이 되지 않았습니다. 그러나 정과 어머니는 억지로 억지로 여자를 부렸습니다. 바느질을 하지 못하게 되자 여자의 가슴에는 불덩이가 생겼습니다. 여자는 어두운 밤이 되면 제 힘에 못 이겨 울타리를 따라 집 바깥을 빙빙 돌아다니며 날을 새웠습니다. 여자는 남편과 어머니에게 고분고분 고개 숙이지 않았고, 아이가 새로운 말을 배우고 안 하던 짓을 해도 웃지 않았습니다. 어머니는 또 부아가 치밀었습니다.

"여우 같은 년, 뭘 믿고 그리도 뻣뻣하고 차가우냐!"

이번에는 정도 여자가 야속하게 느껴져, 어머니와 똑같이 화를 냈습니다.

"왜, 모두가 사는 인간사를 당신만은 마음을 붙이지 못하고 겉도는 것이오? 인간사가 꽉 차지 않고 허술한 건, 사람이 자신만을 위해 사는 것이 아니기 때문이오."

"한 번만 보름달을 보게 해주세요. 달은 제가 누군지 말해줄 것입니다. 난 내가 누구인지 알고 싶어요."

그날 한밤중에 여자가 눈물 흘리며 정에게 간청을 했습니다. 정은 고개를 저었습니다.

"당신은 이미 내 아내요. 당신은 이미 내 아이의 어미요. 누구인지를 알면 무엇을 하겠다는 말이오? 나는 당신이 누구라 해도 놓아주지 않을 테요."

여자의 어깨가 흔들리고 두 눈에서 홍수 같은 눈물이 흘렀습니다.

형편이 더욱 좋아진 정은 여자에게 밭일도 시키지 않고 정성을 다해 좋은 옷에 좋은 음식을 먹였습니다. 그런데도 여자는 수심에 찬 얼굴로 긴긴 한숨만 쉴 뿐이었습니다. 정은 새로 지은 집도, 따뜻한 방도, 논과 밭이 늘어나는 재미도, 배불리 먹을 수 있는 음식과 귀여운 아들도 여자를 웃게 하지 못한다는 것을 깨달았습니다. 더구나 여자는 따뜻한 방에서 손을 놓고 지내는 것을 견디지 못하고 따뜻한 음식도 먹지 못하고 심지어 달고 부드러운 음식도 역겨워했습니다. 그러니 사는 일이 따뜻해질수록 여자의 얼굴은 점점 어두워지고 눈은 허공을 방황하고 마음은 피폐해지고 있었습니다. 어스름이 내리는 시간이면 여자의 두 눈은 하늘이 내려앉는 듯 절망으로 가득 찼습니다. 게다가 이상하게도 바느질을 하지 않으면서부터 여자의 손톱과 발톱이 나들나들 얇아지더니, 이윽고는 하나씩 두 개씩 빠져나가는 것이었습니다.

5

여자가 두번째 아이를 낳았습니다. 이번에도 고귀하고 총명하게 생긴 아들이었습니다. 어느 날 아이를 안고 젖을 빨리던 여자는 칠흑 같은 밤길을 내처 달려, 소문으로만 들어온 산 너머 마을 끝에 사는 갖바치 집으로 갔습니다. 그는 미천한 사람으로 어릴 때부터 평생을 짐승의 가죽으로 신을 만들었습니다.

"저에게 신 만드는 법을 가르쳐주십시오."

여자가 마루 아래 꿇어앉아 말했습니다. 그때 갖바치는 희미한 호롱불 아래서 가죽신을 깁고 있었습니다. 갖바치는 어떤 커다란 울림에 가슴이 활짝 열리는 것을 느꼈습니다. 문을 열고 마당을 내려다본 갖바치는 여자를 확인하고는 놀랐습니다.

"저에게 신 만드는 법을 가르쳐주십시오."

여자가 다시 머리를 조아리며 곡진하게 말했습니다.

"이것은 아녀자가 배울 일이 아니라오."

"신 만드는 일을 하지 않으면, 저는 제 속의 불 때문에 타죽고 말 것입니다."

"그대 속에 대체 무슨 불이 있단 말이오?"

"……더이상 묻지 마시고 제가 이 삶을 잊을 수 있도록 허락해주십시오."

갖바치는 여자를 하염없이 내려다보다가 말했습니다.

"내 그대에게 신 만드는 법을 가르치리다. 대신 나에게 원하는 것을 줄 수 있겠소?"

"그게 무엇입니까?"

"그대의 정절이오. 단 한 번으로 족하오. 그대 몸을 내게 허락해주시오."

여자는 잠시 땅 밑 어둠을 바라보다가 고개를 들었습니다.

"제 정절을 드리지요."

여자의 머리 위로 샘물같이 서늘한 바람이 한 차례 지나갔습니다.

"그대는 아녀자의 몸, 나와 한 방에 있으면, 험한 고난을 겪을 터인데 그럴 수가 있겠소?"

"고난을 겪겠습니다."

여자의 눈 속에 언뜻 물기가 어리는 듯했습니다.

여자는 먹지도 않고, 자지도 않고 그 방에서 신을 만들었습니다. 사흘 낮 사흘 밤 만에 여자는 가죽 다루는 법과 가죽신 만드는 기술을 익혔습니다. 아무리 뻣뻣한 가죽이라도 여자의 손 안에 들면 비단처럼 부드럽게 길들여지고, 나뉘고, 기워졌습니다. 나흘째 밤, 그제야 여자의 행방을 알아낸 정이 갖바치의 집 마당에 들어섰습니다. 정은 손에 든 도끼로 갖바치의 방문을 부수고 들어갔습니다. 거기에는 갖바치와 자신의 여자가 무릎을 대고 앉아 있었습니다.

"남편이 두 눈을 뜨고 살아 있건만, 젖먹이 자식새끼를 내버려두고 공양해야 할 시어머니도 버려두고 나가, 백정 같은 갖바치와 한 방에서 나흘 낮 나흘 밤이라니! 네 이년, 짐승 같은 년, 참으로 더럽구나!"

정은 너무 분해, 손에 든 도끼로 가죽과 바늘을 쥐고 있는 여자의 열 손가락을 한꺼번에 내리치고 싶었습니다. 그러나 정은 여자를 너무나 사랑했습니다. 그는 여자의 머리카락을 끌고 집으로 데려갔습니다. 집에 온 정은 손가락 대신 그 번쩍이는 검은 머리카락을 뭉텅 잘라버리고 여자를 방 안에 가두었습니다. 방 안에 갇힌 여자가 울면서 애원했습니다.

"저에게 가죽과 바늘을 넣어주세요."

용서해달라는 말 대신, 갖바치놈 냄새가 나는 가죽과 바늘을 달라는 말을 듣자 정은 여자를 죽이고 싶어졌습니다. '이녁을 행복하게 해줄게.' 정은 그 말을 지키려고 무던히 노력을 해 살 만해졌다고 생각했습니다. 그러나 여자는, 처음 눈을 떠서 그를 보던 날과 똑같이, 자신이 누군지를 알아내려고만 하고, 그를 멀리 떠날 궁리만 하고 있었습니다. 이녁을 행복하게 해줄게. 그 말은 자신의 한 생을 활짝 열어 결실을 맺게 해줄 열쇠 같았는데, 알고 보니 생을 혼란에 빠뜨린 재앙이 되었습니다. 정은 강제로 여자를 취한 것이 처음으로 후회스러웠습니다. 모든 것이 자신의 잘못이었습니다. 무슨 짓이든 하지 않으면 그대로 숨통이 막혀버릴 것 같은 회한이 엄습해와 피가 거꾸로 도는 듯했습니다. 정은 도끼를 들고 뒤뜰로 돌아가 달빛 아래서 자신의 손가락을 내리쳤습니다. 왼쪽 엄지손가락이 툭 떨어졌습니다. 흙 위로 피가 콸콸 흘렀습니다. 흐르는 피를 보아도 시원해지지 않았습니다. 그는 모든 것을 내려다보는 달에게 저주를 퍼부었습니다. 그는 이제 일하지도 않았습니다. 여자의 방문 앞에서 날마다 술만 마시며 여자를 지켰습니다. 시어머니도 여자를 저주하며 울었습니다.

"저 여우 같은 년이 기어코 내 아들을 잡아먹는구나!"

정은 질투와 상실의 고통 때문에 타죽을 것 같았으나, 여자를 포기하지는 못했습니다. 여자가 용서해달라고만 말해도, 백 번 천 번 용서하고 지옥같이 끓는 애증을 걷어낼 수 있을 것 같았습니다.

"제발, 내게 용서해달라고 비시오."

정은 날마다 더 야위어가고 손톱과 발톱이 빠져나가는 여자를 붙들고 말했습니다. 여자가 오래도록 닫혀 있던 입을 열고 말했습니다.

"저는 이미 당신을 저버린 몸입니다. 부디 저를 가두어두지 말고 함부로 버려주세요."

정은 마침내 분을 이기지 못하고, 왕녀처럼 도도하고 짐승처럼 인정 없는 여자를 주먹으로 때렸습니다. 여자를 때리면서, 정은 공을 들인 보람도 없이 인생이 까마득히 무너지는 것을 느꼈습니다. 정은 여자의 방에 가죽과 바늘과 실과 가위를 넣어주었습니다. 세월이 또 흘러갔습니다.

6

여자가 지은 신이 방 안에 가득 쌓이자, 정은 가죽신 장사를 시작했습니다. 여자의 솜씨는 날렵하고 신비스러운 것이어서 정은 부자가 되었습니다. 젖먹이였던 작은아이도 일곱 살에 들어섰습니다. 그러나 정은 불행했습니다. 여전히 그의 아내는 어두운 방에 틀어박혀 지냈습니다. 어머니는 병으로 누워 나날이 쇠약해져갔습니다.

목련꽃이 피어나기 시작한 어느 봄밤이었습니다. 가죽을 구하기 위해 먼길을 떠났던 정은 보름날이 되기 전에 때맞춰 돌아오려 했으나, 미처 집에 당도하지 못했습니다. 정은 머리 위에 훤하게 떠올라버린 달을 힐긋힐긋 올려다보며 공포에 휩싸여 달렸습니다. 자칫, 아내를 잃을까 두려워서 맹수에게 쫓기듯 발 밑이 온전히 디뎌지지 않았습니다. 마을로 들어가는 다리가 저만치서 보였습니다. 정의 가슴이 멧돼지의 발소리처럼 쿵쿵 뛰었습니다. 그사이 아내가 어디론가 가버리고 없을 것만 같았습니다.

가죽신을 깁던 여자는 누가 부르는 소리를 듣고 방문을 열었습니다. 놀랍게도 목련꽃이 활짝 핀 마당엔 사금파리 같은 달빛이 소복하게 덮여 있고, 밤하늘엔 보름달이 떠 있었습니다. 여자는 이런 날이 올 줄을 몰라 이제 보름날을 세지도 않고 지내던 차였습니다. 달이 말했습니다.

"여인은 나를 따라 걸어라."

마당으로 나선 여자는 달이 흐르는 방향을 따라 걸음을 옮겼습니다. 여자의 이마와 눈썹과 머리카락 위에 사금파리 같은 달빛이 사륵사륵 쌓였습니다. 달은 여자에게 냇물을 건너게 하고, 들판을 지나게 하고, 못가를 돌게 하고, 산으로 오르는 좁은 길로 들게 했습니다. 달이 환히 비추어주어 산길은 어둡지 않았습니다. 너무나 빠르고 혼란스럽게 묘지를 지나고 계곡을 지나고 폭포를 지나갔으나 달을 따르는 여자에겐 아무런 두려움도 없었습니다. 좁은 산길로 들어 무덤들이 가득한 적막한 묘지를 세 번 지나고, 천둥소리를 내는 계곡을 세 번 거쳐, 물이 벼락처럼 내려치는 세번째 폭포에 다다랐습니다. 그때 달이 말했습니다.

"자, 이제 나를 향해 숨을 쉬고 그대의 노래를 불러라."

여자는 어리둥절했으나 달이 시키는 대로 했습니다. 달빛을 한 숨씩 마실수록 어떤 힘이 자신의 영혼을 치받아 높이 떠올리는 것을 느꼈습니다. 그 힘은 몸 안을 환히 비추도록 둥글고 투명한 것이었습니다. 아홉번째 달빛을 들이쉬자, 몸이 달처럼 위로 치솟는 것 같았습니다. 그러자 자기 몸에서 거칠고 야생적인 그 울음이 치밀어올랐습니다.

그 소리는 폭포의 소리를 뚫고 달까지 다다랐습니다. 그때였습니다. 물이 떨어지는 폭포의 상단에 네 발로 걷는 짐승들이 홀연 나타났습니다. 늑대였습니다. 여자는 그때서야 자신의 소리가 늑대의 울음이었다는 것을 깨달았습니다. 여자는 늑대들의 냄새를 알아챘고, 그것이 자신의 냄새라는 것을 깨달았습니다. 네 마리 늑대들은 순식간에 폭포수 아래 서 있는 여자에게로 다가섰습니다. 밤마다 찾아오는 여자의 꿈에서처럼 그것은 빠른 것이었습니다. 여자는 꿈이 현실이 되어 나타난 것을 느꼈습니다. 사람의 생은 더디고 반복적이고 태만하기만 한데, 여자의 마음속엔 늘 섬광처럼 순간에서 순간으로 비약하는 바람이 갇혀 꿈틀대고 있었습니다.

"우리와 가겠느냐?"

"누구세요?"

"네 언니들이다. 우리는 오래 전에 너를 잃었지만 네 가죽을 간직하며, 이 날을 기다려왔다."

"그곳은 어떤 곳인가요?"

"바람처럼 자유로운 곳. 우리는 밤을 꿰뚫는 눈과 산 너머의 소리를 듣는 귀와 땅 밑의 냄새도 맡는 코와 창살 같은 발톱과 이를 가지고 있다. 우리는 두려움을 사랑하고 두려움을 벗으로 여기며, 칼날같이 좁은 두려움의 길을 걷는다."

달이 여자의 머리 위를 비켜 천천히 떠나갔습니다. 여자의 눈에 눈물이 흘렀습니다. 여자는 제 영혼의 비밀을 본 것입니다. 여자는 기뻤으나 이내 고통스러웠습니다. 머릿속에 두 아들과 병든 어머니와 자신이 만들어온 가죽신과 가죽신을 내다 파는 정 깊은 남편이 차례차례 지나갔습니다.

"나에게 시간을 주세요."

"너 자신을 포기하겠다는 말이냐?"

"하루도 빠짐없이 이 날을 기다려왔습니다. 그러나 내게 작별할 시간을 주세요."

"머뭇거릴 시간이 없다. 본성을 거슬러 산 탓에 인간사에서 네 생은 이미 얼마 남지 않았다. 우리를 따르면, 지난 일은 나쁜 꿈이 되어 사라지고 처음부터 다시 시작할 수 있으니, 미련을 버리고 냉담하게 나를 따르라."

나쁜 꿈이라는 말이 여자의 가슴에 화살처럼 박혔습니다. 여자는 자신의 손으로 만들어낸 그 많은 가죽신을 생각했습니다.

"용서하세요. 내게 시간을 주세요."

"그렇다면 다음 보름날, 달이 마당 가운데 오를 때, 우리가 네 집 마당에 들겠다. 그때 내 등을 타고 올라라. 아무것도 가지고 와서는 안 된다. 만약 네가 약속을 지키지 못하면, 우리는 다시 네 영혼의 길을 걸으리라. 그러면 너는 이곳에 이르는 길을 다시 잃고 말 것이다."

여자는 그 약속을 지키마 하고 고개 숙여 절을 했습니다.

정이 집에 다다라보니, 병든 어머니와 아들은 잠이 들어 있는데, 여자는 없었습니다. 정은 선 걸음으로 달려 산 너머 마을 끝, 갖바치의 집으로 가보았습니다. 그곳에도 여자의 기척은 없었습니다.

"당신의 처는 야생짐승의 혼을 가지고 있다오. 아무리 당신이 고통을 겪더라도 그 여자를 잡아놓을 수는 없소. 당신의 처는 당신이 집 안에서 주는 따뜻한 행복이 아니라, 어둡고 추운 곳을 떠돌며 고독하고 험난한 고통의 바람을 따라가려 하오. 그러니 놓아주시오."

"어림없는 소리요. 나는 지옥까지라도 쫓아가 아내를 되찾을 것이오."

"사랑은 그렇게 하는 것이 아니오. 사랑이란 한 번도 같고 두 번도 같고 세 번도 같은 것이오. 한 번으로도 충분한 것을 어찌 억지로 붙잡아두려고만 하오? 당신은 부자가 되었으니, 이제 건강하고 착실하고 자태도 고운 여염집 여자를 얼마든지 아내로 맞을 수가 있지 않소?"

"나한테 가르치려 마시오. 이 세상에 또 무슨 여자가 있다는 말이오. 나에겐 세상 천지에 오직 그 여자 하나뿐이오."

정은 갖바치를 향해 소리지르고 산을 넘어 허술한 나무다리가 걸쳐진 내를 건넜습니다. 하늘에도 보름달이 떠 있고 물 속에도 보름달이 비쳐 환한데 정은 그만 발을 헛딛고 물에 빠져버렸습니다. 물은 깊지는 않았으나, 아직 차가웠습니다. 정은 물 속에 앉은 채 중얼거렸습니다.

"이녁, 당신이 누구인지 당신이 모르는 것처럼, 나도 모르오. 그러나 당신이 나를 잡아먹는다 해도, 나는 당신을 놓지 않을 테요. 사람들이 무엇이라 해도, 나는 아오. 사랑은 머리부터 잡아먹혀도 끝끝내 놓지 않는 것이오."

늑대들은 여자를 등에 태우고 험한 산길을 가파르게 내달려 금세 정의 집 마당에 내려주었습니다. 그리고 여자가 뒤돌아볼 틈도 없이 홀연히 사라져갔습니다. 정은 옷이 젖은 채 물방울을 뚝뚝 흘리며 돌아오다가 산 밑 어딘가에서 늑대들의 울음소리를 들었습니다. 가슴이 섬뜩하도록 사납고 애절한 소리였습니다. 정은 그만 지친 걸음을 멈추고 몸부림치며 울고 싶었습니다. 그런데 뜻밖에도 대문간에 들어서보니, 방문에 여자의 그림자가 비쳤습니다. 질린 듯이 검던 정의 얼굴이 더욱 일그러지는 듯했으나, 그것은 기쁨이 지나쳐 숨이 막힌 까닭이었습니다. 그의 기척이 들리자 여자가 전에 없이 방문을 열고 내다보았습니다. 그의 몰골을 본 여자는 마른 수건을 들고 맨발로 내려와 그의 얼굴과 손을 천천히 닦아주었습니다. 그리고 처음으로, 두 손으로 정의 두 손을 꼭 쥐었습니다. 정은 가슴에 뜨거운 물이 쏟아진 듯 놀랍고 뭉클했습니다. 여자로부터 처음으로 받는 사랑의 느낌이었습니다. 정은 깊이 안심하여 눈물이 맺혔습니다. 이제 달이 아무리 가득 차도 두렵지 않을 것 같았습니다.

7

　여자는 열 손가락을 펴고 내려다보았습니다. 여자가 지은 그 많은 가죽신이 결코 나쁜 꿈일 수는 없었습니다. 여자는 뼈가 녹는 듯한 고통을 느꼈습니다. 작별이 어려운 일이 될 줄은 미처 알지 못했습니다. 모든 것이 분명해 보였고, 세상에서 자신을 붙잡을 것은 아무것도 없으리라 생각했습니다. 그러나 여자는 처음으로 아이들과, 자신에게 묶여 있는 영혼의 탯줄을 보았습니다. 처음으로 스스로 엄지손가락을 자른 남편의 고통과 격정을 보았습니다. 처음으로 죽음의 자리에 누운 쇠약해진 시어머니의 가련한 두려움을 보았습니다. 그 모든 것은 결코 나쁜 꿈으로 지워버릴 수 없는 것들이었습니다. 작별을 생각하자 여자는 오히려 자신을 팔아 아무 가치도 없는, 나쁜 꿈과 같은 그 삶을 살고 싶은 욕망을 느꼈습니다. 그것은 자신의 무덤을 파는 듯 참혹하고 슬픈 마음이면서도 불 속의 불씨처럼 간절하고 따스한 마음이었습니다. 그러나 빠져나가는 손톱들을 바라보면 울음이 소리도 없이 목을 타고 올라왔습니다. 여자는 잠든 남편과 아이들 사이에 누워 밤마다 자신의 창자를 꺼내 썹듯이 고통스럽게 울었습니다.

　다시 보름밤이 되었습니다. 호박처럼 누런 달이 광채를 띠며 머리 위를 지나갔습니다. 정은 또 가죽신을 팔러 나갔다가 늦어졌습니다. 정은 벌써 머리 위를 지나가는 보름달을 힐긋힐긋 올려보며 달리기 시작했습니다. 달은 검은 우산 같은 구름 조각들을 둥둥 헤치며 빠르게 지나갔습니다. 여자가 변하기는 했기로, 자신이 지나치게 안심했던 것 같았습니다. 달은 머리 위를 지나서 가는데, 집은 아직도 멀었습니다. 들판길은 한없이 길어, 마을로 드는 다리조차 아직 보이지 않았습니다.

아이들도 자고, 병든 어머니도 잠이 들었습니다. 여자는 방문을 안에서 걸어잠갔습니다. 여자의 손이 커다랗게 전율을 일으켰습니다. 여자는 떨리는 손으로 얼굴을 검은 천으로 가렸습니다. 두 눈도 꼭 감았습니다.

감은 두 눈에서 눈물이 쏟아졌습니다. 나쁜 꿈 같은 생이 자신의 가슴 안으로 시퍼렇게 밀려들었습니다. 여자는 처음으로 가슴을 끝까지 활짝 열었습니다.

드디어 달이 마당 한가운데 이르자, 동시에 늑대들의 기척이 들렸습니다. 여자는 두 손을 모았습니다. 오랜 침묵이 흘렀습니다. 늑대들은 마당 가운데 선 채 세 번 커다랗게 울음을 운 뒤 영혼의 길을 걸어 떠나갔습니다. 그때 여자의 손톱 하나가 방바닥에 떨어졌습니다.

정은 숨이 턱까지 찼으나, 숨을 쉬는 것조차 잊어버렸습니다. 대문간에 우뚝 서서 여자의 기척을 가늠해보니, 여자의 방은 어둡고 텅 비어 있었습니다. 정의 무릎이 꺾였습니다. 그러나 다음 순간 부엌 쪽에서 희미한 빛이 새어나오는 것을 발견했습니다. 부엌의 불빛을 따라 살금살금 다가가니 그릇 부딪치는 소리, 물 따르는 소리가 작게 들렸습니다. 여자는 마치 정이 그 시간에 맞추어 올 줄을 알고 있었던 양, 김이 오르는 국을 뜨며 밥상을 차리고 있었습니다. 정의 얼굴이 일그러지더니, 곧 웃음이 떠올랐습니다. 정은 발소리를 죽이고 삽짝을 천천히 돌아나와 온 동네가 울리도록 쿵쿵 내달렸습니다. 시냇가에 이르자 보름달이 빠져 환한 물 속에 첨벙 몸을 던지고는 두 개의 보름달과 한참을 놀았습니다. 정이 젖은 몸으로 물을 뚝뚝 흘리며 집에 들어서니, 여자가 또 맨발로 마당까지 내려왔습니다. 이번에는 손에 수건도 들려 있지 않았습니다. 정의 앞에 이른 여자는 갑자기 두 팔을 있는 대로 크게 벌려 흠뻑 젖은 정의 몸을 꽉 끌어안았습니다. 정은 그간에 사무쳤던 고통과 슬픔이 다 녹아 까무룩이 정신을 놓아버릴 것만 같았습니다. 영문을 알지 못했지만, 이대로 여자에게 잡아먹혀도 좋다고 정은 생각했습니다. 여자의 발등 위에 물방울이 툭툭 떨어졌습니다.

8

그후 여자는 보름달이 떠올라도 늑대의 길을 알 수가 없었습니다. 달은 여자에게 꼭 한 번 말해준 뒤로 침묵했습니다. 여자는 자신을 팔아 따뜻하고 다정하고 유순한 삶을 살았으나, 보름달이 뜰 때면 자신도 알 수 없는 기운에 휘말려 깊은 산 속 묘지들과 계곡과 폭포 사이를 헤매었습니다. 밤이 새도록 산 속을 방황해도 세번째 묘지와 세번째 계곡과 세번째 폭포는 여자 앞에 나타나지 않았습니다. 여자는 맨발로 험한 산을 오르느라 발바닥의 살이 갈라지고 피가 흘렀습니다. 그러나 정은 보름밤에 더이상 아내를 가두지 않았습니다. 그 대신 지게를 지고 어두운 숲속 묘지와 계곡과 폭포들 사이를 헤매는 아내 뒤를 묵묵히 따르다가 마침내 동이 트고 아내가 실신해 쓰러지면, 아내의 몸을 지고 가파르고 미끄러운 산길을 디뎌 집으로 돌아왔습니다. 그 마을 사람들은 보름달이 지고 난 새벽이면, 늘 지게에 아내를 지고 산에서 내려오는 정을 보곤 했습니다. 사람들은 정의 얼굴이 그토록 평온한 것을 이상하게 여겼지만 정은 정말로 아무렇지도 않았습니다. 아내는 비밀스럽게 차오른 달의 노래에 맞추어 자신의 불가해한 춤을 추었을 뿐이니까요. 다만 점점 더 가벼워지는 아내의 무게 때문에 이따금 걸음을 멈추고 꼼짝하지 못할 때가 있었습니다. 그럴 때면 정은 자신의 몸 어딘가가 터져 마른 흙 위에 피가 뚝뚝 흐르는 듯했습니다. 그것은, 잔혹한 세월이 정이 알아듣지 못할 말로, 하루하루 작별이 다가오고 있다는 것을 슬며시 가르쳐주는 순간이었습니다.

二月 荒涼的 脚步

아내가 떠난 뒤로 얼마나 많은 날이 지나갔는지 알 수가 없다. 그날도, 그 전날도 나는 단지 아내를 안고 싶었다. 오늘밤은 무사하니까, 아직은 따뜻하게 안고 자자고 말하고 싶었다. 삶이 나의 갈비뼈를 차례차례 부수고 들어와도, 내가 만신창이가 되어 내장이 밖으로 쏟아져나와도 끝까지 버티겠다고 말하고 싶었다. 그런데, 그 말을 하는 대신 나는 식탁 의자를 들어올렸다. 아내가 더이상 아내가 아니고, 내가 더이상 내가 아니라는 사실을 알았기 때문이었다.

1

늙은 가로수들이 길 양켠에 무성하고 가로등이라곤 전혀 없는 거리였다. 빗방울이 모여 주르르 흘러내리곤 하는 차창 너머, 비와 어둠과 안개가 뒤섞인 먹먹한 공기를 사이에 두고 단층 상점들의 불빛이 이어졌다. 네온사인 같은 것도 없고 간판도 어둠에 묻혀버린 채 네다섯 평이나 될 것 같은 상점마다 백열등 불빛이 흐릿하게 비칠 뿐이었다.

가게 안에는 서너 사람이 테이블에 앉아서 조용하고 정교한 작업을 하는 것 같았다. 창에다 눈을 대고 노려보아도 도무지 무슨 작업인지 짐작해볼 수는 없었다. 무언가를 꿰거나 연마하는 작업을 하는 듯도 하고 어쩌면 단순히 잡담을 하거나 카드놀이를 하는 것 같기도 했다.

"계림의 계는 닭 계자가 아니고 계수나무 계자예요. 계수나무는 어디에 있습니까? 달에 있지요? 예, 여러분은 달에 온 것입니다. 여기는 계수나무의 숲입니다. 그렇다면 이 가로수들은 무슨 나무일까요?"

가이드가 즐거운 표정으로 물었다. 앞에 앉은 몇 사람이 이구동성으로 대답했다.

"계수나무요."

"틀렸습니다. 계수나무라야 합당하겠지만 이 가로수들은 장나무입니다."

"합당하대……"

사람들은 '합당'이라는 단어 때문에 웃는다. 가이드는 왜 웃는지 모르고 눈을 동그랗게 떴다가 이내 자기 업무에 충실해진다.

"장나무는 장롱을 만드는 단단한 나무입니다. 예부터 계림의 산수는 이 넓은 대륙에서도 천하 제일의 절경이라고 했습니다. 이강과 계림 땅의 칠십오 퍼센트를 차지한 독특하게 솟은 산들 때문이지요. 이곳 기후는 아열대성 기후이고, 베트남과 접경지구입니다. 한국은 아직 추운 2월이지만 이곳은 한국의 3, 4월 날씨가 교차하고 있습니다. 이곳 계림 사람들은 예부터 한겨울에도 난방을 하지 않습니다. 웬만큼 추워도 그냥 참고 살지요. 그리고 집집마다 가스를 쓰기 때문에 공기가 아주 좋고 깨끗합니다. 그리고 습기가 많아서 일층은 가게나 창고로 사용하거나 비워둡니다. 아파트도 마찬가지입니다. 이층부터 살림을 살 수 있는 집인 것입니다."

여행단은 사십대 초반의 부부가 세 쌍, 할머니가 환갑을 맞은 노

부부 한 쌍, 모녀 한 쌍, 그리고 방송통신대학에 다닌다는 스물일곱 살의 아가씨와 그녀였다. 아가씨의 성은 윤이고 그녀와 파트너가 되었다. '서로 사진을 찍어줘요, 많이요.' 그것이 윤의 첫마디였다. 그녀로선 부담스러운 말이었다. 그녀는 카메라조차 가져오지 않았다.

윤은 얼마 전까지만 해도 설탕을 만드는 공장의 총무과에 다녔지만 지금은 실업자라고 했다. 안경을 썼고 긴 머리를 위쪽 일부만 핀으로 묶었으며 화장도 하지 않아 검소하고 근면해 보인다. 여고 시절, 공부는 욕심껏 하는데 성적은 언제나 중하위에 머물렀던 어떤 친구를 연상시키는 인상이다. 윤은 지금도 가이드의 말을 수첩에 일일이 받아적고 있었다.

"여기 사람들은 알랑미와 쌀국수를 주식으로 하고 있습니다. 특히 아침엔 대개 국수를 먹습니다. 그래서 계림에 시집오면 여자가 편하다고 합니다. 아침에는 쌀국수를 먹고 나가고 점심은 식권으로 먹고 저녁만 하면 되는데, 중국 남자들은 집안일을 잘해서 나누어서 하지요. 누구든 일찍 돌아온 사람이 저녁을 지으니까요. 소수민족 중에서도 집안일을 싫어하는 남자는 조선족 남자들이에요. 조선족 남자는 술 마시기 좋아하고 연애하기 좋아하고 새로운 것 사들이기와 돌아다니기를 좋아하지요. 여자들도 실은 비슷해요. 화장하기 좋아하고 옷 입는 수준도 높고 아이들 대학 보내려고 하고 새로운 물건에는 잔뜩 눈독을 들이지요."

"당신은 대학에서 관광통역을 전공했나요?"

윤이 물었다.

"아니요. 저는 재무학, 그러니까 경영학을 공부했습니다. 하지만 언젠가 계림에 한 번 와본 후로 이곳의 온화함과 아름다움에 반해서 대학을 졸업하자마자 가이드 양성소에 들어가 일정한 과정을 마친 후 바로 이곳에 왔습니다. 이곳에서 남편도 만났고, 아이도 세 살이 되었습니다. 중국 정부는 한 가정에 한 자녀만을 허용합니다. 그 아래로는 호적에 올릴 수가 없습니다. 둘째부터는 당국에서 땅을 얻을 수도 없습니다. 도시에 살려면 열네 살 때까지 부모가 일 년에 삼백원씩 벌금을 내거나 아니면 시골로 떠돌아야 합니다. 호적에 오르지 못한 자녀들을 하이 헤이즈, 즉 흑해자라고 합니다. 그들은 평생 부랑자 생활을 하게 되는 것입니다. 하지만 중국 정부는 소수민족 우대정책에 따라서 소수민족에게는 두 자녀까지 허용하고 있습니다. 계림에는 장족 동족 묘족 요족 등 스물여덟 개 소수민족이 있습니다. 그런데 조선족 중에는 한 자녀만을 갖는 경우가 많습니다. 놀기 좋아하는 습성 탓도 있지만 교육열 때문이기도 합니다. 한 자녀만 낳아서 확실하게 잘 키우겠다는 의지지요."

연변 출신이라는 통통한 체격의 가이드는 삼 년 경력 때문인지 어색하기는 하지만 우리 쪽 억양을 무척 닮아 있었다. 중국인형 같은 복스러운 얼굴에 검정색 가죽코트를 입었고 십오 센티미터는 될 법한 통굽 부츠를 신었다. 그리고 화장도 빠짐없이 했고 부분염색까지도 했다. 건실하고 암팡지게 보이는 젊은 여자였다.

도심으로 들어섰는지 네온사인이 켜졌고, 꽃 모양의 키 낮은 가로등도 있었다. 하지만 길은 왠지 휑하게 넓기만 해서 아무런 계획도 없이 자연적으로 트인 비포장길 같았다. 거리는 여전히 침침했다.

"이곳은 야생동물원입니다. 사자와 호랑이, 캥거루와 낙타와 악어 등이 다 있습니다."

동물원 입구에는 야생적이고 불구적인 기예를 부리는 세기적 서커스단의 출연을 알리는 광고 아치 같은 것이 세워져 있었다. 공기 속 어딘가에 커다란 동물의 흐느낌 소리와 배설물 냄새와 털 비린 내가 섞여들었다.

거리에는 버스와 택시와 삼륜 택시, 씨클로 같은 운송수단과 우의를 입은 자전거 행렬이 법보다는 인정이라는 식으로 번들거리는 도로 위에서 유유자적 임의대로 움직였다.

우리는 후미진 거리의 식당에 안내되어 저녁을 먹었다. 간판도 보이지 않고 바닥에는 욕실용 타일이 붙어 있고 천장에 백열등이 매달린 아파트의 일층 가게였다. 밖에서 보면 버스를 타고 지나온 어두운 거리의 흐릿한 상점들 같은 것이다. 우리 일행은 식사를 하고 있는 것이 아니라 테이블에 둘러앉아 창백한 불빛 아래 등을 구부리고 무엇을 꿰고 있는 것처럼 보일 것이다.

붉은 양념을 한 닭발과 배추에 고춧가루를 뿌려 괴롭힌 듯한 김치, 돼지고기 냄새가 나는 탕수육과 낮부터 만들어놓고 기다린 듯한 오징어볶음과 고추기름을 잔뜩 쓴 고기야채볶음, 상추와 중국 고추장과 멀건 돼지고기 김치찌개…… 솜씨 없는 새댁이 대낮부터 장만한 집들이 음식처럼 그득하고 푸짐하게 담았지만 마르고 식고 촌스러워서 뾰족하게 먹을 것이 없었다. 알랑미는 이름처럼 알랑하게 젓가락 사이로 흩어졌다. 남들처럼 무심히 닭발을 한 입 뜯으려다가 접시에 떨어뜨려버렸다. 입술에 차가운 감전이 일어난 것 같았다. 닭발은 제가 죽은 줄도 모르고, 제가 토막난 줄도 모르고, 제가 양념으로 조리된 줄도 모르고 생시대로 여전한 감촉이었다.

—엄마, 학교에 갔다 오니 산짐승이 우리 닭을 잡아먹었어. 머리랑 깃털이랑 발 두 개만 남았어. 우리 닭 두 마리잖아. 한 마리는 닭 시체 앞에 가만히 서서 우리를 보고 있었어. 밤에도 그 닭이 계속

시체 앞에 서 있었어.

지난밤에 집으로 전화했을 때, 아들은 막무가내로 그 소식부터 전했었다.

오원짜리 맥주와 삼십오 도 도수의 배갈을 위안 삼아 저녁을 먹는데, 서빙하는 중국 소녀의 언 손에 자꾸 눈길이 갔다. 싸구려 오버의 단추를 끝까지 채워 입고 거친 머리를 뒤로 묶은 소녀는 웃음기도 전혀 없이 추위에 상한 묵묵한 얼굴이었다. 잔뜩 곱은 손은 작고 붉고 푸르죽죽했다. 만지면 눈 위의 닭발처럼 차가울 것이었다.

새해를 지난 지 얼마 되지 않아 아직 붉은 비단등들이 내걸린 중국 호텔로 안내되었다. 비단 등불은 붉은 물이 아프도록 배어든 선혈의 빛이다. 중국에서의 첫 밤, 그녀는 카드키를 쥔 채 배정된 방을 찾아 윤과 함께 완만하게 휘어진 곡선형의 긴 복도를 걷는다. 그녀에겐 집 떠나 헤맨 지 아홉번째 밤이다. 깨어진 발등이 구두에 눌리어 아무도 모르게 다리를 절룩이면서.

잠자리에 누우면 아이들의 잠이 떠올랐다. 뒷머리에 고이는, 베개를 눅눅하게 적시는 식척지근한 아이들의 땀, 음식이 쉬어가는 것 같은 냄새. 잠자는 동안 아이는 가구 속에 유폐된 것처럼 침대 구석에 고독하게 끼어 있다. 몇 날 며칠이 지나도 엄마는 돌아오지 않는다. 청결하고 바삭바삭한 잠옷, 부풀어오른 쾌적한 침구, 보송보송한 공기, 반짝이는 바닥. 어디에도 돌보아지고 있는 느낌은 없다. 아침에 잠에서 깨어났을 때, 아이는 어떤 표정일까……

오늘밤도 목이 마르고 내장이 타도록 헛수고를 하며 밤을 새울 것만 같다. 새벽 네시경이면 그 고단한 건조성 불면증이 자궁까지, 질까지 말리는 느낌이 든다. 그런데도 물은 한 모금도 삼킬 수가 없다. 구역질이 날 것만 같아 욕조에 물을 받곤 했다. 물 속에 몸을 담그고 자신의 팔 속에 얼굴을 묻었다. 그러다가 팔 안쪽의 여린 살을 세게 물어버리기도 했다. 물린 자국은 좀처럼 없어지지 않고 날마다 숫자를 더해갔다.

팔 일 전 남편은 그녀를 죽이려고 했었다. 번쩍 들린 식탁 의자의 날카로운 네 개의 다리 앞에서 그녀는 가슴이 터져버린 새처럼 전 생애가 지상으로부터 증발하는 것을 느꼈다.

2

눈이 많이 내렸었다. 남도에는 어림잡아 십 년 단위로 한 번씩 내리는 큰 눈이었다.

눈이 쌓인 그날 밤 그녀는 몇 년 만에 고르고 깊은 잠을 잤다. 장화를 신고 나가 마당에 놓인 목제 테이블 위에 쌓인 눈에 자를 대어보니 이십육 센티미터였다. 눈은 그 뒤에도 계속 더 내렸다.

아들이 산 아래 가파른 언덕을 손짓하며 말했다.

―엄마, 편지 위에 눈이 쌓인 거 같지?

―뭐, 편지?

그녀는 알아듣지 못하고 되물었다. 아들이 다시 말했다.

―사실은 언덕인데 눈에 덮여서 아주 편편해 보이지? 누구나 걸어간다면 편지 위인 줄 알고 그만 속아서 뒹굴게 되겠지?

아들은 혀가 짧아 평지를 자꾸만 편지라고 발음하고 있었다.

시리얼과 계란 프라이와 요구르트를 먹은 아이들과 남편은 스노
체인을 감은 차를 타고 집을 떠났다. 아이들이 할머니 집을 방문하
기로 한 날이었다. 아이들을 배웅한 후 마당에 서 있던 그녀는 그대
로 숲으로 걸어가버리고만 싶었다.

코트 호주머니에 수면제를 잔뜩 넣고 숲으로 가는 동안 눈을 뭉
쳐 한 알씩 한 알씩 삼키면서. 그리고 숲에 이르면 적당히 깊은 방
공호를 고르고 주변에 쌓인 눈을 모아서 새하얀 관을 하나 만든다.
관이 만들어지면 이제 모든 약을 다 삼키고 잠시 산책을 하는 것이
다. 숲에는 군데군데 덫이 많이 쳐져 있다. 하지만 자주 산책을 한
그녀는 그 많은 쇠덫들이 숨어 있는 곳을 알고 있다. 그녀는 쇠덫을
잘 피해야 할 것이다. 수면제를 잔뜩 먹고 덫에 발이 치여 온 동네
를 발칵 뒤집는 야단을 피우고 싶지는 않다.

덫을 피해 산책을 한 후 마침내 잠이 쏟아지면 눈의 관 속으로 들
어가 편하게 눕는다. 물론 의식이 완전히 사라지기 전에 그녀는 팔
을 휘저어 자신을 덮어야 한다. 그래야 깊이 잠든 밤 사이에 몸이
더 잘 얼 수 있을 것이다.

그녀는 숲으로 가는 대신 방에 들어가 거울 앞에 앉아 꼼짝도 않
고 자신을 지키고 있었다. 거울 속 눈동자가 얼어붙은 연못 같았다.
새들이 두 눈을 떼어가도 피가 흐르지 않고 팬 흙 웅덩이만 남을 것
같았다. 그녀의 내부엔 한줌의 따스함도 없었다.

계곡길로 들어오던 버스도 운행이 중단되었고, 오전 내내 차 한
대, 인적 하나 보이지 않았다. 오후가 되자 한 대의 트럭이 계곡길
을 따라 들어와 방한복을 입은 공공근로자들을 부려놓았다. 그녀는
그들을 알고 있었다. 얼마 전 집 뒤 농로의 포장공사를 했던 사람들

이다. 그들은 영세민 지원사업의 혜택을 입는 사람들이라 일한다기보다는 흥청흥청 시간을 보내는 무리였다. 날씨도 그들과 한 패거리처럼, 그들이 올 때마다 오후 두시경에 비가 내렸다.

비가 내리면 그들은 집 안의 테라스로 몰려와 커다란 솥을 걸어 계란과 라면을 삶고 남자와 여자들이 구별도 없이 뒤섞여 소주를 마시며 장난질을 쳤다. 허름한 식당이나 횟집의 주방 같은 데서 보았을 법한 몸뻬 차림에 파마머리인 사십대 후반 여자들과 바리케이드가 쳐진 공사장 부근이나 시장 거리의 소줏집에서 보았을 법한 몹시도 낯익은 작업복 차림의 남자들……

그 남자와 여자들은 서로에게 눈을 뿌리고 도망다니며 실컷 장난질을 쳤다. 그리고 삽과 넓적한 판자가 붙은 기구를 들고 열을 지어서서 마을로 들어오는 계곡길의 눈을 치우기 시작했다. 길을 다 치울 엄두는 나지 않는지 길 가장자리만 긁어 길과 낭떠러지의 경계만 표시하는 정도였다.

그녀는 갑자기 절에 가기로 했다. 눈 덮인 적막한 마을을 지나 방 안에 앉은 자신의 귀에까지 닿은 불경 소리 때문만은 아니었다. 집이 농협으로 넘어가버리기 전에 팔아야 했다. 얼마 전 집을 파는 비방을 동생의 시어머니에게 들었었다.

학교에 가서 아이들이 밟고 논 모래를 떠와 대문 한쪽 기둥에 뿌리고 절 부엌에 숨어들어가서 가위를 훔쳐와 부엌에 두고 쓰면 석 달 안에 집 살 임자가 나선다고 했다. 집은 빚이 목까지 차올라서 이미 농협으로부터 차압을 당한 상태였다. 농협으로 넘어가기 전에 집을 판다면 작은 아파트라도 세를 얻을 수 있을 것이지만, 그게 아니라면 고스란히 빈손으로 쫓겨날 지경이었다.

이곳은 병원과 농협과 학교와 상가들이 있는 타운에서 십 킬로미터쯤 떨어져 있는 계곡 유원지 마을이었다. 가든들이 계곡물을 따라 늘어서 있어 조용하고 경치도 좋았다. 그녀와 남편은 전세살이를 청산할 형편이 되자 생활까지도 분양받는 듯한 아파트를 살 바에야 전원주택을 갖고 싶었다.

넝쿨식물이 타고 오르는 야외 테라스에서 먹는 점심식사와 살랑바람이 부는 오후의 티타임, 긴 빨랫줄에 반듯반듯하게 펴서 널 아이들의 옷과 충실한 개 한 마리와 마당을 돌아다닐 토끼 두 마리, 그리고 방울을 단 고집쟁이 검은 염소 한 마리. 벚나무 한 그루와 색색깔의 장미꽃나무와 국화와 수선화 무리, 일요일날 세차를 할 수 있고 마음껏 소리를 지르며 배드민턴을 칠 수 있는 마당과, 상추와 방울토마토와 당근과 감자를 심을 수 있는 채소밭…… 그들은 그런 것을 꿈꾸었다.

하지만 땅을 사서 집을 지으려니 삼백 평 이상의 땅을 사야 한다든가, 마을에서 몇 년 이상 살았던 사람이어야 한다든가 하는 제약이 많았다. 그들은 전세 만기일을 앞둔 시점이라 조금 허둥거렸는지도 모른다. 그들은 계곡 마을에서도 다리를 건너 더 들어오는 산 아래의 폐업한 가든 집을 덜컥 사버렸다. 그 외딴 가든을 전원주택으로 수리할 생각이었다.

주인의 땅이 삼백 평이나 더 연결되어 있는 마당은 농장을 해도 될 만큼 넓었다. 남편과 그녀는 그 넓은 마당에 장미꽃나무를 심을 생각을 했다.

그녀는 마르데보아라든가 소니아파스카리, 로데로제, 리틀마블, 노블레스, 레드산드라 같은 장미의 종류를 알게 되었고 미리 식물원을 다니며 구할 수 있는 종류들을 알아보고 예약하기도 했다.

그러나 집을 사면서부터 그들은 맥없이 무너지기 시작했다. 돈 들인 티도 나지 않는 수리비는 견적보다 두 배나 더 들어갔고 고스란히 빚이 되었다. 턱없는 빚을 안게 되자 남편은 마음이 급해졌는지도 모른다. 그는 가게의 월세 부담을 줄여 대출 이자를 갚겠다며 집을 담보로 대출을 받고 그 돈으로 주식을 사서 날려버렸다. 그녀가 그 사실을 안 것은 일 년 팔 개월이나 지난 뒤인 겨우 일 주일 전이었다. 그것도 농협에서 사람을 데리고 집을 보러 온 날이었다. 대출이자가 육 개월 동안이나 밀려 더이상은 여유를 줄 수가 없다고 했다.

까마귀들은 눈 덮인 덤불 가지와 감나무 가지 위에 웅크리고 앉아 안으로 문을 걸고 잠든 집처럼 꼼짝도 하지 않았다. 집 앞 전신주에 집을 짓는 중인 까치 부부는 눈에 덮여버린 집을 수리하느라 나뭇가지를 물고 와 분주하게 이리 꽂았다가 도로 뽑아냈다가 저리 꽂았다가 했다. 그리고 가축 우리를 둘러친 그물과 마른 억새 더미 아래서 톡톡 튀어오르는 굴뚝새들. 새들의 먹이는 모두 눈에 덮여버렸다. 눈이 녹을 때까지 새들은 굶주릴 것이다. 그토록 짧은 창자로 새들은 얼마나 견딜 수 있을까……

절로 오르는 숲길을 걷는 사이에 불경 소리는 끊기고 갑자기 떡갈나무 나뭇가지에 덮인 눈이 우르르 사태졌다. 소란스러워 올려다보니 청설모 한 마리가 까치에게 쫓기고 있었다. 눈은 폭죽이 터지듯 잇달아 쏟아지기 시작했다. 나무 꼭대기 가까이엔 까치집이 있었는데 아마 청설모가 까치집에 너무 가까이 가 신경을 곤두서게 한 모양이었다. 까치는 떡갈나무에서 소나무로 소나무에서 참나무로 참나무에서 벚나무로 사납고 집요하게 청설모를 쫓았고 눈은 마구 쏟아져내렸다.

절의 마당엔 신발 자국 두어 줄이 정갈하게 나 있을 뿐이었고 공양보살들이 기거하는 부엌 딸린 방에는 털을 댄 신발 세 켤레가 가지런히 놓여 있었다. 그녀는 계단을 올라 대웅전으로 들어가 세 번 절을 하고 마룻바닥에 앉았다. 누군가 이제 막 향을 피워놓고 간 것 같았다.

그녀는 절을 하기 시작했다. 서른세번째 절을 한 뒤 그녀는 일어서지 못하고 머리를 바닥에 댄 채 폭 엎드려버렸다. 장을 예리한 철사줄로 친친 감아 잡아당기는 듯한 아픔이 엄습했다. 누구에게랄 것도 없이 고백이 터져나왔다.

—용서하세요. 저는 사랑을 잃었습니다. 저는 사랑을 잃었습니다……

절 부엌문에 귀를 대어보았다. 기척은 없고 물 솟구치는 소리가 커다랗게 울렸다. 손을 갖다대니 훌렁 열렸다. 절 부엌에는 수도꼭지 같은 것이 없고 시멘트로 만든 커다란 물통과 그곳에 물을 대고 빠져나가는 물고랑이 있었다. 그 물고랑에서 물이 흘러들었다가 소용돌이를 치며 빠져나가는 소리가 클렁클렁 울렸다.

개수대에는 흔해빠진 부엌가위가 아무렇지도 않게 여럿 걸려 있었다. 모두 이제 막 씻어 걸었는지 물이 뚝뚝 흘렀다. 그녀는 절 가위는 고색창연하고 길이 잘 들어 반질거리는 무겁고 검은 놋쇠가위일 거라고 상상했다는 것을 깨달았다. 그랬다면 아마 이보다 열 배는 일이 어려웠을 것이다. 그녀는 아무것이나 쑥 뽑아 품안에 넣고 돌아나왔다. 나올 때 부엌문을 당겨 걸자 귀찮다는 듯 삑 소리가 났는데도 아무도 마당 밖을 내다보는 이가 없었다. 아무래도 그녀 같은 가위 도둑이 많은 모양이었다.

절 계단을 다 내려왔을 때 계단 곁 바위 위에 눈이 유난히 불룩하게 쌓인 것이 이상해 한 팔로 품속에 숨긴 가위를 누르고 한 손으로 쌓인 눈을 헤쳐보았다. 눈 속에서 나지막한 불상들과 동자상들이 드러났다. 그녀는 몸을 돌려 몇 걸음 걷다가 되돌아갔다. 그리고 처음 눈 속에서 파낸 불상의 머리에 손가락을 대어보았다.

머리 부분 전체가 구슬을 꿰어 쓴 듯 동글동글한 무늬가 박힌 부처상이었다. 틀림없이 들어올렸을 오른팔이 떨어져나가고 무릎 위에 놓인 왼손바닥엔 복숭아일 것 같은 과일을 가지고 있었으며 가부좌를 틀고 연꽃좌에 앉아 있었다. 고개는 약간 수그러졌으며 드러난 가슴이 약간 처졌고 가슴 아래 뱃살에도 주름이 잡혀 있었다.

그녀는 허리를 굽히고 부처보다 더 아래에 눈을 맞추어 얼굴을 자세히 들여다보았다. 그는 웃고 있었다. 미소만 짓고 있는 것이 아니라 흔쾌하게 웃고 있었다. 그렇게 커다랗게 웃는 부처도 처음 보기는 했지만 그렇게 안심을 주는 웃음도 처음 보았다. 그녀의 마음에도 이유 없이 웃음의 파문이 번져갔다. 괜찮아, 다 괜찮지, 하는 웃음…… 부처는 왼손에 든 복숭아를 불쑥 그녀에게 내밀 듯했다.

그녀는 외팔이 부처상에 합장하고 반절을 세 번 한 뒤에 아무도 듣지 못하게 속삭였다. 부처님, 제발 나에게 그 과일을 주세요. 전 지금 기적이 필요해요. 그녀는 한참 동안 합장을 한 채 우두커니 서 있었다. 물론 아무 일도 일어나지 않았다.

집에 와서 보니 가위엔 양념떼가 잔뜩 묻고 양 날 사이엔 아직 물큰한 붉은 녹까지 끼여 있었다. 무슨 농협 연쇄점 개점 기념품이라는 글자가 찍혀 있었다. 그녀는 가위를 깨끗이 씻어 소독한 뒤, 그 가위로 파도 자르고 생선 지느러미도 자르고 김도 잘랐다. 문득 편안해졌다. 집을 못 팔고 농협으로 넘기면 아깝기야 하겠지만 가게를 정리하면 전셋돈은 될 거라는 생각이 들었다. 이곳을 떠나, 아는 사람 따위 없는 아주 먼 곳으로 이사를 가버리면 가난해도 살 수 있을 것이었다. 그렇게 순간순간 죽고 싶지는 않을 것 같았다.

그날은 남편이 그녀를 죽이려 하기 삼 일 전이었다. 큰눈이 내린 날이었다.

3

이강으로 가는 양켠 가로수는 유도화라고 했다. 협죽도와 잎사귀 모양이 같았다. 같은 나무가 다르게 불리는지도 모를 일이었다. 협죽도는 7, 8월에 봉숭아꽃을 한 다발씩 풍성하게 묶은 것처럼 피었다. 협죽도는 무슨 칼 이름이나 섬 이름 같다. 그리고 유도화라는 이름에서는 뜻하지 않게도 버림받은 어린 여자의 한이 느껴진다. 물결 위에 떠내려가는 한 묶음의 꽃처럼, 가느다랗고 희디흰 사지를 벌리고 숯처럼 검은 머리를 풀어헤치고 강물 위에 떠내려가는 어린 여자애의 슬픔이……

중국 시간 오전 일곱시경, 가는 빗방울이 떨어지고 있었다. 젖은 비포장길은 곳곳이 패어 작은 웅덩이처럼 물이 고였다. 버스가 달려가는 반대편으로부터 자전거 행렬이 이어졌다.

그들은 하나같이 노란색이거나 초록색이거나 오렌지색, 붉은색 등 원색의 우의를 입고 있었다. 우의들은 또 하나같이 비와 햇볕에 번갈아가며 바래 무채색에 가깝게 탈색되어 있었다. 그들은 우의에 달린 모자를 덮어쓰고 폭이 넓은 우의로 자전거의 앉은자리를 다 덮어 다리까지 비로부터 가려진 똑같은 모습이었다.

열일곱 살 정도의 허벅지가 탱탱한 남자아이들과 손과 뺨이 붉은 소녀들, 유유히 자전거 페달을 돌리는 장년의 남자들과 젖먹이가 있을 것 같은 젊은 여자들…… 간혹 짐칸에 커다란 짐을 싣고 비포장길을 달리기엔 너무 어린 아이들과 너무 늙어버린 노인들도 힘겹게 자전거 페달을 밟으며 한결같이 같은 방향으로 자전거를 타고 갔다. 모두 계림시장에 야채를 팔러 나가는 사람들이라고 했다. 더러는 학교에 다녀야 할 아이들도 있었고 직장에 나가야 할 것 같은 삼십대 초반의 남자들도 있었다.

밭의 야채를 뽑아 차가운 이른 아침의 비를 맞으며 비포장길에서 자전거를 타고 달려가기, 그것은 그들의 노동이었다. 큰돈을 투자해야 하는 심각성도 없고 정교할 것도 없고 머리를 쥐어뜯으며 계산할 일도 없고 목숨을 거는 프로의식 따위도 전혀 필요하지 않다. 효용력이 있어 보이지도 않고, 다른 노동보다 더 힘들어 보이지도 않고, 가치 있어 보이지도 않았다. 아이들과 노인들에게는 힘겨운 일이고 청년들과 장년들에게는 여유만만한 일이었다. 노동과 결핍과 폐쇄되고 지난한 삶에 대한 이상한 공평성과 슬픔과 무상함 그리고 긍정성이 그들을 지배하고 있었다.

맞은편에서 세 대의 자전거가 나란히 달려왔다. 세 명 모두 스물네 살쯤 되어 보이는 젊고 잘생긴 청년들이었다. 푸른 우의와 붉은 우의, 노란색 우의를 입은 그들은 활짝 웃으며 다가오고 있었다. 셋 다 우의의 모자를 뒤로 넘겨버린 채 치아가 다 보이도록 입을 활짝 벌리고 웃었다. 빗방울이 그들의 얼굴 위에 떨어진다.

천금을 주고도 못 살 창창한 젊음의 정점이 겨우 자전거를 타고
야채를 팔러 가는 속절없는 소일거리에 바쳐지고 있었다. 그리고
그들 사이로 유유히 흘러가는 세월……

"이강은 백 리나 되는 긴 강입니다. 맑고 깨끗한 강물과 강물 위
로 비치는 아름다운 산봉우리는 마치 그림으로 장식된 긴 복도 같
습니다."

수심이 얕아 이강의 유람선은 강바닥의 자갈돌을 드르르 쓸며 조
금씩 방향을 바꾸며 나아갔다. 싸늘한 비안개 속에 숲속의 나무처
럼 겹쳐지는 기이한 모양의 산들…… 낯선 풍경 속에 있으면 존재
간의 시차를 새삼 느끼게 된다. 영원에 속한 강과 산과 안개, 오십
년 사이에 귀퉁이가 허물어져가는, 오렌지색 벽돌로 만든 중국집
들, 이백 년 된 장나무들, 대여섯 살 먹은 동네 꼬마들, 강가 집의
허술하고 어둑한 부엌창에 널린 삭고 때 전 행주들……

시간의 속도는, 삶의 속도는 존재에게 저마다 다르게 스며드는
것이다. 뱃길에서 벗어난 바위산 아래의 희미한 안개 속에서 늙은
어부가 뗏목을 타고 지난밤의 그물을 걷고 있었다. 유람선이 방향
을 바꿔 흘러가자 뗏목도 흐르고 늙은 어부와 채워질 것 같지 않은
대나무 광주리 하나도 흘러내려갔다. 강가에서는 젊은 여자가 붉은
맨발에 플라스틱 슬리퍼를 신고 한 무더기 쌓인 배추를 한 잎 한 잎
뜯어 씻고 있었고 선착장엔 지붕 씌운 가판대에 모자 몇 개를 늘어
놓고 처녀 상인이 초조하게 서 있었다.

계림의 이른 아침 산들의 모양을 언젠가 본 적이 있었다. 비행기
속에서였다. 지상은 맑은 정오 무렵이었다. 비행기는 무서운 꿈속
에서처럼 구름산들을 지나고 있었다. 거대한 구름들이 말하자면 산

처럼, 천년 묵은 나무들처럼 허공중에 일어서 있었다.

구름산이 지나간 뒤엔 속치마 같은 반투명 대기권 너머로 아득히 지상의 산과 강과 마을 들이 보였다. 그리고 수초처럼 흘러가는 작고 선명한 모양의 구름들과 다시 다가오는 당혹스럽도록 거대한 구름산, 어김없이 흔들리는 기체…… 흡사 어린 시절 귀신 이야기를 들을 때처럼, 몸 안에 차오르는 의혹의 싸늘함과 상상의 격렬함, 어색하게 휘어지는 현실감…… 계림의 산들은 몽상의 실재로서 존재하는 것 같았다. 나라가 너무 넓으니 몽상까지도 실제로 땅 위에 펼쳐놓을 수 있었던 것일까…… 꿈속 같았다. 머물 수 없는 여행자에게 풍경은 영원이면서 동시에 바람결에 팔랑 날려가버리고 말 한 조각의 엽서와도 다르지 않았다.

이 년 전 처음 가게를 냈을 때는 타운을 통틀어 비디오가게가 두 곳이었지만 지금은 네 개인데다 육 개월 전 새로 생긴 두 곳은 만화가게와 겸하는 대형 매장이었다. 그날은 농협 직원이 낯선 여자를 데리고 집을 보러 왔던 날이었다.

—가게 정리하고 그 돈으로 당장 아파트 얻어 나가자. 빚으로 넘어가버린 집에서 더이상은 못 살아. 간이 마르는 것 같아.

—농협에서 팔기 전에 우리가 조금이라도 더 받고 팔아야지 넘기기는 왜 넘겨?

—이런 집을 누가 사니? 그리고 그게 언제가 될지 모르는데 그때까지 사람들이 기웃거리며 넘겨다보는 집에서 어떻게 버텨?

—왜 못 버텨?

—못 해. 수치스러워. 오늘 내 기분이 어땠는지 상상할 수 있니?

—……너는 사치스러워. 한 번만이라도 너의 허영심에 대해 생

각해봐. 수치심 때문에 집을 버리고 떠날 수 있을 만큼 너는 이 집을 가볍게 여겨.

　—……뻔뻔스러워. 내가 이 집을 가볍게 여긴다고? 적어도 니가 나한테 그렇게 말할 수 있니? 어차피, 농협으로 넘어갔다는 걸 알면 바보가 아닌 이상 누구라도 농협을 상대로 싸게 사려고 할 거야.

　—……

　—그리고 가게도 벌써 여러 달째 적자잖아. 그런 가게를 왜 질질 끌고 가는 거야.

　—새로 생긴 가게가 넘어지게 되어 있어. 내가 이 지경이면 그쪽은 뻔한 거라고. 아르바이트생도 못 쓰고 만삭인 그 집 와이프가 낮 동안 일을 하고 있어. 세 살짜리 큰애는 할머니 집에 맡기고. 그러잖아도 대여료를 다시 인상하자고 사정하는 분위기야. 우리는 그 집 때문에 내리고 이 고생이니, 고생한 김에 그쪽이 넘어갈 때까지 버텨보는 거지. 덩치는 크지, 유지하려면 우리보다 두어 배는 힘들게 되어 있다구. 이왕 붙은 전쟁인 걸 여기서 어떻게 물러서?

　—내가 보기엔 그 집이 문 닫아도 크게 나아질 게 없어. 그 집 생기기 전에도 지지부진이었잖아. 그리고 그 집말고도 두 집이나 더 있고. 일한 인건비는커녕 전세금 이자도 안 나왔어.

　—왜 이렇게 바득바득 조르는 거야? 그래서 무조건 가게 정리해버리면 나는 또 무슨 일을 하라는 말이야?

　—그렇다고 집이 넘어가게 되었는데 적자를 보면서 시간을 끄는 건 무슨 계산이야?

　—누군 그깟 잔돈 만지는 게 좋다고 붙들고 싶겠어. 하지만 나도 무슨 할 일이 생겨야 정리를 할 거 아냐.

　그녀는 아연한 얼굴로 그를 노려보았다. 그는 문제의 핵심을 보지 못하고 있었다. 아니면 얼굴만 가린 채 회피하거나, 아니면 무언가 은폐하고 있었다.

—너 혹시 딴살림 차렸니?

—무슨 말도 안 되는 소리야? 지금 이 시점에서 그런 소리가 왜 나와?

—네가 하도 어이없게 구니까, 일을 하려고 들면 왜 할 일이 없겠어? 뭐든지 하면 되잖아.

—뭘 하라는 거야?

—가게 정리해서 아파트 얻고, 몸으로 하는 일자리라도 구해. 배를 타든지, 배를 만들든지. 거제도로 가. 그 섬엔 요즘도 남자들 많이 구한대.

남편이 말을 잃고 그녀를 노려보았다. 그리고 두꺼운 머그컵이 날아왔다. 컵은 그녀의 발등에 맞고 두 조각으로 깨어졌다. 새하얀 양말을 신은 그녀의 발등에 피가 푹 번졌다. 남편은 일순 허둥대더니 부엌으로 가 식탁 의자를 들었다.

그는 식탁 의자를 번쩍 들고 와 그녀 앞에 섰고, 아뜩한 몇 초가 흘렀다. 참나무 의자의 육중하고 단단한 네 개의 다리가 그녀의 가슴을 날카롭게 겨냥했다. 그녀는 이미 의자 다리들이 가슴에 콱 박힌 것 같았다. 가슴이 뚫려 피를 분수처럼 뿜으며 죽는 것 같은 기분이었다. 발등에서는 피가 뭉클뭉클 배어나고 있었다. 남편은 의자를 그녀 앞에다 내려놓았다. 그리고 마치 그러려고 가져왔다는 듯이 의자 위에 털썩 앉았다. 둘은 잠시 마주 보았다. 남편의 얼굴에 변명의 빛이 스쳐갔다. 그녀는 별 이상한 인간도 있구나 하는 얼굴로 남편을 바라보았다. 그리고 더럽고 사나운 짐승을 피해가듯 살그머니 일어서서 꼿꼿하게 걸어 방으로 들어갔다.

허공에서 뒤집혀 떨어지는 꿈을 몇 번이나 반복해서 꾸다가 다시 깜박 잠이 들려고 할 때 방문이 열리고 남편이 들어섰다. 그는 스탠드 불을 켰다. 구급용 상자를 들고 있었다.

—빌어먹을!

이불을 젖힌 남편은 낮게 탄식했다. 그리고 양말을 벗겨내었다. 그녀는 일어나 앉았다. 피는 양말을 적시고 이불을 더럽혀놓았다. 발등과 발가락 사이에 찢어진 상처는 이상할 정도로 흐늘흐늘했다. 상처에서는 맑은 체액과 피가 서로 섞이지 않고 흘러나왔다.

—빌어먹을.

남편은 상처를 골똘히 보고 있더니 약을 바르고 넓은 사각 밴드를 붙였다. 그리고 옷장 서랍에서 새 양말을 꺼내 꼼꼼하게 신겼다. 그녀는 남편의 숙인 머리통을 묵묵히 바라보았다. 남편의 머리에서 익숙한 냄새가 났다. 그녀는 냄새를 마시지 않고 멀거니 보기만 했다. 남편이 나가고 방문이 닫혔을 때야 그녀는 중얼거렸다.

—너는 미쳤어……

눈을 떴을 때, 그녀는 뭔가 다르다는 것을 느꼈다. 등이 곧게 펴져 뒤친 흔적도 없이 침대 깊숙이 파묻혀 있었다. 정밀한 고요와 차가운 습기와 새로운 소식이 와 있는 듯한 공기의 기묘한 설렘…… 눈이 와 있었다. 앞에 온 눈이 채 녹기도 전에 또 새로운 눈이…… 삼십 센티미터는 될 것 같았다. 스노체인 없이는 꼼짝도 할 수 없을 것이었다.

그녀는 갇힌 사람처럼 두 손을 유리창에 붙였다.

남편은 다리 위에 서 있었다. 그리고 다리를 지나 오르막길로 들어서는 진입로에 승합차 한 대가 가로로 넘어져 길을 막고 있었다. 다리 곁의 가든 집 차였다. 그 차 때문에 남편은 출근도 못 한 모양이었다. 남편은 차를 다리 위에 세워놓고 걸어서 돌아오고 있었다. 그가 돌아오는 것을 보자 아주 잠시 터무니없는 활기와 긴장이 감돌았다.

네 식구가 마당에 나가서 눈싸움이라도 시작할 것처럼, 혹은 새모이 자루를 들고 숲으로 산책이라도 나갈 것처럼, 테라스에 나가 앉아 뜨거운 차라도 함께 마시게 될 것처럼, 혹은 눈이 흩날리는 창가의 따뜻한 침대 속에서 뒹굴다 아이들 몰래 정사라도 나눌 것처럼, 그리고 다시 눈 속에 파묻혀 길고 나른한 낮잠이라도 들 것처럼…… 아이들은 마당에서 눈을 뭉치며 놀고 있었다. 남편은 다리를 지나 굽은 길을 걸어오고 있었다.

그녀는 다시 침대에 누웠다. 그런 건 아직 사랑을 잃지 않은 사람들의 일이다. 아직 남편이 아내를 죽이려 하지 않은 사람들. 그녀는 이제 남편의 몸 속에 어떤 짐승이 들어 있는지 짐작조차 할 수가 없다. 발등엔 여전히 피가 굳지 않아 움직일 때마다 상처가 눌리는 단단한 통증과 함께 묽은 피가 흘러나왔다. 아이들은 마당에서 눈을 뭉치며 놀고 있었다. 그녀가 벽을 향해 돌아눕자 창 아래에서 딸아이의 노랫소리가 들려왔다. 외롭고 커다란 새소리처럼 청아하고 슬픈 음성이었다.

Sunday morning rock with the lark
I think I'll take in the park
Hey, hey, hey, it's a beautiful day
……Ah, ah, ah, beautiful Sunday

this is my, my, my beautiful day

When you say, say, say, say that you love me

Oh, oh, oh my, my, my, it's a beautiful day

딸아이는 영어시간에 배운 노래를 눈 쌓인 마당을 오가며 끝없이
계속 불렀다. 우리 해를 따라 달려가요. 일요일이 계속되었으면
…… 오, 아름다운 일요일, 나의 아름다운 일요일……

오후 두시와 세시의 한가운데였다. 길을 막고 있던 승합차가 치
워졌다. 차를 치운 남편은 마을 사람들과 헤어져 다리를 건너 돌아
오고 있었다. 창가를 서성이던 그녀는 가방을 꾸리기 시작했다. 그
리고 신발장을 열고 백화점 종이가방에 그녀의 모든 신발을 쏟아넣
었다. 왜 그랬을까…… 속옷과 화장품도 제대로 챙기지 못했으면
서, 왜 신발을 다 쏟아부었을까. 종이가방이 터지면서 차 트렁크에
신발이 가득히 쏟아졌다. 그녀는 공포에 빠져 있었다. 더이상 남편
을 이해할 수 없었고 안다고도 할 수 없었다. 부부가 말을 하고 있
다가 의자의 다리에 박혀 아내가 부서져 죽을 수도 있는 것이다.

─엄마, 외할머니 좀 보고 올게.
아이들의 얼굴을 바로 보지 못하고 그녀는 더듬거렸다. 아이들은
텔레비전을 보고 있었다.
─자고 오는 거야?
아들이 물었다. 그녀는 고개를 끄덕였다.
그녀는 두 아이의 머리를 만졌다. 잠자는 동안 땀을 많이 흘리는
큰아이의 머리에 끈적한 기름때가 끼어 있었다. 마당에 나서자 아

이들이 문 안에서 손을 흔들며 소리쳤다.

　─엄마, 우리가 눈사람 만들어놓았어. 아빠와 엄마, 그리고 고양이와 개야.

　그녀는 나무 테이블 위에 옹기종이 모여 있는 눈사람들을 본다. 눈개와 눈고양이도…… 눈사람들의 눈에 철쭉잎을 펴 붙여 모든 눈들이 별처럼 빛나는 것 같다.

　아들이 외쳤다.

　─엄마 자고 내일 일찍 와.

　그녀가 나갈 채비를 한 것을 알자 남편은 스노체인을 감아주었다. 그리고 차에 올랐다.

　─다리 지나서 오르막만 오르면 스노체인이 필요 없으니까, 그곳에서 도로 풀어줄게.

　그녀는 아무런 대답도 없이 차를 몰고 나갔다. 아이들이 여전히 창 밖을 내다보며 손을 흔들었다. 맹렬히 손을 흔들지만 얼굴에는 이해할 수 없는 세상과 돌연한 엄마의 여행에 대한 의심과 슬픔이 어려 있었다. 오르막을 지나 차를 세웠다. 남편이 풀어낸 스노체인을 신기 위해 트렁크를 열었다. 그는 신발들을 곰곰이 바라보더니 물었다.

　─어디 가는 거야?

　그녀는 대답하지 않았다. 남편이 트렁크를 쾅 닫고 차 문을 열었다.

　─어디 가?

　남편은 그녀가 백화점이나 목욕탕엘 가는 줄로 알았던 모양이었다.

　─전화할게.

　그녀는 심상하게 말했다. 동시에 다시는 남편과 마주 보고 말하지 않으리라 결심을 한다. 생이 다 흘러가도 다시는.

버티고 있던 남편은 갑자기 부서져라 문을 쾅 닫았다. 그녀는 차를 출발시켰다.

4

버스가 산길의 호젓한 모퉁이에서 휘어진 긴 뿔이 달린 희끗한 회색의 중국 소와 새하얀 염소와 오리를 몰고 가는 한 무리의 노인과 아이들을 마주쳤다. 버스는 정차하여 그들이 지나가도록 길을 비켰다. 옛날 중국 병풍을 재현하는 축제 가두행렬처럼 유유자적한 행보였다.

어린 시절 그녀는 살비듬 냄새와 독한 봉초 냄새와 쉬고 삭은 늙은이의 숨냄새가 배어 있는 어둑한 할아버지방에 몰래 들어가 열두 폭 중국 병풍 앞에 앉아 있기를 좋아했다. 먹의 농담으로만 표현된 병풍 속의 그림은 수수께끼 같기도 하고, 잃어버린 어떤 기억 같기도 하고 덧없는 공상 같기도 했다.

흰 수염을 기른 도사 셋이 소나무가 서 있는 높다란 바위 위, 얼어붙은 겨울폭포 아래에 소반을 놓고 둘러앉아 담소를 나누는 풍경, 동자가 돌다리가 놓인 개울에 발을 담그고 선 채 개울을 건너지 않으려고 버티는 소를 한사코 잡아당기는 풍경, 물고기가 튀어오르고 빗방울이 떨어지는 연못가에 행색도 초라한 늙은 도사가 혼자 서 있는 풍경, 모란이 피어 있는 화원에 새들이 내려앉고 동자가 바위 사이에 가만히 숨어 있는 풍경, 높은 벼랑 위에서 동자가 약초를 캐고 벼랑 아래의 강에는 빈 배가 나뭇잎처럼 흘러가는 풍경, 두 나그

네가 길을 떠나고 길 끝에 도사와 동자가 이제 막 돌아서는 풍경, 마당에 나뭇잎이 떨어져 뒹굴고 동자가 마루에서 내려서는 도사에게 신발을 신기는 풍경, 마지막 열두번째 병풍은 동자가 소를 세워둔 채 길 끝 바위 뒤에 쪼그리고 앉아 울고 도사가 낡은 삿갓을 쓰고 길 떠나는 풍경이 들어 있었다. 그녀는 가끔 그 어둑한 방에서 자신이 바위 뒤에 숨어서 우는 그 동자인 것처럼 쪼그리고 앉아 울어보곤 했다.

버스가 관광객을 부린 곳은 관음동굴이었다. 동굴 근처에는 관광지라 그런지 새로 지은 현대식 집들이 더러 보이는 제법 큰 마을이 형성되어 있었다.

모노레일 카가 지나가는 플랫폼 같은 강가엔 가마를 내려놓고 손님을 기다리는 남자들과 말을 묶어놓고 손님을 기다리는 여자들, 사진사들과 모자를 파는 상인들과 조각한 옥과 무늬를 넣은 돌멩이를 팔려는 청년들과 밀감을 팔려는 노파들, 기념품 가게들로 북적거렸다. 온 마을 사람이 다 나와 있는 게 아닐까 싶었다.

保持車距라는 팻말이 간간이 서 있는 모노레일 카를 타고 그녀는 관음동굴로 들어갔다.

"아아, 정말 거기가 차가워……" 앞에서 달려가던 여자들과 남자들이 콩을 쏟듯 요란하게 웃어댔다. 팻말은 웃음을 그칠 만하면 다시 나타나 폭소를 자아냈다. 모노레일 곁으로는 이강이 흘러가고 콩밭과 유채밭과 장다리꽃밭이 지나가고 그녀의 얼굴엔 구슬 같은 빗방울이 떨어지고 여자들의 웃음소리가 깨어지듯 쏟아지고 모노레일 카의 진동과 속력이 일으키는 바람이 가랑이 사이로 차갑게 불어왔다.

모노레일 카에서 내려 동굴 깊숙이 들어갔다. 총 길이가 십이 킬로미터나 되고 삼층 구조를 가진 일억 년 된 동굴이라고 했다. 석주와 석순의 형상들은 너무나 자연스럽게 형성된 것이어서인지, 탈색적이고 축축하며 동시에 너무나 본능적이고 어딘가 모르게 무섭도록 음란하게 느껴졌다.

소와 돼지와 개와 코끼리, 온갖 짐승의 음경과, 뒤틀리고 지나치게 부풀어오르고 한쪽으로 뭉쳐진 듯한 기형적인 음경 모양의 대형 석순들이 우뚝우뚝 늘어져 있었다. 그리고 벽 쪽으로는 닭의 볏 같은, 주름진 여자의 음순 모양이 늘어져 있었다. 중국 안내인은 용이든 미인상이든 모택동이든, 지옥도든 촛대바위든 칼바위든, 코끼리든 예수상이든, 무엇이든 조금이라도 연상시킬 수 있는 상들은 다 엮어 관광객 상대의 조악한 이야기를 얼기설기 꾸며냈다. 산소부족증이 어렴풋이 느껴졌다.

동굴의 한가운데서 다시 모노레일 카를 탔고, 기차에서 내려 작은 배를 탔다. 배는 캄캄한 암흑 속으로 미끄러지듯 흘러들어갔다. 관광객들은 작은 플래시를 하나씩 받았다. 플래시는 너무 작아서 동전 크기 정도의 빛만을 만들었다. 관광객들은 누가 시키기라도 한 듯 벽과 천장에 플래시를 비추며 빙글빙글 돌렸다. 그녀는 물을 비추어보았다. 수심 육 미터라고 했다. 암흑은 십 분 가까이 계속되었다. 그녀는 동굴 안이 보통명사 여자의 질 속 같다는 생각을 했다. 세상의 모든 음경이 다 들어와 있는, 기형의 음경까지 다 받아들인 거대한 질 속, 질 속에 접힌 겹겹의 주름과 질척한 습기와 깊고 맑은 암흑의 수로……

집을 떠난 후 그녀는 여관들을 전전했다. 이불이 둘둘 감겨 있는 밀폐된 안내실, 심지어 전당포처럼 철망으로 둘러쳐진 곳도 있었고 술 취해 잠이 들어 작은 창을 두드려도 깨어나지 않는 주인도 있었다.

가장자리가 조금 부족해 한쪽으로 밀린 붉은색이나 푸른색 부직포를 깐 복도들. 눈이나 비가 내린 날엔 그 위에 누런 천을 덮어두기도 했다. 그 천 위에 난 누런 발자국 얼룩들, 피 얼룩이 지워지지 않은 상처를 묶었던 긴 붕대 같기도 했다.

복도 한켠에 어김없이 비치되어 있는 성인용 비디오들, 베니어 문들, 시트 아래에 비닐을 깐 값싼 침대와 싸구려 맞춤 가구인 화장대, 타일이 떨어져나간 낡은 욕실, 표백제에 씻긴 휴지통, 지나치게 후끈한 열기와, 이불이나 타월, 여관의 파자마가 열기에 가열되는 냄새, 불결함의 강박 같은 짙은 청결제 냄새.

어느 날은 옆방에서 여자의 신음 소리가 화장대 너머의 벽으로 새어들어왔다. 새벽 두시경이었다. 신음 소리는 적어도 사십대 후반의 것이었다. 조금의 불안도 없이 자발적으로 자신을 풀어헤치는 흐트러짐. 처음엔 단조롭던 신음 소리가 조금씩 흐느낌으로 변해갔다. 흐느낌 속에는 아앙아앙, 하는 고양이가 맛난 먹이를 먹을 때 나는 소리가 들어 있기도 했다. 어떤 의미에서는 병을 앓는 여자의 소리 같다고도 할 수 있었다. 말하자면 여자는 매우 정직하게 신음 소리를 내고 있는 것이었다. 이따금 몸이 벽에 부딪히는 소리, 침대가 삐걱대는 소리, 무언가가 떨어지는 소리가 났지만 대화는 전혀 없었다. 신음 소리는 사십여 분 동안 계속되었다. 마지막엔 백 미터를 이제 막 달려들어오는 사람의 것 같은 헉헉대는 숨가쁜 호흡 소리가 들렸지만 클라이맥스는 없었다.

그날 옆방의 남녀는 한 시간쯤 뒤인 새벽 네시부터 싸우기 시작했다. 여자의 언성이 일방적으로 높았다. 여자는 역시 사십대 후반, 남자는 오십대 초반일 것 같았다. 싸우는 소리는 기묘하게 들렸다. 아마도·마지막 밤을 보내러 들어온 모양이었다. 이제 그간의 관계를 청산하려 하는 것이다. 전과 같은 옆집 가게의 남자와 여자로, 혹은 한 동네에 사는 이웃 아줌마와 아저씨로, 혹은 전과 같이 친구의 남편과 아내의 친구로……

마지막에 걸려 있는 것은 돈 문제였다. 남자는 여자에게 돈을 갚아야 하는 것 같았다. 남자가 한결같은 어조로 무언가 사과를 했다. 싸움은 한 시간 이상 계속되더니 두 사람이 나가는 기척이 들렸다. 현관에서 신발을 신는 어수선한 발소리, 그리고 뚝 침묵이 왔다. 그들이 딛고 가는 복도엔 붉은색 부직포가 깔려 있고 그 위에 병원에서 버린 더러운 붕대 같은 누런 천이 덮여 있었다. 그날은 하루 종일 그리고 밤새도록 비가 내렸다.

그녀가 전화를 받은 것은 이제 막 차에서 내려 늦겨울 석양이 내리는 낯선 강둑 위에 섰을 때였다. 강 가장자리 얼음 위에 청둥오리 몇 마리가 앉아 있었고 모래톱엔 작은 낚싯배 한 척이 올려져 있었다. 낮 동안 녹은 얼음덩이들이 뚝뚝 떨어져 저녁빛에 번쩍이며 물결 위로 흘러가고, 그 물결 위에 이제 막 완공된 것 같은 오렌지색의 금속다리가 길게 걸려 있었다. 다리 위로 짐을 가득 실은 덤프트럭 한 대가 천천히 지나갔다. 집에서 나온 후 오 일 동안 삼천칠백 킬로미터 정도를 달렸다. 늘 어딘가로 차를 몰아 달렸던 것이다.

전화를 건 사람은 남편을 찾았지만 그녀가 그 남자의 아내라는

것을 곧 알아보았다. 남편 가게가 든 건물 주인이었다. 그는 화가
나 있었다.

—남편께서는 연락을 해주기로 하고는 또 오리무중이군요.

—무슨 일이신가요?

—……이달 말까지 월세를 정산해주지 않으면 재계약을 하지 못
한다고 분명히 말씀드렸는데요.

—월세라구요?

—예, 월세 말입니다.

—월세가 왜요?

—왜요라니요? 그분은 첫달과 둘쨋달 월세를 보낸 후로는 월세
를 낸 적이 없어요. 전세에서 다 까왔지만, 이젠 전세 걸린 돈도 거
덜났다구요.

그녀는 자신을 둘러보았다. 새로운 길이 난 높은 강변에 서 있었
다. 날씨는 아직 차가웠다. 그녀는 전화를 받고 있었다. 사실이 아
니기를 바라는 마음조차 너무 희미했다. 다리 위로 또 한 대의 덤프
트럭이 지나가고 있었다. 그녀의 가슴에 다리가 울렁거리는 진동이
느껴졌다.

—그이가 일 년 전쯤에 전세를 삼천만원 더 걸지 않았나요?

—그런 적 없습니다.

—그래서요? 지금 전세 걸린 돈이 전혀 없다는 말씀인가요?

—전세는 그 동안의 월세로 다 까이고, 몇 달 전부터 월세가 밀리
고 있어요.

—……알았습니다. 남편에게 연락하라고 전하겠습니다.

그녀는 전화를 끊었다. 그리고 두리번거리다가 다시 차에 탔다.
그리고 차문을 잠그고 시동을 켜 카스테레오를 켰다. 볼륨을 최대

로 높이고…… 남편은 그녀를 죽이려고 했다. 이제서야 납득이 되었다. 남편도 어쩔 수 없었던 것이다. 그는 집으로 가져올 수 있는 것이 아무것도 없었다. 가져간 돈은 어디다 썼을까…… 십중팔구 증권에다 더 넣었을 것이다. 남편은 도박을 하거나 여자를 찾아다니거나 주머니에 돈을 넣고 다니면서 낭비하는 사람은 아니었다. 어쨌든 그 돈은 없다. 이제야 명백하게 알 수 있을 것 같았다. 그들은 완전히 빈털터리가 된 것이었다.

5

"중국 사람들은 서로 사생활을 잘 묻지 않으며 숫자는 팔을 가장 좋아합니다. 팔은 재산이 붙는다는 숫자여서 식당에서도 보통 여덟 가지 요리가 나옵니다. 그리고 이백오십을 가장 싫어합니다. 왜냐하면, 이백오십 일 만에 태어난 사람을 뜻하기 때문입니다. 팔푼이 잖아요."

관광객들이 하하 웃었다.

"그리고 중국에는 한국과 달리 이 빠진 그릇에 대한 금기가 없습니다. 이 빠진 그릇이 많으면 번성한다는 표시로 여겨서 오히려 식당에서는 많이 사용합니다. 그리고 한국에는 러브호텔이 많다고 하는데 중국에서는 불륜이 잘 안 됩니다. 왜냐하면 부부증이 없으면 숙박업소에 투숙할 수가 없기 때문입니다."

부부 관광객들이 하하 웃었다.

"지금 점심식사를 하러 가는 한국식당은 중국에서도 대단히 유명합니다. 클린턴 미국 대통령과 강택민이 식사한 곳이기도 합니다.

아주 맛있다고 즐거워했다고 합니다."

　식사하는 내내 그녀의 파트너 윤은 뾰로통해 있었다. 그녀가 사
진을 원하는 만큼 충분히 찍어주지 않았기 때문이었다. 윤으로서도
카메라조차 가져오지 않은 그녀에게 자꾸 사진 찍어달라고 요구하
기가 불편했을 것인데, 그녀 역시 자발적으로 윤을 배려할 수가 없
었다. 그러기에는 사진에 대한 윤의 집착이 너무 강했다. 쌍쌍으로
온 부부들은 놀라울 정도로 남편이 아내의 사진을 많이 찍어댔다.
　그리고 모녀가 함께 온 팀의 중년 여인은 비단 가게로 데려가달
라, 차 판매점엔 언제 가느냐? 옥 가게에는 왜 안 데려다주느냐고
틈틈이 가이드를 찔러댔다. 그때마다 딸은 얼굴을 찌푸리고 눈을
깊숙이 흘기며 엄만 물건 사러 왔느냐고 신경질을 냈다. 가이드는
가게 방문은 전부 내일 이루어진다고 말했다. 내일은 날씨가 안 좋
기 때문에 관광은 오늘 몰아서 하고 내일은 종일 계림 시내 안에서
쇼핑을 하게 될 거라고 했다. 중년 여인의 입은 활짝 벌어졌고 윤은
튀어나왔다. 내일은 흐리고 바람이 많이 불고 기온도 떨어진다. 오
늘은 5월 같지만, 내일은 3월 같을 것이다.

　식사 후에 소수민족들이 실제로 생활하는 관광지라는 무릉도원
을 향해 갈 때 윤은 그녀의 옆자리에 앉지 않고 모녀 팀의 뒷자리에
앉아 그들과 떠들었다. 사실 사진을 찍는 파트너로선 그들이 더 낫
다는 것을 알아챈 것이었다. 게다가 대학생인 딸과 중년 여인은 의
견이나 감각이 서로 달라 수시로 사소한 충돌이 일어나곤 해서 끼
어들 여지도 있었다.
　거리의 끝 양편엔 어둑한 죽공예 가게들이 늘어서 있었다. 조그

만 대나무 의자와 간이침대와 서랍장 같은 큰 공예품과 광주리와 작은 장식물들이 즐비하게 늘어서 있고 가게 처마엔 새장이 주렁주렁 걸려 있었다. 얼마간 실버들 가로수가 심어져 있는 평지를 달려갔다. 평지는 점점 더 넓어지며 푸른 초원이 되었고, 길가에 집들이 뚝 끊어지면서 그 이상한 산들이 나타났다.

여기저기 띄엄띄엄 떨어져서 평지 위에 하나씩 우뚝우뚝 솟은, 거대한 탑처럼 기이하고 육감적인 산들…… 산과 산 사이로 곡식과 채소꽃들이 자라는 밭이 나타나고 소들이 풀을 뜯는 푸른 초원의 풀이랑이 물결쳤다. 그리고 그 초원 너머로 다시 몽롱하게 겹쳐지는 농담이 흐릿한 산봉우리들. 산과 산 사이를 휘감고 돌아가는 바람과 관능적인 길…… 간혹 차창에 떨어지는 빗방울, 환하고 아슴한 공기의 푸른빛. 그녀는 치마를 걷어올리고 맨발로 평원을 지나가는 듯한 육감적인 환상에 빠졌다. 차창의 풍경은 한 시간 동안 계속되었다.

돌아오는 길에 그녀는 비가 내리는 공예 거리에 버스를 세우고 새장을 샀다. 새를 키울 생각은 아니었다. 그냥 무턱대고 비어 있는 둥근 새장에 이끌렸다. 살이 촘촘하고 문이 좁고, 꼭대기에는 나무 구슬로 장식되어 공중에 걸기 좋게 둥글게 휘어진 쇠고리가 달려 있었다. 그 새장을 들고 버스를 탄 뒤에야 그녀는 왜 그렇게 끌렸는지 알 수 있었다. 그 새장은 마음이 떠나가버린 그녀의 갈비뼈와 척추뼈 속의 공간처럼 그렇게 비어 있었던 것이다.

그녀는 오랫동안, 어쩌면 끝까지 새장을 비워둘 것이었다. 아주 작은 소망이나 의지조차 담지 않을 것이었다. 텅 빈 것을 겹쳐놓듯,

빈 새장은 부재의 경계처럼 제 갈비뼈 속에 걸어둘 생각이었다.

집을 떠난 뒤 열번째 밤이었다. 한밤중에 그녀는 울었다. 호텔 룸의 야광 전자시계는 어둠 속에서 새벽 세시 십오분을 가리키고 있었다. 그녀가 중얼중얼거리며 누군가에게 말이라도 하듯 낮게 울었기 때문에 윤은 잠꼬대를 하는지도 모른다고 생각했다. 윤은 그녀와 보내야 할 남은 삼박 사일의 일정을 생각하며 한숨을 쉬었다. 그리고 다시 잠이 들었다.

그녀의 꿈속으로 딸아이의 음성이 자꾸만 들려왔다. 딸아이는 영어공부를 하고 있었다.

We are so small. In the daytime, if we look up, we see only the sun, the sky, and clouds. Look up the sky at night. What do you see? You see the moon and hundreds of little lights.

6

딸아이가 마루 건넛방에서 영어공부를 한다. 나는 불을 끄고 코밑까지 바짝 이불을 끌어 덮는다. 창에서 밀려들어오는 찬 기운이 이마 위에 서늘하게 내린다. 내일 아침 커튼을 젖히면 창에는 성에가 끼고 창틀에는 두꺼운 얼음이 끼어 있을 것이다. 며칠째 잠을 못 이루고 있다. 눈을 감으면 눈 속에 하얀 오리 두 마리가 주황색 발로 뒤뚱뒤뚱 걸어간다. 참 느린 걸음을 멀리서 바라보며 나도 어깨가 흔들리며 걷는다.

겨울가뭄으로 계곡은 바짝 말랐다. 오리들은 간혹 차디찬 물이 세숫대야만큼 고여 있는 계곡을 따라 자꾸만 걸어간다. 바람에 새하얀 깃털이 뒤로 날려온다. 비릿한 흰 깃털이 내 얼굴에 스치는 것만 같이 간지럽다.

사흘 전 아침에 일어나보니 우리 안에 오리가 없었다. 없다라는 사실의 진공 같은 적막. 그러나 오리가 언제부터 없었는지 기억이 나지 않았다. 오리에게 먹이를 준 것이 언제였는지.

우리를 둘러친 그물망 사이에 오리들의 짧은 가슴 깃털이 새하얗게 끼어 바람에 흩날리고 있었다. 나는 이곳저곳을 두리번거리다가 집 뒤 비탈진 계곡길을 따라 오래 내려갔었다. 너무 조용해서, 나의 발 밑에서 채는 둥근 돌 아래로 흐르는 물소리가 들리는 듯했다.

오리들은 아래로 흐르는 물소리를 따라 자꾸 내려간 것일까……간혹 경사가 많이 진 가장자리나 시멘트로 둑을 쌓은 곳에는 갈색 물이 조금씩 고여 있었다. 그 속엔 어린 물고기들과 민물소라가 살고 있고, 썩은 나뭇잎들과 먹이를 구하려던 새의 깃털 몇 개가 떠 있었다. 비둘기의 회색 깃털, 꿩의 갈색 깃털, 까마귀나 까치의 검은색 깃털, 박새의 작은 깃털과 오리의 것 같기도 한 커다란 흰색 깃털. 세번째 다리 밑에는 고양이가 죽어 있었다. 길에서 몇 번 본 적이 있는 야생고양이였다. 모로 누운 시체는 가슴이 터져 있었다. 터진 가슴을 벌리고 고양이는 밖으로 나가버린 것 같았다.

나는 고양이의 시체를 넘어가지 못하고 돌아왔다. 애초에 그런 식으로 오리를 찾을 수는 없을 것이었다. 돌아와 다시 우리를 살펴보았다. 바닥과 우리를 둘러친 그물망에 오리의 가슴 깃털이 하얗게 붙어 있고 지난봄에 파준 작은 연못은 그냥 흙구덩이처럼 바짝 말라 있었다. 오랫동안 아내를 잊고 있었다.

아내가 떠난 뒤로 얼마나 많은 날이 지나갔는지 알 수가 없다. 그날도, 그 전날도 나는 단지 아내를 안고 싶었다. 내가 아내에게 했던 모든 거짓말을 잊고 싶었다. 집 같은 것, 증권 같은 것, 빚 같은 것, 가게 같은 것, 아이들, 몇 년 동안 나를 덮친 불운과 거짓말에 거짓말로 연장해온 나의 사랑도…… 오늘밤은 무사하니까, 아직은 따뜻하게 안고 자자고 말하고 싶었다. 삶이 나의 갈비뼈를 차례차례 부수고 들어와도, 내가 만신창이가 되어 내장이 밖으로 쏟아져 나와도 끝까지 버티겠다고 말하고 싶었다. 그런데, 그 말을 하는 대신 나는 식탁 의자를 들어올렸다. 아내가 더이상 아내가 아니고, 내가 더이상 내가 아니라는 사실을 알았기 때문이었다.

나는 이 집에서 얼마나 더 버틸 수 있을까…… 그후엔 정말 섬으로 가야 할지도 모른다. 그곳에서 배를 만들거나, 배를 타야 할지도 모른다. 집 떠난 것들은 다 어디로 가는 것일까. 아내도, 오리도, 또 나와 아이들도……

낙원빌라

남편과 아이를 위해 비린내 나는 생선을 사고 김치를 담고 뼛국을 끓이면서, 꽃을 꽂으면서, 생일

카드를 적으면서, 반들거리도록 마루를 닦고 또 닦으면서…… 그녀는 한없이 단념하고 수긍하면서

남편과 아이를 사랑하고, 은밀하게 통제하면서 조용하게, 심지어 어느 정도는 행복하게 살았다. 그날

이전까지는……

낙원빌라로 가는 길은 실편백나무 가로수가 한 줄에 꿰어진 푸른 목걸이처럼 촘촘하게 이어져 있었다. 가로수 길이 끝나자 철로 건널목이 나왔고 건널목 지나 마을 입구의 첫 건물은 농협이었다. 낡은 집들과 잡목이 흩어져 있는 완만한 언덕 아래에 있어서 무슨 색이었는지 알 수 없는 탁한 먼지색 건물은 더욱 옹색하고 충충해 보였다. 아무래도 폐업상태인 것 같았다. 출입문 앞에 흙더미가 군데군데 뭉쳐져 있고, 폐타이어와 페인트통 따위의 쓰레기 더미가 방치되어 있었다.

휘양은 낙원빌라 쪽의 지시대로 택시를 좌회전시켜 왼편에 철로를 끼고 독새풀과 지칭개떼가 가득 자라는 들판길을 달려갔다. 그 마을엔 복잡한 도로공사가 진행중이었다. 아마 곧 실편백나무 가로수가 있는 길은 소용없어질 것 같았다. 길 곁으로 넓은 새 길이 닦이고 있었고 그 길과 교차되는 새로운 길이 철로와 평행선을 그리며 낮은 산 뒤로 넘어가고 있었다.

파헤쳐진 황톳길들은 바람이 불 때마다 긴 가뭄에 시달리는 마을의 하늘에 커다란 공 같은 먼지구름을 일으켰다. 먼지구름이 몰려다니는 들판 끝에 빌라 한 채가 우뚝 서 있었다. 마을 입구의 농협처럼 무슨 색인지 알 수 없는 칙칙한 시멘트 외벽에다 병동이나 수용소처럼 황폐하고 폐쇄적인 오층 건물이었다.

휘양은 속눈썹 가득 모래먼지를 이고 있는 느낌이 들었다. 눈을 깜박일 때마다 면도날 가루같이 아픈 분진이 속눈썹 틈으로 흘러내리는 듯했다. 눈을 감으려 해도, 이불들이 미어져 닫혀지지 않는 장롱 문처럼, 눈꺼풀이 덮이지 않았다. 각막이 베이듯 쓰라리더니 이내 실핏줄이 툭툭 갈라지는 것이 느껴졌다.

택시는 낙원빌라 앞 시멘트 바닥에 그어진 흰 주차선에 맞추어 파킹을 했다. 기사는 다시 휘양을 태우고 돌아가도록 약속되어 있었다. 그녀는 더이상 어떤 것에도 실망하지 않을 준비가 되어 있는 막막한 얼굴로 택시에서 내렸다. 검은 폐유 같은 것이 말라붙은 하천가에 쉰 살쯤 되어 보이는, 끓는 물에 덴 듯 얼굴이 벌건 남자 하나가 쪼그리고 앉아 담배를 피우고 있었다. 하천 가장자리를 에워싼 먼지를 덮어쓴 독말풀과 개여뀌 무리 위로 커다란 검은 파리들이 앵앵거리며 날고 있었다. 얼굴이 벌건 남자는 오랫동안 여자라고는 본 적이 없는 것처럼 휘양을 쳐다보고 있었다. 옷을 뚫고 들어오는 염치없고 그악스러운 시선. 남자의 이마와 담배를 쥔 손등에도 파리가 달라붙어 있었다. 담배를 쥔 손등이 눈에 띄도록 떨렸다.

휘양은 휴대전화를 꺼내 숫자들을 눌렀다.

"윤휘양입니다. 도착했어요."

"202호로 오세요."

휘양은 엘리베이터를 타지 않고 계단으로 올라갔다. 계단엔 먼지가 수북하게 쌓여 발을 딛을 때마다 묵은 밀가루처럼 허옇게 발등을 덮었다. 긴 복도의 두번째 집 앞에서 벨을 누르자 성급하게 자동문이 열렸다. 뭔가 이상했는데, 그것은 위로 열리는 셔터 문이었다. 어리둥절해하는 사이 누군가 안에서 명령조로 말했다.

"들어오세요."

스물일곱 살쯤 되어 보이는 왜소한 아가씨가 책상 앞에 앉아 있었다. 휘양은 두리번거리지 않을 수 없었다. 조각 장판이 이리저리 덮여 시멘트 바닥이 드러나 있었고 벽지 역시 바르다가 단념한 듯 벽의 시멘트가 부분적으로 드러나 있었다. 그리고 서랍 쪽이 휘어지고 녹이 슬기 시작한 알루미늄 책상 세 개와 나실나실 천이 닳은 더러운 의자들이 있을 뿐이었다. 꼭 한 가지 제대로 된 것은 정수기였다. 그것은 말짱한 신제품이었다.

"원장님이신가요?"

휘양은 그럴 리가 없다는 것을 알면서도 자신이 만나고 싶은 사람은 다름아닌 원장이라는 것을 강조하기 위해 말했다.

"아닙니다. 저는 사무원입니다."

아가씨가 말했다. 손목에 푸른색의 플라스틱 구슬을 이어 만든 팔찌가 걸려 있었다. 몹시 조악한 싸구려여서 휘양은 놀라 여자의 얼굴을 쳐다보았다. 미간 사이에 아주 또렷한 검은 점이 있었다. 그것은 또하나의 눈처럼 쏘아보는 듯했다. 뭔가 정상적이지 않은 느낌의 얼굴이었다. 휘양은 재촉했다.

"원장님은 어디 있나요?"

그러자 사무원의 입술에 힐긋 조소의 빛이 나타났다가 사라졌다.

무엇보다 두 눈 사이의 검은 점이 휘양을 불안하게 압도했다. 휘양의 얼굴이 살짝 붉어졌다.

"방을 보시겠어요?"

사무원은 대답할 가치가 없다고 결정했는지 거두절미하고 딱딱하게 물었다.

"그러죠."

휘양은 원하는 대답을 듣지 못한 채 수동적으로 말했다.

"몇층을 원하세요? 삼층과 오층에 방이 비어 있습니다."

"오층. 햇볕이 안 들어오는 방이었으면 좋겠어요. 오후 정도에나 잠시……"

사무원은 기분이 상한 듯 휘양을 빤히 보고는 자리에서 일어나 앞장섰다. 다리를 절고 있었다. 이곳은 장애자들을 위한 갱생원 같은 곳인지도 모르겠다는 생각이 스쳐갔다. 그렇다면 방이 무료인 것을 이해하기도 쉬웠다. 장애인들이 입주한 후 여분의 방이 몇 개쯤은 남을 수 있는 것이다.

"저, 꼭 하겠다는 뜻은 아니고 한번 보기는 해야 하니까……"

사무원은 기분 나쁜 표정으로 빤히 휘양을 쳐다보기만 했다. 두 눈으로 보는 것이 아니라, 눈 사이의 점으로 그녀를 보는 듯했다. 그렇게 보는 것이 그녀의 습관 같기도 했다. 엘리베이터에서 내려 시린 물 같은 정적이 고인 복도를 끝까지 걸어가 마지막 문 앞에서 멈추었다. 문에는 '509'라는 숫자가 노란색으로 새겨져 있었다. 모든 집에는 숫자가 있다. 이상한 일이 아니었다. 그런데도 그다지 기분좋은 문이 아니었다. 문은 자동으로 열렸다. 벨 같은 것도 없었고 키도 없었다.

"누구나 문 앞에 서면 열리나요?"

그렇게 되면 안전에 문제가 있는 것이 아닐까 하는 생각이 들었다.

"이곳은 제삼자의 방문이 금지되어 있어요. 우리가 보내준 안내서에 들어 있는 조항인데요."

그건 몹시 중요한 사항이라는 듯 사무원이 눈썹을 치켜올렸다.

"아…… 맞아요. 읽었어요. 그러니까, 나 외엔 들어올 사람이 없겠군요."

"그렇죠."

사무원은 흡족하게 말하며 작은 리모컨을 흔들어 보였다. 휘양은 이곳에 오기 위해 인적사항을 설명할 수 있는 몇 가지 서류를 우편으로 보내 방문 허락을 받았다. 그리고 입주 조건과 입주자가 지켜야 할 조항이 인쇄된 안내서를 받았다. 가장 중요한 것은 십팔 평 빌라와 저녁 급식이 삼 년 동안 완전히 무료라는 점이었다.

방은 아주 평범한 서민아파트의 구조였다. 우려했던 점과 달리 바닥과 벽도 잘 마무리되어 있었고 문틀들은 하늘색으로 새로 칠해 소독을 한 방처럼 깨끗했다. 작은방과 큰방, 그리고 부엌 겸 작은 거실과 화장실과 샤워부스, 붙박이장까지 있었는데 단지 베란다가 없었다. 창들은 높고 방범창살까지 설치되어 있었다. 빨래를 어디다 널어야 할지 걱정이었지만, 오피스텔들도 베란다가 없지만 다들 잘 살아가고 있었다. 무슨 수가 있겠지 하는 생각이 들었다. 가스레인지와 세탁기와 침대까지 구비되어 있어서 원장의 세심한 마음씀이 느껴졌다.

"좋네요."

휘양은 목 높이에서 걸리는 큰방의 창 앞에 서서 진심으로 말했다. 낙원빌라로 온 길, 그러니까 푸른 목걸이 같은 실편백나무 가로수 길과 농협과 마을과 독새풀이 가득한 들판과 철길과 황토가 뒤집어진 새 길이 보였다. 정말 그 정도의 방이라면 순 월세로 계산할 때 적어도 매달 오십만원은 지불해야 할 값어치가 있어 보였다. 비록 교통이 아주 나쁘고 그녀가 사는 도시로부터 자동차로 세 시간이나 떨어져 있는 낯선 곳이라 해도 말이다.

"원장님은?"

휘양은 결정을 하기에 앞서 꼭 원장을 만나보아야 했다. 이 방을 삼 년 동안 무료로 제공하고 저녁 급식을 보장하는 대신 원장의 조건은 단 한 가지였다. 매일 밤 휘양 자신을 그녀에게 보고하는 것이었다. 무엇이든 괜찮았다. 그날의 생활, 떠오른 이야기, 고민, 문제, 욕망과 갈등, 혹은 꿈과 계획, 과거와 현재와 미래는 늘 범벅이 되어 있기 때문에 그날이라 해도 얼마나 이전이 될지 이후가 될지 모를 일이었다. 하여튼 휘양은 매일 원장에게 무언가 이야기를 해야 했다. 만약 보고할 내용이 없을 때엔 휘양은 원장에게 빚을 지게 돼 있었다. 그 빚은 돈으로 갚는 것이 아니라 원장의 요구를 한 가지씩 받아들이는 것이었다.

그 외엔 전혀 간섭하지 않는다고 했다. 삼 년 내내 저녁 한 끼만 얻어먹고 죽은 듯 잠만 자든, 뜨개질을 하든, 책을 베껴쓰든, 아무 것도 하지 않고 뒹굴든 마음껏 자신을 팽개치고도 늘어지게 연명할 수 있는 것이다. 게다가 휘양이 원하기만 하면 삼 년이 지난 후에 다시 삼 년을 재계약할 수도 있었다. 물론 다시 삼 년이 지난 그후에도 얼마든지…… 낙원빌라는 휘양의 피폐한 생을 파묻어버리기에 과분할 정도로 친절하고 배려에 넘치는 피난지였다.

하지만 원장이 어떤 사람인지 보아야 결정할 수 있을 것 같았다. 얼굴을 보면 단번에 알 수 있을 것이다. 원장의 욕망이 담백하고 순수한 자선인지, 혹은 겹겹의 음모에 둘러싸인 음험한 함정인지.

그때 전화벨이 울렸다. 사무원은 받으라는 눈짓을 하며 휘양을 바라보았다. 휘양은 두리번거리다가 마침내 방의 베이지색 벽에 베이지색 전화기가 붙어 있다는 사실을 알아챘다.

"방이 마음에 드나요?"

오십대 초반쯤의 비만한 여자의 음성이었다. 처음 듣는 음성이었지만 휘양은 단박에 알아챘다. 그녀가 바로 원장이었다.

"좋아요, 원장님."

"다행이군요. 윤이라고요?"

"……예."

"앞으론 나를 미스 좌라고 불러요. 언제 입주합니까?"

세속적인 연륜과 늙은 처녀의 아집과 삼엄한 권위, 그리고 예상했던 대로 유치한 호기심과 일말의 연민이 엿보이는 음성이었다. 그리고 또 한 가지 뭐라고 단정하기 어려운, 오래 갇혀 있는 새파란 곰팡이의 독성 같은 퀴퀴한 자기 방어적 냉혹성 같은 것도 섞여 있었다. 인색함보다는 좀더 날카롭고, 잔인함보다는 좀더 감상적인.

"……오늘밤, 조금 생각해보고 결정해야 할 것 같아요."

"생각? 생각을 한다고? 여기까지 와서 아직도 생각 따위를 한다고?"

미스 좌는 생각이라는 단어에 대해 즉각적인 히스테리를 일으켰다.

"뭔가 잘못됐군, 잘못됐어. 당신을 곧바로 돌려보내겠어요. 돌아가서 생각 같은 건 더이상 하지 않게 되었을 때 오도록 해요."

미스 좌의 태도에 휘양은 위축되었다. 생각이라는 것이 의미하는 바에 대해 혼란을 느꼈다. 자신이 아는 의미 외에 뭔가 다른 뜻이 숨겨져 있기라도 한 것 같았다. 혹은 낙원빌라에서는 생각이라는 단어가 금지되어 있다는 조항을 자신이 까맣게 잊고 있는 것인지도 모를 일이었다.

"……뭔가 잘못됐다면 사과드리죠. 무엇보다 우선, 당신을 직접 만나고 싶은데요."

휘양은 침착하게 말했다.

"당신이 나를 만나는 일은 영원히 없을 거예요."

미스 좌는 그 부분에서 완전히 단정적으로 말했다.

"그러면 어떻게 이야기하죠?"

"나는 이 전용 전화를 사용할 뿐입니다."

그것은 의아하면서도 한편 호감이 가는 방법이었다. 휘양으로선 매우 사적인 노출을 해야만 하는 입장인데, 얼굴을 모르는 편이 더 나을 수도 있는 것이다.

"결정은 사무원에게 알리도록 하세요. 한 가지, 우리는 굳이 당신을 기다리지 않습니다. 사무원을 바꾸세요."

미스 좌는 더이상 휘양을 상대하지 않았다. 가차없는 성격이었다. 극단적으로 독선적인 여자인데다 심한 열등감이 키워온 심술궂고 예민한 성격도 엿보였다. 사무원이 원망하듯 휘양을 쏘아보며 전화를 받았다. 사무원의 얼굴이 점점 창백해졌다. 두 눈 사이의 검은 점은 더욱 짙어졌다. 사무원은 간간이 시정하겠습니다라는 말과 예라는 대답만 반복했다.

"미스 좌는 여기에 살고 있나요?"

전화를 끊자 휘양은 궁금해져서 물었다.

"원장님에 대해 묻는 건 절대 금지되어 있습니다."

휘양이 첫 질문을 했을 때처럼 사무원의 입술에 힐끗 조소의 빛이 나타났다가 사라졌다. 엘리베이터를 타고 내려오는 동안 사무원은 벽만 뚫어지게 노려보았다. 휘양의 유보적인 태도로 인해 미스 좌로부터 면책받은 분풀이를 하는 듯했다. 아마 보통 사람들은 이 곳에 올 정도면 이미 자포자기적 결정을 내린 뒤일 것이었다. 휘양 역시 현실적으로는 달리 빠져나갈 구멍이 없었다. 하지만 비록 자포자기적인 결정이라 해도 어떤 것을 결정을 하는 데 하룻밤쯤을 확보하는 건 휘양 자신의 오래된 습관이었다. 모든 결정을 다음날로 미루는 것. 심지어 이십삼층에서 뛰어내리게 되더라도 일단 잠을 자고 다음날 결정하는 것이 지나친 사치일까.

"만약 내일 오지 않게 될 때, 이곳에 대해 정보를 유출하지 않기로 한 각서를 기억하기 바랍니다."

엘리베이터 홀에서 사무원이 마지막으로 한 말이었다. 휘양은 누설했을 때에 낙원빌라측에서 가하는 일정한 제재를 이의 없이 받아들이겠다는 방문자 각서에 서명해 우편으로 보냈었다. 일정한 제재가 무엇인지는 전혀 알 수 없었다. 하지만 발설하지 않는다면, 알 필요도 없는 것이다. 이들에겐 어떤 치부가 있는 것일까?

장애자 자립 재활원 같은 허가를 내어 국가로부터 받은 지원을 빼돌려 빌라와 공장 같은 것을 지은 뒤, 납득할 수 없는 원장 개인의 이유로 일반인들을 비밀리에 섞어서 입주시키는 것이다…… 타인의 내면과 사생활을 보고받는 취미를 즐기는 원장 개인의, 누구도 쉽게 상상하기 어려운 이유로 말이다. 어처구니없는 이야기지만 미스 좌의 히스테릭한 음성은 그런 유의 상상을 자극하는 바가 있었다.

미스 좌 역시 장애자가 아닐까? 얼굴이 일그러졌거나 뺨에 얼굴을 다 가릴 만큼 커다란 검은 점이 있거나 다리를 절거나 꼽추이거나 난쟁이 같은…… 그녀로선 결코 경험할 수 없었던 결락된 부분에 대한 추구. 말하자면 정상적인 여자의 삶을 너무나 질시한 나머지 억누를 수 없는 복잡한 욕망 때문에 자선까지도 불사하며 간접

적으로나마 자신의 것으로 경험화하려는…… 그것도 아니라면 이 곳은 미스 좌라는 여자가 막대한 금력으로 지배하는, 개인 왕국일 지도 모른다. 휘양은 어깨를 으쓱했다. 바닥을 모르게 빠져들 음모 가 펼쳐질지도 모른다. 어처구니없는 상상이지만 세상에 일어날 수 없는 일이란 없는 것이다. 그것은 세상에 대한 두번째 진리쯤 될 것 이다.

이층에서 사무원이 내린 뒤 휘양은 엘리베이터 버튼을 곰곰이 바 라보았다. 엘리베이터 버튼은 지하 삼층까지 있었다. 휘양은 지하 삼층을 눌러볼까 하다가 천장에 감시카메라가 설치되어 있는 것을 발견하고 그만두었다.

빌라 앞 주차장에는 택시가 한여름 햇볕 속에 세워져 있었다. 얼 굴이 벌건 남자는 아직도 그 자리에 쪼그리고 앉아 있었다. 그는 바 지춤을 쥔 채 택시로 향해 가는 휘양을 뚫어지게 보았다. 휘양은 그 제야 남자의 한 팔이 없다는 사실을 알아챘다. 남자를 구둣발로 걸 어차 바닥에 넘어뜨리고 사정없이 차고 짓밟고 싶은 잔혹한 충동이 일어났다. 그것이 미스 좌가 혐오해 마지않는 '생각'이라는 단어의 정체이기라도 한 듯.

휘양은 남자를 쏘아본 뒤에 부동산 업자처럼 고개를 들어 계산적 으로 빌라를 훑어보는 척했다. 단 하나의 현관을 가진 오층 복도식 빌라였다. 상식대로 계산한다면 대략 오십 호 정도일 것이었다. 하 지만 반드시 상식적일 거라고 기대할 수는 없었다. 리모트컨트롤로 조정하는 자동 출입문만 보더라도 말이다. 밖에서 볼 때 빌라엔 아 무도 살지 않는 것처럼 보였다. 하지만 잠시 그렇게 서 있으니 건물 어딘가에서 일정하게 쩡쩡 울리는 소리가 희미하게 들리는 듯도 했

206

다. 아주 커다란 물건을 쌓는 소리 같기도 하고, 휘양 자신의 심장이 고막을 두드리는 소리 같기도 했다.

살다보면 이 세상에서 제거하고 싶은 사람이 꼭 한 명쯤은 생기게 마련이다. 우리가 어딘가에 전화를 걸어 조금만 더 특별한 계약을 하기만 하면, 그들은 칠인승 승합차를 몰고 이 도시에 나타난다. 그리고 한밤중에 들이닥친 침실에서나 인적 드문 어두운 골목이나 버스 정류장 같은 곳에서 목표 대상을 납치한다. 강제 호송이 집행되는 것이다. 물론 저항은 백 퍼센트 일어난다. 모든 감금당하는 자는 저항한다. 저항을 얼마나 신속하게 진압하고 무력하게 만드는 가가 전문 호송자들의 실력이다. 그가 쥐도 새도 모르게 산 속의 기도원에 갇히면 적지 않은 계약금 외에 한 달의 식대와 보호비 삼십만원과 오만원의 개인 용돈을 넣어주어야 한다. 지뢰 제거비로 혹은 복수의 비용으로 그다지 비싸지도 싸지도 않은 돈이다. 공적인 심판이 아니라 사적인 심판을 돈으로 사는 것이다.

나는 그런 기도원을 한 군데 알고 있다. 두 달 전에 나는 한 남자를 감금시키는 데 성공했다. 그를 추적하는 데 꼬박 사 년이 걸린 셈이다. 육체에 가해진 상처는 의외로, 결코, 망각되지 않는다. 정신에 가해진 상처의 주거지처럼 영원히 기억을 점거하며 영혼을 잠식해간다. 더구나 폭행은 절대로 번복될 수 없는 성질의 것이다. 너무나 무방비하고 순진한 육체에 납득할 수 없는 힘으로 가해진 것이기에 단 한 번의 폭행도 영원으로 이어지는 것이다.

몸 속에 새겨진 폭력은 다른 폭력을 부르는 힘을 가지고 있다. 상대가 결국은 후려치도록 도발하는 폭력적 매혹이라 할 기이한 속성을 가지게 되는 것이다. 순환하는 폭력적 고리. 그것을 나는 폭력에의 오염이라고 이름붙인다. 오염은 또다른 오염을 부른다. 나는 내가 두렵다. 내가 얼마나 더 많은 폭력을 불러들이게 될지……

벽돌이 숭숭 드러나 있는 축축하고 어둑한 방 안에 그 남자는 비스듬히 기대 앉혀져 있었다. 발에 수갑이 채워져 한쪽 다리가 꽤 높이 들린 채로. 나는 그가 틀림없다는 것을 마지막으로 확인했다. 남자는 호송중에 주사를 맞아 몸을 움직이지 못한 채 나를 보았다. 눈이 커다랗게 열렸다고 생각한 것은 나의 착각일지도 몰랐다.

순간적으로 도망치고 싶었다. 그리고 아무 일도 없었던 것처럼 역으로 가 기차를 타고 집으로 돌아가는 것이다. 아무 일도 없었던 것처럼 시장을 봐가서 밥을 짓고 아이들 옷을 햇볕에 널고 행주를 삶고 남편의 넥타이를 골라주는 것이다. 하지만 집이 어디에 있는가. 기차가 수없이 많은 암흑의 터널을 지나 나를 실어다준다 해도 나는 집을 찾지 못할 것이다…… 내가 병원에 있는 동안 남편은 아이들을 데리고 집을 옮겼다. 남편은 너무나 침착했다. 아무 일도 일어나지 않은 것처럼, 처음부터 아내 따윈 없었던 것처럼. 남편은 그 사건에 전혀 오염되지 않았고 시댁과 친정의 가족들도, 친구들도, 모의라도 한 듯 세상에 대해 나를 함구했다. 처음부터 없었던 사람처럼.

감금당한 남자는 나를 알아보지 못하는 것 같았다. 그는 나를 멍하니 쳐다보았다. 눈이 조금이라도 더 커다랗게 열리지 않았다. 나는 그의 항문에 긴 칼을 밀어넣고 확 돌려버리고 싶은 충동에 몸서리가 쳐졌다. 보복은 이제 나의 이념이 되었다. 안일을 넘어선 나 자신에 대한 희생이며 헌신인 것이다.

이 주일이 그냥 지나갔다. 나는 온종일 집 안에 박혀 잠을 잤다.

하루에 한 번 중국음식을 시켜먹었고 밤에는 텔레비전을 계속 보았고 잠과 잠 사이에, 터진 벽처럼 틈이 생기면, 몇 개의 비디오를 반복해서 보았다. 쓰레기 봉지는 가득 차서 썩어가며 고약한 냄새를 피웠다. 아마 속에서 구더기가 생겼을 것이다. 그러나 나는 아랑곳하지 않고 잠을 자고 텔레비전을 보고 영화들을 보았고 멍하니 천장을 보았다. 냉장고 속에서 붉은 사과들이 뭉텅뭉텅 괴저를 일으키고 텔레비전 위에 놓인 아프리칸 바이올렛이 검게 시들고 있었다.

〈애나벨 청 스토리〉〈카트린느 드뇌브의 혐오〉, 그리고 〈언 톨드 스토리〉와 〈리얼 비디오〉. 남편과 아이들 앞에서 여자의 얼굴 살점을 물어뜯어내고 강간하는 짐승. 계산원 여자를 강간하고 나무젓가락으로 음부를 휘저어 죽이는 짐승…… 죽은 세 아이와 부부와 노파를 토막내고 살을 발라 만두를 만들고 뼈를 쓰레기 봉투에 넣어버리는 짐승의 이야기……

내가 세상에서 보는 마지막 영화가 될지도 몰랐다. 세상에 대해 정이 뚝 떨어지는 영화들. 물론 얼마든지 더 찾아낼 수 있을 것이다. 일곱 살 남자아이를 납치해 눈을 뽑아낸 사람, 여자들의 음부를 난자하는 취미를 가진 괴한들, 여덟 살 남자아이의 항문에 뾰족하게 깎은 긴 연필을 밀어넣은 열세 살 남자아이들, 어린 여자에게 강제로 마약주사를 놓고 유린한 뒤 팔아넘기는 사람들.

애나벨 청은 지하철 한구석에서 당한 여섯 남자에 의한 윤간을 거의 오륙 년이 흐른 뒤에 이백오십일 명의 자발적 윤간으로 늘렸다. 지상 최고의 섹스 이벤트…… 그러나 그것이 진정한 씻김굿이었을까? 그것을 통해 애나벨 청은 무엇을 극복할 수 있었다는 것일까? 애나벨 청 모녀의 눈물, 오염과 정화 사이에 놓여 있는 그녀의 심연……

천장의 한 점을 오래 쳐다보고 누워 있으면 그것이 보인다. 16분음표 같은 그것이 아른아른 내려오는 것이다. 어쩌면 영양결핍으로 인한 현상일지도 모르고 지표면의 수분이 증발하는 일종의 아지랑이일지도 모른다. 혹은 세계에 대한 나 혼자만의 착각인지도…… 나는 아주 오래 전부터 공중에 떠다니는 그 음표를 알고 있었다. 두 살 혹은 세 살 무렵…… 이제는 기억이 아니라 상상인 것만 같다. 마당의 검은 나무에 매화꽃이 활짝 피어 한 잎 한 잎 떨어지고 겨울 내내 충충하던 울타리에도 개나리꽃이 노란 별 모양으로 총총 피어나고 벌이 붕붕대고 나비가 한가롭게 날아 세상이 온통 병풍 속의 그림 같아 어리둥절했던 봄날, 나는 아버지 무릎에 앉아 있었다. 아버지는 새로 산 전축으로 남인수와 김난영의 노래를 작은 소리로 듣고 있었다. 온 세상이 희고 깨끗한 이불솜을 펼쳐놓은 듯 포근하고 흐뭇하여 나는 졸음에 겨웠다. 가물가물 졸던 나는 문득 공중 어딘가를 손가락으로 가리키며 물었다.

　—저게 뭐야?

　내 손끝은 낮은 담을 넘어 보리가 푸르게 자라는 먼 들판까지 이르렀다.

　—어디?

　—저거.

　—어디 말이냐?

　—저기 아주아주 많아.

　—……종이다.

　—종이?

　—응, 종이.

나는 종이가 하늘에서 아른아른 떨어지고 아른아른 올라가는 것을 가물거리는 오수 속에서 하염없이 바라보았다. 그후론 언제든 한 점을 응시하면 습자지처럼 투명하고 가벼운 종이가 허공에서 음표처럼 나풀나풀 날리는 것을 볼 수 있었다. 그것은 사는 동안 내내 아무도 모를 위로가 되었다. 눈물이 고인 눈으로 응시해도 허공의 종이들은 젖지 않고 면도날 가루에 각막이 베이는 듯 눈이 아플 때에도 종이들은 나풀나풀 가볍게 떠가기만 했다. 나는 그 많은 종이 위에 이름들을 하나씩 써보는 습관이 생겼다. 만화 주인공의 이름들, 과자 이름들, 마을의 이름들, 유적지의 이름들, 도시의 이름들, 곤충과 물고기의 이름들, 머나먼 인도양 연안 항구의 이름들. 잔지바르, 다르에스살람, 코모로, 몸바사, 모가디슈, 봄베이, 망갈로르 항구 같은 것들……

이혼 후 사 년 삼 개월 동안 나는 하루도 쉬지 않고 일했다. 맨몸으로 집에서 나온 이혼녀가 어떻게 자기의 방을 마련하느냐고 묻는다면 나는 어드바이스해줄 수 있다. 큰 식당에 가서 일자리를 구하라. 그곳에서 먹고 자고 오직 일만 하는 것이다. 일 년이든, 이 년이든, 삼 년이든…… 자신이 원하는 전세방의 액수만큼. 나는 삼 년 동안 그렇게 일했다. 지난해에 조그만 방을 얻어 나왔고 돈은 여전히 통장에 넣어두었다. 물론 식당 일도 계속했다. 내가 일한 집은 생선국 집이라 그릇 수가 그렇게 많지 않았는데도 어깨를 쓰기가 고통스러웠다. 밤에 자리에 누워 있으면 두 어깨로부터 팔이 뜯겨나가는 것 같았다. 뜯겨나간 자리에 혈관이 실밥처럼 너덜거리는 것이 감은 눈 속에 보이곤 했다.

혼자 사는 여자가 생에 지쳐버리면 어떻게 되는지 나는 알고 있다. 나는 유폐를 기다린다.

그립고 그리운 아이들…… 이젠 아이들을 잊고 싶다. 이불에 쌓여 장롱에 처박히듯 아이들에게 잊혀지고 싶다. 단지 쉬고 싶다.

"고대해왔지만, 이렇게 갑자기 만나주실 줄은 몰랐습니다. 실은, 얼마나 당황스러웠는지, 기뻤는지 잠을 못 잤습니다."

탁자 위의 작은 화병에다 시선을 꽂고 말을 마친 남자가 나를 힐긋 보고는 불안정하게 얼굴을 꼬며 고개를 떨어뜨린다. 웃음이 어려 있지만 좋아 보이지 않고 불 위에서 뒤틀리는 오징어처럼 뜨거워 보인다. 맥주를 조금 마시고 또 힐긋 나를 보고 그리고 급작스러운 웃음을 지으며 부자연스럽게 고개를 비튼다. 맥주잔을 놓는 손과 화병 속의 안개꽃이 바르르 떨린다. 왜 저렇게도 힘든 짓을 하는 것일까…… 나는 환멸스러운 표정으로 남자를 외면했다.

남자는 사 년 전 내가 처음 식당에 들어갔을 때 알게 되었다. 그는 저녁을 계약해 먹는 하숙 손님이었는데, 육 개월 후에 다른 지방으로 발령을 받아 떠났었다. 그리고 삼 년이 지난 뒤 다시 나타나 거의 매일 저녁 톳이 파랗게 떠 있는 아구국이나 새콤한 아구무침이나 매운 아구찜 같은 것으로 밥을 먹었다. 그리고 삼 개월 전 식당 여주인에게 중매를 부탁하면서 자신의 감정을 드러내었다. 나는 식당을 그만두던 날 그에게 전화를 해 약속을 정했다.

하지만 막상 남자와 마주 앉자 몸이 비석처럼 차갑게 굳어졌다. 아무런 기대도 하지 않았는데도, 불편하고 불안하고 위축되었다. 결코, 다시는, 사소한 욕망조차 일깨우고 싶지 않았으며, 누군가 욕망을 건드리는 것도 파리가 앵앵거리는 것처럼 귀찮다는 생각이 들었다. 그러면서도 동시에 나 역시 호흡이 엉길 정도로 긴장되었다. 남자는 맥주가 두 병이 비도록 다음 말을 잇지 못하고 있었다. 나는

212

마침내 참기 어렵도록 화가 났다.

"제발, 태연하게 나를 보세요."

"……"

남자가 놀란 눈으로 나를 쳐다보았다.

"그래요. 아무렇지도 않은 것처럼 나를 좀 보세요."

남자는 놀란 눈으로 나를 바라보았다. 마치 따귀라도 맞은 것 같은 얼굴로. 내가 어린 남자애에게 호통치는 듯한 태도로 말한 것이다. 하지만 그건 나 자신에게 한 말이기도 했다.

"언제나, 이런 건 아니에요. 언제나 이렇게 위축되는 건 아닌데…… 당신 앞에서는……"

남자가 간신히 말하고 고개를 떨어뜨렸다. 화병에 꽂힌 안개꽃이 바르르 떨렸다.

"제가 그렇게도 무서우세요?"

나는 그를 무서워하면서 남자에게 물었다.

"모르겠습니다. 내가 이 나이에도 왜 이토록 당신 앞에서 긴장하는지……"

남자가 서둘러 고개를 저었다.

"사랑합니다. 당신을 사랑하기 때문에, 무슨 일이 일어날지 모를 미래의 휘장이 갑자기 확 하고 열려버릴 것만 같아서, 그래서 이토록 어렵고 힘든 겁니다."

"아무 일도 일어나지 않아요."

나는 나의 긴장을 무너뜨리기 위해 함부로 손을 휘저으며 차갑게 말했다.

"그러니, 사나운 맹수 앞에서 태연한 것처럼, 나에게 태연하세요. 그렇게 하지 못하면, 우린 아무것도 할 수 없어요. 작별인사조차도."

"……어디로, 가시나요?"

남자가 모처럼 나를 똑바로 보았다.

나는 고개를 끄덕였다.

"우리 지금은 이렇게 힘들지만, 자꾸 만나고, 그리고 함께 살게 되면 차차 편안해지지 않을까요? 이렇게 포기하지 말고 노력을 하면……"

나는 고개를 저었다. 터무니없는 권유였다. 사람들의 욕망이 짜증스럽고, 끊임없이 모습을 바꾸며 변태하는 거지같이 질긴 희망이 귀찮았다. 나는 창 밖을 잠시 내다보았다. 창 밖엔 온통 구기자나무 숲이었다. 나뭇잎이 바람에 찰랑찰랑 소리는 내는 듯했다.

"두려움과 혼란이 사라지면 사랑도 사라져요. 낯선 일들이 지나가면, 누구와 엮어도 다를 바 없는 메마른 관계의 해골만 남게 되죠. 아니에요, 제가 말하려고 하는 건 이게 아니에요……"

내가 말하고 싶은 건 귀찮게 굴지 말라는 것뿐이었다. 내가 사라진 뒤에 절대로 나를 생각하지 말아달라는 요지를 전하고 싶을 뿐이었다. 남자는 고개를 들지 않았다.

"사랑한다는 일이, 사실 가능한지나 모르겠어요. 사나운 맹수 앞에서 태연한 것처럼, 사랑하는 사람 앞에서 태연하지 못하면, 그만 물려죽고 마니까요. 그러니, 사랑이 과연 가능할까요?"

나는 아무런 욕망도 없이 그저 불길한 소식을 전하는 기분으로 완곡하게 말했다.

"당신을 사랑하려면, 사자 우리에라도 들어가야겠군요."

남자가 얼굴을 똑바로 들고 말했다. 화가 난 듯 입술을 바르르 떨고 있었다. 나는 영원히 남자에 대한 두려움을 극복하지 못할 것이었다. 만약 두려움을 극복한다면, 나는 즉시 그를 멸시하기 시작할 것이다. 그를 발로 걸어차고, 두 손으로 빌며 용서해달라고 애원할 때까지 짓밟고 싶어질 것이다. 나는 일어섰다. 그리고 목례를 하고 창가에 제법 크게 자란 선인장들을 조르르 내놓은 찻집을 나왔다. 남자는 꼼짝도 하지 않고 앉아 있었다.

나는 가벼운 습관처럼 선인장들의 이름을 떠올렸다. 프리클리페어 선인장, 오르간파이프 선인장, 공선인장, 사구아, 사람들이 사막을 지나갈 때 튀어올라 덮친다는 점퍼촐라 선인장…… 찻집의 창가에 놓인 노란 꽃이 핀 선인장은 우리나라에서 가장 흔한 프리클리페어 선인장이었다.

나는 가방에서 낙원빌라로부터 받은 우편물을 꺼내 몇 가지를 확인하면서 길을 걸었다. 애완동물을 버려야 하고 화분도 버려야 하고 애인도 버려야 하고 일체의 기록이 금지되어 있고 고유명사를 사용해서도 안 되었다. 이를테면 나의 이름 대신 509호라는 숫자나 윤이라는 부호, 그리고 여자나 아주머니같이 개념화된 일반명사로 대신해야 한다. 모든 꽃들에게도 이름을 부르는 것은 금지되어 있다. 그냥 꽃일 뿐이다. 나무도 그냥 나무일 뿐 어떤 나무로 구별해서는 안 된다. 비와 구름과 새도. 미우, 는개, 여우비, 장마, 폭우, 가랑비 같은 비의 이름을 잊어야 한다. 뭉게구름, 새털구름, 비늘구름도. 레아, 에뮤, 타조, 키위, 아비, 사다새, 비단날개새, 태양새, 진박새, 지빠귀 같은 새 이름도. 리마, 차차포야스, 이키토스, 후아레스, 우앙카요, 이카, 쿠스코, 아방카이, 푸에르토말도나도 같은 페루의 도시 이름들도. 모든 도시는 그냥 도시일 뿐이다. 그러니까 이름은 금지다. 세상에는 남자와 아이와 여자와 동물과 식물과 미스 좌가 산다. 그리고 모든 사람과 모든 집에는 번호가 있다. 아주 간단하다.

나는 집으로 돌아와 수첩을 펴고 전화번호를 꾹꾹 누른다. 다음 달부터 자동이체를 할 거예요. 그 남자의 사진을 매달 한 장씩 이 주소로 보내주세요. 사진에 날짜가 자동으로 박히는 것으로요. 그 쪽에서는 걱정 말라고, 자신들의 완벽성을 믿으라고 말한다. 죽기 전에는 결코 담 밖으로 나가지 못한다고. 이런 경우에 만에 하나 도 주라도 하게 되면, 그날로 자기들은 사업도 끝장이고 줄줄이 감옥 행이라고. 나는 수긍한다. 그들의 불법성이 그들의 신의를 보장하 는 것이다. 나는 말한다. 내가 그 남자에게 원하는 것이 무엇인지 항상 명심해주세요. 내가 원하는 것요.

나는 해마다 손가락을 하나씩 잘라서 보내달라고 말하고 싶은 것 을 인내한다. 손가락이 끝나면 발가락을. 그리고 이십 년이 흐르는 것이다. 하지만 그들과 해둔 약속 정도로 인내해야 한다. 천년 동안 천 명의 처녀를 삼킨 이무기가 용이 되어 승천할 때는 차갑고 단단 한 여의주를 물고 날아간다. 그리고 영원히 피의 살해는 끝난다. 나 도 그때쯤은 내 날카로운 이빨을 박을 돌을 찾을 수 있을까……

세 시간쯤 달려간 뒤에 실편백나무 가로수 길을 지나자 택시기사 는 이런 먼지투성이 마을에 들어오는 건 처음이라고 투덜댔다. 아 무도 이런 곳으로 가자고 한 적은 없다고 짜증을 냈다. 그리고 시큰 둥하게 이 마을의 이름이 뭐냐고 물었다. 휘양은 묵묵부답으로 앉 아 있다가 철길을 건너고 농협이 보이자 오른쪽으로 가자고 말했 다. 갑자기 이 마을에 대해 뭔가 조금은 알아두어야 할 것 같다는 생각이 들었다. 가뭄은 아직도 계속되고 있었다.

먼지구름을 일으키며 철길을 따라 오른쪽으로 들어가자 길은 점 점 더 좁고 깊어지더니 갑자기 작은 광장이 나타났다. 허술하고 조잡한 단층 가게들이 둘러선 역 광장이었다. 어쩐지 희망적인 기분이 들었다. 역이 있다면 이 마을의 이름도 알 수 있을 것이다. 하지만 택시에서 내려섰을 때, 케케묵은 적막이 휘양을 포박했다.

휘양은 커다랗게 치뜬 눈으로 역사 쪽을 바라보았다. 역사는 흡사 길가에 버려진 망가진 장롱처럼 기우뚱하고 작았다. 한쪽 출입문의 경첩 부분이 망가져 문짝이 내려앉아 벽에 기대져 있었다. 그리고 역사엔 아무런 이름도 붙어 있지 않았다. 마치 계급장이 뜯긴 채 버려진 하급 군인의 낡은 군복같이.

광장을 둘러싸고 있는 단층 가게들도 텅텅 비어 있었다. 그리고 글자들이 모두 지워진 간판들만이 걸려 있었다. 글자가 없는 간판들이란 눈동자가 빠져나간 눈들처럼 섬뜩했다. 먼지 한 점의 무게로 어느 순간 일제히 와르르 무너져버릴 것만 같은 울렁거림……
갑자기 택시가 경적을 울렸다.

휘양이 돌아보니 부옇게 먼지를 뒤집어쓴 택시가 시동을 걸고 떠나려 했다. 휘양은 택시를 붙잡으려고 달려갔다. 그러나 택시는 완강하게 승차를 거부하고 요금을 청구했다. 택시기사의 얼굴이 잔뜩 일그러져 있었다. 금세 고래고래 비명이라도 질러댈 기세였다. 휘양은 택시비를 지불했다. 택시는 먼지구름을 일으키며 그 속으로 마구 달려갔다.

휘양은 얼마간 역 광장의 오동나무 아래에 서 있었다. 옛날에는 버스도 들어왔는지 나무 곁에 정류장이라는 검정색 글자가 쓰여진 표지판이 세워져 있었다. 유일하게 글자가 남아 있는 표지판이었다. 누군가 일부러 글자들을 모두 지운 듯했다. 아니면 글자들이 증발하기라도 했을까.

휘양은 마른 흙바닥에 군데군데 번진 우산잔디를 밟으며 역사 안

으로 들어갔다. 그리고 대체로 운임표와 발차지와 도착지 시간표가
붙어 있게 마련인 매표구의 위쪽 벽을 우두커니 쳐다보았다. 빈 벽
이었다. 떼어낸 흔적이 변색된 벽에 두 칸의 네모난 경계를 지으며
희미하게 남아 있었다. 대형 거울과 비타민 광고문구와 망가진 커
피자판기와 페인트칠이 군데군데 벗겨진 긴 나무의자들도 남아 있
었다.

　휘양은 창가로 가서 플랫폼을 내다보았다. 역 플랫폼에는 흰색
바탕에 푸른색 스트라이프 무늬였을 낡고 더러운 돔형의 차양이 길
게 쳐져 있고 색색의 플라스틱 의자들이 한 줄로 이어붙어 있었다.
차양은 군데군데 찢어져 바람에 펄럭거리고 시야는 마치 그을린 듯
우중충했다. 휘양은 개찰구를 천천히 빠져나가 플랫폼으로 나가보
았다. 갑자기 바람이 역사 안을 휘돌아 뒷머리를 부딪고 지나갔다.
먼지덩어리 바람이었다. 금세 폐가 칼칼해질 지경이었다. 돌아서서
나오려다가 플랫폼 끝 누런 플라스틱 의자에 동그마니 앉아 있는
남자를 발견했다.

　누런 옷을 입은 몹시 마르고 얼굴이 누런 남자였다. 몇 살인지 짐
작할 수 없는 모습이었다. 서른 살을 갓 넘긴 것 같기도 했고 쉰 살
이 넘은 것 같기도 했다. 그는 빈 자루 같은 몸을 접듯이 오그리고
앉아 괴괴한 철길을 뚫어져라 쳐다보고 있었다.

　철길은 도로공사를 하느라 파헤쳐진 들판 저 끝에서 나타나 반대
편 끝으로 사라졌다. 심연 위에 걸쳐진 좁다란 외길 같았다. 그 외
길은 들판 가운데 버려진 플랫폼을 바늘귀처럼 통과하고 있었다.

　휘양은 혼란 속에서 기차가 다가오는 희미한 진동음을 들었다.
분명 기차는 오고 있었다. 기차가 오는 마을인 것이다. 사람들이 기
차에서 내리는 마을이며 사람들이 기차를 타고 떠나는 마을인 것이

다. 그러자 별 이유도 없이 무감각하던 몸 안의 조직이 깨어나며 실내 구조를 희망으로 변경하려는 듯 갑작스러운 소요가 일어났다. 심장이 뛰기 시작했다. 바로 그 순간 그녀를 향해 달려오고 있는 기차를 타면 삶이 있는 곳으로 달려갈 수도 있을 것 같았다. 그녀가 찾지 못하는 신비한 터널을 지나 기차는 휘양을 그날 이전으로 태워다줄 것만 같았다.

기차 소리가 확실해지자 남자는 벌떡 일어섰다. 그리고 플랫폼 가장자리에 가서 섰다. 마침내 기차가 기적을 울리고 모습을 드러냈다. 남자는 금세 날아오를 누추하고 커다란 나비처럼 플랫폼 끝에 서서 아주 잠깐 휘양을 보았다. 다가오는 기차가 일으킨 바람에 남자의 머리카락이 날렸다. 휘양의 가슴이 미친 듯이 뛰었다. 심장이 튀어나가버릴 것만 같았다. 그리고…… 순식간이었다. 기차가 우르르릉거리며 무언가를 쏟아버리듯 지나가버린 것은…… 눈물이 흐르는 젖은 시야 속에서 남자가 기차 꼬리를 향해 불붙은 사람처럼 달려가고 있었다.

……남편은 말이 없었다. 십 년 동안 그녀가 하는 말을 절반도 알아듣지 못했을 것이다. 그녀는 그러니까, 그녀의 말을 알아듣지 못하는 남자와 결혼한 것이었다. 결혼한 후 말이 되지 못한 수많은 감정들이 차올라, 과부하의 가슴이 꽝꽝 언 얼음 항아리처럼 퍽 하고 터져버릴 것만 같았다.

하지만 두 아이를 낳고 십 년을 사는 동안, 아무도 모르게 머나먼 변두리로 까마득히 밀려가는 동안, 삶은 말로서는 바뀌는 것이 아니라는 사실을 알게 되었다. 삶을 바꾸는 것은 말이 아니라 은밀하고 집중된 침묵 속의 통제력이었다. 그것은 기도와 같은 것이다. 휘양은 사는 일이란 양잿물 같은 그 많은 감정을 가슴에 차곡차곡 재는 일이라는 것을 알게 되었다. 그리고 사랑이란 감정이 아니라, 그 사람을 위해 무언가를 구체적으로 하면서 그 손끝에서 쌓아가는 경험의 축적이라는 것도……

휘양은 말하는 대신, 물고기와 불가사리와 나무들과 꽃들과 사막과 도시들과 강과 폭포의 이름을 외웠다. 나르도아 파우키포리스, 링기아 라이비가타, 아스테리아스 포르베시, 크로스사스케르팝포수스, 카라마스테르 플라켄타 같은 불가사리의 이름, 붉은클로버, 스트로베리클로버, 크림슨클로버, 알사이크클로버, 라디노클로버 같은 토끼풀 이름들, 클라리아스 바트라쿠스라는 땅 위를 걸어다니는 물고기와 피라니아 같은 식인물고기의 이름들. 남편과 아이의 옷을 마련하면서, 남편과 아이들의 머리를 잘라주면서, 남편과 아이를 위해 비린내 나는 생선을 사고 김치를 담고 뼛국을 끓이면서, 꽃을 꽂으면서, 생일카드를 적으면서, 반들거리도록 마루를 닦고 또 닦으면서…… 그녀는 한없이 단념하고 수긍하면서 남편과 아이를 사랑하고, 은밀하게 통제하면서 조용하게, 심지어 어느 정도는 행복하게 살았다. 그날 이전까지는……

휘양은 다시 농협까지 걸어나와 농협을 왼편에 끼고 오르막길을 올라가보았다. 독말풀들이 유독 많이 자라는 길을 따라 먼지에 뒤덮인 적막한 집들이 군데군데 버려진 게 껍데기처럼 놓여 있고 그 뒤로는 공장으로 보이는 회색의 조립건축물들이 늘어서 있었다. 공장 지붕에 낙원주식회사라는, 아주 큰 글자가 한 글자씩 씌어진 여섯 조각의 간판이 일정한 간격으로 붙어 있었다. 운송트럭들도 주차되어 있었다. 노파 하나가 마당을 가로질러 조립건물 속으로 들어갔다. 그리고 아무도 나타나지 않았다. 노동시간인지도 모를 일이었다.

언덕을 다 오르자 높고 붉은 대리석 건물이 갑자기 나타났다. 유일하게 제대로 된 사층 건물은 모텔이었다. 모텔의 이름 역시 낙원이었다. 간판 곁에는 마사지실 완비라는 글자가 커다랗게 씌어진 현수막이 사층 벽을 타고 내려져 있었다. 이곳 역시 미스 좌의 구역 같았다. 휘양은 어리둥절한 얼굴로 붉은 대리석 모텔을 쳐다보다가 그녀가 받을 수도 있는 몇 가지 심술궂은 요구들을 상상했다.

휘양은 미스 좌에게 해줄 만한 이야깃거리가 별로 없다는 것을 알고 있었다. 처음에는 태연하게 거짓말을 할 것이다. 상상하여 지어낸 이야기를 하고, 여기저기서 주워들은 남의 이야기와 이런저런 화제를 뒤섞어 자신을 적당히 숨기고 가리며 만들어낼 수도 있을 것이다. 하지만 그런 이야기는 금세 바닥이 날 것이다. 할 이야기가 더이상 없어지면 휘양은 그녀의 치부를 드러낼 팔 것이다. 가까운 데서부터 먼 것까지, 샅샅이…… 그것도 다 하면 끔찍한 상처마저 이야기의 재료가 되어 미스 좌의 상에 올려지고, 더 할 것이 없으면 기억하기도 고통스러운 남편과 그토록 망각하고 싶은 아이들까지 발설하게 될 것이다.

그리고, 결국은 존재가 거덜나버릴 것이다. 더이상은 자신이 아닌, 다리가 다 뜯겨나가고 등이 열린 파먹힌 게 껍데기 같은 것이 되어 미스 좌의 요구들을 한 가지 한 가지 받아들일 것이다. 이름을 입에 담지 않고 만들어내어야 하는 이야기는 마치 곡예와 같은 것이다. 땅 밑으로 굴을 파듯 개념의 표피 아래를 네 발로 기어야 할 것이다. 혹은 가짜 날개를 달고라도 허위의 세계를 헤엄쳐야 할 것이다. 그러니 마지막엔 시멘트벽을 긁듯이 열 개의 손톱 밑에 피가 흐를 것이다. 그리고 그때가 되면, 생각도 에테르처럼 증발되고 고통도 밀납처럼 단단하고 차갑기만 할 것이다. 그것은 애초부터 휘양도 알고 미스 좌도 알고 있는 사실이다.

이야기가 끝나면 최악의 경우, 낙원모텔의 전속 창녀가 되어 오직 한 가지 체위밖에 모르는 남자들을 하루에도 몇 명씩 받아들여야 할지도 모른다. 혹은 차가운 타일 방에서 정액 얼룩이 묻은 시트들과 수건을 허구한 날 빨아대야 할지도 모른다. 어쩌면 온종일, 한 달 내내 정체불명의 교리를 베껴써야 할지도 모르고 어딘가 장애가 있는 미스 좌의 동성애 파트너가 되어 그녀의 가랑이 사이를 핥아야 할지도 모른다. 그것도 아니면 나머지 평생 동안 지하 삼층의 밀폐된 공장에서 사무원 아가씨가 팔에 끼고 있던 조악한 팔찌와 목걸이, 혹은 고무장갑이나 빨래집게, 비누곽이나 손톱깎기, 환자용 기저귀나 생리대 같은 것을 만들지도 모르겠다.

아무려면 어떤가…… 그녀는 집과 한 끼의 밥만 보장받으면 남은 생을 산 채로 묻어버릴 수 있다. 오랜 세월이 흐른 뒤에 먼 인도양 연안의 항구 이름과 선인장과 토끼풀과 불가사리의 이름들을 다 잊어버렸을 때, 자신의 나이조차 잊어버리고 아이들의 얼굴이 알아볼 수 없도록 변해버렸을 때, 그들과 남편이 어디서 사는지조차 알 수 없게 되어버렸을 때, 휘양 자신을 미스 좌와 분간할 수 없게 되어버렸을 때, 어느 날 작은 소포상자 하나와 부고장이 도착할 것이다. 아주 오래된 감금자의 죽음을 알리는……

휘양은 철길을 따라 낙원빌라를 향해 빠르게 걸으며 꽃들의 이름을 생각나는 대로 불러본다. 지칭개꽃, 지느러미엉겅퀴, 천일홍과 백일홍, 디기탈리스, 칼세올라리아, 프리뮬러, 피튜니아, 옥잠화,

숲바람꽃, 얼레지, 원추리, 씀바귀, 앵초꽃, 가막사리, 노랑삐삐꽃…… 그 꽃들을 발견하고 이름을 확인했던 순도 높은 평화의 나날들을 하루하루 떠올려본다. 하지만 그 많은 꽃들로도 겨우 한나절, 하나의 얼굴을 덮을 수가 없다. 휘양의 부릅뜬 눈이 면도날 가루에 베이듯 붉어진다. 명아주꽃, 쥐오줌풀꽃, 달리아, 달개비, 벌레잡이제비꽃, 파리지옥꽃, 복수초……

휘양은 길 가운데서 가방을 떨어뜨리고 두 눈을 가린다. 누구에게도 설명하지 않을 것이다. 폭력이란 본질적으로 납득시키지 않고 들이닥치는 것이니까. 그녀를 납득시킬 만한 어떤 이유도 없이 저질러졌으니까. 그것은, 아무래도 자신의 몫이 아니니까……

사람이 죽으면 눈과 성기가 가장 먼저 썩는다고 한다. 하나의 생을 온전히 살지 못한, 3막이 채 끝나기 전에 돌연 검고 무거운 막이 내려버린 빈 무대 같은 싸늘한 그녀의 두 눈도 썩을 것이다. 두꺼운 성에의 정적이 뒤덮인 회벽 같은 눈동자…… 오랜 세월 뒤에 그녀가 더이상 그녀 자신이 아닐 그때에 회벽 같은 두 눈으로 읽게 될 무덤덤한 한 조각의 부고장, 그리고 너무나 불쾌한 냄새를 피울 아주 작은 소포상자를 열고, 마지막으로 확인해야 할 오래된 감금자의 잘려진 성기……

물의 정거장

"이렇게 높은 곳까지 올라온 줄 몰랐어요. 당신 손을 잡고 당신 눈길을 따라가느라, 이렇게 높은 곳에 올려진 줄도 몰랐어요. 날개라도 달린 듯…… 그런데, 당신은 없고 이렇게 높고 외딴 곳에 나만 남겨졌어요. 세상은 나를 향해 일제히 불을 꺼버렸는데, 나 혼자 어떻게 내려가나요? 이 자리에서 꼼짝도 할 수가 없는데. 내가 한 발도 못 움직일 거라는 거 당신도 알잖아요……"

천천히 들고 나는 밀물이며 썰물. 썰물이 남긴 흔적들.
단 한순간도 쉬지 않는 파도의 리드미컬한 움직임과
바닷가에 둥지를 트는 새카만 바닷새의 처량한 울음소리들.
그러한 내 마음의 풍경 속에서 나는 아무런 동행도 없이
혼자 유유히 걸음을 옮겨다니고 있었던 것이다.
― 장석남 산문집 『물의 정거장』(이레, 2000)에서

푸드드덕, 새의 날갯짓 소리에 무숙은 눈을 떴다. 새가 이제 막 옆구리를 후려치고 침대에서 빠져나간 듯하다. 허공의 부력은 인색해서 산비둘기는 간신히 제 무게를 이기며 기우뚱 공중에 떠오를 것이다. 새가 긋고 간 긴 빗금 위로 아직 푸른 아카시아 잎들이 빗방울처럼 흩어지는 것이 보이는 듯하다.

무숙은 한 손에 남자의 여름셔츠를 든 채 몸을 일으켰다. 어두운 방…… 빈집에 열어젖혀진 벽장같이 텅 빈 어제와 텅 빈 오늘 사이에서 무숙은 또 깨어났다. 새 한 마리가 송곳으로 허공을 뚫듯이 꺅꺅꺅 운다. 뒤이어 다른 새가 칼끝 같은 부리로 제 배를 쪼듯 날카롭게 따라 운다. 새벽 다섯시, 전날 잠이 든 시간은 열한시였다.

이곳에는 날짜가 없다. 일곱 번 단위로 반복되는 요일과 닫힌 날들을 채우는 이십사 시간들이 있을 뿐이다. 시간은 어디로도 새어 나가지 못하고 머리카락처럼 뭉친 채 빙빙 돈다. 기억은 덩치 큰 고

집으로 변해 밖으로 나갈 길을 잃은 한 더미 바람처럼 이 벽에서 저 벽으로 퍼렇게 멍이 들도록 부딪치며 이따금 배를 찌른다. 타격은 둔중해지면서 점점 더 깊숙해진다.

무숙은 구겨진 셔츠를 반듯하게 펴다가 단추가 열린 앞부분에 코를 박았다. 모든 아련한 것들의 냄새가 난다. 버섯의 향기와 비 온 뒤의 저수지 냄새, 햇볕에 그을린 작은 들꽃들의 냄새와 해변의 냄새, 맥주 냄새와 담배연기 냄새, 심지어 밥냄새와 어두운 계단의 먼지 냄새. 4월의 나무 수액 냄새와 7월의 비냄새, 2월의 스웨터 냄새…… 인색하고 차가운 사람들이 그렇듯 그의 냄새는 옅다.

무숙이 산 속의 이 낡은 아파트에 들어온 건 마흔다섯 살 여름이었다. 이사 온 뒷날의 첫 외출을 아직도 선명하게 기억하고 있다. 공기를 팽팽하게 당겨 다림질을 하는 것 같은 한여름 오후의 햇볕 속에서 습기 타는 냄새가 났었다. 산 언덕을 깎아 높은 축대 위에 세운 70년대 아파트들의 허술한 새시 창들과 균열이 일어나는 벽들의 실뿌리 같은 검은 선, 위태로운 높이를 경고하듯 아파트들과 가파른 계단을 둘러싼 축대 위의 긴 철제 난간들과 균열의 틈을 파고드는 무성한 초록 넝쿨잎…… 모든 것이 한순간 공간을 일그러뜨리며 소용돌이치는 듯했다.

무숙은 미소지었다. 가파름과 균열과 허술함과 맹목, 그 모든 가난과 체념과 위험의 표지가 흡족했다. 안심할 수 없기에, 빛나지 않기에, 요구할 수 없기에 더욱 다정해야 하는 나지막한 삶이 그곳에는 있었다. 저항이 없기에 더 섬세해지고, 헛된 희망이 없기에 시간과 공간에 대해 순응적이고 태평스러운, 마치 변화가 봉쇄된 과거로 돌아간 듯한 유순한 삶이……

228

어느 날 그가 무숙의 손에 반지를 끼워주었을 때, 그 반지 외에는 몸에서 빛나는 모든 장식을 벗어버린 것처럼, 그녀는 생을 이 남루한 숲속 아파트에 숨기기로 했다. 남은 삶을 오직 사랑의 의무와 열락의 빛만으로 채우기 위하여.

가게라기보다 기대세운 상자같이 비스듬한 두 평 혹은 세 평의 쌀집과 금은방과 부동산소개소와 사진관과 연쇄점, 켄터키후라이드 치킨집과 만화가게와 전기철물점 같은 곳을 지나 안방에 뒹구는 베개까지 다 보이도록 현관문을 열어젖힌 가난한 셋집들을 지나 시장까지 걸어내려갔다. 길가에 내놓은 여름꽃 화분들과 담 위의 장미넝쿨, 이층 발코니를 감고 피어난 나팔꽃들이 대견스러워 무숙은 미소를 보냈다.

시장은 새시와 텐트로 지붕을 세운 노점과 다를 바 없었고 단 하나의 통로밖에 없었다. 무숙은 안창살과 마늘과 김치, 상추와 버섯과 빨래집게와 새 부엌칼과 매실술과 백합 화분과 작은 선인장 화분까지 샀다. 늘 백화점에서 쇼핑해온 습관 때문에 가게에 들를 때마다 이야기를 나누고 돈을 내고 잔돈을 거슬러 받고 서로 손을 잡듯이 하며 물건을 주고받고 미소를 지으며 마지막 인사를 하고 물건을 정리하는 일이 즐겁기도 하고 거추장스럽기도 했다.

짐이 무거워진 무숙은 장바구니와 백합 화분을 안고 시장이 끝나는 곳에 있는 마을버스 정류소 벤치에 앉았다. 그곳은 여러 갈래의 깊숙한 골목들을 숨긴 작은 로터리 가운데의 섬이었다. 야채 도매가게는 저녁거리를 준비하려는 마을 여자들로 북적거렸고 머리를 노랗게 물들인 젊은 아이가 마이크를 들고 감자와 파와 오이와 푸성귀 가격을 외치고 있었다. 인테리어 사업도 겸하는 유리집 앞엔,

비만한 두 여자가 커다란 대야를 놓고 퍼져앉아 온종일 그랬던 것처럼, 자루 속의 마늘을 까고 있었다. 물건들을 거리로 내놓은 잡화점엔 인적이 없고 키 작은 꽃가게 여자는 노점 매대의 화분에 물을 뿌렸다.

무숙은 부신 눈을 크게 뜨고 양보 없이 허공을 바라보았다. 오래 그렇게 있자 마치 스스로 처형당하는 것처럼 느껴졌다. 그러나 이곳이다, 이곳이야…… 무숙은 속으로 다짐했다. 공기 속엔 닭 튀기는 기름 화근내가 매캐하게 떠다녔다.

잠시 후에 한 남자가 그녀의 정면에서 길을 건너 정류소로 다가왔다. 사십대 초반쯤의 남자는 화분을 안은 무숙의 새하얀 얼굴과 꽃무늬가 수놓인 민소매의 블라우스와 흰 치마와 슬리퍼 속의 새하얀 맨발을 훔쳐보았다. 마을길을 내려오면서 마주친 남자들처럼 어떤 일을 하는지 알아챌 수 없는, 값싼 셔츠 차림에 가짜 구찌 시계를 낀, 무엇에도 집중해본 적 없을 것 같은 짜임새 없는 얼굴이었다. 남자는 몹시 낯설어하는 선망의 눈빛으로 수수께끼를 풀어보려는 듯 무숙을 훔쳐보았다. 무숙은 무심하게 앉아 있었다. 그 남자는 끝까지 무숙에게 접근할 수 없는 남자였기에 그녀를 불편하게 하지 않았다. 그 편안함과 만족감은 무엇이었을까? 자신이 비루한 남자들의 시선을 끄는, 결코 범접할 수 없는 멀고 낯선 여자라는 사실 때문인지, 혹은 남자의 시선을 받으며 일말의 감상도 없이 무시할 수 있는 자기 도취가 즐거운 것인지, 혹은 그런 마을 남자의 시선을 받음으로써 이 낮은 바닥까지 내려왔다는 사실을 실감하는 안정감 때문인지……

아무도 알 사람이 없는, 낡고 가난한 마을에 처음 등장한 그 낯선 여자는 버스의 종점이 있는 산 속 오래된 아파트에서 왔다. 그전에 그녀는 도심의 강변 신시가지 구역에서 십 년 이상 살아왔다. 한때는 시내 큰 사찰의 충실한 보살이었다. 석가탄신일이나 동지 같은 큰 행사 때뿐 아니라 여름과 겨울에 여는 학생 불교 수련회 동안은 절에서 지내며 봉사를 하기도 했다. 몇 해 동안 방생을 빠지지 않고 다녔고 순례단에 끼어 전국의 큰 사찰을 돌기도 했다. 그것은 배추의 숨을 죽이는 소금 같아서 헛되이 일어서는 젊음의 끝자락을 지그시 눌러주었다.

고가구에 빠져서 집에 있던 이태리와 프랑스 풍의 가구와 소품을 어둡고 단아한 이조가구로 교체하면서 세월을 보낸 적도 있었다. 그 다음엔 명품에 빠져 여고 동창들과 조를 짜 파리와 밀라노로 쇼핑 여행을 다니는 재미로 위안을 얻었으며 그림과 보석과 카드놀이에 차례로 빠졌었다. 그리고 어느 날 사랑에 빠졌다. 사랑은 과연 그녀의 삶을 단번에 압도했다.

무숙이 탄 버스가 출발할 때, 돌연히 차창 너머 남자와 눈이 마주쳤다. 그녀의 모습을 끝까지 따르는 남자의 눈에 덧없는 상실감이 블라인드처럼 캄캄하게 드리워져 있었다. 달군 쇠붙이처럼 붉던 여름의 서쪽 하늘이 회색빛으로 식어갔다. 무숙은 그 순간 선인장 화분에 손을 찔렸다. 그가 오기로 약속한 시간부터 세 시간 전이었다. 그녀는 가시 때문에 미간을 살짝 찌푸렸다. 하지만 아무것도 약속의 황홀에 빠진 여자를 깨울 수는 없었다. 무숙이 매달린 십자가의 한 중심에는 모든 것을 퇴색시키는 불가사의한 빛이 타오르고 있었다. 너무나 자기 중심적인 고립무원의 빛이.

*

　물론, 밤은 늘 그런 식으로 왔을 것이다. 하지만 그날의 밤은 유독 갑작스럽게 왔고 순식간에 어두워졌다. 테이블보를 깔고 밑반찬과 수저와 술잔을 차려두고 밥을 뜸들이고 버섯과 야채를 익히고 안창살 접시를 가스레인지 곁에 대기시켜놓았다. 그가 초인종을 누를 시간에 맞추어 무숙은 손을 깨끗이 씻고 블라우스를 갈아입고 화장을 고치고 촛불을 켰다. 그리고 두 팔로 턱을 고인 채 밤바람에 어지러이 흔들리는 불꽃과 눈으로 장난질을 하며 앉아 있었다. 토끼처럼 길어지는 두 귀를 계단 쪽으로 온통 내밀고…… 두 눈가가 점점 붉어지고 있었다.

　아홉시에 온다던 사람은 밤이 다 지나도록 오지 않았다. 짐을 꾸려서 오기로 한 사람이었다. 십삼 년 동안 함께 산 가족을 버리고 사랑하는 여자에게로 오는 남자의 짐이 무엇일까. 얼마 되지 않는 옷가지와 신발들, 그리고 노트북과 앨범 한 권 분량의 사진과 테니스 라켓이나 아령 같은 것, 어쩌면 몇 권의 일기와 개인적인 수집품 같은 것이 추가될지 모른다. 자가용 트렁크에 실리는 가방 두어 개쯤이면 충분할 짐……

　그 가벼운 짐을 싣고 올 남자는 열한시가 되어도 전화조차 없었다. 무숙은 문득 너무 오래 기다렸다는 것을 깨달았지만 그날 밤 전화를 걸지 않았다. 그가 전화하지 못할 사정이라면 당연히 받기도 어려울 것이었다.

　일 주일이 지난 뒤에야 편지를 썼다. 집이 너무 어두워 한낮에도 창문 앞 탁자에 바짝 붙어앉아 써야 했다. 남쪽 해안엔 태풍주의보가 내렸고 그녀의 창 밖엔 가루 같은 비가 내리고 있었다. 올려다보면 허공에 거꾸로 빠진 것처럼 키 큰 오리나무의 잎사귀들이 푸른 눈처럼 번들거리며 너울너울 젖고 있었다.

"이렇게 높은 곳까지 올라온 줄 몰랐어요. 당신 손을 잡고 당신 눈길을 따라가느라, 이렇게 높은 곳에 올려진 줄도 몰랐어요. 날개라도 달린 듯…… 그런데, 당신은 없고 이렇게 높고 외딴 곳에 나만 남겨졌어요. 세상은 나를 향해 일제히 불을 꺼버렸는데, 나 혼자 어떻게 내려가나요? 이 자리에서 꼼짝도 할 수가 없는데. 내가 한 발도 못 움직일 거라는 거 당신도 알잖아요……"

무숙은 편지를 부치지 못했다. 매일 밤, 내일은 울지 않을 거라고 결심하고 잠들었지만 다음날 아침이 되면 다시 울게 되었다. 슬픔은 끊임없이 솟구쳐올랐다. 누군가 비좁은 갈비뼈 속에 철제 캐비닛을 박아넣은 것처럼 숨을 쉴 수도 없었다. 시리고 무겁고 딱딱한 철제 캐비닛 속에 시한폭탄이 내장된 듯 초침 소리가 째각째각 울렸다. 빗장뼈 속의 캐비닛이 터져 몸이 산산이 부서져 죽을 것만 같았다.

어느 날 아침 양쪽 귀밑이 딱딱하게 뭉치면서 두 뺨이 커다랗게 부풀어올랐다. 이틀이나 아무것도 씹을 수가 없었고 얼굴은 탈처럼 커졌다. 무숙은 모자를 눌러쓰고 병원엘 갔다.

젊은 내과 의사는 고개를 갸웃하며 신중하게 물었다.

'정서적인 격통의 증상입니다. 충격받은 일이 있나요?'

'……'

'한 일 주일 갈 겁니다. 유동식을 먹고 마음을 안정시키세요.'

견딜 수 없을 때에는 그의 속옷과 양말을 오래 빨았다. 마르면 반듯하게 개어 언젠가 함께 떠나기 위해 구입했던 여행용 트렁크 속에 넣었다가 밤이 되면 꺼내서 입고 잠을 잤다. 그리고 다음날 다시 빨아 널고…… 그가 남긴 검정색 수면 안대, 허브향의 남성 로션, 내셔널 면도기, 산책용 면바지와 면셔츠, 평범한 야구모자와 책, 두 장의 사진…… 몇 가지 되지 않는 그것들은 늘 침대 속에서 뒹굴었고 그녀의 뺨과 팔과 다리 사이에서 피부에 자국을 남기며 구겨져 갔다. 등이 강철판같이 빳빳하던 날들, 잠자리에서도 휘어지지 않던 무겁고 시린 등…… 감정은 그대로 육체로 전이되었다. 슬픈 폐, 슬픈 위장, 슬픈 안구, 슬픈 점막, 슬픈 관절, 슬픈 척추, 슬픈 뇌하수체…… 때로는 얼린 솜으로 꽉 채운 듯 시리고 아픈 등의 통증 때문에, 단지 그 때문에 단순하게 울었다.

"그 남자, 이스탄불로 갔단다."

이 주일째 되던 날, 친구 연정이 전화로 알려주었다. 그녀는 친구의 남편인 중앙정보부 관계자를 통해 알아냈다고 했다.

"네 말대로 그 날짜로 이혼이 된 건 맞아. 그런데, 며칠 뒤 신문사에 사표를 냈어. 그리고 훌쩍 이스탄불로 가버린 거야."

"……"

"마누라한테서 빠져나와 네게로 가던 중간에 허방에 빠지듯 그만 새어버린 거지. 이스탄불이 대체 뭐니? 얘, 무숙아. 너 어떻게 할래?"

그러자 입 안에 사탕을 문 것 같은 침울한 표정 하나가 떠올랐다. 금세라도 입 안의 사탕을 뱉어낼 것 같은 무상한 얼굴이 무숙에게 물었었다.

—이 나이에 굳이 사랑하면서 살려는 사람은 어떤 사람일까. 열정이 없을수록 삶은 더 선량해지는데…… 사랑 없이 못 사는 사람과 사랑 없이 사는 사람 중에 누가 더 나쁜 사람일까……

*

　눈을 감으면 문득 그리운 날의 기억 아직까지도 마음이 저려오는 건 그건 아마 사람도 피고 지는 꽃처럼 아름다워서 슬프기 때문일 거야 아마도 봄날은 가네 무심히도 꽃잎은 지네 바람에……

　무숙은 깜박 다시 든 잠에서 깨어나 옆방의 노랫소리를 멍하니 듣고 있었다. 일 년이나 지났지만 이런 아침이면 다시 기이해진다. 이렇게 먼 곳에 홀로 누워 있다니……

　봄은 또 오고 꽃은 피고 또 지고 피고 아름다워서 너무나 슬픈 이야기……

　몸을 일으킬 때 문득 꿈속에서 뒤돌아보던 여자의 얼굴이 떠올랐다. 무숙은 어딘지 알 수 없는 언덕을 오르고 있었다. 흰 안개가 긴 언덕엔 인적이 없고 돌로 만든 정교한 인형들이 양쪽 길에 세워져 있었다. 무숙은 그중 더 근사한 돌인형을 하나 주워들었다. 그러자 손에 잡힌 인형은 이내 아무렇게나 만든 싸구려 헝겊인형으로 변했다. 무숙은 몇 번 돌인형을 잡았다가 헝겊인형을 내던져버렸다. 한 차례 안개가 날려가자 한 여자가 걸어가는 것이 보였다. 야윈 여자는 흰옷을 입었고 긴 단발머리 모양이었다. 그리고 다리를 절었다. 여자는 굽이진 모퉁이를 돌아가 이내 보이지 않았다. 그때 한 남자가 안개 속에서 불쑥 나타나 길을 가로막았다. 무숙은 공포에 질렸고 성대가 끊어져나간 것처럼 몸 속의 소리가 다 달아나버렸다. 남자가 무숙을 좁고 긴 석굴 속으로 끌고 들어갔다. 통로의 한가운데에 낯익은 흰옷이 붉게 물든 채 버려져 있었다. 무숙은 그 흰옷을 입은 단발머리 여자를 떠올렸다. 남자가 한 손으로 무숙의 손을 쥐고 올려 벽에 누르고 다른 손으로 옷을 벗기려 했다. 그때 희디흰 옷을 입은 단발머리 여자가 나타났다. 여자는 무숙의 손을 누르고 있는 남자의 손바닥을 번쩍 들어 짧은 칼로 깊숙하게 찌른 뒤 손목까지 길게 갈랐다. 활짝 열려버린 남자의 손바닥 끝에서 피가 왈칵 왈칵 흘렀다. 남자의 눈이 커다랗게 열리며 뒷걸음질쳤다. 단발머리 여자는 남자를 따라 다리를 절며 걸어갔다. 통로의 끝에서 여자가 홀연히 뒤돌아보았다. 무숙은 처음으로 여자의 얼굴을 보았다. 아름답지만 반쯤 지워진 듯 흐릿한 무표정의 얼굴이었다.

세수를 하고 있는데 초인종이 울렸다. 무숙은 물기를 닦으며 현관문을 열었다. 두어 달 전 앞집으로 이사 온 젊은 여자였다. 무숙은 그전에도 여자를 비디오가게에서 보았다. 여자는 그곳에서 파트타임으로 일하고 있었다.

무숙은 묻는 눈으로 쳐다보았다. 젊은 여자는 두 팔로 가슴 부분을 가린 채 난감한 표정을 지었다. 아마도 잠옷일 속이 심각하게 비치는 긴 원피스 차림이었다. 굽 높은 슬리퍼의 앞트임 자리로 길고 가지런한 흰 발가락들이 경황 없이 밀려나와 있었다. 공작새의 눈 같은 푸른 페디큐어가 칠해진 발톱들…… 무숙은 그녀가 지르는 교성과 즐겨듣는 노래들, 그리고 이따금 벽을 적시는 듯한 흐느낌을 떠올렸다.

"문이 잠겨버렸어요."

무숙은 얼른 말을 이해할 수 없었다. 젊은 여자는 두 손으로 잠깐 기다려달라는 시늉을 한 뒤 겁이 많아 보이는 눈을 동그랗게 뜨고 자초지종을 말했다.

　"조금 전에 누가 초인종을 누르는 거예요. 전 세수를 하고 있었거든요. 서둘러서 얼굴을 닦고 누구냐고 물었는데, 아무 응답도 없는 거예요. 택배 기사나 우체부일 수도 있겠다 싶어 문을 조금 열고 내다보았어요. 그런데 벌써 사라진 거예요. 갑자기 기다리는 우편물이라도 있었던 것처럼 다급해졌어요. 그래서 문을 열고 계단을 내려가 층계참에서 바깥으로 고개를 빼고 내다보았죠. 아무도 없었어요. 돌아서는데, 그사이에 바람이 휙 불더니 문이 달칵 잠겨버린 거예요. 자동으로요. 그저께 특수키로 바꾸어 달았거든요. 그리고 전 아직 비밀번호도 입력하지 않았어요. 막상 귀찮아서 사용설명서도 읽지 않고 습관대로 키를 사용하고 있었거든요."

　여자는 마지막엔 그런 여자의 특징일 게으름과 퇴폐성을 약간 내비쳤다. 무숙은 고개를 끄덕이고 들어오라는 손짓을 보냈다.

　"어떻게 하죠?"

　젊은 여자가 무숙에게 물었다. 무숙은 여자를 소파에 앉게 하고 관리소에 전화를 걸었다. 관리소에서는 만능열쇠 노인을 수소문해서 보내주겠다고 말했다. 무숙은 여자에게 통화 내용을 전하고 갈아입을 옷을 내주었다.

　"아, 정말 고마워요."

　여자는 자신이 원하는 것이 바로 그것이라는 듯 반색하며 녹색의 헐렁한 면원피스를 받았다. 냄새가 좋은데요. 여자는 서슴없이 원피스에 얼굴을 가져다댔다.

　여자가 옷을 갈아입을 동안 무숙은 커피를 만들었다. 스위치를 넣자 커피포트가 이내 쿠러럭쿠러럭 소리를 냈고 에스프레소의 짙은 향이 번졌다.

"아, 참 아름다워요."

여자는 터키식 카펫과 커다란 수정 샹들리에, 이조시대 장식장과 테이블과 베네치아식 의자들과 거울, 화장대와 침대 그리고 비둘기 피같이 붉은색 소파와 은제 사슴상을 둘러보고 있었다.

"뜻밖이에요. 그런데, 아주머니는 왜 그렇게 있죠?"

무숙이 뒤돌아보았다.

"아, 아뇨. 전혀 몸치장을 하지 않으니까 하는 말이에요. 누가 상상이나 하겠어요? 아주머니네 실내가 이렇게 화려할 거라고는?"

"이런 건 전부 옛날에 사들인 거니까."

무숙은 자신의 실내와 자신은 상관이 없다는 듯 무표정하게 말했다.

"옛날요?"

무숙은 고개를 끄덕였다. 하지만 옛날이란 불과 일 년 전의 모든 날들이었다. 그리고 실내는 그를 기다리던 일 년 전 밤 그대로 멈추어 있었다.

"후, 옛날이라고 하시기엔 너무 젊으세요. 저, 담배 좀 피워도 될까요?"

무숙은 커피를 테이블에 놓고 담배곽도 열어주었다. 자세히 보니 얼굴에 주근깨가 빼곡히 흩어져 있었다. 서른세 살쯤은 되어 보이는 여자였다. 그녀가 입은 원피스는 이틀 전 무숙이 시장에 나가면서 입었던 옷이었다. 말수 적은 두 여자가 묵묵히 담배를 피우고 커피를 마시는데 창 발코니에 비둘기 한 마리가 날아들었다.

오전 열시와 오후 두시경에 어김없이 무숙의 창 발코니에 날아드는 흰색 비둘기였다. 온통 흰색 깃털에 눈만 씨앗같이 검었다. 가끔은 배설물을 묻혀 꽁지 끝이 연한 배춧잎처럼 푸릇푸릇하기도 했다. 무숙은 커피잔을 놓고 다가갔다. 늘 그렇듯이 비둘기는 푸드득 날아 발코니 위 함석 차양으로 몸을 피했다. 무숙은 차양을 밟는 비둘기 발소리에 꽤 묵직한 중량을 느끼며 베고니아 화분과 백합 화분 사이에 놓인 그릇에 잡곡을 부어주었다. 그리고 비둘기가 안심할 수 있도록 거실로 돌아와 앉았다. 잠시 후 비둘기가 돌아와 주위를 살피더니 모이를 쪼기 시작했다.

젊은 여자가 지루했는지 살금살금 발코니로 다가갔다. 여자가 다가가 창가에 서자 비둘기는 몸을 피하며 발코니 난간으로 올라앉았다. 먹이 때문에 떠날 수도 없고 불안해서 계속 먹을 수도 없는 모양이었다.

그 모양을 가만히 보고 있던 무숙은 흠칫 놀랐다. 난간에 앉아 있는 비둘기의 한쪽 다리에 발 대신 기포 같은 붉은 혹들이 붙어 있고 발은 둥글게 뭉쳐 있었다. 몇 달이나 먹이를 주어왔으면서 이제서야 비둘기의 불구를 발견한 것이 믿어지지 않았다. 젊은 여자가 연민이 가득한 눈으로 뒤돌아보더니 무숙에게 속삭였다.

"절름발이 비둘기예요."

그러자 꿈속에서 홀연히 뒤를 돌아보던 단발머리 여자가 떠올랐다. 아름답지만 반쯤 지워진 듯 흐릿한 무표정의 얼굴…… 무숙은 젊은 여자에게 돌아오라고 손짓했다. 창가가 비자 비둘기는 난간에서 내려와 다시 모이를 쪼았다. 몹시 허기진 모습이었다.

만능열쇠 노인과 함께 일층의 문할머니도 올라왔다. 할머니는 나동에 생긴 일에 대해서는 어떤 일이든 그냥 보아 넘기지 않는 터줏대감이었다. 나이가 들어 동작이 굼뜨고 어딘가 심술궂게 보이는 노인은 특수키를 보더니 난색을 표명했다. 훼손시키고 문을 따버리기엔 너무 값비싼 키이거니와 부수기도 어렵다는 설명이었다. 노인은 사다리를 구해와서 다용도실 창으로 올라가는 방법과 현관문 곁의 작은 유리창을 깨고 들어가는 방법을 동시에 고려했다.

그 동안 젊은 여자는 문할머니에게 문이 잠긴 사정을 처음부터 이야기하고 있었다. 계단에 앉아 온종일 그렇게 시간을 보낼 것처럼 심사숙고하던 노인은 자신의 플라스틱 도구함에서 망치를 들고 와 유리창을 겨냥했다. 손이 부르르 떨렸다.

문할머니와 젊은 여자와 무숙은 다같이 눈을 가늘게 떴다. 노인은 유리창 앞에 선 채 망치를 들고 노려만 볼 뿐 결국 타격을 가하지 못했다. 노인은 어차피 유리장수가 필요할 테니 먼저 유리장수를 불러오겠다고 했다.

그는 낡은 모터사이클에 올라타고 브레이크를 꽉 쥔 채 가파른 내리막길을 추춤추춤 미끄러져갔다. 도중에 잡화점 주인 남자가 소형 트럭에서 수박을 받아 진열 매대에 놓으며 어느 집이냐고 노인에게 물었다. 나동 304호야…… 노인이 미니 모터사이클을 세우며 대답했고 잡화점 주인 남자는 얼른 맛보기 수박 조각을 권했다. 노인은 미니 모터사이클에 앉은 채 바쁜 일은 전혀 없다는 듯 씨를 일일이 골라내며 수박을 먹고 또 한 조각을 받아들었다. 어디서 어디로 가는 길인지조차 잊은 듯했다.

"새가 아직도 그러고 있나?"
문할머니는 작은방 창문에 매달렸다.
"아이구 참, 영물이지. 오늘은 수놈이 알을 품었네…… 난 인간이라 어쩔 수 없는지 이 나이에도 온갖 의심이 들어. 혹시 어제 날

240

아간 수놈이 오늘 안 돌아오면 어쩌나…… 암놈이 하루를 기다리고 이틀을 기다리다가, 그만 알을 품은 채 굶주려 죽거나 잠시 먹이를 구하러 나간 사이 알들이 상하고 마는 참사가 일어날 텐데……"

작은방 창가의 오리나무 가지에 튼 새둥지를 보고 하는 소리였다. 새들은 둥지를 만든 뒤 알을 까고 그리고 하루를 단위로 어김없이 암놈과 수놈이 번갈아가며 알을 품고 있었다. 둘 다 눈이 붉고 몸은 마른 나뭇잎 색깔인데 한 마리는 목이 짧고 몸이 뭉툭하고 한 마리는 긴 목에 스카프를 두른 듯 오색깃털 장식이 있어 더 예쁘고 몸도 염렵했다.

문할머니는 두 마리 새가 가지를 모아 둥지를 만들 때부터 눈여겨보아온 중이었다. 새둥지 튼 가지가 무숙의 창가라는 것을 확인하고는 의도적으로 무숙에게 접근하기 위해 참외를 사들고 초인종을 눌렀었다. 그리고 자기 집에 놀러 가자며 산책하는 무숙의 손을 잡아끌었다. 할머니의 거실 벽에는 십자가상이 걸려 있고 책장에는 파수대라는 금박 글자가 박힌 두꺼운 검정색 책이 가득 꽂혀 있었다. 그리고 벽에는 사진관에서 찍은 가족 단위의 사진 액자들이 사방에 두세 개씩 붙어 있었다. 무숙은 한 시간 동안 할머니의 가족사진들을 보며 딸들과 아들들과 손자와 외손자와 손주사위와 외손부들에 대해, 아무리 봐도 누가 누구인지 구별이 안 되는 얼굴들의 인생에 대해 들어야 했다. 무숙이 기억할 수 있는 것은 문할머니는 육 개월만 지나면 여든 살이 되고 이 동네에서 평생을 살았으며 그 집에 산 지 이십오 년째라는 사실, 그리고 십일 년 전에 할아버지가 돌아가시고 혼자 산다는 것뿐이었다. 독일로 가서 사는 딸이 몇째 딸인지, 고교 야구선수였던 손주가 몇번째 아들의 아들인지, 지난해에 포항 남자와 결혼했다는 외손녀가 몇번째 딸의 딸인지, 잠실 새 아파트에 산다는 딸은 몇번째 딸인지 온통 뒤죽박죽이었다. 다행인 것은 문할머니가 종교 이야기는 전혀 꺼내지 않는다는 점이었다.

"저렇게 둘이서 품고 굴리다 어느 날 새끼들이 알을 벌리고 고개를 쏙 내밀면 얼마나 예쁠까……"

문할머니는 중얼거리며 돌아와 소파에 앉았다.

"새가 알을 굴려요?"

젊은 여자가 놀라워했다.

"그럼 알을 아래위로 굴려서 골고루 따뜻하게 품어주지. 자세히 보면 그냥 멍하니 품고 있는 게 아니고 발로 쉴새없이 구르고 있어. 온종일 앉아 서너 개의 알을 달그락달그락 굴린다구."

"아…… 그랬구나."

젊은 여자는 무엇엔가 감동한 표정을 지었다. 무숙은 수박을 잘라 내놓았다.

"새댁, 남편이 잘생겼더구만."

문할머니는 수박을 들어올리며 말했다.

"아니에요."

젊은 여자의 얼굴에 당혹감이 어렸다.

"뭐가 아니야, 내가 저번에 언덕배기를 함께 올라오는 거 봤는데. 그러면, 남편이 아니야?"

문할머니가 가볍게 추궁했다.

"아뇨, 맞아요……"

젊은 여자의 얼굴이 붉어졌다.

"키 크고 그 정도면 잘생긴 거지. 아주 잘생겼어……"

문할머니는 갈 곳이 있다며 다른 날과는 달리 빨리 자리에서 일어섰다. 문할머니가 나가자마자 만능열쇠 노인이 돌아왔다. 유리집 남자가 출장중이어서, 두어 시간이나 있어야 올 수 있다고 했다. 무숙의 원피스를 입은 젊은 여자는 한숨을 푹 쉬었고 무숙도 조금 난감해졌다.

무숙은 감자를 꺼내 칼로 껍질을 벗기고 냄비에 올렸다. 그녀가 열한시쯤에 먹는 아침이었다. 빈 찻잔을 놓고 우두커니 마주 앉아 있자니 점점 어색해졌다.

"혼자 사시죠?"

젊은 여자가 불쑥 물었다. 무숙의 얼굴에 불쾌감이 스쳤다.

"미안해요, 무례하게 말해서."

젊은 여자가 빠르게 말했다.

"……"

"저도, 혼자 살아요. 아까, 할머니가 봤다는 남자, 남편 아니에요."

무숙은 긴장한 얼굴로 자신의 원피스를 입고 앉아 있는 젊은 여자를 가만히 쳐다보았다. 하필 녹색 원피스를 준 것은 무의식적으로 여자의 발톱 색깔에 맞춘 것 같기도 했다. 그녀의 냄새와 젊은 여자의 살냄새가 옷 속에서 뒤섞이고 있을 터였다.

"그냥 아주머니껜 사실을 말하고 싶었어요. 그런 척하고 넘어갈 수도 있지만……"

무숙도 그들을 본 적이 있었다. 비가 내리던 늦은 오후에 남자가 차를 몰고 와 헐렁한 체크무늬 바지와 주홍빛 카디건을 입은 젊은 여자를 태우고 내려갔었다. 여자는 쓰고 있던 붉은 우산을 접어 우편함 아래에 기대놓고 가버렸었다. 그들은 아주 늦게야 돌아왔다. 무숙은 반수면 상태에서 노래에 묻힌 젊은 여자의 낮은 교성을

들었다. 눈을 감으면 문득 그리운 날의 기억 아직까지 마음이 저려
오는 건……

행복해요? 무숙은 젊은 여자에게 불쑥 묻고 싶은 것을 참았다.

"오래가진 않겠죠. 그럴 거예요…… 때가 되면 이 음지에서 벗어
나 다시 제대로 된 직장도 다니고 맞선도 봐야죠…… 하지만, 아직
은…… 우린 충분히 사랑하지 못했어요."

무숙이 보기엔 새롭게 시작하기엔 이미 늦은 나이였다. 벌써 끝
냈어야 했다. 아니면 영영 끝나지 말든지……

"그와 저녁밥을 먹는 시간이 얼마나 좋은지 몰라요. 그를 위해 밥
을 짓고 된장국을 끓일 때면 어떤 요망을 떨어서라도 내 남자로 만
들고 싶어져요. 사랑 이상의 것, 그러니까 인생을 갖고 싶다는 욕심
이 생기죠. 그 여자에게 교통사고가 나기를 빌기도 하고 남자가 생
기면 얼마나 좋을까 싶기도 하고 암에 걸리길 바라기도 해요. 내가
나쁜 여자죠…… 나와 함께 있을 때 집에서 전화가 오면, 스스로 당
혹스러울 정도로 마음이 사나워져요. 속으로 파고드는 무력한 분노
는 이내 우울로 변하구요. 그가 아내와 아이들이 있는 집으로 돌아
갈 시간이면, 내장이 쭉 끌려가는 것 같아요. 아내와 나란히 누울 그
의 집 안방까지요. 하지만 내색할 순 없죠. 나쁜 여자가 되는 건 싫
으니까. 늘 온순하게 미소를 지으며 보내죠. 머리가 나쁘건, 마음이
나쁘건…… 요즘 와서는 그게 같은 말이라는 것을 알게 되었어요."

젊은 여자는 무숙의 마음을 읽은 것처럼 또박또박 말했다. 무숙
은 듣고만 있었다. 그 순간 이후에 계단이나 쓰레기 분리수거장, 혹
은 잡화점이나 마을버스 정류장 같은 곳에서 마주쳐도 그들은 두세
마디 이상 나누지 않을 거라는 걸 서로 잘 알고 있었다. 단지 지금

잠시 틈이 열렸을 뿐이었다. 그리고 그녀는 이제 곧 흔적 없이 닫힐 균열에 대고 절실히 토설하고 싶은 것이다. 무숙의 옷을 입은 젊은 여자는 이 순간 자신으로부터 외출을 했는지도 모른다. 무숙은 그녀가 말은 해도 아무것도 묻지는 않기를 바랄 뿐이었다. 그러나 마지막에 젊은 여자는 무숙에게 질문을 했다.

"그가 나를 정말로 사랑하는지, 언제까지 사랑할 것인지 문득 확신이 사라지면 어떻게 해야 할까요? 어느 날 내게로 오지 않을 것 같아 두려우면 어떻게 해요? 돌아나가기엔 이미 늦었는데, 그때 난 어떻게 해요? 전화를 받다가 갑자기 가슴이 콱 미어지는 때가 있어요. 그를 만난 후로 부모 형제와도 멀어지고 친구들과도 소원해지고 세상으로부터도 숨어버린 여자인데 사랑마저도 허구같이 느껴지는 거예요. 헛것과 사랑을 하고 유령을 따라 인생의 어둠 속으로 자꾸만 걸어들어가는 거예요. 어두운 곳으로 더 어두운 곳으로 흘러가 길을 잃어버린 듯한 두려움이 몰려와서 숨이 막혀요. 사랑하는 그가 전화로 묻죠. 무슨 일이 있냐고, 갑자기 왜 우냐고…… 그런 음성을 들을 때면 그가 죽을 때까지 내 두려움을 모를 거라는 확신이 들어요."

언젠가 벽을 넘어왔던 지독한 흐느낌이 떠올랐다. 햇볕이 눈부시게 쏟아지고 놀이터에서 공놀이하는 아이들 목소리가 쨍쨍 울리는 그 예사로운 휴일 한낮에, 젊은 여자는 벽 너머에서 무섭도록 슬프게 울고 있었다.

무숙은 천천히 자세를 고쳐앉았다. 자신의 옷을 입은 젊은 여자가 정말로 대답해달라는 건 아니라는 눈으로 차분하게 바라보고 있었다. 감자 타는 냄새가 났다.

*

　무숙이 그와 사랑에 빠졌을 때, 몇 가지 이상한 일들이 일어났었다. 두 달에 한 번쯤 만나온 전남편의 누나가 저절로 알아채고 비아냥 같은 격려를 하는가 하면, 사흘마다 그녀와 국제전화를 해오던 아들의 음성이 마음을 닫은 듯 소원하게 변했고, 겨우 육 개월 사이에 친구들이 하나씩 고개를 흔들며 곁을 떠나갔다. 십 년 전 헐값에 무숙에게 땅을 넘겨 스물다섯 배의 차익을 물려준 정애마저도 전화 짓거리를 뚝 끊었다.

　"제정신이 아니야. 남자한테 바라는 게 저렇게도 없을까? 알고 보니 트럭 기사하고도 배 맞아 도망칠 애구나."

　연정이 그들 사이의 여론을 불쑥 말했을 때, 무숙은 자신의 고립감의 정체를 알아냈다. 이 년 전 열여섯 살까지 키운 아들을 LA에 사는 제 아빠에게 보냈을 때는 순번대로 돌아가며 무숙의 아파트에 와서 자고 갔던 친구들이었다. 무숙의 재혼을 성사시키기 위해 다들 한 번쯤은 주책없고 계산 빠른 뚜쟁이가 되기도 했던 친구들······

　"원래 남이 하는 사랑은 왠지 기분이 나쁜 거야. 게다가 너처럼 완전히 빠져버려서 눈뜬 장님처럼 아무것도 안중에 없으면, 잠시 서로 안 보는 게 나을 수도 있고. 지금 너에게 친구가 무슨 소용이 있니? 어차피 네가 번번이 핑계를 대며 자리를 빠졌잖아. 전화를 해도 늘 다른 전화를 기다리는 중이니 장단이 어긋나고, 밥을 먹어도 허깨비처럼 앉아 있고······ 따지고 보면 우리가 만나서 하는 짓이라는 게 뭐 꼭 안 하면 안 될 일도 아니고······ 밥 먹고 쇼핑하고, 멀리

강가나 교외에 나가서 차 마시고, 사우나하고, 미용실 가고, 누가 콘도 샀다 그러면 우르르 자러 가보고, 카드 하고, 좋다는 약 사러 다니고, 누가 가구 바꾼다, 그림 사들인다 하면, 우르르 몰려다니며 이게 좋네, 저게 더 좋네 참견하며 함께 돈 쓰는 기분을 만끽하고, 과외교사와 파출부 품평회 해서 갈아치우고, 골프 하러 나가고, 일 년에 두세 번 외국 바람 쐬고……"

요즘은 다들 호들갑을 떨며 성형과 호르몬 요법에 접근하는 중이었다.

"너도 그 사람 만날 때, 많이 말렸었지."

"그야 그 사람이 나를 사랑하는 게 아니고 너를 사랑하니까."

연정이 농담을 하고는 말끝에 정색을 했다.

"솔직히 너 정도면 그런 사랑이 왜 필요하니? 사랑도 다 옛날 말이지. 요즘은 가진 거 없고 기댈 데 없는 가난한 여자나 하는 거야. 열정 같은 건 예절과 조건과 다 맞바꾸어먹은 시대 아니니? 그게 분별이고. 그래서 어떻게 할 거니? 별볼일도 없는 연하의 유부남을 사랑해서 어떻게 할 거야?"

"그는 곧 이혼할 거야. 아내에게 남자가 있어. 한집에서 살았지만 별거한 거나 마찬가지야."

무숙은 변명이라도 하는 듯한 궁색함을 느꼈다.

"……다행이구나. 네 죄책감을 알맞게도 덜어주어서."

연정이 빈정거렸다. 무숙은 알고 있었다. 그들이 보기에 그는 무숙보다 세 살 아래인데다 2급 신문사의 기자이고 물고 싶게 예쁜 딸아이도 있는데다. 출고된 지 육 년이나 된 낡은 차를 타고 도심 외곽에 겨우 이십오 평 아파트를 이제 막 마련한 애송이였다. 그들의 철학으로는 납득할 수 없는 일이었다. 그리고 무숙 역시 납득해서 사랑한 것은 아니었다.

"넌 중요한 게 사랑뿐이니?"

"그럼 그림이나 골프가 더 중요하니? 아님 전남편에게 보낸 아들이 더 중요해?"

연정이 어깨를 으쓱했다.

"그냥 일 같지 않은 이런저런 일에 조금조금씩 신경 쓰면서 심심한 듯이 별탈 없이 늙는 것도 좋은 거야. 일 같지 않은 지리멸렬한 것들이 모여 인생이 되는 거고."

"알아, 그게 상식이지. 그 상식으로 이혼하고 칠 년을 버텼어."

"정애는 니가 일 년 안에 그 남자와 찢어질 거라고 장담하더라. 틀리면 내년 스페인 여행 경비를 제가 다 대겠다고 약속했어."

"돈 믿고 악담을 하는구나."

무숙이 처음으로 화를 냈다. 친구이기 때문에 때론 돈까지 걸며 악담하는 애증을 한편으로는 받아들였다.

"그 사람 만난 지 일 년 되어가지?"

"일 년하고 보름이 지났어."

누구에게도 낼 수 없는 화가 제풀에 누그러지는 뒤끝의 쓸쓸함이 무숙의 음성에 묻어나왔다.

"아직도 날짜를 세니? 징그럽다. 집은 왜 내놓았어?"

연정은 남자와 돈 문제까지 걸린 거 아니냐는 찜찜한 표정을 지었다.

"그가 큰 집에 오는 것을 불편해해."

어떤 면에서는 불쾌해한다는 표현이 맞을 것이다.

"그가 편하게 여길 집을 고르고 싶어. 둘이 살 아담하고 소박하고 조용한 집을 찾을 거야. 그는 요즘 지은 새집보다는 좀 오래된 집이 좋대."

무숙은 피로를 느꼈다.

"하긴 보나마나 맨몸으로 집에서 나올 텐데, 여자 잘 만나 뒤늦게 운수대통한 표 내기가 부담스러운가보네."

연정의 냉소가 불쾌했지만 감정을 단순화하면 그 뜻일지도 몰랐다. 하지만 좀더 미묘하게 말하면 사랑을 낳는 구조의 문제였다. 무숙의 생활에 그대로 얹힌다면, 그는 얼마 안 가 자신을 상실할 것이었다. 무숙은 그의 고집을 이해할 수 있었다. 하지만 이해를 넘어서는 어떤 불편이 여전히 남아 있다는 데에 문제가 있었다. 그의 미온적인 태도와 때때로 보여주는 자기 냉소적인 표정, 그리고 언제나 비워놓은 존재의 한 부분……

"에스키모에게는 희다는 의미의 단어가 열일곱 개나 있대."

"그게 왜?"

무숙의 말에 연정은 불신이 담긴 눈으로 대꾸했다.

"난 나머지 생을 그와 함께하려는 생각뿐이야. 사계절이 온통 얼음과 눈으로 덮인 세계에선 흰색이 지배적이겠지. 삶의 장애이고 삶의 허용이고 삶의 구조이며 배경이고 질료이며 온도이고 질감이고 삶이 그곳에서 나와 그곳으로 돌아가겠지…… 그와 나 사이에도 사랑을 의미하는 단어가 앞으로 열일곱 개쯤 더 생기길 바래."

연정은 비죽 웃었다.

"참 신기해. 이제야 내가 너를 알게 되다니……"

웃음 끝에 연정의 두 눈에 번쩍 빛이 돌더니 물기가 어렸다. 하지만 반신반의하는 표정은 여전히 사라지지 않았다.

죽어도 좋다고 생각한 적이 있었다. 무숙은 그때 거기서 멈추었다. 그를 저울에 올리는 것을, 의심하거나 기대하거나 실망하거나 판단하기를 멈추었다. 아니 단념했다. 무숙은 완전히 해제되었다. 그러자 그는 '그' 자체가 되었다.

그것이 어느 순간인지는 알 수 없었다. 지나간 기억들은 축적되어 나눌 수 없는 한 덩이의 고집과 집착으로 변해 있었다. 다섯번째 헤어진 뒤에 패배의 굴욕감 비슷한 환멸과 체념을 느끼며 또다시 만나던 날, 찻집에 앉아 신호등을 건너오던 그의 퀭한 눈을 발견했을 때였는지 모른다…… 그는 무숙이 불렀기 때문에, 굴욕감과 환멸조차 없이 신호등의 끝을 밟고 허둥지둥 달려오고 있었다. 새벽 다섯시까지 사랑을 나눈 날 아침, 화장실에 다녀온 그가 공포에 질린 얼굴로 내려다보고 있었던 때였는지도 모른다.

"죽은 줄 알았어. 죽은 새처럼 입을 커다랗게 벌리고 숨을 쉬지 않는 것 같았어. 뚫어지게 보았는데, 정말 숨을 쉬지 않았어……"

그날 무숙은 정신을 차린 뒤에도 여전히 숨을 쉬지 않는 것 같았다. 뻥 뚫린 하나의 통로처럼 열려 있었다. 정말로 그가 죽여버린 것 같았다. 무숙은 그런 죽음에 전혀 이의가 없었다.

급격한 시력 저하로 안과에 간 날, 뇌종양의 가능성 운운하며 의사가 MRI 촬영을 권했었다. 호르몬 검사를 위해 혈액을 뽑고, 소변을 모아 검사실에 넣은 뒤 이 주일 동안 차례를 기다려 마침내 촬영 대기실에 앉았을 때, 무숙은 자신의 팔과 다리를 스스로 만져보았다. 화장을 하기엔 아직 너무 기름지고 젊었다.

커다란 빈방에 놓인 MRI 촬영기계는 화장터의 화로와 비슷한 모양이었다. 속옷을 벗고 옷을 갈아입은 무숙은 유일한 장신구인, 그가 끼워준 반지를 빼고 반듯하게 누웠다. 보조사가 그녀의 양쪽 귀를 솜 같은 것으로 막고 기계로 머리를 압박한 뒤 밴드로 고정시켰다. 눈을 뜨지 말고 움직이지 말라는 당부를 들었다. 그리고 좁고 긴 금속 통로 속으로 밀려들어갔다. 타닥 타다닥, 웅웅 하는 나뭇가지 타는 듯한 소리가 들리기 시작했다. 그 속에서 한 시간 이상 그 자세로 놓여 있었다. 깨끗이 타서 재가 되었을 시간이었다.

다시 일 주일 뒤 결과를 보러 가던 날 그가 동행했다. 마지막 순간에 무숙이 몹시 불안정했을 것이다. 그녀는 화장실과 정수기 앞을 번갈아 오가다가 마침내 대기실 의자에 앉아 더이상 꼼짝도 하지 않았다. 침묵이 흐른 뒤에 그가 무숙의 무릎 아래 쪼그리고 앉아 얼굴을 무릎에 댔다.

"걱정하지 마. 당신 생을 내가 살게. 내 생은 당신이 살고. 우리 그러자……"

그 말을 듣자 목까지 올라와 있던 무언가가 제자리인 배 아래로 가만히 내려갔다. 진찰 결과 뇌하수체 선종으로 밝혀졌다. 코를 통과해 수술을 할 수도 있지만 그 정도 크기면 약물만으로 충분히 치료할 수 있다고 의사는 말했다.

그날 밤 그는 무숙의 몸 속에 들어오면서 속삭였다.

"당신은 살아 있어…… 당신은 살아 있어…… 이봐, 지금 당신이 나를 꽉 붙들고 있어……"

무숙은 마지막 순간에 양쪽 해안에 크고 높은 불빛의 탑들이 명멸하는 밤의 바다를 빠른 속도로 떠내려갔었다. 보석을 쏟아넣은 듯 불빛이 춤추는 한없이 긴 황금빛 바다였다.

"그런 환상적인 바다가 이 세상에 정말로 있을까? 불빛이 휘황한 도심 한가운데를 가로지르는 그렇게도 길고 찬란한 바다가……"

"……세상에 꼭 한 곳 있지."

"어딘데?"

"보스포루스 해야. 아시아와 유럽을 가로지르는 바다."

"설마, 설명해봐요."

"물의 화환…… 이스탄불을 물의 화환처럼 두르고 있는 바다지. 흑해와 지중해인 마르마라 해를 잇는 좁다란 해협. 아시아와 유럽을 가르며 흘러가. 아시아 쪽 해안선은 길이가 삼십오 킬로미터이고 유럽 쪽은 오십오 킬로미터이지. 보스포루스 해협에서 가장 폭이 좁은 부분은 겨우 육백육십 미터야. 보스포루스는 카우 게이트라는 뜻이야. 소의 문. 더 자세히 말하면 흰 소의 문이지. 강의 신 이나코스의 딸 이오의 전설 알지? 제우스의 눈에 띄어 사랑을 나누던 중 헤라에게 들키게 되자 궁여지책으로 제우스가 연인을 흰 소로 만들어버리잖아. 나, 소와 있었어…… 이런 식이지. 하지만 제우스의 검은 속을 훤히 꿰고 있는 헤라는 파리를 보내 흰 소를 끊임없이 괴롭혀…… 이오는 너무 괴로워서 이 해협을 건너 멀리 가버려. 그래서 이오니아 해라고도 불리지. 이오니아 해 양쪽 해안은 수많은 궁전들과 회교사원인 웅대한 모스크들과 별장들과 술집들, 식당들로 이채롭고, 밤이면 얼마나 찬란한지 밤의 강물이 온통 황금빛으로 변해서 골든 혼이라고도 불린다지……"

"당신, 그 해협에 대해 어쩌면 그렇게도 잘 알아?"

"그냥 몇 년에 걸쳐서 저절로 알게 되었어. 이스탄불, 모스크, 제국, 바닷가의 궁전들과 할렘, 아시아와 유럽이 맞닿는 해협, 진귀한 보석들……"

"우리 결혼하면 이스탄불로 신혼여행가는 거 어때?"

무숙은 어린 처녀처럼 방심한 채 속삭였다. 그는 웃지도 않고 무숙을 가만히 바라보았다. 결혼이라는 단어를 기억에서 잃어버린 실어중의 얼굴, 아니 결혼이 무슨 말인지 모르는 이국의 남자 같은 얼굴로…… 무숙은 얼굴을 붉혔다. 자신이 너무 성급했거나, 아니면 뻔뻔스러웠던 것이다. 당신, 지금 무슨 생각 해요? 무숙은 묻고 싶은 것을 견뎠다. 불편한 침묵이 흐른 뒤 그가 달래듯이 무숙의 머리에 손을 올렸다.

"거긴 혼자 가기에 더 좋은 곳이야……"

무숙은 그때 분명 머리를 한 대 맞은 듯한 충격을 받았다. 하지만 그녀는 스스로를 숨기며 그를 이해하려 했다. 그냥 단순한 말이야. 남자들은 누구나 혼자 가고 싶은 먼 곳이 있는 거야. 전혀 특별한 의미가 있는 말은 아니야……

*

한낮의 무더운 공기 속에서 아기 보채는 소리가 끈질기고 날카롭게 울렸다. 어느 집에서 아일 저렇게 울리느냐고 부채를 든 가게 남자가 투덜거렸다. 가게에서 소금과 가지와 담배를 사서 나오는데, 문할머니가 햇볕이 쏟아지는 언덕을 올라오는 것이 보였다. 처음으로 보는 외출복 차림이었다. 파란색의 작은 물방울 무늬가 잔잔하게 흩어진 미색 원피스의 앞단이 살짝 트여 걸음을 옮길 때마다 정강이가 살짝 드러났다. 아주 옛날 식의 검정색 비닐벨트를 가슴 바로 아래에 매고 미색의 레이스 카디건을 걸치고 있었다. 할머니의 가슴이 좀 낮은 곳에 둥글고 풍만하게 싸여 흔들렸다.

"원피스가 곱네요."

무숙이 기다리고 서 있다가 말을 건넸다. 문할머니는 손에 든 가

제수건으로 땀을 닦으며 해녀처럼 긴 숨을 내쉬었다.

"곱긴, 삼십 년이나 된 옷인걸. 아무도 믿지 못할 거야."

문할머니의 얼굴에 반가움과 회의가 교차하는 긴장이 생겼다. 어디를 다녀오는지 한여름에 흰 스타킹까지 신고 있었다.

"정말 믿어지지 않네요. 참 예쁘세요."

"그래? 유독 이 옷을 입으면 사람들이 곱다는 말들을 했지."

문할머니는 이제 회의를 가라앉힌 흐뭇한 눈으로 무숙을 바라보더니 커다란 느티나무 밑을 가리켰다.

"저기서 좀 앉았다가 가지."

나무로 다가가자 고양이 두 마리가 날카로운 소리를 내며 가지 위에서 둥치를 타고 내려왔다. 그러자 아기가 사납게 보채는 듯한 질긴 울음소리도 뚝 그쳤다. 나무 아래에 앉자마자 문할머니는 주섬주섬 검정 비닐을 풀고 참외를 꺼냈다. 그리고 손가방에서 접는 칼을 꺼내 무숙에게 내밀었다. 칼이 낯익었다. 꿈속에서 본 단발머리 여자도 이런 짧은 칼을 가지고 있었다. 물론 무섭도록 날이 선 칼이었다. 무숙은 참외를 깎기 시작했다.

"어디 다녀오시는 거예요?"

무숙은 고개도 들지 않고 물었다.

"응, 작은댁 딸네 집에 갔다 오지."

"작은댁요?"

무숙은 무슨 뜻인지 몰라 되물었다.

"응, 오늘 그치 제사거든. 해마다 내가 조기를 말려서 갖다주지."

무숙은 그제야 문할머니 얼굴을 보았다.

"우리 영감이 육십줄에 작은댁을 보았어. 암말도 않고 아침에 나간 영감이 밤이 되도록 감감무소식인 거야. 하루가 지나고 이틀이 지나고, 친척을 풀어서 알아보려고 육촌네 집에 갔더니, 나만 모르고 다들 알고 있더구만. 여자가 애까지 뱄다고…… 그제야 영감이 생전 안 하던 짓을 한 이유를 알았지. 나가기 전날 시장 양품점에서 이 원피스를 사들고 왔었거든."

"힘드셨겠어요."

"난 포기할 건 포기를 잘 해. 그래서 이룬 거 하나 없어도 버릴 건 잘 버리더라고 여장부라는 말을 들었지…… 하지만 사실은 포기한 것도 아니었고 버린 것도 아니었어. 날갯죽지가 떨어질 지경으로 팔을 벌려서 받아안았지. 내 힘으로 해결할 수 없고 오늘내일 끝날 문제도 아닐 때는 그냥 눈 딱 감고 아무 일 없다고 생각하는 거야. 원래 그게 내 인생인 것처럼 사는 거지. 여든 해를 살아왔지만 그 이상의 비결은 없어. 그래서 동네 일도 전처럼 하고 친척들 크고 작은 형편도 변함없이 살피고 작은 것도 나누어 먹고 아이 앞에서도 다름없이 행동하고 표정도 바꾸지 않았지. 남녀간의 정분이고 뭐고 해도 사는 거 이상은 없더라고. 이 년 만에 돌아왔어. 작은댁이 난 애가 돌을 넘긴 뒤였지. 젊은 년도 좋고 갓난쟁이 재롱도 좋지만 찾아오는 사람이 하나 있나, 둘이서 아무리 좋아도 방구석뿐이지 떳떳하게 아일 업고 얼굴 들고 다닐 수가 있나, 머리 굵은 아이들이 밉다고 하지, 친구들은 앞에선 부러워하고 뒤에서 비웃지, 친척들도 성토를 하지, 어두운 구석에 콕 박혀서 지내기도 좋지만은 않았던 거야. 사람이 사람같이 살아야지. 내가 잘 살고 있었으니까, 동네에서도 친척 사이에서도 아이들 앞에서도 아무 탈이 없었지. 그래서 그렇게 고마워했어. 나는 또 더 잘 하느라고 작은댁도 잘 챙겨주었어. 그런데, 그 일 있고 삼 년 뒤에 작은댁이 죽었어. 그래서 다섯 남매를 키운 내가 아직 말도 제대로 못 하는 계집아일 데려다 키

웠지. 그렇게 한 세월이 지나갔어……"

문할머니가 이야기하는 동안 무숙은 막막하게 퍼져앉아 참외를 씹었다. 문할머니가 후렴구처럼 한 번 더 중얼거렸다.

"그 일 겪을 때, 내가 변했었나봐. 지나고 보니, 영감이 바람나기 전 일은 하나 생각나는 게 없고, 그 일 이후 일들은 잊혀지는 게 없으니……"

맞은편 아파트의 오층 계단참에서 여자아이가 탱탱하게 부푼 흰 풍선을 들고 아래를 골똘히 내려다보고 있었다. 바람 한 점 없었다. 다섯 살쯤 되어 보이는 아이는 바람과 바람의 틈을 고르는 듯 오래 그 자세로 있더니 신중하게 손을 놓았다.

풍선이 순수할 정도로 수직으로 떨어졌다. 아이는 풍선이 떨어지는 것을 끝까지 응시했다. 풍선이 땅에 닿자 아이는 자로 재듯 그곳에 눈도장을 지그시 찍은 후 계단을 내려가기 시작했다. 개미처럼 천천히……

풍선은 그 자리에서 미동도 하지 않았다. 그처럼 가벼운 풍선이 여자아이가 자기를 되찾기를 기다리기라도 하듯 지표면을 굳게 끌어잡고 있었다. 여자애는 마침내 풍선을 붙잡았다. 여자아이는 풍선을 안고 오층까지 올라가 층계참에서 또 아래를 내려다보았다. 마치 가장 고요한 공기를 고를 수 있다는 듯 신중하게. 그리고 공기조차 눈치 못 채게 풍선을 놓았다. 풍선은 고요히 수직으로 떨어지고 있었다. 여자아이는 또 개미처럼 천천히 계단을 내려갔다……

무숙은 얼마 전부터 아이를 하나 키우고 싶어졌다. 구슬들을 꿰듯 아이와의 하루하루를 통해서 삶을 붙들고 살고 싶었다. 아이가 자라는 것보다 더 현실적인 감각이 세상에 또 있을까……

지난 일 년 사이에 연정과 친구들은 피부 스케일링과 호르몬 요법을 병행해 다들 오 년 이상 젊어지는 개가를 올렸다. 에스트로겐 주입과 근육운동을 적절히 계속하면 삼 년 이상 더 젊어질 수 있을 거라고 희망에 차 있었다. 더 젊어져서 무엇을 할 것인지는 미지수였다. 좀더 젊은 패션을 따를 수 있고 더 젊은 생각을 하고 더 젊은 문화를 누리고 더 먼 곳으로 여행을 하고 단념했던 무언가를 새삼 시작할 수도 있을 것이다. 사랑도 한 번쯤 더 할 수 있을 것이다. 말하자면 더 젊은 삶을 살 수 있는 것이다. 그러니 늙어가는 여자에겐 젊어지는 것 자체가 전력을 다해야 하는 과도한 목적일지도 모른다. 그것은 삶이며 동시에 맹목이었다.

연정은 최근 들어 만날 때마다 이사를 나오라고 채근했다. 그러나 무숙의 마음은 미동도 하지 않았다. 이틀 전에 장도 볼 겸 나간 백화점 커피숍에서 만난 연정은 같은 이야기를 시작했었다.

"너 그 남자를 계속해서 기다리겠다는 거니?"

연정은 무숙이 입고 나온 회색 모란자수가 놓인 검정색 실크 원피스를 훑어보며 다짐이라도 받겠다는 자세로 캐물었다. 무숙은 담배를 물고 라이터로 불을 붙였다. 앙상하게 마른 손가락엔 여전히 단순한 금반지만 하나 끼워져 있는데, 반지가 덜렁거릴 정도로 컸다. 무숙은 지난 일 년 동안 육 킬로그램이 줄어들어, 젊어진 연정보다 상대적으로 서너 살 더 많아 보였지만 어찌 보면 다른 어느 시절보다 우아하고 느긋해 보였다.

"그곳이 이제 편해."

"그 꼬질꼬질한 산동네가 편하다고?"

"그래, 편해."

"괜한 고집 부리지 마. 살다보면 폼을 망가뜨릴 때도 있는 거지. 자존심 때문에 돌아나오지 못하는 건 어리석어."

무숙은 말없이 담배를 끝까지 피운 뒤 한결 가벼워진 표정을 지었다.

"연정아, 고통이 꼭 나쁜 것만은 아니야. 하나의 고통은 다른 번잡한 고통들로부터 마음을 지켜주거든. 그리고 이젠 그가 아니라 나를 기다리는 기분이야."

"네가 어디로 갔었니?"

무숙은 희미하게 웃었다.

"나 아이를 하나 입양할까 생각중이야."

연정은 입을 벌리고 고개를 흔들었다.

"아예 고아원을 차리지 그러니?"

"그럴까?"

연정은 입을 다물고 얼마간 무숙을 물끄러미 바라보았다.

"……너 참 많이 변했다."

무숙은 고개를 끄덕였다. 아직은 등이 아프지만 그가 데려놓은 자리가 어느 사이 그녀의 삶이 되는 것을 무숙은 담담하게 받아들였다.

저녁이 기울자 밤은 밀물처럼 밀려왔다. 문을 연 창가에 서면 맞은편 아파트의 숨소리가 들려왔다. 그릇 부딪치는 소리, 텔레비전 웅웅대는 소리, 뒤섞여 울리는 두세 집 남자들의 비슷한 음성, 어깨를 드러낸 실내복 차림으로 부엌에서 어른대는 여자들의 그림자,

문득 터지는 날카롭고 짧은 아이의 울음소리. 어느 집에선가 흘러 나오는 80년대 노래……

창가의 오리나무 가지엔 여전히 새가 알을 품고 있었다. 새는 날개를 굳게 접고 다른 날개들을 품고 있었다. 새들이 언제 교대를 하는지는 수수께끼였다. 칠흑 같은 밤의 한가운데일 것이다. 무숙이보기엔 가지 위의 새는 언제나 혼자였지만 또한 둘이었다.

창을 닫으려던 무숙은 흠칫 놀라 멈추었다. 오리나무를 가로지르는 두 겹의 전선줄 위에 흰 비둘기가 미동도 않고 앉아 있었다. 붉은 기포처럼 뭉쳐진 발과 전선줄을 꼭 쥔 다른 발…… 비둘기는 아름답지만 반쯤 지워진 듯 흐릿한 무표정의 얼굴로 무숙을 바라보았다. 무숙도 비둘기와 눈이 마주친 채 한참 동안 문을 쥐고 서 있었다.

이사를 하기 전, 그러니까 그들의 마지막 날 아침에 그가 꿈 이야기를 했었다.

"늙은 남자가 우리 둘이 절정에 오르는 것을 보고 있었어."

"어떻게 생겼어?"

"머리가 짧고 흰머리가 많았어. 꼭 일제시대에 징용 갔다 왔다는 노인들처럼 생겼어. 강건한 노동으로 굵어졌다가 삭은 몸 특유의 강단이 있고 육체의 극복이 정신을 강화시킨 듯 두 눈이 빛났어."

"내가 아는 남자는 아니야."

"감시하는 눈도 아니고 화난 눈도 아니었어. 우리를 승인한다는 눈으로 물끄러미 보았어. 그런데 꿈을 꾸고 나니 기분이 이상해."

"어떻게?"

"저주를 취소할 수 있을 것 같아."

"저주?"

"당신을 저주했었거든."

"어머나…… 나를 왜?"

"당신이 다른 남자와 자면, 절정에 오르기 전에 죽게 해달라고 저주했었어."

"그래…… 그러면 당신도 다른 여자와 자면 절정에 오르기 전에 죽는 거야?"

"물론이지. 저주는 공정하게 내가 내놓을 것을 약속해야 효과가 있는 거야."

"그러면 취소하지 마."

"아니야, 취소하는 게 맞아. 내가 틀렸어. 무엇이든 받아들일 거야. 당신이 주는 건 무엇이든."

이혼이 구체화되면서 그는 갑자기 내부의 매듭들을 하나하나 풀어버리고 있었다. 매듭을 풀 때마다 무숙을 향해 열리는 것이 아니라, 오히려 비어가는 자신을 중심으로 문을 하나하나 닫고 있는 느낌이었다.

"저주는 어차피 취소할 수 없어. 이미 결정된 거야."

무숙은 그날 이상한 느낌 속에서 사납게 고집을 피웠었다. 그의 표정은 쓸쓸하고 아득하고 무상해 보였다. 어느 날 아침 현관에 서서 무숙에게 질문할 때도 그런 표정이었다. 금세라도 입 안의 사탕을 뱉어낼 것 같은 공황상태에 빠진 얼굴. 차라리 죽음 앞에서는 생명까지 걸면서 위로할 수 있지만, 삶 속에는 스스로 메울 수 없는 공동이 존재했던 것일까……

'이 나이에 굳이 사랑하면서 살려는 사람은 어떤 사람일까. 열정이 없을수록 삶은 더 선량해지는데…… 사랑 없이 못 사는 사람과 사랑 없이 사는 사람 중에 누가 더 나쁜 사람일까……'

무숙은 스탠드를 끄고 그의 셔츠를 쥐고 잠자리로 들었다. 그리고 늘 그렇듯이 깜깜한 어둠을 더듬어 셔츠의 소매 부분으로 눈을 가렸다.

"나도 그럴게. 당신이 주는 건 뭐든지 받아들일게. 그럴게……"

늘 웅크리고 잤던 무숙은 아주 오랜만에 천장을 향해 반듯하게 누웠다. 그러자 등이 곧게 펴졌다. 얼린 솜을 채운 듯 시리고 아팠던 등뼈들이 풀리며 척추를 타고 온기가 올라왔다. 무숙은 목에 힘을 빼 머리를 툭 떨어뜨리고 두 팔을 활짝 벌려 십자가 형태로 누웠다. 새하얀 구름이 이는 듯한 포근한 몸 속으로 옆방의 노랫소리가 흐릿하게 들려오고 창가의 오리나무 가지 위에 새가 알을 품고 다그락다그락 굴리는 소리가 들려왔다. 알 속의 노란자위들이 날개가 되는 모습까지 보이는 듯했다.

이렇게 높은 곳까지 올라온 줄 몰랐어요. 당신 손을 잡고 당신 눈길을 따라가느라, 이렇게 높은 곳에 올려진 줄도 몰랐어요. 날개라도 달린 듯…… 그런데, 당신은 없고 이렇게 높고 외딴 곳에 나만 남겨졌어요. 세상은 나를 향해 일제히 불을 꺼버렸는데, 나 혼자 어떻게 내려가나요? 이 자리에서 꼼짝도 할 수가 없는데. 내가 한 발도 못 움직일 거라는 거 당신도 알잖아요……

오래 전에 쓴 편지가 서랍 속에서 글자를 굴리는 듯 바스락바스락거렸다. 무숙은 처음으로 아무런 아픔도 없이 그 소리에 귀를 기울였다. 누가 당기는 것처럼 다시 한번 몸이 쭉 펴졌다.

부인내실의 철학

    삶에서 삶을 빼면 남게 되는 것, 어쩌면 사람이 세상을 떠날 때 가져갈 수 없는 불가항력의 무엇, 사람이 살아가는 실제 삶보다 더 삶 같은 어떤 것이 있다. 햇빛이 폭포수처럼 쏟아져내리는데도, 찢어지고 아래로 처진 커튼이 바람에 펄럭이는 창문들은 눈동자가 패어나간 자국처럼 깊고 캄캄하다. 무엇인가, 무수한 시선이 모여 기억이 되어버린 무언가가 그 창문들 중 하나의 창문 뒤에 숨어 무상하고 찬란한 햇살의 틈을 바라보고 있을 것만 같다.

삶에서 삶을 빼면 남게 되는 것

현사시나무숲을 지나면 빗방울 떨어지는 소리가 난다. 10월의 성긴 나뭇잎들이 바람이 불지 않아도 팔랑팔랑 뒤치며 작은 북소리를 내기 때문이다. 그 소리를 들으면 젖이 돌듯 희우의 머릿속으로도 눈물이 모여든다.

바람이 한차례 지나가고 주변의 아카시아나무들이 비눗방울같이 동그란 잎들을 떨어뜨린다. 노란 비가 내리는 숲이다. 현사시나무와 상수리나무와 리기다소나무와 아카시아와 플라타너스나무 들을 차례로 지나 오솔길 끝까지 가면 어두운 극장의 커튼을 걷고 나선 듯 갑자기 그 아파트가 나타난다. 희우는 언제나처럼 은밀하게 놀란다. 그 놀람은 숨을 내쉬는 동안 곧 부드러운 허탈감으로 변하고 적막한 우수가 된다.

열 동쯤 되는, 이주 보상이 거의 끝난 빈 아파트 단지이다. 열두어 평 크기의 오층 아파트는 창마다 무늬가 다른 방범살과 차양을 얹은 미니 베란다들이 녹이 슬고 휘어지고 색이 바랜 채 치렁치렁 붙어 있다. 협소하고 가난한 삶이 허공을 향해 팔을 내민 것 같은 간절한 호소…… 커다란 거미가 거미줄을 친 것 같고, 늙은 처녀가 툭툭 끊어지는 삭은 실들을 모아 레이스를 뜬 것 같고, 굶주린 어머니가 조각천으로 아이들의 겨울옷을 기운 것 같다.

사람들의 건물이라기보다는 스스로 비와 눈과 바람과 태양빛과 계절과 시간과 밤과 낮을 경험하며, 숨쉬고 늙고 추억하고 회한에 잠기고 꿈을 꾸며 죽어가는 생명체 같다.

삶에서 삶을 빼면 남게 되는 것, 어쩌면 사람이 세상을 떠날 때 가져갈 수 없는 불가항력의 무엇, 사람이 살아가는 실제 삶보다 더 삶 같은 어떤 것이 있다. 햇빛이 폭포수처럼 쏟아져내리는데도, 찢어지고 아래로 처진 커튼이 바람에 펄럭이는 창문들은 눈동자가 패어나간 자국처럼 깊고 캄캄하다.

무엇인가가, 무수한 시선이 모여 기억이 되어버린 무언가가 그 창문들 중 하나의 창문 뒤에 숨어 무상하고 찬란한 햇살의 틈을 바라보고 있을 것만 같다.

출입 계단들이 나 있는 뒤로 돌아가면 형편은 조금 달라진다. 거대한 폐선 같은 아파트 복도에 한 층에 한 집 정도는 빨래가 널려 바람에 나부끼고, 복도 난간엔 아직 사람이 살고 있다는 푸른 신호처럼 화분들이 쪼르르 놓여 있다.

희우는 언젠가 살았던 옛집에 가듯 계단을 오른다. 아파트 벽 곳곳에 '입주권 최고가 매입'이라고 씌어진 종이들이 붙어 있고, 긴 복도의 출입문들 옆엔 작은 글씨로 이주 가구, 보상 가구 혹은 공가 출입금지, 공가 폐쇄, 무단 사용중 등의 글자가 씌어 있다. 그런 와중에도 빨래는 햇살을 받아 눈부시게 펄럭이고 화분들은 태연하게 꽃을 피운다.

공가 폐쇄문

본 공가는 ○○아파트 정리와 관련하여 보상 이주 완료한 세대로 누구든 우리 구의 허락을 받지 않고는 출입을 금합니다.
특별한 사유나 허락 없이 무단 침입, 무단 점용, 훼손, 무단 주거행위 등이 발견될 시에는 관계 법령에 의거 형사처벌받게 됨을 알려드립니다.

— ○○구 구청장

희우는 깨진 유리문에 얼굴을 대고 공가 폐쇄문이 붙은 집들을 들여다본다. 버려진 이불이나 넘어진 장롱, 종이가방들과 어떻게 해볼 수 없이 잡다한 쓰레기들이 흙사태가 난 것처럼 방을 가득 메우고 있기도 하다. 뒤늦게 빈집의 비닐장판 밑에서 나는 매캐한 냄새가 눈을 찔러 핑그르르 눈물이 돈다. 숲에서는 여전히 현사시나무가 빗방울 떨어지는 소리를 내고 아카시아나무가 노란 비눗방울 같은 비를 내린다.

첼리스트들의 이름을 부른다

산에서 돌아온 희우는 가족들이 서둘러 나간 뒷자리를 정리하고 세탁기 안의 빨래들을 넌 뒤에 욕조에 물을 받는다. 그리고 거실의 화병을 들고 욕실로 들어가 갈색으로 변한 물을 따르고 희고 붉은 장미꽃을 똑똑 따서 욕조의 물에 떨어뜨린다. 꽃송이들이 맑은 온수 속에서 둥둥 떠다닌다. 욕실엔 이내 풋풋한 장미향이 번져간다. 장미는 비 온 뒤의 5월 공기 냄새를, 국화는 청명한 날의 10월 공기 냄새를 용해시킨다.

희우는 목요일 오후에 국화나 장미를 사고 다음 목요일에 재활용한다. 그녀는 꽃에 관한 그런 방식의 사치를 평생 포기할 마음이 없다. 그것은 비밀이기도 하다. 가족 중 아무도 꽃이 어떤 식으로 폐기되는지 알지 못한다. 희우는 욕조에 몸을 누인다.

기윤이 온다…… 댕강댕강 잘린 붉은 5월들이 그녀의 몸 주위를 빙글빙글 돌며 속삭인다. 기윤이 와……

희우는 젖은 머리를 말리고 가벼운 화장을 한 뒤 얇은 캐시미어 겉옷을 걸치고 빌라 단지 안의 가게로 간다. 이제 막 물에서 나와서인지 피부가 활짝 열린 창문 같다. 차가운 공기와 바람이 몸 속의 장기까지 곧장 새어들어 암흑 속의 융모들이 소소소 일어서는 느낌이다. 희우는 가게에서 물을 잔뜩 머금은 커다란 배를 고른다. 기윤이 좋아하는 배가 마침 떨어졌기 때문이다.

점심 준비는 배를 닦아 냉장고에 넣어두는 것으로 끝났다. 기윤이 일본식 도시락을 사올 것이다. 희우는 조간신문을 보려고 소파로 다가가 앉는다. 신문은 남편이 본 뒤여서 접힌 부분이 두툼하게 뭉치고 낱장들이 밀려나와 있다. 화장대 의자와 침대 위에다 양복 윗도리와 셔츠와 바지를 벗어 하나씩 올려놓는 습관과 함께 오랫동안 희우의 감정을 상하게 했던 못된 버릇이다.

받아주지 않으면 옷장에 걸지 못하는 옷은 그렇다 쳐도 왜 신문은 보고 나서 뒷사람을 위해 바로 접어두지도 못하는가…… 요컨대 신문 하나도 말이다. 깨우지 않으면 일어나지 못하면서 밤 한시나 두시가 되도록 야식까지 뒤져 먹으며 별 하는 일 없이 버티다가 거의 실신할 지경에 이르러서야 침대로 와서 뻗어버리는 잠 습관, 망가지거나 유효기간이 지난 물건들과 종이 뭉치들을 버리지 못하게 하는 고집불통과 교외에 나들이라도 나가면 어김없이 모르는 길로 접어들어 길을 잃고 헤매는 괴벽과 텔레비전을 보면서 발가락 사이사이를 뜯는 불결한 버릇에 코까지 천둥치듯 커다랗게 골았다.

신혼시절에 남편이 텔레비전을 보다가 귀를 후벼달라고 무릎에 머리를 턱 올려놓고 누웠을 때, 희우는 염오의 감정이 화근내처럼 왈칵 올라오는 것을 느꼈다. 희우는 그 느낌이 두려워서 구멍난 둑을 주먹으로 틀어막는 심정으로 더 곰살궂게 굴며 귀지를 파내주었다. 그러나 얼마 뒤에 남편이 코털 깎는 가위를 희우의 손에 쥐어주고 콧구멍을 들이댔을 때 희우는 얼굴을 찌푸리고 말았다. 다른 여자들은 남편 머리도 깎아주는데 왜 이것도 못 해? 남편이 뺙 소리를 지르며 코털이 비어져나온 얼굴로 희우를 노려보았다.

남편이 느닷없이 주먹을 휘두른 건 첫 추석을 지내고 돌아온 날 밤이었다. 명절 치른 뒤끝에다 네 시간이면 올 길을 열 시간 가까이 걸려 돌아와 곤죽이 된 몸을 간신히 씻고 누웠을 때였다. 남편이 희우의 잠옷을 벗기려 했다. 희우는 몸보다 감정적으로 더 지쳐 있었다. 남편보다 이틀 전에 내려갔고 큰며느리보다도 사흘 먼저 내려가 장보기부터 시아버지 수발 드는 일까지, 무슨 일이든 수군대는 동네 사람들 비위를 맞춰가며 치렀다. 결혼 후 처음 맞는 명절이니 그럴 수는 있었다. 하지만 가방까지 다 꾸려 따라나서는 희우에게 남편은 혼자 갈 테니 당신은 며칠 더 있다 올라오라는 말을 태연하게 했다.

먼길 가는 사람 먼저 보내겠다고 빙 둘러서 있던 가족들과 친척들의 얼굴에 일순 당혹감이 어렸다. 오직 남편 한 사람만 자신이 파견한 일꾼을 뽐내는 주인의 얼굴로 득의양양했다. 희우는 참담하고 분해서 얼굴이 하얗게 질린 채 부엌으로 들어가버렸다. 시어머니가 끝까지 말려주어서 간신히 남편 차에 실려오긴 했지만 오는 내내 고속도로에서 차 문을 왈칵 열고 뛰어내리고 싶은 충동에 시달렸다. 휴게소에서 남편이 화장실에 간 사이 정말 조수석이 비어 있는 트레일러라도 있으면 바꾸어 타고 싶어 두리번거렸다. 명절 뒤끝이라 그런지 찌그러진 화물트럭조차 없었고 승용차들은 지친 가족들로 만원이었다.

희우는 남편의 손을 가슴에서 뽑아내고 돌아누우며 한마디 했다. 나중에 올라오라더니, 아직 이곳에 없는 셈 치세요.

그때 첫번째 주먹이 날아왔다. 그리고 희우의 몸이 홱 들려앉혀졌고 눈과 입을 커다랗게 벌린 채 다시 방바닥으로 내동댕이쳐져 발길질을 받았다. 희우는 붐비는 버스 터미널 같은 곳에서 영문도 모른 채 낯선 사내에게 머리채를 붙잡혀 행패를 당하는 여자처럼 비명 사이사이에 왜 이러세요? 왜 이러세요? 라는 말만 떠듬떠듬거렸을 뿐이었다. 왜 이러세요…… 마지막 발길질이 끝난 뒤에 동공이 튀어나올 듯 열린 커다란 눈 속에 양 갈래로 찢긴 피 묻은 질문이 떠올라 있었다. 당신은 누구세요? 그리고 나는 누구예요……

파블로 카잘스, 로스트로포비치…… 야노스 슈타커, 피에르 푸르니에…… 모리스 장드롱, 폴 토르톨리에, 피아티 고르스키, 요요마…… 안너 빌스머, 자크린느 뒤프레……

남편이 안방 문과 작은방 문을 차례로 쾅쾅 열고 닫으며 사라진 뒤, 희우는 몸을 일으키고 침대에 등을 기대앉았다. 눈물 속으로 첼리스트들의 이름이 반쯤 잠긴 채 지나갔다. 희우는 자신이 누구인가에 답하는 대신 주문을 외우듯 오래 전에 알았던 첼리스트들의 이름을 기억하려 했다. 망각의 저 너머에서 연기처럼 아른대는 그 희미한 이름들을 의식을 모아 간절히 부르면서 희우는 여전히 자신인 것을 확인해야 했다.

때릴 때 남편은 숨도 쉬지 않는 것 같았다. 첫 주먹이 나오면 마개 열린 샴페인이 펑 하고 터지듯 걷잡을 수 없이 폭발했다. 몇 번 거듭되면서 알게 된 사실이지만 남편의 구타는 늘 같은 순서로 짜인 풀 세트를 되풀이했다. 누군가는 그것이 열등한 남자가 갖는 폭력의 속성이라고 했다. 첫 주먹이 나간 이상 자신을 방어해야 하기 때문에 숨쉴 겨를도 없이 두번째 세번째 주먹이 나가고 마침내 상대가 완전히 케이오될 때까지 두려움과 수치심과 광기 속에서 두들기는 것이라고.

결혼한 지 사 년쯤 되었을 때부터 희우는 남편이 싫어서 정면으로 바라보지 않았다. 입술 색도, 뒷목덜미도, 손과 귀도, 장딴지와 엉덩이와 팔도, 몸의 촉감과 잔털도, 몸에 쏟아넣는 정액 냄새까지도 불쾌해서 잠자리도 요리조리 피했다. 희우의 생은 갑자기 좁다란 구덩이에 빠져버린 것 같았다. 그즈음 희우가 사람들 앞에서 그를 무시했기 때문에 남편은 집에 돌아오자마자 주먹으로 희우의 얼굴을 때렸다. 그리고 다시는 부부동반 모임에 가지 않았다.

결혼생활 육 년째가 되었을 때는 위험해졌다. 남편은 희우를 때리지 않고는 그녀의 다리를 벌릴 수 없었다. 고급 공무원 아내의 잘 차려입은 옷 속에 멍자국이 가시지 않던 시절이었다. 식탁에 앉아 아침을 먹는 남편의 뒷머리를 나무도마로 내려치고 싶었던 나날이었다. 그렇게 삼 년이 더 지나자 다행히 그들 사이에 부부관계는 사라졌다. 형편도 나아져 남편과 희우는 각자의 방을 갖게 되었다.

"유럽 여성 사망·불구 최대 원인은 가정폭력."

희우는 사회면 하단의 외신기사에 조금 놀란다. 열다섯에서 마흔네 살까지의 유럽 여성의 사망 및 신체 불구의 최대 원인이 가정폭력일 정도로 남편 또는 동거 남성의 폭력이 심각하다고 유럽 의회가 지적했다. 유럽 의회가 이날 내놓은 보고서를 보면, 전체 유럽 여성의 20~50퍼센트가 가정폭력에 시달리고 있고 여성을 때리고 강간하고 죽이는 주범은 모르는 남성이 아니라 지금 또는 과거의 파트너인 것으로 나타났다. 보고서는 '계층과 인종, 교육 정도와 관계 없이 모든 나라에서 일어나고 있다'며 '소득이 높고 교육을 많이 받은 계층에서 가정폭력이 더 심한 경향을 보인다'고 지적했다. 지난 한 해 프랑스에서만 여성 인구의 4퍼센트에 가까운 1백35만 명이 가정폭력을 당한 것으로 나타났으며 러시아에서는 십 년 동안 계속된 아프가니스탄 전쟁중 사망한 병사의 수에 맞먹는 한 해 1만 3천 명의 여성이 숨지는 것으로 나타났다.

희우는 꽉 닫힌 가슴속에 채워져 있던 돌덩이들이 불연속적으로 굉음을 일으키며 폭파하는 것 같았다. 분노가 파지지직 살을 태운다. 태연한 척하지만 희우는 가슴속 깊이 결코 남편을 용서하지 못한다.

그는 살다가 생긴 마음의 상처와 고립감과 불안과 좌절과 독선적인 성격으로 인해 속으로 뭉친 울화덩어리를 언제나 희우에게 외상(外傷)으로 돌려주었다. 한 번도 참지 않고 주먹으로 희우의 얼굴을 때렸고 희우의 머리를 벽에다 내던졌고 사과를 둘로 쪼개듯 강제로 허벅지를 벌렸다. 신중하고 약간은 태만하고 관습적이고 무신경한 고급 공무원의 얼굴에서 아무도 그런 광증을 상상할 수 없을 것이다.

시치미를 뚝 떼고 소파에 나란히 앉아 텔레비전을 보지만 남편이 문득 일어선다거나, 혹은 희우가 걸레질을 할 때 남편이 뒤에서 다가온다거나, 혹은 신문을 보고 있는 남편의 다리 앞을 어쩔 수 없이 가까이 스쳐가야 할 때면 몸이 오싹 휘어지는 느낌이 든다. 폭력은 늘 이해할 수 없는 광증이어서 언제 발길질에 차일지 언제 주먹이 날아올지 언제 머리채를 잡힐지 예측불허였던 것이다. 무엇보다 너무나 사소한 일로 고리가 걸리면 어김없이 풀 세트의 프로그램이 이어졌다.

오 년째 아무 일도 일어나지 않았다. 하지만 희우의 몸은 여전히 폭력의 기억에 붙들려 있다. 뒤집어진 채 위에 누운 듯 얕고 불안한 잠에서 화들짝 놀라 일어나고 가능한 한 남편 근처에 가지 않으며, 마주 서거나 마주 앉거나 긴 말을 하기를 피한다. 그리고 남편의 늦은 귀가를 환영한다. 차차 남편은 상갓집에서 밤을 새우는 일도 많았고, 술자리가 늦게 파하면 적당한 곳에서 쉬고 다음날 바로 출근을 했으며 확인할 수 없는 출장도 잦아졌다. 남편에게 여자가 생긴 것이다. 희우는 남편에게 차갑고 상냥했으며 무심하고 간결하게 대했다.

우울할 때 희우는 서둘러 싱크대의 물을 틀고 선다. 그리고 마른 접시들을 꺼내 다시 비누를 풀어 씻는다. 접시를 오래 씻는 동안 혈

관 속으로 깨어진 칼날들이 시퍼렇게 날을 세우고 떠내려간다. 희우
는 그것들이 다 흘러갈 때까지 그 자리에 서서 접시를 씻는다. 뭉클
뭉클 하혈을 하는 것 같다. 슬픔 속에서는 상한 콩 비린내가 난다.

파블로 카잘스, 로스트로포비치, 야노스 슈타커, 피에르 푸르니
에…… 모리스 장드롱, 피티아 고르스키, 폴 토르톨리에, 안너 빌스
머, 요요마, 자크린느 뒤프레…… 희우는 자신이 누군지 아득해질
때면 주문처럼 첼리스트들의 이름을 불러본다. 그것은 서랍 속에
새로 나온 우표를 사서 넣어두거나 새해의 첫 달이 지나기 전에 증
명사진을 찍는 것, 적어넣을 것이 없는데도 해마다 두툼한 일기식
수첩을 구입하는 것과 비슷한, 자신을 확인하고 싶은 은밀한 강박
증이다.

벨벳 소울

기윤은 현관에 들어선 뒤 자신과 실내의 어떤 세력을 조율하듯
잠시 그대로 서 있다. 의도적인 정지와 침묵이 지나간 뒤에 기윤은
이내 강한 통제력을 발휘한다. 실내는 이제 기윤의 지배를 받는다.
희우는 그것을 느낀다. 집이 온통 기윤의 빛깔로 변해가는 것
을…… 열한시 오십분, 이곳에서 머물 수 있는 목요일 점심시간은
그리 길지 않다. 희우는 기윤이 가져온 일본식 도시락을 식탁에 풀
고 따뜻한 재스민차를 준비한다.

"오늘은 아침을 먹었어."

식탁에 앉은 기윤은 꼭 남편처럼 입맛이 없는 표정을 짓는다. 그
러나 두 눈은 물빛 그림자처럼 희우의 눈과 코와 입술을 어룽어룽

떠돌고 있다.

"왜요?"

기윤은 아침을 먹지 않는 습관을 가지고 있다.

"조여사가 애들보다 더 늦게 일어나서는 냉장고에 들어 있던 차가운 빵과 잼을 아침이라고 내놓더군. 집안일만 하는 여자가 너무 심하지 않아? 그래서 내가 밥 달라고 심술을 부렸지. 조여사가 뭐라고 쫑알거리면서 밥을 짓더군. 그리고는 비린내를 마구 풍기며 생선까지 구워서 밥상을 차렸어. 꼼짝없이 꾸역꾸역 먹었지."

"아침부터 서로 심통이다."

희우는 기윤이 꽤 심술궂다는 것을 알고 있었다. 하지만 그녀에게 심술을 부린 적은 아직 없었다. 남편은 오 년 전부터 아침엔 늘 죽과 죽순무침만 먹는다. 그것도 아침에 바로 끓인 죽만 먹는다. 희우는 매일 밤 잠자기 전에 쌀을 불렸다가 냉장고에 넣고 자야 한다. 남편으로서의 기윤은 희우의 남편과 다르지 않다. 그도 가부장으로서의 권위를 지키려 하고 책임을 지려 하고 무엇인가를 요구하고 그것이 수용되는 것을 통해 자부심을 느끼려 한다. 하지만 기윤은 아내를 단 한 번도 때린 적이 없다. 그는 완강하지만 섬세하고 매우 부드럽다. 그는 말하기를 좋아한다. 말하기를 좋아하는 사람에겐 폭력성이 없다. 말로 설득할 수 있고 방어할 수도 있기 때문이다.

기윤은 아내를 조여사라고 부른다. 희우는 남편을 박과장이라고 부른다.

조여사는 희우보다 세 살 연하이다. 키가 158센티미터인데다 살찌기 쉬운 체질이어서 매일 저녁 에어로빅을 한다. 그리고 밤 시간엔 어김없이 인터넷 채팅을 하거나 화상을 통해 모르는 사람들과 고스톱이나 카드게임을 한다. 그리고 오전에는 격일제로 포크아트와 수영을 배우러 다니고 아파트 이웃들과 친교가 많아 형님 아우님 하며 아줌마들끼리 교외로 점심을 먹으러 몰려다니는 편이다. 두세 가족이 돌아가며 한 달에 한 번쯤은 서로의 집에 저녁초대를 하기도 하고 근처로 나가 외식을 하기도 한다. 기윤은 조여사의 지나친 외향성을 비웃으면서도 이웃과의 자리에 참석한다. 이웃 속에서 부대끼며 지내야 하는 아이들을 위해서이다. 심지어 고향도 싫어하고 부모님과도 소원하고 형제애도 전혀 없지만 휴가 기간이나 명절 연휴엔 고향으로 내려간다. 아이들이 친척을 필요로 하기 때문이다. 조여사는 결혼 후 두 번의 짧은 연애사건이 있었고 지금도 진행중이다. 그녀의 그처럼 빽빽한 일과는 몸을 숨기기에 좋은 숲과도 같다.

"사무실 청소부 아줌마가 찻주전자 주둥이를 깨뜨렸어."

"내가 선물한 거요?"

"맞아."

"아깝다. 붉은 모란 무늬가 참 예뻤는데. 그거 주전자만 구할 수는 없을 텐데."

"주전자 주둥이를 깨뜨려놓고는 아주 번쩍번쩍하게 청소를 했더군. 미안하다는 뜻이겠지. 그런데 청소부 아줌마들은 왜 하나같이 그렇게 생겼나 모르겠어."

기윤은 간단히 식사를 끝내고 바지를 벗어 식탁 의자 등받이에 건다. 와이셔츠와 넥타이와 트렁크 팬티 차림이 된다.

"왜요?"

희우는 감탄하는 눈으로 기윤의 다리를 바라본다. 기윤의 두 다리는 세상의 어떤 남자보다, 아니 어떤 맹수보다 어떤 식물보다 세상의 어떤 기둥보다 단단하고 멋지다. 기윤은 희우보다 두 살 아래

276

이다. 다리가 너무 젊고 아름다워 희우는 가끔 가슴이 아프다. 희우는 당장 무릎 위에 올라앉고 싶은 충동을 인내하며 천천히 식탁 위를 치운다.

"붙들고 따지려고 해도 연민이 앞을 가로막아 야박하게 할 수가 없어. 세상의 청소하는 여자들이 다 당당하고 예쁘다면 얼마나 좋을까. 부잣집 부인들이나 딸들은 다 못생겼고 자신감도 없고, 청소하는 아줌마나 공장 다니는 처녀나 가난한 시골 아줌마들은 다 너무나 아름답고 자긍심이 넘치는 거야. 말하자면 가난하고 괴로워해야 고상하고 아름다워지는 거지. 그러면 여자들이 서로 가난해지려고 할까? 다들 청소하고 공장에 다니고 시골에서 농사지으려고 하지 않을까? 여자에게 돈을 주면 열등감에 빠지고 미워지니까, 남자들도 여자에게 돈을 벌어다주지 않고 여자들도 돈을 받으면 미워질까봐 돈 많은 남자들을 싫어하게 되고…… 그러면 얼마나 재미있을까. 돈 없는 남자들이 큰소리 뻥뻥 치면서 절세 미인들을 끼고 거리를 활보하는 거야."

희우는 배를 접시에 담아 거실 테이블에 놓고 껍질을 깎는다. 기윤도 거실로 자리를 옮겨 담배를 문다.

"맛있는 것도 못 먹고, 근사한 데도 못 가고, 옷도 못 사입고, 문화적인 경험도 못 하고, 그러니 별로 할말도 없이 당당하게 거리만 활보하겠네요?"

희우의 얼굴에 살짝 냉소가 어린다.

"어차피 우화니까."

기윤은 불을 붙이고 연기를 뱉는다. 말끝에 자신이 돈 없는 남자의 부류임을 스스로 실토한 것 같아 심기가 불편한 표정을 언뜻 드러낸다. 그는 남편보다 예민하고 까다롭고 부드러우며 표정이 풍부하다. 예사로운 말들을 할 뿐이지만 그의 눈은 희우에게 집중하고 있다. 무슨 말을 하든 그는 희우의 얼굴에서 시선을 떼지 않는다. 그것은 본능일까? 습성일까? 아니면 연인으로서의 의식적인 예절일까?

"어제 이상한 일이 있었어요. 전화가 와서 수화기를 들었는데 어떤 여자가 일방적으로 퍼붓는 거예요."

"뭐라고 했는데?"

"사십대 후반쯤일 것 같은 아줌마였는데, 뭐라고 말했느냐면……"

희우는 배조각을 입에 대고 다람쥐처럼 킥킥 웃는다.

"차려주는 밥이나 먹고 텔레비전이나 보면서 소파에 앉아 졸다가 갈 거면 오긴 뭐 하러 와? 그 동안 내가 차려준 밥값과 재워준 방값만 계산해도 이백만원어치는 될 거다. 그런데 니가 나한테 해준 게 뭐가 있니? 옷을 한 벌 사줬니? 삭신이 확 풀리게 오입을 해줬니? 도대체 우리가 뭘 하는 사람들인지 이젠 알 수가 없어. 오지 마. 난 아무것도 바라는 거 없으니까 졸음에 겨운 그 지겨운 화상 이제 고만 보자고. 정말이야…… 말을 하다가 이상했는지 여보세요? 여보세요…… 하더니 전화를 뚝 끊어버리는 거예요. 처음엔 이게 무슨 내용인가 했는데 생각해보니 맙소사, 어떤 남자가 내연의 여자에게 와서 차려주는 저녁밥을 먹고 번번이 소파에서 졸다가 그냥 자기 집으로 가더라는 눈물겨운 이야기잖아요……"

기윤은 티슈를 뽑아 배즙이 묻은 손을 닦는다.

"그럴 수도 있지. 사랑도 오래되고 늙으면 인간적인 습성만 남게 되니까."

"참 이상하지. 그 아줌마의 외침이 몸 속의 빈 서랍들을 뽑아내어 텅텅 두드리는 것처럼 무섭기도 하고 견딜 수 없이 슬프기도 했어요. 그들도 처음엔 안 그랬겠죠……"

　두 사람은 어느 사이 소파에 다리를 올리고 마주 앉아 있다. 기윤
이 손을 들어 흘러내린 희우의 앞머리를 귀 뒤로 넘겨주고 짧은 앞
머리를 가지런하게 만져준다. 손가락의 움직임이 안타깝도록 느리
고 섬세하다. 그리고 살 속에 박힌 동공은 부드럽고 간절하다. 늘
데면데면하게 말하고 무표정한 것 같지만 지난 삼 년 동안 한 번도
변하지 않았던 눈빛. 희우는 손을 들어 기윤의 오른쪽 눈을 덮는다.
왼쪽 눈만 광물질처럼 커다랗게 열려 있다. 태양의 빛과 연결되어
있다는, 오른쪽 뇌의 격정이 흘러나오는 왼쪽 동공…… 희우는 그
동공을 뽑아 갖고 싶다. 바로 이런, 기적같이 완벽한 순간에.
　지난 금요일엔 뭐 했니?
　기윤은 왼쪽 눈으로만 질문한다.
　"영화를 봤어요."
　"재미있었어?"
　"슬픈 영화예요. 아주 밝고 맑게, 경쾌하게 슬픔의 정점으로 끌고
가죠. 운다기보다는 눈이 젖게 되는 영화예요. 물론 많이 운 여자들
도 있었어요. 남자와 함께 온 여자들요. 눈과 코가 붉어진 채 화장
실 거울 앞에서 파우더를 새로 바르더군요. 한 처녀가 교통사고로
부모와 남동생을 한꺼번에 잃고 어린 여동생 하나를 키우며 살아가
는 이야기예요. 골반이 부서진 그녀로선 댄서가 되려던 꿈도 잃고
아이도 낳을 수 없고 사랑조차 번번이 실패로 끝나는데, 하나뿐인
혈육인 여동생도 점점 자라 더이상 언니의 간섭을 필요로 하지 않
아요. 그토록 갈구했던 새로운 가족을 이루지 못한 채 사랑 대신 통
증이 덮쳐오죠. 그녀에게는 죽음 외에 달리 방향이 없어요…… 천

천히 필연적으로 완만하고 능동적으로 죽음을 향해 가죠. '완전했
던 때로 되돌리기 위해 노력했지만 어느 때부터 그럴 수 없다는 것
을 알았어요. 불완전한 채로 살아가야만 한다는 것을요.' 난 그 대
사가 좋았어요. 가장 자연스러운 인생에서조차 끊임없이 뭔가를 잃
어가지만 우린 뒤돌아보며 되찾으려 해서는 안 돼요. 그대로, 잃은
채로 앞을 향해 살아가야 하는 거예요……"

"잃어버린 것은 완전해 보이지. 하지만 막상 그때로 돌아가면 결
코 완전한 건 없어. 돌아갈 수 없기 때문에, 상처 때문에 유토피아
적 환상이 생기는 거야. 유토피아란, 그래서 미래의 이상이라기보
다는 상처로 인해 돌아갈 수 없는 과거에 대한 집착이기도 하지. 진
실을 말하자면 우리는 늘 불완전하고 늘 잃어가고 늘 어딘가로 가
는 불확실한 과정 속에 있어. 누구나 망해서 죽는 거야. 눈과 머리
카락과 관절과 피부와 피의 온기, 꿈과 시간과 사랑과 기억…… 잃
는다는 건 당연한 지불이야."

"우리 생애가 무임승차를 허용할 리가 없죠."

"토요일엔 무엇을 했어?"

"내가 무엇을 하는지 궁금해요?"

"응, 신기해. 희우 당신이 무언가를 하며 하루하루 살아간다는 것
이. 왜냐하면 당신은 게처럼 해변의 모래구멍 속에 숨어 있다가 목
요일 한낮의 몇 시간만 이 무대 위에 나타나는 것만 같거든."

월화수, 금토일…… 그런 날이 정말 있었나. 모든 날들이 희우에
겐 목요일이다. 의식의 목요일…… 사실 희우는 집 안의 유령 같은
여자이다. 해변의 모래구멍 속에 파고든 게처럼 희우의 의식은 목
요일에서 목요일로만 응축된다.

"토요일엔 작은아이와 창경궁에 갔어요. 아이 숙제였거든요. 나

오다 보니 창경궁 옆 과학전시관에서는 인체전시회를 하고 있더군요. 아이가 들어가자고 졸라서 바로 앞까지 갔었어요. 플라스티네이션이라고, 실제 사람의 몸을 기증받아 체내의 수분과 지방을 특수한 플라스틱으로 교체 처리한 생체표본이라고 하더군요. 실제 사람의 몸 말이에요. 전시관 앞에 붙어 있는, 실물 인체보다 더 큰 포스터를 우두커니 보고 서 있다가 아이 손을 꽉 잡고 돌아나왔어요. 뼈를 따라 절개한 피부가 말린 육포같이 벌어져 신경선과 뼈의 구조 전체가 보였어요. 그 남자 생체표본의 팔에 걸쳐져 있는 숄 같은 것을 오래 쳐다보았는데, 그건 사람을 벗겨 펼친 가죽이었어요…… 머리에서 손끝과 발끝까지 완전히 절개해서 펼쳐 벗겨낸……"

"……"

"차마 들어가서 볼 수가 없었어요. 그것을 보고 난 뒤에도 내가 당신과 사랑을 나눌 수 있을까요? 갈래갈래 절개되고 뜯어져 허파와 심장과 위장, 십이지장과 소장과 대장과 직장을 다 드러내놓고 서 있는 생체표본 남자의 성기와 고환이 가느다란 신경선으로 연결되어 텅 빈 양쪽 골반뼈에 덜렁거리며 걸쳐져 있었어요."

기윤이 희우의 얼굴을 당겨 이마에 입을 맞춘다.

"얼굴을 찌푸리지 마. 그리고 언제 다음에 봐. 몸 속의 진실을 다 보고도 우린 사랑할 수 있어야 해. 우린 늙어서도, 아주 늙어서 그 생체표본 남자보다 더 참혹해진 뒤에도 사랑을 나눌 테니까…… 일요일엔 뭐 했니?"

희우는 아득한 눈으로 기윤을 바라본다. 눈에 수증기 같은 눈물막이 드리운다.

"애들과 산에 갔어요. 등산로를 따라 산을 올라 아이들은 산림학습장 쪽으로 올라가고, 나는 사람들이 거의 이주해버린 빈 아파트 단지로 갔어요. 약수터에서 물을 마시고 숲을 나가면 바로 나오거든요. 아이들이 돌아올 때까지 텅텅 빈 아파트 단지를 어슬렁거렸어요."

"왜 그런 곳을 어슬렁거려?"

"부재의 적요함이 나를 매혹했어요. 삶에서 삶을 뺐을 때 남게 되는 것, 사람이 이 세상을 떠나면서도 가져갈 수 없는 불가항력의 무엇. 사람이 살아가는 실제 삶보다 더 삶 같은 어떤 것이 그곳에 있었어요."

"영원이라든가 향수 같은 것인가……"

"모두 빈집이니, 쥐도 새도 모르게 몰래 숨어들어 살림을 차리면 안 될까 하는 생각도 잠시 했죠. 하지만 공가 폐쇄문을 읽어보니 엄두가 안 나더군요. 무엇보다 전기도 수도도 끊긴 플라스티네이션 생체표본 같은 집이니까요."

"희우, 돈이 생기면 오피스텔을 하나 얻을까?"

월급쟁이인 기윤의 얼굴에 괴로움이 어린다. 희우는 잠시 머뭇거리다가 고개를 젓는다.

"아뇨, 이대로 좋아요. 이대로…… 당신은 괴로울지 모르지만…… 난 내 방 외의 다른 장소는 싫어요. 적어도 이 집 안에서 나의 방은 정말로 나만의 방인걸요."

"알아. 나도 당신 방이 좋아……"

희우가 처음으로 집에서 먹는 목요일 점심식사 초대를 했을 때, 기윤은 거절했다. 그리고 기윤이 시내의 호텔방을 예약했을 때는, 희우가 거절했었다. 팽팽하게 신경전을 벌이며 한 달을 보낸 뒤 기윤은 희우의 점심초대에 응했다. 희우를 보기 위해 용기 이상의 것, 제3자의 입장에서는 후안무치라 할, 요컨대 위험을 무릅쓰고 경계를 초월하는 투지 같은 것을 있는 힘을 다해 발휘한 것이었다.

기윤이 맞섰더라면 어떻게 되었을까. 한 달이 그냥 흐르고 두 달이 그냥 흐르고 석 달이 그냥 흘렀더라면…… 희우는 호텔방에 갔을 것이다. 강변이든 온천 지역이든, 산 속이든 해변이든, 기윤이 가자는 곳이면 어디든, 수많은 길가의 모텔방을 옮겨다니고 심지어 집 근처의 여관방에도 들락거렸을 것이다. 하지만 기윤이 그녀의 방으로 와주었다. 그렇게 삼 년이 흘렀다.

"월요일엔 뭘 했지?"

"혼자 불가마사우나에 갔어요. 산에 다녀온 뒤로 허리가 좀 아팠거든요. 처음 갔어요. 남자와 여자들이 함께 불에 달구어진 맥반석을 쪼이고 휴식도 취하고 식사도 하는 곳이에요. 대강당처럼 크더군요. 한차례 불을 쪼이고 통풍이 되는 서늘한 유리방에 갔는데, 머리를 노랗게 물들인 두 젊은이가 폭포가 보이는 유리벽 앞에 나란히 누워 오래 입을 맞추고 서로를 만지작거리며 장난을 했어요. 가여운 강아지들 같더군요."

"왜 가여워 보였어?"

"배달부거나 주유원들 같았거든요. 사실 몸을 풀어야 할 정도로 고된 노동을 하지 않는다면 젊은애들은 그런 곳에 오지 않아요. 그 방엔 나와 젊은애들 외엔 아무도 없었어요. 처음엔 나 때문에 불편해하더니 차차 내가 없는 것처럼 서로 쓰다듬더군요. 내가 없는 것 같은, 그애들이 그렇게도 편안해하는 그 상태가 참 좋았어요…… 화요일엔 도서관에 갔어요. 새로 들어온 잡지들을 보고 책도 빌려왔고 시장도 보았어요. 그리고 수요일엔 작은아이 가을소풍을 보냈어요. 아침부터 김밥을 싸느라 분주했고 오후엔 백화점에 갔어요. 정기세일 기간이었거든요. 아주 오랜만에 갔어요. 아이들 옷을 사야 했어요. 다른 건 아무것도 사지 않았어요. 난 몇 년 전부터 나와 이 집에 관한 한 아무것도 더 바꾸지도, 더 채우지도 않겠다는 결심을 했거든요."

"당신은 호랑이처럼 늘 혼자 움직이는군."

"그런 셈이죠."

기윤은 희우의 블라우스 단추를 푼다. 마지막 단추까지…… 희우는 기윤의 넥타이를 풀고 와이셔츠 단추를 푼다. 윗옷을 벗자 침대로 옮겨가 커다란 빵 속을 파고드는 개미처럼 서로의 몸 속으로 파고든다. 처음엔 몸으로 서로의 선을 느끼고 다음은 서로의 부피를 느끼고 다음엔 서로의 높이를 느끼며 다음엔 서로의 깊이를 느낀다. 사랑해요…… 난 당신이 너무 좋아요…… 당신이 너무 좋아요…… 두 팔을 허공에 저으며 손으로 얼굴을 감싸안고 속삭이는 사이 기윤이 들어오기도 전에 희우는 이미 첫번째 정점에 이른다. 몸이 말릴 듯이 뒤로 휘어진다.

"당신과 사랑을 나누는 건 아무도 못 믿을 만큼 근사해. 당신 몸은 내성적인 소리를 내고 내성적인 사고를 하고 내성적인 표현을 해. 뭔가 억눌린 것, 오래 닫혀 있어서 깊어진 것, 사무친 것, 다른 곳으로 날아가는 듯한 상상력 같은 것이 있는 몸이야. 슬픔과 기쁨, 어둠과 찬란함, 고독과 열락, 모든 것이 하나가 되어 녹아 있는 몸이야. 당신은 결코 나를 다치게 하지 않아……"

사랑이 끝난 뒤 기윤은 희우의 머리를 끌어안고 속삭인다. 기윤은 늘 먹이를 두 발로 채어 치솟아오르는 새처럼 그녀의 몸을 들어올리며 정점에 이른다. 정말 날아오르는 커다란 새처럼 푸드득거리며…… 그렇게 삼 년이 흘렀다. 이 세상에 둘밖에는 아무도, 아무도 모르는 세월이었다.

"······당신은 아이들이 언제 다 자란다고 생각해요?"

"열여덟 살. 둘 다 열여덟 살을 넘기면 다 키운 거야······"

"나보다는 당신이 늦겠네요."

"나를 기다려줄 거야?"

희우는 고개를 끄덕인다.

"얼마나 기다려줄 거야?"

"당신이 지금이라고 할 때까지. 얼마든지······ 당신 아는 사람들이 다 죽고 내가 아는 사람들이 다 죽고 이 세상에 우리 둘만 남을 때까지······"

"당신의 말은 늘 나를 놀라게 해. 당신 몸처럼."

기윤은 희우의 뒷목덜미에 입을 맞춘다.

"그때가 되면 우리 북해도로 여행을 가요. 그곳엔 하나 먹을 때마다 칠 년 젊어지는 검은 계란이 있대요."

"하하, 그런 이상한 계란이 있다고?"

"틀림없이 있어요. 칠 년씩 젊어진다는 검은 계란이."

"정말?"

"정말이라니까요. 북해도에 눈이 있는 만큼이나, 온천이 있는 만큼이나 확실히 있어요. 우리 그곳에 가면 검은 계란을 똑같이 두 개씩만 먹어요. 그리고 함께 이십 년만 더 살아요."

그들은 눈을 맞춘 채 싸구려 온천 상품에 불과한 검은 계란으로 마술을 부리려는 게 우습고도 슬퍼 두 눈에 눈물이 어리도록 웃는다. 자기 도취적 망상이라는 것을 안다. 하지만 어떤가······ 이 순간에, 사랑뿐 아니라 진실까지도 만들어낼 수 있을 것 같은 이런 순간에……

"저녁밥 먹고 소파에서 텔레비전이나 보고 졸다가 그냥 자도 좋아요. 언젠가 우리 함께 살면 좋겠어요…… 서랍 속이 비어도 난 절대로 내 몸 속의 서랍을 뽑아 텅텅 소리나게 두드리지 않을 거예요. 더욱더 깊숙이 닫아둘 거예요."

"당신은 내 인생의 가장 마지막 꿈이야. 잡으려면 새처럼 날아가버릴 것만 같고 뱀처럼 빠져나가버릴 것만 같은 꿈……"

그들은 서로의 눈과 코와 턱과 목과 어깨와 가슴과 등과 배와 축축한 사타구니를 쓰다듬다가 짧은 잠이 든다. 이십 분, 혹은 삼십분…… 가끔 기윤이 잠결에도 두 팔에 힘이 몰려들어 희우를 와락 껴안았다가 놓기도 한다. 희우는 그때마다 반쯤 눈을 뜨고 희미하게 웃지만 깨어나지는 않는다. 짧고도 혼곤한 잠이다.

잠에서 깬 기윤이 샤워를 하고 옷을 입으면서 묻는다.

"다른 남자들은 아이가 자기 아이라는 것을 어떻게 확신할까."

"아내가 낳았으니까, 혹은 자신을 닮았으니까, 의심하지 않으니까……"

희우는 화장대 앞에서 머리를 정돈하며 대답한다.

"의심하기 시작하면?"

"친자확인, 그런 걸 하겠죠."

"하지만, 가정이야. 그런 일을 벌이면 이미 끝장인 거지."

"그렇군요."

희우는 방에서 나와 머리를 막 빗어넘긴 기윤에게 주스를 준다. 머리를 빗어넘긴 그의 표정이 조금 달라 보인다. 그의 두 눈은 이제 희우에게 집중해 있지 않다. 어딘가 산만하다. 언젠가 정말 기윤의 두 눈이 온통 희우에게 못박혔을 때 그때 조용히 오른쪽 눈을 가린 뒤 왼쪽 동공을 뽑아 갖고 싶다. 그 동공 속엔 태양의 빛이 타오를 것이다.

"아들이 전혀 나를 닮지 않았어. 완전히 엄마와 외가 쪽만 닮은 거야. 조여사는 성격이 똑같다고 우기지만, 그거야 보기 나름이잖아. 이제 겨우 열 살인데."

"정말 의심이 들어요?"

기윤은 주스를 마시고 잔을 내려놓는다. 그림자가 드리운 얼굴이다.

"그런 느낌이 들어…… 얼굴 체형 손가락 발가락까지, 전혀 나와 달라. 그 시기엔 나와 조여사가 특히 소원했던 시절이었거든."

"그러면 확인해야죠."

"확인하는 것 자체로 가정은 끝장이라니까."

기윤의 음성이 미세하게 히스테릭해진다.

"당신에겐 왜 그렇게 가정이 중요하죠? 엉터리면 끝장나야 하는 거 아닌가요?"

희우도 미세하지만 발끈한다.

"그런 질문은 하는 게 아냐. 그리고 엉터리라고 다 끝장나면 남아 있을 게 세상에 어디 있겠어?"

기윤이 희우의 어깨에 손을 올리고 말한다. 그의 눈이 다시 희우에게 집중된다.

엉터리로 치면 희우의 집 역시 남아나지 못할 것이다.

"어쨌든 딸은 나를 빼닮았어."

"다행이군요."

희우의 음성이 누그러진다.

"당신 집에 대한 기억 중 좋았던 기억은 뭐예요?"

"그런 건 없었어. 결혼하자마자 조여사가 임신을 해 다음해에 딸이 태어났는데, 난 오 년쯤은 그애에게 반해서 정신없이 살았어. 퇴근할 땐 늘 먹을 걸 사들고 달려서 갔고 일요일마다 아일 목마 태우고 어디에나 갔지. 등산도 가고 낚시도 가고 결혼식장도 다녔지. 극장, 동물원, 식물원, 어디에나 갔어. 그 기억 때문에 사는 거야……그게 가정이지."

기윤은 희우의 등을 다독인다. 희우의 정수리에 기윤의 따스한 호흡이 느껴진다. 기윤이 딸에게 반했던 그 몇 년 동안 어떻게 했을지 상상할 수 있다. 희우는 그의 딸처럼 아빠라고 불러보고 싶어진다. 그에게는 분명 포마드 기름을 바르고 반짝거리는 검정색 구두를 신는 구식의 아빠다운 습성이 있다. 도덕이나 윤리를 초월해 가장으로서 책임을 지려는 고집은 그의 남성적 긍지이면서 괴로움이다.

기윤이 떠난 뒤 희우는 방문객의 흔적을 모두 지운다. 기윤이 쓴 칫솔과 슬리퍼와 빗을 상자에 넣어 자신의 옷장 속에 보관한다. 옷장 속엔 삼 년 전 기윤을 처음 만난 날 입었던 목련꽃 무늬가 새겨진 푸른 비단 원피스가 걸려 있다. 그날 신었던 구두와 가방도……

값비싼 외출복과 외출용 구두를 구입한 건 삼 년 전 그즈음이 마지막이었다. 구두와 원피스는 작은 구김과 거의 눈에 띄지 않는 얼룩과 냄새로 마지막 외출의 표정과 움직임과 장소들과 대화의 기억을 고집스럽게 간직한 채 빠른 속도로 유행에서 밀려나 방습제 냄새가 밴 구식 옷이 되고 있다.

남편은 외식조차 거절하는 희우를 집 안의 유령이라고 이죽거린다. 만약 목요일 점심시간의 방문객을 남편이 알게 된다면 그는 희우를 죽일 것이다. 그건 가장들의 본능이니까. 하지만 희우는 집을 양보하지 않는다. 집은 희우의 진실이 있는 자리다. 희우는 결코 허술하게 굴지 않는다. 기윤이 남긴 담뱃재도 버린다. 소형청소기로 소파 주변도 빨아들인다. 베개 주변의 머리카락과 침대의 체모도 줍는다. 그리고 잔들을 씻고 마지막으로 화장실과 현관을 점검한다.

희우는 가장 마지막에 죽을 거라는 것을 안다. 세월이 흐른 뒤에 아이들이 떠나고 남편도 이 집에서 사라질 것이다. 그리고 기윤도 발길을 끊겠지. 방문자가 한 사람도 없고, 길든 가구들마저 자신의 손끝에서 잊혀진 뒤에…… 장롱 속에 갇힌 옷과 구두의 망상이 무성하게 자라 스스로 꿈틀대며 실뿌리 같은 신경선을 내뻗고 힘줄을 내밀고 가슴의 지방을 커다랗게 채우고 시든 칸나 같은 음순을 만들고 관절 위에 육포 같은 살점을 덮고 걸어나간 뒤에, 희우는 자신의 방에서 홀로 죽을 것이다.

우리 모두, 아무것도 아닌 것을 위해

"엄마, 자기 떡이 더 크다는 말이 맞아요?"

열두 살 아이는 현관문을 밀고 들어오면서 커다란 소리로 묻는다.

"그게 무슨 말이니?"

"남의 떡이 더 커 보인다는 말 있잖아요?"

"그런데?"

"남의 떡은 커 보이기만 하는 것이고, 사실은 자기가 쥐고 있는 떡이 더 크다고 친구가 우겼어요. 언제나, 틀림없이 자기 떡이 더 크다고…… 그게 맞아요?"

희우는 웃는다. 소리까지 내어 킬킬 웃는다. 사실은, 틀림없이, 언제나, 자기 떡이 더 크다?

"맞는 말 같구나."

"우이…… 뭔가 이상해."

희우는 아이가 손을 씻는 사이에 비스킷과 주스를 식탁에 내어놓는다. 아이는 곧 학원에 가야 한다.

"엄마, 북극에 사는 나그네쥐는 개체수가 많아지면 집단자살한대요. 이유는 모른대요."

아이는 비스킷을 씹으면서 학교에서 듣고 온 신기한 이야기들을 전한다.

"고래들도 캘리포니아 해변에 나와서 집단으로 죽는단다. 이유는 모른대."

둘은 비스킷을 앞이빨로 콕콕 부수어 씹으며 쥐같이 말똥말똥한 표정을 짓는다.

"엄마 크레바스가 뭔지 알아요?"

"몰라."

"북극이나 히말라야 산 같은 곳에 있는데, 얼음이 갈라진 좁고 깊은 틈이에요. 그 검은 틈은 눈으로 덮여 있어서 아차 하는 순간 비명도 지르지 못하고 빠지게 돼요. 앞에 걸어가던 사람이 알아채지 못할 수도 있고 알았다 해도 아주 좁고 깊은 틈이어서 구할 수가 없어요. 여기가 북극이 아니어서 얼마나 다행인지 몰라."

여기에도 도처에 그런 크레바스가 있단다. 사람들은 순식간에 그 틈으로 빠지고 그리고 영영 사라지지…… 희우는 아이를 마주 보고 웃기만 한다. 희우는 아이가 밖에서 주워담고 온 이야기들을 꽃잎 같은 입술로 쫑알쫑알 털어놓을 때에 엄마인 것이 행복해진다.

"엄마 생각인데, 나그네쥐는 개체수가 많아지면 집단 내에 먹이

경쟁이 많아지니까 균형을 맞추기 위해 집단자살하는 걸 거야. 생존경쟁이 치열해지면 무모한 싸움을 일삼게 되고 험악해지고 피폐해져서 결국 새끼들이 다치거나 생식능력이 떨어질 테니까. 집단 내의 무모한 자해를 막기 위해서, 결국 종족 보전을 위해 개체가 많아지면 본능적으로 일부가 자살을 하는 거지."

엄마가 모처럼 대화에 의욕을 나타내자 아이도 흥미로워한다.

"자살할 때, 아프지 않을까? 슬프지 않을까?"

"아프고 슬플 거야. 아주 옛날엔 사람도 그렇게 살았는걸. 요즘도 전쟁이 일어나는 나라에선 군인들이 희생하고 테러리스트들은 자폭을 하잖니. 협동할 필요가 없다보니 지금은 핵가족화되었고, 대부분의 일이 혼자 하는 일이다보니 사람들은 뿔뿔이 흩어져 생활하고 개개인의 욕망과 가치가 전체 못지않게 중요해졌지."

"엄마, 이러다가 언젠가는 가족도 없어지는 거 아냐? 시간이 더 흐르면 사람은 완전히 따로따로 떨어져서 혼자 살게 될까?"

"애야, 지금도 그런 사람은 많단다."

"어후, 난 혼자 살기 싫은데……"

아들의 말에 희우는 웃는다.

"모든 사람이 따로따로 산다 해도 텔레비전을 보고 인터넷을 하면서 모두 같이 산다고 느낄 거야. 앞으론 저마다 제 할 일이 너무 많고 복잡해 누군가와 같이 살 수도 없게 될걸."

"어우, 너무너무 외롭겠다."

시장에 다녀오고 저녁 준비를 끝냈지만 중학생인 딸애는 아직 오지 않는다. 학원에서 늦는 모양이다. 희우와 아들은 화병에 싱싱한 장미꽃이 가득 꽂혀 있는 거실에서 텔레비전 퀴즈 프로그램을 본다.

양쪽에서 불완전한 두 한자가 점자체로 나타나 화면 중앙으로 오면서 겹쳐져 한순간 완전한 모습을 나타낸다. 퀴즈 참가자들은 그 순간에 재빠르게 버튼을 누른다. 희우는 퀴즈를 보다가 문득 하나의 은유를 생각한다.

오른편에 있던 점자체 상태의 불안전한 남편은, 기윤이 왼편에 점자체로 나타나 중앙에서 안정되게 겹쳐지면서 드디어 희우의 생을 온전하게 잡아주는 의미 있고 안정된 존재가 된다. 그것은 흡사 옛날의 대가족 형태와도 비슷하다. 그러니까 현대의 이 이상한 겹가족은 삶의 단순한 구조와 외로움과 공허를 메우는 완충장치로서 일종의 대가족 형태인 셈이다.

희우는 기윤의 집을 잘 안다. 기윤의 양복이 몇 벌인지, 그 집 부모가 자식을 어떻게 편애했는지, 유산을 어떻게 나누어주었는지, 그 집 아이들은 무엇을 잘 먹는지, 혈액형과 좋아하는 과목은 무엇인지, 냉장고는 몇년형에 몇 리터 크기인지, 조여사가 타는 차종은 무엇인지, 포크아트 작품 전시회는 언제 하는지…… 지금쯤 조여사가 무엇을 할지 눈에 선하다. 기윤은 늦게 귀가한다고 했으니, 아마도 아이들 저녁을 일찍 먹이고 에어로빅을 하러 나서겠지. 어쩌면 그대로 나이트까지 진출할지도 모른다. 동네에서 에어로빅을 배운 아줌마들은 춤솜씨를 자랑하기 위해 밤무대로 나가게 마련이다.

조여사의 약점 세 가지는 첫째, 육체적으로 사랑할 수 없는 여자라는 사실이다. 조여사는 처녀 때는 어린 소녀 같은 몸매였으나 첫아이를 낳은 후부터 팔 년여 동안 키 158센티미터에 육십 킬로그램의 거구로 지냈다. 지금은 사력을 다해 오십사 킬로그램을 유지하고 있다. 둘째는 정리를 하지 않는 습관이다. 집 안에 살림살이가 늘 밖으로 넘쳐나와 있다 한다. 장롱과 서랍장과 냉장고와 신발장이 모두 뒤죽박죽이다. 셋째는 걸핏하면 집을 비우는 아무도 못 말릴 외향성이다. 그녀에게는 이웃 언니와 이웃 형부가 너무나 많은 것이다. 심지어 전에 살던 도시로 일박 이일씩 방문하는 것도 예사이다.

남편도 오늘 많이 늦는다고 했다. 그도 자기 여자에게 가끔 희우 이야기를 할 것이다. 남편은 희우를 무어라고 부를까? 나의 인사이드라고 부를지도 모른다. 잠자는 유령 같은 여자야. 넋을 빼놓고 앉아 하루 종일 뭘 하는지 모르겠어. 남편이 말할 희우의 약점 세 가지는 첫째, 육체적으로 사랑할 수 없는 여자라는 사실일 것이다. 흥미도 없고 의욕도 없어 오르가슴에 오르지도 못하더니 결국 결혼 사 년째부터는 관계를 거부했다. 이젠 전혀 부부관계가 없는 사이로 발전했다. 둘째는 청결과 정리벽이다. 그 여자를 보면 숨이 턱턱 막힌다. 모든 것을 흐트려버리고 싶어 가끔 주먹을 날리곤 했다. 셋째, 고동처럼 껍질 속에 몸을 배배 감고 앉은 아무도 못 말릴 몰의 욕과 내향성이다. 결혼한 지 십칠 년이 되었지만 이웃 사귀는 꼴을 못 보았고 그 많은 문화센터 강좌가 있는데도 무엇을 배우는 꼴을 못 보았다. 그래서 늘 아이들은 제 힘으로 친구를 어렵게 사귀어야 했고 나 역시 이웃 없이 살아왔다. 집 안은 썩은 물 속같이 정체되어 있다. 가구들조차 지겨워서 가출해버릴 것만 같다.

하지만 남편은 기윤과 마찬가지로 가정을 버리지는 않는다. 왜냐하면 사랑을 나누는 침대에서 남자라는 기쁨을 즐기는 것과 마찬가지로 한 집의 가장으로서 남자라는 보람을 즐길 수 있으니까. 그들은 남자라는 감정을 잃는 것을 참을 수 없어한다. 그리고 가정이라는 것이 굳이 접어야 할 만큼 귀찮게 하는 것도 아니고 대수로운 것도 아니니까……

저녁 설거지를 하다 희우는 흐르는 수돗물에 접시를 댄 채 동작을 멈추어버린다. 부엌 창으로 노란 아카시아 잎들이 어둠 속을 눈발처럼 날려가는 것이 보인다. 밤의 아카시아숲은 꼭 긴 수초가 엉긴 물 속처럼 검게 가라앉아 있다. 창 바로 앞의 축대엔 가을꽃들이 눈가루처럼 하얗게 피어 바람에 떤다.

텔레비전 뉴스 앵커의 단정한 음성 아래로 처연한 노래가 낮게 흘러온다. "꽃은 꽃으로 하늘은 하늘로 언젠가 한 번쯤 날 울게 했던 이야기 님은 떠나고 생은 남아서 언제나 만날까 기약도 없는 이야기 울지 말아요 울지 말아요 사람은 모두 슬픈 이……" 밤 세수를 하고 들어간 딸이 오디오를 켠 모양이다. 요즘 딸은 자우림의 새 노래만 듣는다. 그 노래를 듣고 있으면 희우는 어딘가 머나먼 곳에 버리고 떠나온 옛집이 있는 것만 같은 느낌에 빠진다. 옛날의 아이와 옛날의 부모와 형제…… 전생으로부터 흐르는 눈물처럼 아득하고 혼돈스러운 상실의 느낌…… 얼마나 많은 것을 잃고 나는 또 이 생을 살고 있는 걸까.

'당신 집에 대해 좋았던 기억은 뭐예요?'

희우는 기윤에게 했던 질문을 자신에게 한다.

……호수에서 작은 배를 탔던 일이 떠오른다. 왜 그것만 떠오를까. 꼭 네 명만 탈 수 있는 작은 배였다. 가족 모두 똑같은 구명조끼를 입고 긴장을 숨기면서 배에 올랐다. 모든 것을 물에 맡겨두고 서로의 무게에 의지하며 균형을 잡았을 때, 남편이 벌떡 일어서서 그녀를 덮치거나, 소리를 지르거나, 예기치 못한 요구를 할 염려 같은 건 전혀 없었다. 물결에 실려 이리저리 흔들리며 목적 없이 오도카

니 떠 있다가 너무 심심하다 싶으면, 노를 저어 작은 갈대섬을 돌기도 하고 수양버들 사이의 낮은 수로를 지나기도 했고 무슨 이야긴가를 간간이 나누면서 웃기도 했다. 바람과 햇살이 얼굴에 어룽댔고 하늘을 향해 고개를 들 때 남편이 눈으로 물결을 살피며 천천히 손을 뻗어 그녀의 머리 위에 손을 올렸다. 그리고 거미줄이 붙은 마른 나뭇잎을 떼어냈다. 배를 탄 건 가족을 만든 이후 여러 해의 간격을 두고 모두 세 번이었다.

마치 그것을 위해 삶을 다 바친 것 같은 짧은 순간들…… 하지만 바다가 갈라지듯 잠시 생의 조건들이 지워지고 아득하고 덧없는 본질이 삶을 설득할 때, 누가 저항할 수 있나. 아무것도 아닌 그런 것을 위해 우리는 산다고, 그래야 한다고, 그게 삶이라고, 그 정도만 바라야 하는 것이라고……

장미 십자가

　내 벗은 몸이 다른 벗은 몸과 부딪히고 다른 맨살을 느끼고 다른 체온과 뒤섞인 것은 거의 일곱 해

만의 일이었다. 그는 훨씬 더 오래되었을 것이다. 등과 얼굴에서 땀이 배어나왔다. 우리가 아무리 천

진하고 두려움이 없고 즐거운 척한다 해도 우리는 웃음소리보다 서로의 아픔에 더욱 주의를 기울이고

있었다. 두 몸 사이에 흡사 얇은 비닐 주머니에 든 팽팽한 슬픔이 끼어 있기라도 한 양, 그것이 눌려서

왈칵 터지기라도 할까봐……

일 주일 전이었다. 정오경에 경비실과 연결된 폰을 받고 내려가
니 초록색의 넓은 테이프로 봉인된 사과궤짝 크기의 소포가 와 있
었다. 보낸 사람의 주소도 이름도 적혀 있지 않았다. 단단하게 봉인
된 하드보드 상자가 열리자 붉은 비단으로 싼 물건이 가장 먼저 눈
에 띄었다. 미끄러운 천을 풀자 머더 테레사 얼굴이 두 개의 음화로
나란히 찍혀 있는 손바닥만한 액자와 장미십자가 그림이 든 액자가
나왔다. Y시의 정연우가 보낸 것이었다.

상자 속에는 그 외에도 그가 쓰던 은제 담배 케이스와 금색의 지
포라이터, 내가 흘리고 온 귀고리 한 짝, 그리고 길이 잘 든 청동 촛
대와 책 몇 권이 들어 있었다. 『종교학 서설』『개에 관한 생태 연구』
『솔로몬의 반지』『사양』『백경』.

펼치면 마른 나뭇잎 소리를 내며 바스러질 것 같은 낡은 책들을
조심스럽게 한 줄로 쌓은 후 곧바로 수첩을 찾아 펴고 전화기를 들

었다. 오랫동안 벨이 울렸다. 전화벨 소리가 누구에게도 닿을 수 없도록 얄팍하고 무기력하게 흩어졌다. 그날부터 삼 일 동안 주로 오전과 한밤에 아홉 통 정도 계속 전화를 넣었다.

나흘이 지난 날 오전에야 저편에서 누군가가 전화기를 들었다.

"네."

그는 네라고만 말하고 기다렸다. 정연우가 아니었다.

"정연우씨 계신가요?"

저편에서는 멈추었던 숨을 길게 내쉬었다. 숨소리가 삭은 천처럼 갈라지는 듯싶었다. 그는 잠시 머뭇거린 뒤에 되물었다. 어쩔 수 없다는 듯이.

"누구십니까?"

누구라도 소용없다는 식의 냉소적이고 무례한 말투였다.

"김영인입니다."

나는 불쾌감을 누르며 대답했다.

"……출판사, ……그 아가씨군요."

"……"

"저는 그날, 일식집에서 일하고 있던 정연우씨 조카입니다."

매화 꽃무늬가 선명하게 그려진 검은색 왜복이 떠올랐다. 그는 그 옷을 단정하게 입고 흡사 할복하려는 무사같이 꼿꼿한 자세로 앉아 삼촌과 그의 여자손님의 식사시중을 들었었다. 서울에서 몇 년 동안 사진 공부를 했지만 두 해 전, 서른 살 되던 해에 고향 도시로 돌아와 일식집 주방에 틀어박혔다고 했다.

"네. 안녕하세요?"

"……"

그는 뜻없는 인사조차 할 생각이 없는 모양이었다. 빈 터널 같은 침묵뿐이었다.

"정연우씨는 거기 안 계신가요? 며칠째 전화를 받지 않는군요…… 여행이라도 떠났나요?"

그가 역시 삭은 천이 갈라지는 듯한 숨을 내쉬었다. 나는 잠시 창 바깥 아파트 정원을 내려다보았다. 과자봉지들이 널려 있는 놀이터 주변에 겨울 먼지에 덮인 더러운 곰 같은 히말라야시다들이 일정하게 서 있었다.

"……죽었어요. 김영인씨가 왔다 간 다음날."

두 문장은 서로 등을 돌린 채 납득하기 어려운 공동을 만들었다. 나는 그사이 벽에 걸어둔 장미십자가를 노려보았다. 다음 말을 하기 위해서 신중하게 숨을 골라야 했다.

"어떻게 된 일이죠?"

"이불을 감은 채 도루코 면도날로 동맥을 잘랐습니다. 전날 한밤중에 제게 전화를 했었어요. 내일 오후나 모레쯤에 들러주겠니, 라구요. 저는 삼촌이 전화 건 뒤 삼일째 되던 날 여기 왔습니다."

"……"

"……이불에 스며든 피와 방바닥의 피가 딱딱하게 굳었더군요. 붉은 촛농처럼요."

"……"

"더 버틸 수 없을 거라는 거 알고 있었어요…… 여기까지라는 그런 말 있잖습니까? 삼 년 전에도, 석 달 전에도 음독을 한 적이 있으니까요. 뼈는 금강 상류에 뿌렸습니다. 금강 아세요?"

나는 고개를 끄덕였다. 금강의 한 지점을 나는 알고 있었다.

"세상에 치울 사람은 나뿐인 거 알면서…… 집주인 성화에 방바닥의 피는 칼로 긁어내야 했어요."

나는 전화기를 내려놓았다.

*

오래 전의 일이었다.

한 남자와 자동차를 타고 여행을 하다가 금강변의 휴게소에 들렀었다. 실버들나무에 착시처럼 연둣빛이 어룽어룽 어리던 3월 초순이었다. 바람은 아직 차가운데 햇볕이 변덕스러운 고양이처럼 갑자기 다정하게 내리쬐었다. 요기를 한 뒤 바로 떠나려다가 강가를 걷는 사람들이 좋아 보여서 우리도 계단을 내려가 두 팔을 활짝 벌리고 강변의 백양나무숲을 끼고 걸었다.

카누 클럽의 회원인 듯한, 연배와 생김새와 덩치에 통일감이 전혀 없는 한 무리의 사람들이 허리에 끼운 듯 작은 배를 하나씩 타고 강 물결을 저으며 빠르게 지나다녔다. 입을 꼭 다문 채 생선의 눈처럼 알 수 없는 것에 집중한 말간 눈을 뜨고 흘러다니는 사람들은 가슴이나 사타구니에 비늘이 돋고 있을 것만 같이 비릿했다.

가까이 가서 보니 강물을 따라 걷는 사람들은 대부분 자라를 잡는 사람들이었다. 그들은 표적을 찾는 사수들처럼 두 눈을 부릅뜨고 강의 밑바닥을 훑으며 천천히 걷다가 자라가 보이면 그물망으로 겨누었다. 자라잡이 남자들의 망 속엔 이미 일고여덟 마리의 자라들이 잡혀 있었다. 자라들은 장난감 방패 모양의 갑각 속에 얼굴과 다리들과 꼬리를 감추고 있었다.

유심히 보니 나의 눈에도 돌 사이에 웅크린 연둣빛 자라가 보였다. 그물망이 마침내 자라의 몸을 뒤적거릴 때도 달아나지 않고, 단지 물이끼색 갑옷 속에 죽은 듯 웅크리고만 있었다. 그런 식이니 자라들은 너무 쉽게 잡혔다. 삶과 죽음이 한 장의 등껍질을 가르며 무의미해지고 있었다.

이른 봄볕과 연둣빛 예감에 둘러싸인 실버들 가지와 백양나무숲과 두더지들이 파헤치고 지나간 흙더미들과 카누를 탄 물고기 같은 얼굴의 사람들, 그리고 단단해 보이는 청색의 강물 사이에서 우리는 생각보다 오래 서 있었다. 나는 자라 잡는 사람들과 작은 갑각 속에 자신을 밀어넣고 죽은 체하는 것이 전부인 자라를 증오했다.

동시에 나 역시 악어의 입 속에 들어갈 때는 한 가지 방법밖에 없다는 것을 천천히 알아챘다. 이미 죽은 체하여 아득히 고통을 속이는 것. 자라에겐 언제부터인가 강물 전체가 악어의 입 속 같은 것이었는지도 모른다. 고통이 오래 지속되고 그 고통을 오래 속이다보면 어느 날 등이 휘어지며 갑각의 지붕이 되기도 하는지. 그래서 삶과 죽음을 함께 업고 다니기도 하는지.

그는 나와 여행을 한 후 모스크바로 떠났다. 1991년이었다. 이마에 지도 모양의 붉은 얼룩이 새겨진 소련 공산당 서기장 고르바초프의 매력이 서방 언론을 사로잡았고 소련에 아직 희망이 있었던 마지막 해였다. 그는 대학 3학년 때 국가보안법 위반으로 제적당했고 8개월형을 치른 뒤 복학했었다. 그리고 졸업을 하자 은사가 권한 대학원 대신 모스크바 국립대학 경제학과를 선택했다. 처음에 그는 모스크바의 카피차 거리의 원룸 아파트에 살았다. 그리고 1994년 마지막 편지가 온 주소는 모스크바가 아닌 상트페테르부르크였다. 그땐 더이상 대학에 다니지 않았다. 독주 보드카와 남자가 곁에 머물러주는 것만으로 만족하는 소박하고 아름다운 러시아 여자들, 그리고 다른 남자에게 쉽게 아빠라고 부르는 러시아 아이들…… 그는 그 속에서 쉽게 길을 잃었을 것이다.

죽었어요. 김영인씨가 왔다 간 다음날. 나는 두 문장이 끝까지 등을 돌린 채 서로 다른 곳을 보며 버텨주기를 바란다. 어쩌란 말인가. 나는 꼭 한 번 그를 만났다. 그뿐이다.

*

서적 도매상의 연이은 부도에도 육 개월여를 버텨왔지만 마침내 가장 큰 도매상까지 넘어가자 출판사는 경영 중단 선언을 하게 되었다. 출판사엔 편집부장과 진행중인 책 두어 권을 마무리짓는 편집부의 여직원 두 명만 남았다. 나머지 열여덟 명의 직원이 무급의 재택근무라는 사실상의 실업상태로 들어갔다. 그날은 재택근무를 한 지 오 일째 날이었다.

잠이 깨면 아직 감은 눈 속에, 신문의 굵은 헤드라인처럼 오늘도 출근하지 않는구나 하는 선명한 자각이 떠오르고 공포가 뒤따랐다.

그런 나날이 오 일이나 이어진 것은 대학을 졸업하고 곧바로 취직하여 출근한 뒤로 칠 년여가 되도록 처음 겪는 일이었다. 무급의 재택 휴가란 여름휴가와는 분명 다르다. 여름휴가란 집에서 흐지부지 흘려보내지 않기 위해, 참을 수 없는 더위에 쫓기면서 자신에게 납득할 만한 바캉스를 선사하기 위해 그 나름대로 분주한 법이다.

그날 아침에 눈을 뜬 채 천장을 바라보고 있으니 누추한 골목 끝에 갈 곳 없이 선 것처럼 막막했다. 나는 공포를 우울 정도로 바꾸기 위해 노력해야 했다. 최소한의 생활을 하면 삼 개월은 버틸 수 있다. 그 뒤에는 적금을 해약해야 할 것이다. 그 다음엔 아파트를 빼야 하겠지. 계약 만기일이 일 년이나 남았는데, 그때까지 버틸 수 있을까. 아니면 그전에 빼야 할까…… 전셋값이 이천만원 가까이나 떨어졌다니 방을 빼기도 쉽지 않을 것이다. 주인이 그 차액을 돌려줄까…… 그런 유의 분규는 흔하디흔한 일이 되어 거의 사회현상이었다. 어쩌면 이 집에서 영영 못 나갈지도 모른다. 생각도 하기 싫은 일이었다.

삶은 이미 기울어졌고 누구나 미끄럼을 타고 현기증을 일으키며 전락하고 있었다. 나는 자기 위무에 실패한 채 오디오 테크에 바흐의 〈평균율〉을 올렸다. 그리고 물을 끓이고 천천히 식혀 차를 우렸다. 베란다에 낯선 아침햇빛이 은은하게 배어들어왔다. 시계의 분침이 공적 업무가 일제히 시작되는 정각 아홉시에 섰을 때 그 날카로운 침에 몸 안의 점막이 예리하게 찔리는 것 같았다.

나는 지긋하게 찻물을 삼켰다. 문득 눈시울이 젖었다. 평균율…… 끊임없이 삼투하는 갈등의 떨림을 제압하며 허공 위의 한 금을 치밀하게 밟아가는 압도적 단순성…… 누군가는 그것을 갈등율이라고 말했다.

'긴 노동 뒤의 실업인데 거위 털 하나가 바닥에 내려앉는 듯 가볍게 받아들일 수도 있어야 하는 게 아닐까. 당분간 노동에서 해방된 휴식을 여유롭게 즐기면서 차차 새로운 일을 찾는 거야. 잠시 배회한다고 인생이 어떻게야 되겠어. 매일매일 쉼없이 행군해오던 날짜들의 사슬은 풀렸어. 구슬처럼 흩어졌다구. 그러니 너를 괴롭힐 건 없어. 넌 자유를 선고받은 거야.'

그러나 스스로 한 충고도 소용없이 밤이 오자 다시 불안해진 나는 불현듯 정연우를 생각해냈다. 그가 바로 내 업무의 키포인트였다. 그에게서 그림만 받으면 나는 그날로 출근을 하게 되는 것이다. 원고는 이미 최종 교정과 페이지 편집까지 마친 상태로 캐비닛 안에 들어 있었다. 어쩌면 내가 만든 마지막 책이 될 수도 있지만 끝까지 해서 세상에 꺼내놓고 싶었다. 어떤 책이 행운을 가져올지는 아무도 장담할 수 없는 일이라지만 그 책에는 승산이 있었다. 출판사에서도 반가워할 것이었다. 더구나 나는 그 소설가에게 정연우의 삽화가 든 책을 만들어 안겨주고 싶었다.

지난 일 년 육 개월 동안 내가 담당한 주된 작업은 '환상동화 시리즈'였다. 알레고리 성격의 판타지 소설 시리즈인데 단락과 행간이 넓고 삽화가 많이 들어가는 형태였다. 시리즈는 그다지 성공적이지 못했다. 하지만 다섯번째 작가는 이미 문학성을 확보한 뒤 행복하게도 대중성까지 획득하게 된 삼십대 작가로 책의 성공은 보장된 것이나 마찬가지였다. 작가 역시 그것을 알기 때문인지 상업적 성공을 경계라도 하듯 까다롭게 굴었다.

원고 청탁부터가 어려웠는데, 간신히 계약을 해 팔 개월이나 지나 글을 받으니, 이번에는 삽화가를 자신이 정해 못박았다. 자신이 아끼는 책 중에 삼 년 전쯤에 나온 어느 시인의 『그림이 있는 산문집』이 있는데, 그 책의 삽화가 꼭 마음에 든다는 것이었다.

처음엔 그 일이 어려울 거라고는 전혀 예상하지 못했다. 하지만 그 책을 낸 출판사가 없어졌고 겨우 연락이 닿은 책의 저자는 삽화가가 Y시에 산다는 것 외엔 아는 것이 없었다. 몇몇 출판사의 편집부 직원들과 디자이너들에게 수소문을 해보았지만 헛수고였다. 그렇게 되자 정연우라는 이름만 가지고 그 삽화가를 수소문하는 일이

황당하기만 했다.

정연우가 살고 있다는 Y시의 문학지 편집자들에게도 수소문을 했지만 기껏 최근에 만들었다는 지역 문예지만 보내왔을 뿐 소득이 없었다. 며칠 동안 문예지를 책상 위에 쌓아놓은 채 최후의 방법으로 경찰서에 연락을 해야 할까 하고 궁리하던 중 뜻밖에도 정연우라는 이름 석 자가 성큼 눈에 들어왔다.

지역 문예지 뒤표지에 실린 일종의 광고였다. 육 년 전에 작고한 한 시인의 시비를 건립하기 위해 모금운동을 한다는 내용이었다. 작고한 시인에 대한 소개와 시비 건립 취지가 적혀 있고, 대하소설로 큰 성공을 거둔 소설가의 이름과 온라인 번호가 있었다. 그리고 그 아래에 성금을 낸 사람들의 명단이 적혀 있었다. 대부분 이름이 알려진 시인들이었고 그 사이에 정연우라는 이름이 끼어 있었다. 나는 즉시 모금운동본부로 연락해 그의 전화번호를 알아냈다.

전화 연결은 잘 되지 않았다. 사흘이나 뒤, 오전 열한시 무렵 어렵게 연결되었을 때 정연우는 간단하게 삽화 요청을 거절했다. 그림을 그린 지 오래되었다는 것이 이유였다. 지치고 허탈하게 느껴지는 음성이었다. 오전인데도 술을 마신 것 같았다. 그간 들인 정성이 아까웠지만 나는 가볍게 끊고 말았다. 그가 거절한 이상 소설가도 단념할 거라고 생각했기 때문이었다. 그러나 소설가는 단호했다. 책이 늦어져도 좋으니 반드시 그가 그리도록 해달라고 요구했다. 그 어투에는 성공한 작가가 스스로를 경계하는 싸늘한 오만이 배어 있었다.

별수 없이 다시 전화를 했다. 두번째 전화는 밤 한시에 연결되었다. 사투리를 쓰는 것은 아니었지만 지역 특유의 발성법이 있어서 그의 어투는 이색적이었다. 그 지치고 공허한 음성이 처음과 똑같이 거절했다. 하지만 어쩐지, 나의 전화 자체를 거절하는 것 같지는 않은, 외로운 사람이 무의식적으로 갖게 되는 묘한 허점이 느껴졌다. 그가 두 번 다 홀로 술에 취해 있었기 때문인지도 모른다.

그로부터 삼 일 동안 오전 열한시와 밤 한시에 전화를 걸었다. 그리고 주소를 알아내자 나는 일방적으로 원고를 송고했다. 원고를 송고하고 일 주일이 흐른 뒤, 무엇이 어떻게 작용했는지 정연우는 삽화 그리기를 승낙했다. 다만 시간을 넉넉히 잡아야 하며, 심지어 기간이 지나더라도 절대로 독촉하지 말라는 조건을 달았다.

나는 다른 일에 쫓기느라 거의 두 달 동안은 잊고 지냈다. 어느 날 두 달이나 지났다는 것을 깨닫고 연락을 취했을 때 그는 아직 작업에 들어가지 못했다고 말했다. 그리고 다시 두 달이 흐른 뒤에도 마찬가지였다.

재택근무 오 일째 되던 그날 밤, 밤 한시를 기다려 전화를 했다. 정연우는 역시 술을 마신 상태였다. 그는 다짜고짜 수화기에 대고 노래를 불렀다. 〈수선화〉였다.

엉겁결에 노래를 들은 나도 단도직입적으로 말했다.

"내일 선생님을 뵈러 가겠습니다. 기차를 탈 거예요. 역으로 나와주세요. 정확한 시간은…… 오후 네시로 하죠."

"난 이 노래만 알아요. 이 노래밖엔 모르죠."

"기차역에 꼭 나오셔야 해요. 오후 네시예요. 선생님 아셨죠?"

정연우는 다시 노래를 시작했다.

다음날 간단한 여행 준비를 한 뒤 오래 전 우연찮게 얻게 된 중국

산 장미술병을 신문지에 싸서 가방에 넣었다. 3월의 햇살은 따사롭고 비단 스카프같이 부드러운 바람 속엔 아직 검은 나뭇가지 속에 숨어 있는 꽃들의 향기가 예감처럼 실려왔다. 그리고 아직 흙 속에 덮여 여린 싹을 틔우는 봄풀 냄새도 햇살 속에 금분처럼 떠돌았다. 피부가 열리고 그 틈으로 희망이 수혈되는 것 같았다. 무엇이라고도 할 수 없는, 단지 빛과 달콤한 미풍인 자연 자체의 희망…… 나는 상기되었고 아무 이유도 없는 행복감으로 인해 흔들리는 걸음에 당황했다.

하긴 집에서 칙칙한 무급의 재택근무를 한 지 육 일 만이었다. 출근길의 궤도를 완전히 벗어나 낯선 기차역을 향해 가는 갑작스러운 여행…… 변두리 전철역에서 서울역까지 가는 동안 몇 번인가 옆사람이 내리고 새로운 사람이 다가와 앉았다.

나의 맞은편 자리에 앉은 할아버지는 옆자리의 사람이 바뀔 때마다 나이를 물었다. 그는 일흔아홉 살이라고 자기를 몇 번이나 소개했다. 듣는 사람은 누구나 놀라는 시늉을 했다. 할아버지는 실제로 십 년은 더 젊어 보였다. 할아버지와 나이는 같은데 열 살 더 늙어 보이는 노인, 할아버지보다 다섯 살 많은 깨끗하고 정정한 스님, 그리고 아흔 살인데도 할아버지보다 더 젊어 보이는 할머니가 차례로 타고 내렸다. 그때마다 팔순을 일 년 앞둔 할아버지는 뿌듯해하거나 난처해하거나 초조해하거나 즐거워했다.

그 할아버지 곁에서는 뚱뚱한 사팔뜨기 아가씨가 엄마인 듯한 노파와 계속 이야기를 나누고 있었다. 노파가 입을 비죽거리며 무어라고 하자 사팔뜨기 아가씨가 갑자기 소리를 꽥 질렀다. 그만, 좀 그만해! 그 사람들은 그럴 만한 사정이 있었던 거야.

노파의 눈썹이 빠르게 일그러졌다. 그때 휠체어를 탄 남자가 바퀴를 탁탁 치면서 나타나 노파를 가로막았다. 그는 무릎 위에 놓인 가방 안에서 딱딱한 종이 인쇄물을 꺼내 맞은편 승객들의 무릎 위에 놓았다. 글자들을 직접 써서 복사를 한 것이었다.

저는 전에 이발사였습니다. 작은 이발관을 차렸기에 단란한 가정도 꾸렸습니다. 어느 날 뜻하지 않게 저는 연탄가스에 중독되어 뇌졸중이 와 전신마비가 되고 2급 장애자 판정을 받고 말았습니다. 병원에서 돌아오니 집도 없어졌고 가족도 없어졌습니다. 모진 것이 목숨이라지만 이 자리에 있는 저 자신이 죽이고 싶도록 밉습니다……

어디선가 냄새가 났다. 어느 여자가 간밤에 묻힌 정액을 씻지도 않고 돌아다니는 듯도 하고, 어느 남자가 간밤에 게워낸 구토물을 옷자락 어딘가에 아직 묻히고 다니는 것 같기도 했다.

기차를 타기 전에 캔맥주와 시사주간지를 샀다. Y역으로 실려가는 동안 두 개의 캔맥주를 마셨고 마치 조는 사람처럼 줄곧 주간지의 한 페이지에만 붙들려 있었다.

'노동은 종말을 맞을 것이고, 이제 대중 복지 시대는 지나갔다…… 세계화의 결과로, 3분의 2 사회가 아니라 20대 80의 사회, 즉 20퍼센트는 유복해지고 80퍼센트는 불행해지는 5분의 1 사회가 올 것이다. 거부와 하류층이 있을 뿐, 중산층은 존재하지 않는다…… 세계적인 빈곤과 실업…… 우리의 후손들은, 아직도 세상이 온전하게 보였고 잘만 하면 세상을 제대로 바꾸어나갈 수 있다고 믿었던 황금 같은 1990년대를 몹시 그리워할지도 모른다.'

기차는 세시 오십분에 도착했다. 어두운 역사를 지나 광장으로 나가자 한 남자가 서 있었다. 내가 미처 상상해본 적 없는 남자였

310

다. 그가 고드름같이 얼어붙은 눈빛으로 손을 내밀었다. 내려다보니 커다란 새의 발처럼 야윈 손이었다. 손가락의 신경과 혈관과 뼈들이 모두 밖으로 드러난 손, 어쩐지 피부도 한 겹 벗겨진 것 같은 얄팍하고 투명한 분홍빛이었다. 근육도 체온도 부피감도 없는 손. 그 손을 쥐자 손 안에 커다란 장미꽃잎을 한 장 쥔 것 같았다.

그가 광장을 질러 걷기 시작했다. 빠르게 걷는 편이었다. 큰 키에도 불구하고 짚으로 만든 사람처럼 무게가 느껴지지 않았다.

"어딘가에서 차를 마시겠어요?"

광장 끝에서 도로와 접한 횡단보도를 건널 때 그가 뒤돌아보며 물었다. 그 고드름같이 얼어붙은 눈빛이 한순간 풀리며 맑은 물방울을 똑 떨어뜨린 느낌이었다. 남과는 조금 다른 옷을 골라 입고, 정돈을 잘하고, 미식가이고, 색채를 화려하게 사용했을 것 같은, 젊은 한때는 아주 댄디했을 남자 같았다. 마치 바흐의 〈평균율〉처럼 단순성을 지향하며 갈등을 제압하는 능력을 키워 행복할 수도 있었을 것이었다. 바람이 윤기 없는 긴 머리카락을 날리고 지나갔다. 작은 구름 몇 점이 떠 있는 맑은 날이었다.

"실내보다는 바깥에서 바람을 쐬고 싶은데요."

그는 길을 걸으며 담배 케이스에서 얌전한 동작으로 담배를 꺼내 물고 금빛 지포라이터로 불을 붙였다.

"백제에는 바람이 많죠."

그는 한 손에 담배를 든 채 거리로 한 발 내려가 택시를 잡았다.

"미륵사지로 갑시다."

박물관을 그냥 지나쳐서 곧바로 미륵사지터로 갔다. 바람이 팔랑불자 뼛가루 같은 흙먼지가 높이 떠올랐다. 유독 흙빛이 이상했다.

살비듬이 일어나는 늙은이의 피부처럼 희뿌옇게 노화된 흙. 오랫동안 독한 물에 부식되어 포함하고 있던 성분을 모두 상실한 흙 같았다.

"앞산의 흙은 피를 섞은 듯 붉은 황톳빛인데 이곳 흙은 바람 든 흙 같아요."

"우리가 딛고 있는 미륵사지 자리는 원래 늪이었어요. 『삼국유사』에는 이곳이 커다란 못이었다고 기록되어 있죠."

"못 위에 절을 지었다는 이야긴가요?"

"무왕의 부인이 미륵산 가는 길에 이곳을 지나다가 여기에 절을 짓고 싶다는 소원을 말했다지요. 그러자 한 법사가 도술로 산을 무너뜨려 못을 메웠답니다. 그 늪지 위에 절을 세운 거죠. 저쪽은 사라진 동탑을 복원한 것입니다. 컴퓨터로 치밀하게 복원했지만, 탑은 없고 과학이 이룬 탑의 박제만 싸늘하게 세워져 있는 꼴이죠. 이쪽은 형태가 남아 있는 서탑입니다."

나는 나무 곁에 시멘트를 이겨 바른, 시골 정미소 같기도 한 구조물을 어이없는 심정으로 바라보았다. 정연우를 따라 앞쪽으로 돌아가보니 탑의 모습이 살아나기는 했다. 육층까지 흔적이 남아 있는데 원래는 구층이었다니, 큰 규모의 석탑이었다. 그는 담배를 피워 물고 출입금지라는 팻말이 붙은 난간을 개의치 않고 넘었다. 탑 둘레는 작은 잔디 풀밭이었다. 그리고 푸른 철책으로 막힌 탑 내부는 어둑하고 깊었다.

"어릴 때는 집에서 두 시간씩 혼자 걸어와 해가 다 질 때까지 놀다 가곤 했어요."

정연우는 탑 둘레를 걸으며 자물쇠가 잠긴 푸른 철책들을 흔들었다. 입구를 찾는 듯했다.

"탑 속에서요?"

"예, 탑 속에서. 여름엔 아주 시원했거든요."

거의 한 바퀴를 빙 돌아 시멘트를 짓이겨 바른 탑의 후면에서 자물쇠가 채워지지 않은 입구를 찾아냈다. 정연우는 고개를 돌려 나를 힐긋 바라보더니 좁고 어두운 틈으로 사라져버렸다. 나는 어찌해야 할지 몰라 주변을 둘러보았다. 복원한 동탑과 자로 잰 듯 만들어진 박물관 건물 위로 컴퓨터로 복원한 듯한 공활한 하늘이 펼쳐져 있었다. 종이벽지로 붙인 것 같은 하늘…… 이음새가 좋지 않은 하늘 언저리에서 감당하기 어려운 거대한 침묵이 몰려와 정수리를 가르고 차가운 물처럼 몸 안으로 쏟아져들어왔다.

나는 떠밀리는 심정으로 좁고 검은 입구로 들어갔다. 탑의 안쪽 공간은 생각했던 것보다는 넉넉했다. 사방으로 열린 방들을 통해 회랑터와 목탑지, 복원된 동탑과 절터의 돌계단 장대석, 높이 솟은 당간지주와 차들이 한 줄에 꿰어진 목걸이처럼 일정하게 지나는 박물관 앞길과 뼛가루 같은 먼지에 뒤덮인 마을이 보였다. 초봄의 잔광은 아직 따사롭고 고왔다.

그는 남쪽 방에 앉아 있었다. 베이지색 바바리코트 속에 퇴색한 진셔츠와 진바지를 입고 그 속엔 크림색 터틀 스웨터를 입고 있었다. 그 스웨터 속에도 뭔가를 더 입고 있을 것만 같았다. 피부 같은 것은 없이 옷들을 열면 갈비뼈들 사이로 척추와 등 저편이 숭숭 보일 것만 같았다.

"이 탑에 들어오면 어린 시절 풍경 하나가 떠올라요…… 불과 네 살 때 문중의 일꾼으로 팔려갔던 아버지는 새 쫓는 일부터 시작해 죽을 때까지 흙을 판 진짜 농사꾼이지요. 우리 논은 김제평야 한가운데에 있었는데 추수를 하는 날이면 아버지와 형님들은 꼬박 밤을 새우며 말 달구지로 쌀과 볏짚을 실어날라야 했어요. 어려서 짐을 싣고 내릴 때 힘을 쓰지 못했던 나는 평야에 남아서 볏짚을 지켜야 했어요. 그땐 볏짚도 무척 긴요해서 훔쳐가는 사람이 많았거든요. 달구지를 끌고 가는 말발굽 소리가 벌어지면, 어린 나에게 캄캄한 밤의 평야는 가뭇없이 광활하고 무서웠지요, 종말을 맞은 풀벌레들은 아귀처럼 울어대며 귓속을 찌르고 마른풀이 바람에 스치는 소리는 꼭 원귀들이 떼를 지어 치맛자락을 쓸고 오는 소리 같았습니다…… 무서우려면 별조차 참을 수 없이 무섭지요."

나는 정연우의 맞은편에 무릎을 세우고 앉았다. 등에 닿는 석벽은 의외로 차가웠다.

"별들이 너무나 커서 머리 위에서 퍽퍽 터질 것만 같았어요. 마을의 불빛은 아득히 먼 김제평야 끝에서 혼불처럼 가물거리고…… 그런데 이상한 것이…… 어른이 된 후엔 평야에서의 더 넓은 밤이 그립더라구요. 이곳에 오면 볏짚 속에 숨어서 볏짚을 지켰던 어릴 때의 기분이 됩니다. 그해 여름 내내, 늦봄부터 추워서 더이상은 잘 수 없었던 가을이 올 때까지 매일 이곳에 와서 잠을 잤어요. 그땐 이미 밤의 평야도 낯익은 골목길도, 대낮의 거리와 하늘과 사람들도 밤의 지붕 밑도 내게 참을 수 없는 것이 되어버렸으니까요. 오직 이곳에서만 잠을 잘 수 있었습니다."

"어느 해요?"

"……내 나이 서른세 살이던 해였어요."

무표정하던 얼굴에 괴로움이 꿈틀 균열을 일으켰다.

벽 틈에서 날카롭고 차가운 바람이 새어나와 몸을 꿰뚫고 맞은편 벽 틈으로 사라졌다. 마치 열 개의 바늘이 등을 꿰고 지나가는 것 같았다. 나는 몸을 웅크렸다.

"보내준 원고의 첫 장을 읽는 사이에 이미 가슴이 쿵 하고 바닥에 떨어지는 것 같았어요. 들판에서 잠자며 여행하는 열네 살 동갑내기 어린 연인들…… 사실은 사촌남매더군요. 작가가 들판에서 많이 자보았는지 묘사를 잘했어요. 누워서 보는 밤하늘, 검은 산능선들, 들판 한가운데의 늙은 느티나무 한 그루, 살을 찌르는 단단한 여름 풀, 싸한 농약 냄새, 모기와 나방들, 튀어오르는 개구리, 들쥐들과 야생고양이…… 생은 얼마나 많은 소곤거림으로 가득한지. 작가가 꼭 나와 함께 어린 시절의 캄캄한 들판에 있었던 것만 같았어요. 밤의 들판에서 무서움의 극을 지나고 나면 마침내 내가 무서운 것이 되어 평화를 얻게 된다는 구절…… 남자애가 여자애를 벼랑에서 밀어버리고 자신은 담담하게 삶 속으로 걸어가는 마지막 부분이 위악적인데도 문장을 지배하는 정조가 너무 아름다워서 선악 분별이 안 되더군요. 하긴 산다는 게 늘 제 속의 저를 죽이면서 길을 버리고 또다른 길을 딛고 가는 것이지요……"

그는 말하는 내내 나의 곁, 돌에 밴 물얼룩을 바라보았다. 돌에서 왜 물이 배어나오는지…… 나는 손가락으로 석벽을 쓰다듬었다.

"여기 올 때마다 느끼는 건데 그 속엔 아무래도 무엇이 있는 것 같아요. 늘 그렇게 젖어 있거든요."

"예를 들면요?"

"무덤. 탑을 쌓던 석공이 아무도 모르게 한 여자를 벽 속에 가둔 것이지요."

"어떤 여자를요?"

"사랑했으나 가질 수 없었던 여자. 살아서는 자기 것이 될 수 없었던 여자."

그는 아픔이 승냥이처럼 휩쓸고 지나간 뒤에 아직도 그 자리에 쓰러져 있는 사람이었다. 버려진 집의 먼지 낀 시계처럼 어느 날인가 멈추어버린 사람…… 이마 위가 저릿했다. 대체 무엇이 한 남자를 이렇게 만들었을까?

"무슨 일이 있었군요."

그는 나를 보지 않았다. 여전히 물얼룩에 시선을 걸어두었다.

"나도 내게 일어난 일의 전말을 이해할 수가 없어요. 1982년 어느 날 학교 미술실에서 끌려간 뒤로 다시는 학교로 돌아가지 못했습니다. 고약하게도 간첩단 사건이었어요. 후에 사람들이 말하기를 광주사건의 마지막 설거지였다고 하더군요. 이 년 동안 갇혀 있다가 나왔는데…… 최악이었습니다. 전기고문까지 당했으니까. 이 년 살고 나오기는 했는데 그 뒤로 잠을 못 자 죽을 것만 같았어요. 관련되었던 다른 사람들은 합병증과 후유증으로 차례차례 죽어갔지요. 나를 보살펴준 건 어릴 때 그 김제평야의 밤과 이 탑입니다. 추억과 탑의 안쪽이 악어입 속 같은 세상으로부터 나를 떼어내어 재워주었어요."

바람은 점점 더 날카롭고 단단해져서 짤막한 칼처럼 몸을 파고들었다. 나는 가방에서 술병을 꺼내 마개를 열었다.

"장미술이군요."

그가 병째 마시고 내려놓은 술을 받아 나도 병째 마셨다. 불붙은 기름이 장을 타고 흐르는 듯했다.

"5월이 되면 해마다 거짓말을 했지요."

'5월'은 나를 긴장시켰다. 그러나 그는 다치지 않은 본래 의미의 무구한 5월을 말했다.

"선생님은 병에 걸렸단다. 장미꽃잎을 먹어야 나을 수 있는 병이야. 집에 장미나무가 있는 사람은 장미꽃잎을 따오거라…… 아이들은 선생님 병을 낫게 하려고 장미꽃잎을 가득가득 따다주었어요. 흰색 꽃잎, 노란색 꽃잎, 분홍색 꽃잎, 검은자주색 꽃잎…… 나는 꽃잎들을 잘 씻어서 술을 담갔지요. 소주를 넣고 보름 만에 꽃잎을 분리시키면 세상에 그보다 아름다운 붉은 빛은 없어요. 그렇게 만든 장미주를 일 년 내내 미술실에 숨겨두고 작업 틈틈이 조금씩 마셨습니다. 바깥엔 꽃이 피고, 바람이 불고, 사람들은 바다로 몰려가거나 고향으로 가는 줄을 서 있거나 무엇에 쫓기거나 떼로 죽거나 망년회를 하거나 했고, 비바람이 치고, 태풍이 집들을 날리고 눈이 내려 사태가 져도 까맣게 몰랐어요. 아이들과 수업하고 미술실에 박혀 작업하고 같은 학교 독일어 교사인 아내와 시장을 봐서 집에 돌아가 요리를 해먹고…… 장미꽃잎을 엄지와 중지 사이에 끼워보면 세상에서 가장 아름다운 촉감이 무언지 알게 되죠. 난 그런 삶을 살았어요. 그땐 그런 삶이 영원히 계속될 줄로만 알았어요. 어려운 건 아무것도 없었어요. 그림을 그리고 아내를 사랑하는 건 나의 본능이었으니까요. 하긴 바깥에서 총성이 울리고 사람이 억울하게 떼로 죽었는데도, 내가 너무 행복하고 태만해서 그렇게 되었는지도 모르지요. 그래서 그런 일이 생겼는지도 모르지……"

"부인이 계셨군요."

"이제 소식조차 모릅니다. 이혼도 되지 않아서 호적이 거추장스러울 텐데……"

잔광도 스러지고 몸이 떨렸다. 그가 알아채고 코트를 벗어 어깨에 덮어주었다. 춥기는 그도 마찬가지일 것이었다. 탑에서 나와 동편의 복원된 탑을 한 바퀴 돌았다. 저녁바람에 풍경 소리가 낭랑하게 울려 목에 방울을 매단 나귀떼가 절터를 지나가는 것 같았다.

"원래 동탑은 흔적도 없이 사라졌다고 해요. 무너진 자국도, 흩어

진 돌조각도 전혀 없었으니 사람들은 지금도 그게 어떻게 된 일일
까 궁금해하지요. 하지만 나는 궁금하지 않습니다."

그가 팔을 쭉 뻗어 탑 모서리를 가리켰다.

"미륵사지석탑엔 날개가 있어요. 추녀의 끝, 하늘로 살짝 치켜올
라간 바로 저 곳이 탑 날개죠. 난 동탑이 멀리 날아갔다고 믿어요."

수긍할 수 있었다. 내 속에는 고통을 숭배하는 이상한 신앙심이
있었다.

당일로 돌아올 생각이었다. 서울행 고속버스는 늦게까지 삼십 분
간격으로 있었다. 그러나 어느 순간 그곳에서 밤을 지낼 각오를 하
게 되었다. 그의 조카가 주방일을 배우고 있는 일식집에서였다. 조
카는 매화 꽃무늬가 그려진 왜복을 입고 우리의 시중을 들고 있었
다. 그는 빠르게 술에 취했다. 술이 더 취하기 전에 나는 그림 이야
기를 꺼냈다.

"그림을 좀 보고 싶습니다."

"내가 그림을 가지고 있다고 생각해요? 그림이라……"

일체의 음식에는 젓가락도 대지 않은 채 맑은 소주만 연거푸 마
신 그는 이미 발음이 정확치 않을 정도로 취해버린 상태였다.

"내가 생각하는 건 몇 가지 종류의 죽음뿐입니다. 누군가는 산낙
지로 목구멍을 막고 죽었다고 하고, 누군가는 죽을 때까지 종이를
먹었다고도 하지…… 개들을 데리고 산 속으로 들어가 한데 몸을
꽁꽁 묶고 죽은 후 주린 개로 하여금 내 몸을 발라먹어 장사 지내게
하는 건 어떨까요…… 그도 아니면 도루코 면도날을 쓰는 것도 괜
찮지……"

그때 조카가 나에게로 얼굴을 기울이며 속삭였다.

"그럼 그렸어요. 아마 진작에 다 되었을 겁니다. 잘 달래서 받으세요."

나는 여섯번째 잔의 술을 비웠다. 몸 속에 물먹은 이불 한 채가 든 것처럼 눅눅하고 묵직했다. 그는 조카의 부축을 받아야 했다. 조카는 우리를 차에 태우고 흙먼지가 이는 소도시의 밤거리를 마구 달려가 변두리의 어두운 언덕배기 가겟집 앞에 내려주었다. 셔터가 올려진 가게 문 안에서 개 짖는 소리가 났다. 지나는 행인은 한 명도 보이지 않는 어두운 언덕길이었다. 조카가 자동차 키가 달린 열쇠꾸러미를 쩔렁거리며 불빛을 향해 서서 더듬더니 그중 하나로 문을 열었다.

문이 열리자 개똥 냄새와 털짐승의 누린내, 지린내와 물감 냄새가 한꺼번에 훅 덮쳤다. 조카는 콜택시 번호라며 명함을 한 장 주었다. 그리고 바빠서요, 라는 어색한 인사를 남기고 차를 몰고 떠나버렸다. 술 취한 삼촌에게 이력이 난 모습이었다.

안으로 먼저 들어간 정연우가 불을 켰다. 바닥이 개똥과 오줌으로 더럽혀져 있었지만 그곳이 작업실인 건 분명해 보였다. 그림도구들이 함부로 쟁여진 진열장이 벽 한쪽에 붙어 있고, 그 곁에 이젤 몇 개와 의자들이 세워져 있었다. 그리고 두꺼운 먼지에 덮인 채 한쪽에 쌓여 있는 책과 부엌용품들과 선풍기, 난로 같은 가전제품들……

개들이 그에게 달려들어 손과 발 다리와 엉덩이 할 것 없이 게걸스럽게 핥아댔다. 늑대처럼 커다랗고 설탕처럼 흰 털과 숯처럼 검은 눈을 가진 개들이었다. 정연우는 개들을 뿌리치는 것도 아니고 쓰다듬는 것도 아닌 동시적인 동작을 하면서 개들의 이름을 불렀다.

"북한산 풍산개예요. 상당히 사나워요. 저희들끼리도 물어뜯고 피를 흘리며 싸워요."

방 안의 스탠드 불을 켜면서 작업실이면서 개집인 홀의 불을 소등했다. 창문 하나 없이 창고처럼 크고 천장이 높은 휑뎅그렁한 방이었다. 물감과 팔레트 붓과 물통 따위가 널려 있는 커다란 테이블과 방문 바로 옆에 놓인 삼인용의 붉은색 천소파, 낡은 목제 서랍장, 소형 냉장고, 두 개의 책장, 벽에 걸린 옷들과 선반 위의 조각상 몇 개, 세면실 문 곁에 놓인 간이침대…… 침대 위 벽엔 화려한 장미십자가 액자가 걸려 있었다. 그는 흡사 잠 속에서 움직이는 사람처럼 실내슬리퍼를 끌며 가볍게 걸어가 코트를 벗어 옷걸이에 걸고는 간이침대에 누웠다. 개들이 서로 으르렁거리며 몸을 부딪치는 소리가 들렸다. 잠시 침묵이 흐르다가 한쪽이 다른 개의 목덜미라도 물었는지 날카롭고 긴 비명 소리가 들렸다. 그리고 금속성의 무언가가 굴러떨어지는 소리…… 그 소리를 신호로 개들은 다시 온순해져서 제자리로 돌아가는 듯했다. 바깥이 조용해지자 그의 코고는 소리는 낮게 들렸다.

밤 한시였다. 시계 곁에 손바닥만한 크기의 길쭉한 액자가 놓여 있었다. 머더 테레사 수녀의 얼굴 판화였다. 두 장의 같은 얼굴이 나란히 들어 있었다. 주십시오, 계속해서 주십시오. 상처받을 때까지 주십시오…… 머더 테레사 어록이 떠올랐다.

*

시베리아 북쪽에는 툰드라 지대가 펼쳐져. 봄과 여름과 가을을 다 합쳐 두어 달 동안 잠시 푸른 이끼가 낄 뿐, 열 달 내내 눈얼음이 덮여 있는 영구 동토. 툰드라 남쪽 지대에는 타이가가 펼쳐진다. 자작나무와 소나무, 전나무 밀생지. 나무들이 겨우 머리 꼭대기에만 손바닥만한 푸른 잎을 쓰고 햇빛을 보기 위해 하늘로 하늘로 일제히 치솟은 끝없는 숲. 푸른 나무의 자존심 같은 건 없어. 생존만이 문제지. 타이가…… 삶이란 그런 거란 생각이 들어. 놓인 그 자리에서 제 살을 깎아먹으면서도 살아남는 것. 이곳에선 저절로 삶의 엄숙성, 성스러움, 잔혹성에 감동하게 돼. 그 맹렬한 생명의 의지는 발 밑의 흙을 빠르게 노화시켜 죽음에 이르게 하지. 그래서 어느 날 몇백 년 된 숲이 저절로 무너져내리는 거야. 백 킬로미터씩 송두리째 타이가가 쓰러지면 그 지대의 흙은 풀씨 하나 틔울 수 없는 적멸의 죽음을 맞게 돼. 아마도 오랜 뒤에, 나무들이 흙이 되도록 세월이 흐른 뒤에야 다시 첫 씨앗이 자랄 거야. 그리고 몇백 년이 흐르는 동안 다시 이십 미터 높이의 숲이 형성되는 거지.

윤재였다. 윤재가 나의 맞은편 침대에 앉아 언젠가 나에게 보냈던 자신의 편지를 되읽었다. 방 안은 어스름하다. 그의 얼굴이 잘 분간되지 않는다. 윤재가 일어서더니 내게로 다가왔다. 종이로 만든 사람처럼 가벼웠다. 그는 나를 보고 있지 않았다. 그대로 방문을 열고 나가려 했다. 그를 잡고 싶지만 소파에 누운 채 나는 꼼짝할 수가 없었다. 그가 나갈 때 나는 흠칫 놀라 아, 하고 가느단 비명을 내지른다. 윤재의 얼굴 여기저기에 깊은 상처가 나 있었다. 방문이 닫히고 개들이 짖어댔다.

눈을 뜨니 소파 옆 테이블에 촛불이 켜져 있었다. 그가 누워 있는 간이침대 곁에도 조도가 낮은 스탠드 불빛이 은은하게 켜져 있었다. 개들은 여전히 꿈속에서처럼 짖었다. 나는 눈만 뜬 그 자세로 건너편 간이침대를 바라보았다. 그곳엔 정연우가 비스듬히 누운 채로 방 안을 건너 나를 보고 있었다. 등줄기를 따라 길게 진저리가 쳐지고 얼음을 깨문 듯 의식이 깨었다.

새벽 세시였다. 바깥에 바람이 많이 부는지 묵직한 쇠붙이가 유리문을 긁는 소리가 일정하게 들렸다. 셔터 문이 부딪히는 것 같았다. 짖기를 그친 개들이 한숨을 내쉬는 소리도 들렸다. 잠이 말끔하게 깨어버렸다. 나는 그대로 누워 있기 위해 허리에 잔뜩 힘을 주었다. 정연우가 덮어주었는지 나는 촉감이 좋은 담요를 덮고 있었다.

"꿈을 꾸는 거 같던데…… 이리로 와요."

그가 누운 채로 손짓했다. 나는 그의 머리 위에 걸린 장미십자가 액자를 바라보며 그대로 누워 있었다.

"아마도 나쁜 꿈이겠죠."

"……"

윤재를 꿈에서 본 건 처음이었다. 왜 얼굴이 다친 모습일까. 왜 그렇게 가볍고 표정이 없었을까.

"마실 수 있는 물이 있나요?"

그는 냉장고에서 생수병을 꺼내 컵에 따라 가져왔다. 나는 두 잔을 잇달아 마셨다. 그는 가만히 내려다보더니 제자리로 돌아갔다.

"아름다워요. 저 장미십자가……"

"서양의 만다라죠. 아내 거예요. 아내의 것 중 유일하게 내가 가지고 나온 거죠."

"어떤 분이었어요?"

"머리를 아주 짧게 자르고 자세가 반듯하고 늘 바지만 입었던 날씬한 여자였어요. 목이 가느다랗고 얼굴도…… 그래요, 이젠 희미하지만 예뻤어요. 내가 더 많이 원해서 결혼을 했지. 난 그 여자를 사랑하는 열정의 힘으로 삶을 살고 그림을 그리고 하찮은 것들도

322

모두 사랑할 자신이 있었어요. 그 여자만 있으면…… 의미로 가득
찬 세상이었으니까. 그런데, 내 운명은 그녀를 배반해버렸어……
내 탓이에요. 내가 그녀를 더 사랑했다면 모든 것을 이겨낼 수 있었
을 텐데…… 난 졌어……"

그가 기침을 했다. 속이 컹컹 울리는 기침이 한참 동안 계속되었
다. 폐가 상한 것 같기도 했다.

"아내 이후로 여자를 만나 한 방 안에서 밤을 보내는 건 이번이
처음이에요. 십일 년 만이군."

"적어도 모델을 쓰지 않나요?"

나는 작업 테이블 곁에 세워진 푸른색의 누드 그림을 가리켰다.

"기억에 의지해서 그리지만…… 이젠 다 잊어버릴 지경이에요."

"섹스도 전혀 하지 않는군요, 아니면 할 수 없나요?"

"요즘 여자들은 그렇게 분명하게 묻나보군. 아내는 끝까지 할 수
없냐고 묻지 않았는데…… 아내가 물었거나 내가 고백할 수 있었더
라면 차라리 나았을걸."

"미안해요."

정연우는 나를 물끄러미 보았다.

"그후부터…… 그러니까 출옥한 후 아내와 삼 년을 더 살았어요.
아내로서는 끔찍했던 기간이었지요. 무직자인데다 폐쇄공포증에
감기와 설사와 위궤양 등등 온갖 잡다한 병을 한꺼번에 두 가지씩
앓았고 불면증과 술통에 빠져 산 시간이었으니…… 서른여섯 살에
집에서 나와 아내의 옆집에 방을 하나 얻어 살기 시작했어요. 처음
엔 밥을 먹으러, 세탁을 하러 집으로 가기도 했지만…… 차차 조금
씩 더 먼 곳으로 허우적거리며 떠내려갔지요. 내가 스스로 그랬어
요. 사랑하면서도 내 발로 점점 더 멀리 떠났어요. 사랑한다면서 숨

통을 조일 수는 없는 일이니까."

나는 한동안 방바닥만 내려다보고 있었다. 가슴 한가운데서 시린 물이 솟는 것 같았다.

세시 삼십팔분이었다. 시간은 거의 지나가지 않는 것 같았다. 나는 무심코 곁에 놓인 촛불을 들어올렸다. 그 순간 촛불 속에 고여 있던 뜨거운 촛농이 손등에 쏟아졌다. 그가 놀란 얼굴로 나를 쳐다보고 있었다. 나는 살갗을 에워싸는 뜨거움을 지긋하게 참았다. 맑은 촛농은 이내 굳어서 뱀의 허물처럼 손등을 뒤덮었다.

"제가 모델이 되어드릴게요."

손등을 덮은 촛농을 떼어내면서 내가 말했다. 그는 말을 알아듣지 못한 것처럼 우두커니 나를 보았다. 나는 검은색 터틀 스웨터의 소매에서 팔을 하나씩 빼고 목으로 천천히 뒤집어올렸다. 그때, 스웨터 속에 얼굴이 갇혀 있는 그 잠시 사이에 어떤 기억이 휙 다가와 미끄러운 바다생물처럼 가슴 안으로 뭉클 들어왔다.

윤재…… 나에게도 스웨터를 바쁘게 벗어던지고 하나의 육체를 향해 뛰어들던 시절이 있었다. 한 남자가 나의 스웨터를 목까지 끌어올리고 뒤집힌 스웨터 속에 갇힌 얼굴을 안고 빙빙 돌리며 장난치던…… 스웨터를 뒤집어쓴 채 장님처럼 더듬거리며 그를 찾아 방안을 더듬으며 술래놀이를 했던 기억…… 스웨터에서 나던 겨울 냄새…… 내 나이 스물셋이던 1991년. 내 속에 윤재가 와 있었다.

나는 스웨터를 벗은 뒤 곧바로 위에 입은 속옷을 벗었다. 검은 진 바지와 브래지어가 남았다. 나는 소파에 앉아 그를 마주 보고 있었다. 브래지어 양쪽의 어깨끈을 내렸다. 윤재는 브래지어를 좋아했으나 어깨끈을 싫어했다. 그와 함께했던 시절엔 늘 어깨끈이 없는 브래지어를 샀다. 윤재는 어깨끈이 없는 것으로 만족했고 섹스가 끝날 때까지 브래지어를 풀지 않았다.

처음 삼 년 동안 열 통의 편지가 왔었다. 그리고 그후로 아무 소식 없이 사 년이 흘러가버렸다.

공기 속에 얼음이 떠 있어. 길을 걸어가면, 공중 높이 해파리처럼 투명하고 물렁하고 차가운 얼음이 지나가. 햇빛이 비치는 겨울아침에 그 얼음들이 햇빛에 반사되면 허공은 광휘에 휩싸이지. 바람은 전혀 없는데도 피부가 흡사 면도날로 찢는 듯이 고요히 조여들어. 이제 막 들이쉰 몸 안의 공기가 응결되는 것 같아. 야릇한 느낌이야. 저항할 수 없이 목이 졸리는 느낌. 피부가 언 유리병처럼 터져버릴 것 같지. 그런 느낌 속에 숲속을 지나가. 일부러 학교 가는 코스를 그렇게 정한 거야. 여기 숲은 네가 아는 숲과는 달라. 여긴 산은 없어. 한없이 펼쳐진 평지의 숲을 상상해봐. 하늘을 향해 곧게 치솟은 울창한 전나무숲. 그 숲길을 지나가는 데 약 사십 분이 걸려. 그런 숲을 매일매일 지나서 학교에 가고, 집으로 돌아와. 숲을 지나는 동안의 사색, 그게 요즘 내가 하는 진짜 공부야.

바지를 벗을 때 엉덩이가 작다고 놀리던 윤재의 웃음소리가 들렸다. 우리는 만나자마자 망설임 없이 서로의 육체를 공유했고, 육체의 추억을 쌓는 일에 몰두했다. 시간이 얼마 없다는 것을 안 것처럼. 오랫동안 만나지 못할 일을 앞두었을 때는 육체에 문신을 새기듯 서로의 목과 가슴과 엉덩이에 이빨 자국을 내기도 했다. 이빨 자국들은 까치밥 열매처럼 붉다가 보라색으로 변했다가 푸른빛이 되었다가 노랗게 지워지면서 천천히 하염없이 사라졌다.

오래 전의 일이다. 그후 오랫동안, 거의 칠 년여 동안 내 육체에는 아무 일도 일어나지 않았다. 너무 깊이 잠들어버린 자폐적 육체……

나는 모스크바의 카피차 거리에 독신자 아파트를 얻었다. 값은 아주 싼 편이야. 월세 백 달러, 십만원 정도의 돈이지. 모스크바에서 가장 번화한 거리는 트베르 스카야야. 그리고 스타르이 아르바트와 노브이 아르바트라는 젊은이들의 거리가 있지. 일종의 신주쿠 거리 같은 거야. 모스크바는 구 모스크바를 둘러싼 작은 환상도로를 중심으로 사드보에 칼초가 방사선으로 나 있는 구조를 가지고 있어. 사드보에 칼초란 말 그대로 하면 정원반지도로라는 뜻이야. 차도와 숲, 산책로와 차도가 하나의 세트로 만들어져 있는 보석처럼 아름다운 거리지. 난 이 거리에 반해서 쏘다녀. 푸슈킨 동산에서 레닌 대로로 걸어가 레닌 동산까지 가는 코스가 가장 마음에 들어. 러시아인들의 국부는 역시 푸슈킨이야. 최고의 우상이지. 다음엔 마야코프스키. 그들은 시인과 시를 너무나 사랑하는 사람들이야. 다음주엔 몇몇이 함께 여행을 하기로 했어. 시베리아 횡단 철도를 달릴 거야. 철도는 얼음 땅을 피해 남쪽 국경을 따라 놓여 있어. 바이칼 호수에서 아무르 강까지. 그 철도를 '밤'이라고 부르지. 겨울이면 바이칼 호수 위로 자동차들이 달려간다고 해. 얼음도로가 생기는 거지. 여행 다녀와서 자세한 편지 해줄게.

나는 팔을 뒤로 넘겨 브래지어 후크를 풀었다. 스물아홉 살이 되도록 웅크리고만 있었던, 나는 소녀적 그대로 미숙한 가슴을 드러낸 채 그에게로 한 걸음 한 걸음 다가갔다. 배를 타고 물결 위를 떠가는 듯 방 안이 울렁거렸다.

여기 자연은 장엄하고 사람들의 삶은 단순하고 천진하고 겸손해. 영원의 허공 속에 얼음처럼 한순간 빛을 받아 번쩍 떠올랐다가 사라지는 것이 인생이라는 진실을 이 땅은 늘 일깨워주니까. 사람들은 집착하지 않아. 삶은 자연스럽고 열정적이고 심지어는 문란해. 윤리는 중요하지 않아. 늘 전쟁을 하고 살아온 남자들은 여자를 쉽게 사랑하고 쉽게 버리고 떠나. 여자들도 남자들이 떠나가는 설원에서 단 한 번 펑펑 울고 나면 그만이지. 대륙은 광활하고 남자들은 늘 떠돌고, 한 남자가 가면 다른 남자가 이내 오니까. 여자들은 양손에 아이들을 줄줄이 데리고 다른 남자와 또다시 살림을 합치지…… 이곳 아이들은 다른 남자를 쉽게 아빠라고 불러. 여자들은 소박하고 힘차고 아름다워. 대학 학부 중에 이미 팔구십 퍼센트가 결혼을 해서 유부녀가 돼. 그들에겐 삶에 대한 두려움이 없어. 남자들은 기약 없는 대상일 뿐 그들이 믿는 건 광활한 대지니까. 이곳 여성은 곧 대지이고 삶이고 영원이야. 이곳을 한마디로 말하라면 난 마음이라고 하겠어. 마음…… 그들은 그것을 위해서 살아.

방 한가운데 이르자 나는 마지막 속옷을 벗었다. 그의 표정엔 아무 변화도 없었다.

"당신은 베르나르 뷔페의 펜화 같은 몸을 가졌군. 육체에서 육체적인 것이 최고로 배제된 몸. 당신은 삶에 대해 너무 긴장해 있어요. 아니면 그토록 절망한 것인가. 흡사 감금된 몸 같아."

"소련에서 더이상 소연방은 없다." 내가 이곳에 오자마자 고르바초프는 소련 공산당 권력 상실을 선언해버렸어. 페레스트로이카에는 분명 사회주의 개혁의 희망이 있었어. 이곳은 우리에게 최후의 희망의 땅이었는데, 당의정에 불과한 미제의 지원과 일부 야욕파에 의해 이 거대한 대륙마저 끝장이 난 거야. 계획경제도 시장경제도 파탄이야. 나는 혼란스럽다. 이제 사회주의 경제학도로서의 나의 명분도 우습기만 해.

나는 그의 바로 앞까지 바짝 다가갔다. 그가 손을 뻗었다. 커다란 장미꽃잎 한 장이 내 배 위를 천천히 지나갔다.

"정말 가느다랗고 납작한 허리군."

장미꽃잎이 배꼽에 잠시 머물렀다. 그러자 어딘가에 담겨 있던 아주 아득한 기억이 출렁 넘쳐 발등을 따뜻하게 적시는 듯했다. 태어나기 이전의 배꼽의 기억은 이렇게도 평화로운 것이었을까……

"어느 날 정오에…… 누군가가 나의 생을 한꺼번에 걷어가 둘둘 말아 밖으로 내던져버렸지. 다시는 되찾을 수 없는 시간 바깥으로……"

커다란 장미꽃잎이 지도책 위의 길을 따라가듯, 가느다란 팔 안쪽에 비치는 푸른 실핏줄 가지들을 따라 올라갔다.

최근에 올랴를 만났어. 스무 살인데 세 살 된 아이가 있어. 어떤 사람의 주말집, 다차에서 생일파티가 있었는데 그곳에서 처음 봤어. 영화 〈해바라기〉 기억나? 그 영화의 러시아 여자와 꼭 닮았어. 아주아주 순수하고 착하고 가느다랗게 생겼어. 그후로 두 번 더 보았을 뿐인데 그 여자의 애가 나를 아빠라고 부르기 시작했어. 황당한 일이지? 남자가 아이만 가지게 해놓고 도망쳐버렸고 혼인 신고도 하지 않아서 국가로부터 양육비 보조도 전혀 받지 못한 채 힘들게 아이를 키우고 있어. 안됐어.

그는 두 팔로 내 엉덩이를 두르고 배 위에 얼굴을 눌렀다. 몸 속에 칸칸이 나누어진 빈방들이 마분지처럼 구겨지는 듯 아팠다. 그는 아직 태어나지 않은 내 속의 아이처럼, 너무나 미숙하고 연약하게 느껴졌다.

난 상트페테르부르크에 와 있어. 레닌그라드였던 차르 시대의 계획도시이고 인문학과 예술의 도시지. 제2차 세계대전 때 히틀러가 이 도시의 아름다움에 반해 폭격 금지 명령을 내리고 레닌그라드를 봉쇄했지. 그러자 이곳 시민들은 이백 일 동안 갇혀 책을 삶아먹어가며, 거의 모두가 굶어죽어가는데도 항복을 하지 않았어. 혁명 초기였기 때문에 그들의 정신은 더욱 열렬했지. 국가 이데올로기를 위해서라면 굶어죽을 수도 있다는 정신을 보여준 거지. 사회주의와 러시아 대륙의 긍지를 표명한 거야. 쇼스타코비치 〈레볼루션 3번〉의 작곡 배경이기도 해. 이곳에서 난 셀 수 없이 많은 보드카 병을 비웠어. 노래하고 여자와 자고 술에 취하고…… 전쟁 이야기를 듣고…… 영인아, 여기서 내가 무엇을 하고 있는지 이젠 모르겠다. 여기가 어딘지 모르게 되어버렸어. 대체 여기가 어디지, 왜 여기가 내가 온 거기가 아니지?

나는 그의 얼굴에서 몸을 떼어냈다. 그리고 그의 두 팔을 들어올렸다. 그는 그대로 있어주었다. 나는 그의 셔츠를 벗기고 양말을 벗기고 바지를 벗기고 스웨터와 속옷들을 벗겼다. 다 벗겨놓고 보니 그는 정말 병약한 노인 같은 몰골이었다.

……내가 이곳을 향해 떠날 때는 분명 소연방이었는데, 이제 이곳은 단지 러시아야. 이 대륙은 갈가리 분열되고 끊임없이 전쟁이 일어나고 있어 몹시 어수선하다. 공부는 형편없게 되었어. 길을 잃은 거야. 공중으로 붕 떠버린 기분…… 학교는 언제 나갔는지 까마득해.

그런데도 이곳이 고향 같다는 생각이 들어. 한 번 길을 잃은 뒤로 돌아갈 주소를 잃어버렸던 고향…… 여자가 있어. 미안하다, 네게 말을 해주어야 할 거 같아. 그녀는 내가 거꾸러질 무덤이 될 거야. 이곳엔 그런 말이 있지. 최고의 순간에 여성이 있다. 이곳에선 여자만 있으면 끄떡없어. 여자들이 바로 삶이니까. 그리고 여자는 어디에나 있어. 영인아. 잘 살아라, 난 돌아가지 못할 거 같다. 황폐한 인사지만, 술에 절어서 사는 나로선 이 편지를 쓰는 데 사흘이 걸렸다. 그리고 초인적인 힘이 필요했다. 미안하다.

나는 정연우를 넘어뜨리고 이불을 당겨 뒤집어썼다. 그리고 두 다리를 들어올려 이불을 텐트처럼 올렸다. 이불 속으로 빛이 새어 들어왔다. 한 발로 그의 무릎을 툭 건드리자 그도 다리를 들어올렸다. 네 개의 다리는 길쭉했으나 흡사 어린아이의 것처럼 연약했다. 그렇게 가만히 있자니 꼴이 우스워서 나는 그의 발가락을 내 발가락으로 간질였다. 가만히 있던 그가 갑자기 욱 하며 웃음을 터뜨렸다. 그가 웃으니 즐거워져서 나는 두 손으로 그의 몸 구석구석을 간질였다. 그가 입을 벌리고 커다랗게 웃어댔다.

내 벗은 몸이 다른 벗은 몸과 부딪히고 다른 맨살을 느끼고 다른 체온과 뒤섞인 것은 거의 일곱 해 만의 일이었다. 그는 훨씬 더 오래되었을 것이다. 등과 얼굴에서 땀이 배어나왔다. 우리가 아무리 천진하고 두려움이 없고 즐거운 척한다 해도 우리는 웃음소리보다 서로의 아픔에 더욱 주의를 기울이고 있었다. 두 몸 사이에 흡사 얇은 비닐 주머니에 든 팽팽한 슬픔이 끼어 있기라도 한 양, 그것이 눌려서 왈칵 터지기라도 할까봐……

여섯시가 되자 정연우는 담요로 몸을 감고 일어나 서랍장 맨 위 칸에서 그림이 든 봉투를 꺼내 나에게 건넸다. 나는 이불을 쓰고 일어나 그 그림을 받았다. 그리고 그에게 콜택시회사의 명함을 건네주었다. 그는 전화기를 들고 천천히 번호를 눌렀다. 그러면서 이제 옷을 입어야 하지 않느냐는 시늉을 했다. 나는 물을 한 잔 마신 뒤 빠르게 옷을 주워입었다. 그는 옷을 입을 의사가 없는 모양이었다. 택시가 도착했을 때 담요를 둘둘 감은 채 간이의자에 걸터앉아 손을 들어 가볍게 흔들었다.

택시에서 내려 길을 건널 때, 서울로 가는 버스가 출발하는 것이 보였다. 버스는 삼십 분 후에 또 떠날 것이었다. 나는 천천히 대합실로 갔다. 표를 사고 대합실 거울 앞에 섰을 때 흠칫 놀랐다. 표백제에 담갔다가 말린 것같이 창백한 얼굴…… 화장이 아직 희끗희끗 묻어 있었고 눈에 그린 검은 라인이 선명했다. 그런데도 왜 그렇게 투명하게 보였을까. 그때까지 그처럼 투명한 자신의 얼굴을 본 적이 없었다.

나는 가방에서 선글라스를 꺼내 썼다. 추웠기 때문에 얇은 새벽빛이 비치기 시작하는 대합실 바깥의 플라스틱 의자에 앉았다. 밤새 냉기와 어둠이 스며든 의자는 차가웠다. 새벽의 터미널은 한적

했고 그 앞길로 이른 출근을 하는 젊은 남녀들이 나를 쳐다보곤 했다. 선글라스를 끼고 터미널 앞마당에 앉아 있기에 너무 이른 시간이긴 했다.

시간이 다 되었는데도 버스 기사는 나타나지 않았고 버스 출입문도 꼭 닫혀 있었다. 기웃거리는 승객도 나타나지 않았다. 차가운 플라스틱 의자에 앉아 버스를 기다리는 사람은 나 혼자뿐이었다. 이 세상에서 오직 나 혼자만 버스를 기다리는 것 같았다. 무릎이 싸늘해졌다. 나는 두 손으로 무릎을 비비며 밝아오는 하늘을 향해 얼굴을 들었다. 이십대의 십 년이 거의 다 지나간 셈이었다. 세상은 변하는 것이라고 배워왔지만 세상이 변한다는 것을 깨달은 것은 그 순간이었다. 그리고 어디선가 다른 정류장에서 혼자 새벽버스를 기다리는 사람을 적어도 두 사람쯤은 알고 있다는 생각이 들었다.

*

십일층 베란다 문 바깥은 온통 안개다. 안개에 밀리느라 그러는지 유리문이 이따금 뻐근한 소리를 낸다. 유리문을 열고 아득한 안개 속에 얼굴을 내밀면 안개의 내부로부터 붉은 촛농처럼 굳은 피 냄새가 올라온다. 지혈제처럼 십일층 아래를 가득 메우고 천천히 부풀어오르는 흰 안개. 오랫동안 내려다보고 있으면 신발을 신기 위해 마루 아래로 내려서듯 선뜻 한 발짝 내려설 수 있을 것 같다.

아직 나는 출근하지 못하고 있다. 글은 사무실 캐비닛 속에 그림은 내 책상 위에 놓인 채로 여러 날이 흘러갔다. 밤 한시가 되면 가끔 정연우의 번호를 누른다. 그리고 전화기 속에서 아무 소용도 없이 흩어지는 벨소리에 오래 귀를 기울인다. 그럴 때면 내 속의 무언가가 나뭇잎처럼, 아직 푸른 나뭇잎처럼 몸부림치며 안개 가득한 공중으로 떨어진다.

재와 불꽃의 시간 사이에서
떠도는 여자들

박혜경(문학평론가)

전경린의 소설을 읽는 것은 종종 금기의 위반을 향해 온몸을 팽팽하게 긴장시킨 어떤 위태로운 열정에 동참하는 일이 된다. 그녀의 소설들에서 여자 주인공들을 사로잡고 있는 그 위태로운 열정은 대개의 경우 자신에게 주어진 제도적 삶의 안쪽에 남아 있기를 거부하는 그녀들의 몸의 욕망을 관통해 나가는 것이다.

전경린의 소설을 읽는 것은 종종 금기의 위반을 향해 온몸을 팽팽하게 긴장시킨 어떤 위태로운 열정에 동참하는 일이 된다. 그녀의 소설들에서 여자 주인공들을 사로잡고 있는 그 위태로운 열정은 대개의 경우 자신에게 주어진 제도적 삶의 안쪽에 남아 있기를 거부하는 그녀들의 몸의 욕망을 관통해나가는 것이다. 최근에 발표된 일련의 장편소설들을 통해 적극적으로 제기되어온 여성의 섹슈얼리티 문제는 전경린의 소설이 보여주는 여성의 삶에 대한 문제제기의 주요한 입각점 가운데 하나이다. 전경린의 소설에서 여자 주인공들이 그녀들의 억눌린 성적 욕망이나 자신의 몸 안에 잠재되어 있는 섹슈얼리티의 가능성을 발견해나가는 과정은, 대개 여성이 누리는 안락하고 평온한 일상을 담보로 그녀들에게 강요되어온 제도적 삶의 허구성을 자각해가는 과정과 겹쳐 있다. 그녀들은 더이상 제도에 의해 관리되고 순치되기를 거부하는 몸의 이름으로 그녀들에게 둘러쳐진 제도적 삶의 빗장을 풀어헤치는 것이다. 그 때문에 전경린의 소설에서 여주인공들이 보여주는 일탈된 성의 현장은 때로 그녀들이 제도적 삶과 싸우는 치열한 격전장이라는 인상을 주기도 한다. 아마도 작가는 여주인공들에게 주어진 제도화된 몸의 금기 혹은 몸의 윤리를 위반하는 섹슈얼리티의 문제를 통해 이 사회에서 여성으로서 살아가는 삶의 정체성이라는 문제와 관련된 매우 불온하면서도 근본적인 의문을 우리 앞에 던져놓으려 하는 듯하다.

그러나 전경린의 소설에서 파멸에의 길이 예견된 상황에서도 그 위태로운 질주의 가속도를 제어하지 못하는 여주인공들의 자기 열정에 대한 과도한 몰입은, 때로 그 열정을 지나칠 정도로 자기 폐쇄적이고 자기 고립적인 상황으로 몰고 가기도 한다. 그녀의 소설들이 보여주는 제도적 삶과 금기에 대한 위반의 욕망으로 팽팽하게 장전되어 있는 여성의 몸은 마치 하나의 섬처럼 어떠한 사회적 관계로부터도 고립되어 있다. 그녀들의 몸이 갈망하는 것은 제도화된 사회적 관계의 틀을 벗어난 타자와의 매우 은밀하고도 사적인 관계의 방식을 구축해나가는 것이며, 사회적 윤리가 아닌 개인의 욕망이 지시하는 길을 따르는 새로운 삶의 가능성을 찾아가는 것이다. 윤리는 곧 금기이다. 전경린의 소설이 보여주는 불륜의 미학은 그녀들이 추구하는 탈제도화된 개인의 욕망이 여성의 몸에 새겨진 금기로부터의 해방을 추구하는 방향으로 나아가는 과정에 다름아닌 것이다. 이때 섹슈얼리티로 충만한 여성의 벗은 몸은 그 자체로 금기에 대한 위반의 상징적인 표지가 된다.

그녀의 소설이 여성의 몸, 혹은 억압된 섹슈얼리티의 문제에 집착하는 것은 아마도 제도적 삶 속에서 여성의 몸이 여성 자신의 사적인 욕망이 배제된 일종의 사회적 공공자산으로 관리되고 지배되어온 사실과 긴밀한 연관을 맺고 있는 것으로 보인다. 오랫동안 여성의 몸은 그것이 결혼의 전제조건으로 여성에게 요구되는 순결한 몸이든, 매춘이라는 방식으로 공유되는 타락한 몸이든, 여성 자신의 것 이전에 남성의 성적 욕망에 귀속된 제도적 관리의 대상이거나 혹은 임신의 능력을 통해 사회의 인적 자원을 생산함으로써 사회를 유지 존속해나가기 위한 불가피한 물적 토대로 인식되어왔을 뿐이었다. 그런 의미에서 전경린에게 여성의 섹슈얼리티란 여성에게 주어진 그 두 가지 삶의 존재방식으로부터 벗어나, 여성 자신의 사적인 욕망이 강렬하게 스스로의 존재방식을 규정짓는 삶의 또다른 가능성을 탐색하기 위한 매우 유용한 소설적 수단으로 여겨졌는지도 모른다. 이런 차원에서 본다면 전경린의 소설들이 보여주는 섹슈얼리티의 강렬함은 그 자체로 여성의 삶을 사회적 공공영역으로 귀속시키려는 어떠한 제도적 억압으로부터도 벗어나 여성 자신의 고유한 삶의 가능성을 찾아가려는 욕망의 급진성을 표상하는 것으로 해석될 수 있다.

그러나 이미 말한 것처럼, 전경린의 소설 속에서 여성의 섹슈얼리티는 그것이 매우 사적인 욕망의 세계에 집착하는 것만큼, 때로 지나치게 폐쇄적이고 배타적인 욕망의 모습으로 나타나곤 한다. 전경린 소설의 여주인공들이 추구하는 것이 제도화된 관계를 넘어선 타자와의 강렬하고도 본질적인 소통에의 욕망이라고 한다면, 자신이 추구하는 그 사적인 소통의 관계를 그것을 둘러싸고 있는 여타의 사회적 관계와 구분지으려는 자기 정당화된 심리적 기제 또한 그녀들의 의식 속에 매우 완강하게 자리잡고 있는 것으로 보인다. 어떤 의미에서 자신의 욕망이 몰고 올 파멸의 징후가 예견된 상황에서도, 혹은 파멸이 현실로 나타난 이후에도 그녀들의 위태롭고 비극적인 삶을 지켜주는 것은 그녀들을 둘러싸고 있는 사회의 도덕적 허구성과 극명한 대립관계에 있는 그 욕망의 본질적인 도덕성에 대한 믿음이라고 할 수 있다. 따라서 소설 속에서 그녀들의 파멸은 곧 사회의 제도적 삶이 그녀들에게 가한 억압과 폭력을 지시하는 표지가 된다. 그런데 여기에서 문제는 전경린 소설 속의 여주인공들이 종종 자기 자신의 욕망에 대한 과도한 집착에 비해 자신의 사적인 욕망 바깥에 존재하는 타자들의 세계에 대해서는 상대적으로 매우 무심하거나 때로는 배타적인 태도를 보여줌으로써, 종종 그녀들이 추구하는 욕망의 절박함만큼이나 그 욕망이 포용할 수 있는 세계의 협소함을 드러내 보인다는 점이다. 물론 그녀들의 사랑이 고립의 전략을 택할 수밖에 없는 것은 그 사랑이 타인들의 시선에 노출되는 순간 추문이 되어버리기 때문일 것이다. 따라서 그녀들의 고립은 일차적으로 그녀들의 사랑을 비윤리적인 것으로 간주하는 제도적 삶 그 자체로부터 비롯되는 것이다. 사랑과 추문의 경계선 위에서 아슬아슬하게 줄타기하는 듯한 그녀들의 욕망은 강렬하면서 은밀하다. 그 은밀함은 그녀들의 사랑을 제도적 삶과 대립하면서도 동시에 그 삶과 부딪히지 않게 지켜주는 일종의 보호막 같은 것이라고 할 수 있을 것이다. 이때 보호막은 곧 차단막이다. 그것은 타자들의 시선으로부터 그녀들의 사랑을 가려주면서 동시에 타자들의 세계에 대한 그녀들의 시선 또한 차단한다. 그녀들의 시선은 오로지 자신과 자신이 사랑하는 남자만을 향해 뻗어 있다. 자신의 사랑에 대한 낭만적인 이상화만큼이나 그 바깥 세계에 대한 배타적인 무관심은 섹슈얼리티를 통해 자기 자신의 고유한 삶의 가능성을 추구하는 그녀들의 노력을 극히 자기 폐쇄적인 것으로 만드는 것이다.

340

그러나 전경린의 소설에서 더욱 문제적인 징후로 느껴지는 것은 그녀의 소설들이 여성의 섹슈얼리티 속에 내재된 사적인 욕망의 해방이라는 문제에 지나치게 몰두한 나머지 간혹 섹슈얼리티 그 자체를 미학적으로 물신화하거나 혹은 낭만적으로 신비화하려는 조짐을 나타내 보인다는 점이다. 이러한 조짐은 섹슈얼리티 안에서 작용하는 정치적이거나 제도적인 힘들을 괄호 안에 묶어두고, 남녀간의 벗은 몸과 몸이 만나는 지점에 대한 미학적 탐닉을 타인과의 진정한 소통을 갈망하는 자기 해방의 이미지와 오버랩시킴으로써, 때로 제도의 한계를 뛰어넘는 남녀간의 순수한 사랑이라는 문제를 섹슈얼리티 그 자체의 정치적 무류성과 연결짓는 다소 단선적인 시각을 낳기도 한다.

　그러나 이러한 문제점에도 불구하고 전경린의 소설들이 담고 있는 문제의식이, 그녀의 소설들이 지닌 매혹적인 문체와 더불어 우리 시대의 매우 의미 있는 소설적 개성을 보여주는 것임에는 틀림이 없다. 『물의 정거장』 속에 수록된 전경린의 소설들은 작가의 장편소설들 속에서 제기된 이러한 문제의식의 연장선상에 있으면서, 전경린의 소설적 개성을 떠받치고 있는 세계인식의 몇 가지 특성들을 보다 뚜렷하고 일관된 형태로 드러내 보여준다. 작가의 이전 소설들에서 익히 보아온 대로 이 소설집에서도 역시 결혼 혹은 가족이라는 제도적 틀 안에서 만성적인 존재의 결핍감에 시달리며 끊임없이 다른 삶의 가능성을 꿈꾸는 여성들의 황량한 내면 풍경은 수록된 작품들의 전체적인 밑그림을 형성하고 있다. 전경린 소설의 여주인공들이 대부분 그렇듯이, 이 작품집 속에 등장하는 여성들 역시 제도 안쪽의 삶과 바깥쪽의 삶이 길항하는 모호하고 혼돈스러운 접경지대에서 끊임없이 결핍과 갈망으로 뒤척이는 영혼의 고통스러운 상실감을 끌어안고 있는 것이다. 존재의 불안한 경계선 위에서 정주(定住)하지 못한 채 떠도는 영혼의 고통은 전경린의 여성 주인공들이 앓고 있는 만성적인 질병이다. 그녀들의 영혼 속에는 언제나 결코 화해할 수 없는 두 개의 이질적인 세계가 공존한다. 「부인내실의 철학」의 회우가 "집 안의 유령같"이 살아가는 결혼생활을 유지하며 "해변의 모래구멍 속에 파고든 게처럼" 기윤과의 정사(情事)가 있는 목요일에서 목요일로만 의식이 응축되는 삶을 살아가는 것도, 「다섯번째 질서와 여섯번째 질서 사이에 세워진 목조마네킹 헥토르와 안드로마케」의 금주가 "결혼한 지 삼 개월 만에 처음으로 이혼을 생각"하고, 결국 십 년 후에 이혼을 하게 되는 것도, 「메리고라운드 서커스 여인」의 '그 여자'가 사진관 남자를 만나 결혼하고 두 아이를 낳고 살다가 정확히 십 년 뒤에 아무 이유 없이 집을 떠나게 된 것도, 「물의 정거장」의 무숙이 오지 않는 남자를 기다리며 매일 아침 "빈집에 열어젖혀진 벽장같이 텅 빈 어제와 텅 빈 오늘 사이에서" 깨어나는 것도, 「二月 荒凉的 脚步」의 그녀가 남편과의 다툼 후에 훌쩍 집을 떠나 여관들을 전전하다가 중국 여행길에 오르는 것도, 그녀들이 결핍된 세계와 갈망하는 세계 그 어느 쪽에도 삶의 진정한 뿌리를 박지 못하는 영혼의 영원한 미아들이기 때문이다. 식은 불씨처럼 꺼져버린 재 속에서 부스럭거리는 무의미한 일상의 시간과 존재의 중심이 일시에 불꽃으로 타오르는 강렬한 일탈의 시간, 그녀들에게 허용된 헛것의 삶과 그녀들이 꿈꾸는, 그러나 그녀들에게 허용되지는 않는 충만한 실존의 삶, 그 존재와 부재의 시간들 사이에서 그녀들은 삶이라는 기약 없는 '황량적 각보(荒凉的 脚步)'를 계속해나가는 것이다.

그중에서 「메리고라운드 서커스 여인」과 「부인내실의 철학」은 여주인공들의 그와 같은 정신적 방황 속에 내재된 미묘하면서도 두드러진 차이를 드러내 보이고 있다는 점에서 우리의 주목을 끈다.「메리고라운드 서커스 여인」의 여주인공은 어느 날 갑자기 남편과 아이들이 살고 있는 집을 떠난 후, 이 세상과의 관계의 끈을 모두 놓아버린 여자이다. "생의 어느 시기에 블랙홀로 빠져들어 중력을 상실해버린 여자"인 그녀는 "허공에 유폐된 자이며 세상으로부터 중절된 자"이다. 공중에 뜨는 서커스 여자인 그녀의 삶은 전경린의 소설에서 집요하게 되풀이되는 생의 일탈이라는 주제의 또다른 변주인 것이다. 작품의 도입부는 작가가 그녀의 일탈된 생에 부여하려는 의미를 다음과 같이 표현하고 있다.

그 여자, 풍문대로 오래 전에 해진 여자인걸요. 아무것도 지키지 않고 아무것도 갖지 않고, 아무것도 거부하지 않고 생에 대한 의지도 상실해버린 채 모든 것으로부터 떠나 먼지 가득한 잠을 자온 여자. 그 여자, 죽음과 같은 지긋지긋한 격리의 나날 속에서 가끔 벼락을 맞은 듯 깨어나 짙은 화장을 하지요. 그리고 겹겹이 옷을 입은 안전한 당신들에게 와락 다가가 꼬리치며 함부로 교태를 떨고 이토록 엄숙한 삶에게 가랑이를 벌려 노역을 하지요. 삶을 돌보지 않고 구멍난 옷을 입고 떠돌아다니며 너무나 간단히 옷을 벗는 가난하고 권태로운 서커스 여인…… 그 여자는 알지요. 삶의 굴욕과 침묵을 버린 뒤에 우리가 바라는 궁극은 죽음이란 것을.(67쪽)

세상에 대한 모든 관계의 끈을 거부해버리고 자기 존재의 심연에서 들려오는 욕망의 길을 따라간 여자에게 세상이 주는 것은 지긋지긋한 격리의 고통이다. 주어진 삶의 경계선 밖으로의 탈출을 허용하지 않는 '이토록 엄숙하고 안전한 당신들'의 세계에서 생의 일탈은 곧 생의 격리이다. 그 세상을 향해 너무도 간단히 옷을 벗고 가랑이를 벌리는 그녀의 노역은 "겹겹이 옷을 입은" 세상이 정해놓은 불쾌한 금기의 영역에 속해 있는 것이기 때문이다. '그 여자'는 공중에 뜰 수 있는 능력을 지녔지만, 공중에서 몸의 균형을 잡는 평형감각을 지니지는 못했다. 그 평형감각의 부재는 생의 일탈이 갖는 치명적인 함정이다. 가능한 삶에서 불가능한 삶을 향해 나아가는 일탈에의 욕망 속에서 생의 상승과 생의 추락은 동전의 양면과도 같은 것이다. '그 여자'가 자신을 고용한 서커스 단장 최모 대신에 여자의 영혼을 지닌 남자인 류를 사랑하는 것은 일탈의 운명을 끌어안은 그 여자의 불가피한, 그러나 치명적인 선택이다. 류는 바로 그녀의 삶 속에 허용되지 않는 "불가능한 것의 이름"이기 때문이다. 그 불가능한 생에 대한 갈망으로 인해 '삶의 굴욕과 침묵'으로부터 벗어나려는 일탈의 욕망 안에서는 언제나 죽음의 냄새가 흘러나오는 것이다.

「메리고라운드 서커스 여인」이 결혼과 가족이라는 제도적 삶의 울타리를 벗어나 불가능한 생의 욕망이 지시하는 길을 따라간 여자의 삶을 보여주고 있다면, 「부인내실의 철학」은 결혼과 가족이라는 제도적 삶의 울타리를 벗어나지 않으면서 그 안에서 결혼이 강요하는 일방적인 관계와는 다른 관계를 꿈꾸는 여자의 삶을 보여준다. 작품의 주인공인 희우는 상습적인 구타와 강압적인 성 요구를 일삼는 남편에 대한 극심한 환멸감에 시달리는 여자이다. 남편의 구타는 남편에 대한 환멸감뿐만 아니라, "당신은 누구세요? 그리고 나는 누구예요"라는 그녀 자신의 자아정체감에 대한 심각한 혼란을 불러온다. 그러나 이러한 환멸과 혼란이 그녀의 결혼생활을 위기에 빠뜨리거나 파멸로 몰아가지는 않는다. 그녀는 이혼을 생각하거나 집을 떠나버리는 대신, 고통스러운 결혼생활로 인해 "자신이 누군지 아득해질 때면 주문처럼" 자신이 알고 있는 첼리스트들의 이름을 중얼거리는 것으로 그 혼란에서 벗어나려 한다. 그녀에게 그것은 "자신을 확인하고 싶은 은밀한 강박증"과도 같은 것이다. 그후 그 주문과도 같은 첼리스트들의 이름을 대신하는 기윤이라는 남자가 그녀의 삶 속으로 잠입해들어온다. 매주 목요일마다 그녀의 집에서 이루어지는 기윤과의 비밀스러운 만남은 그녀로 하여금 잠시나마 자신의 헛껍데기뿐인 결혼생활을 견딜 수 있게 해주는 은밀한 탈출구이면서, 그 때문에 역설적으로 그녀의 결혼생활을 안전하게 지켜주는 보호막이기도 하다. 그녀에게 기윤이라는 존재는 결혼생활의 허구성과 함께 그 허구성의 불가피한 현실을 동시에 가리켜 보이는 존재인 것이다. 그녀는 기윤과의 정사가 있은 후 집 안에서 기윤의 흔적을 말끔히 지워버린다. "희우는 집을 양보하지 않는다. 집은 희우의 진실이 있는 자리"이기 때문이다. 그것은 한 가정의 가장인 기윤의 경우 역시 마찬가지이다. 희우와의 정사를 즐기면서도 "남편으로서의 기윤은 희우의 남편과 다르지 않다. 그도 가부장으로서의 권위를 지키려 하고 책임을 지려 하고 무엇인가를 요구하고 그것이 수용되는 것을 통해 자부심을 느끼려 한다". 다만 희우가 생각하는 기윤과 남편과의 차이는 기윤이 "아내를 단 한 번도 때린 적이 없다"는 점이다. 그렇다면 이 작품 속에서 희우와 기윤의 관계는 제도적 삶과의 마찰이 불러일으킬 파탄을 피해가면서 동시에 그 삶과의 불화를 견디기 위한 일종의 타협적 관계라고 해야 할 것인가? 희우는 각자의 가정을 망가뜨리지 않으면서 자신과 기윤이 공유하고 있는 그 숨겨진 관계에 대해 다음과 같이 말하고 있다.

> 오른편에 있던 점자체 상태의 불안전한 남편은, 기윤이 왼편에 점자
> 체로 나타나 중앙에서 안정되게 겹쳐지면서 드디어 희우의 생을 온전
> 하게 잡아주는 의미 있고 안정된 존재가 된다. 그것은 흡사 옛날의 대
> 가족 형태와도 비슷하다. 그러니까 현대의 이 이상한 겹가족은 삶의
> 단순한 구조와 외로움과 공허를 메우는 완충장치로서 일종의 대가족
> 형태인 셈이다.(292쪽)

희우는 자신의 남편과 기윤이 지닌 가장으로서의 가부장 의식을
부정하지 않는 것과 마찬가지로 가정 그 자체의 의미 역시 거부하
지 않는다. "희우는 어딘가 머나먼 곳에 버리고 떠나온 옛집이 있는
것만 같은 느낌에 빠진다. 옛날의 아이와 옛날의 부모와 형제……
전생으로부터 흐르는 눈물처럼 아득하고 혼돈스러운 상실의 느낌
…… 얼마나 많은 것을 잃고 나는 또 이 생을 살고 있는 걸까"라는
구절은 그녀가 지향하는 것이 가정에 대한 부정이 아니라 오히려
사라져버린 진정한 가정의 회복임을 암시한다. 이런 의미에서 본다
면 희우가 거부하는 것은 남편의 가부장적 권위가 아니라 그 권위
가 강압적이고 일방적인 방식으로 행사되는 현실이라고 해야 할 듯
싶다. 희우가 생각하는 가정의 이상적인 모델은 결국 건강한 책임
감에 바탕을 둔 가부장 의식을 기본으로 하는 가정에 가까운 것처
럼 보이기 때문이다. 그렇다면 이러한 희우의 태도는 전경린의 다
른 소설들에서 결혼과 가족으로 대표되는 제도적 삶에 대해 보다
강렬하고도 급진적인 문제의식을 드러내 보이던 여주인공들의 태
도로부터 상당히 후퇴한 것으로 받아들여야 할까?

346

사실 이 작품집 속에 수록된 작품들을 살펴보면, 결혼과 가족이라는 삶의 틀 바깥에 있는 세계를 향해 뻗어 있는 욕망의 원심력만큼이나 그 욕망을 제도적 삶의 안쪽으로 끌어당기려는 구심력이 작가의 소설적 상상력을 추동하는 주요한 힘으로 작용하고 있음을 알게 된다. 어떤 의미에서 전경린의 소설을 읽는 것은 욕망과 현실의 경계선 위에서, 끊임없이 그 경계선 바깥으로 튕겨져나가려는 욕망과 경계선의 안쪽에서 그 욕망의 원심력을 끌어당기는 어떤 자의식(그것이 작가의 것이든 작중인물의 것이든) 사이의 팽팽한 긴장을 체험하는 일이라고 할 수 있다. 이런 점에서 전경린의 소설은 일탈의 욕망 자체가 아니라, 일탈의 욕망을 향한 자의식으로 가득 차 있는 소설이라고 해야 할 듯싶다. 전경린의 소설들이 종종 결혼과 가족이라는 제도화된 삶의 틀에 대한 극심한 거부감을 드러내 보이면서도 또한 계속해서 결혼과 가족이라는 문제틀에 집착하는 것도 그 때문일 것이다. 「달의 신부」는 아마도 이 작품집 속에 수록된 작품들 가운데 결혼과 가족이라는 문제틀에 대한 작가의 미묘한 이중적 태도를 가장 잘 드러내 보이는 작품이라고 해야 할 것이다.

　「달의 신부」는 정이라는 남자와 '늑대여인' 간의 사랑을 들려주는 일종의 우화와도 같은 소설이다. 소설의 주인공인 정은 깊은 산 속에서 숯을 구우며 어머니와 단둘이 살아가는 남자이다. 그의 소원은 가슴속에 꽁꽁 품은 "이녁을 행복하게 해줄게"라는 말을 들려줄 배필을 만나는 일이다. 그 말은 "한 여자를 소유하게 하는 유혹의 말이며, 자녀들을 거느리게 해주는 약속의 말이며, 일가를 이루고 가장으로 군림하게 해줄 권력의 말"이다. 어느 날 밤 그는 마침내 그 말을 들려주게 될 한 여인을 만나지만 그 여인은 자신이 누구인지를 모른다. 정은 달의 음성을 듣는다는 그 여인이 "달의 말을 듣고 자신이 누구인지 알게 되면, 이내 어딘가로 사라져버릴 것만 같"은 두려움에 보름달이 뜨는 밤이면 그녀를 어두운 방 안에 가둬버린다. 정과 결혼해 아이를 낳고 살면서도 여인은 "말이 없었고 웃는 법도 없"다. 자신의 실제 모습은 다른 곳에 둔 채, 마치 그녀의 텅 빈 껍데기만 정의 곁에서 살고 있는 듯하다. 신기(神技)에 가까운 그녀의 바느질로 인해 정은 점점 부유해지지만, 자신도 알 수 없는 "제 속의 불 때문에" "사는 일이 따뜻해질수록 여자의 얼굴은 점점 어두워지고 눈은 허공을 방황하고 마음은 피폐해"져간다. 그녀는 다만 정에게 "한 번만 보름달을 보게 해주세요. 달은 제가 누군지 말해줄 것입니다. 난 내가 누구인지 알고 싶어요"라고 간절하게 호소한다. 어느 보름달이 뜬 밤 그녀는 마침내 달의 말을 듣게 되고, 자신의 몸이 허공으로 떠오르면서 몸에서 거칠고 야성적인 늑대의 울음이 치밀어오르는 것을 느낀다. "꿈이 현실이 되어 나타난" 순간 여자는 마침내 "제 영혼의 비밀을 본 것"이다. 그녀의 늑대 언니들은 그녀에게 "바람처럼 자유로운 곳"에 대한 이야기를 들려주며, "두려움을 사랑하고 두려움을 벗으로 여기며, 칼날같이 좁은 두려움의 길을 걷는" 자신의 본성에 따라 살 것을 요구한다. 그러나 늑대 언니들을 따라가려는 순간, 그녀는 처음으로 자신에게 묶여 있는 아이들과 남편과 시어머니의 존재를, 그 가족의 고통을 알아본다. 결국 떠나지 못한 여자는 이제 보름달이 떠올라도 늑대의 길을 알 수가 없다. 작품은 이후 여자의 삶에 대해 "여자는 자신을 팔아 따뜻하고 다정하고 유순한 삶을 살았으나, 보름달이 뜰 때면 자신도 알 수 없는 기운에 휘말려 깊은 산 속 묘지들과 계곡과 폭포 사이를 헤매었습니다"라고 보고하고 있다.

이처럼 작품의 줄거리를 소개하는 데 많은 지면을 할애한 것은, 이 소설이 전경린의 작품들 속에서 발견되는 소설적 상상력의 어떤 특징적인 패러다임을 매우 압축적으로 드러내 보여주는 텍스트로 여겨지기 때문이다. 줄거리 요약만으로도 충분히 짐작할 수 있듯이, 이 소설은 몸 속에서 울려오는 길들여지지 않는 야성의 소리 때문에 남편과 아이에게 속해 있는 자신의 삶에 적응할 수 없었던 한 여인에 대한 이야기이다. "이녁을 행복하게 해줄게"라는 남편의 약속은 그녀에게 행복에의 약속이 아닌 불행과 속박의 삶을 가리켜 보이는 표지일 뿐이다. "난 내가 누구인지 알고 싶어요"라는 그녀의 간절한 호소는 정과의 삶이 그녀의 진정한 자기 정체성이 거세된 헛것의 삶에 불과한 것일 뿐이라는 사실을 암시한다. 그러나 그녀가 삶의 이쪽에서 저쪽으로 그녀를 인도해줄 달의 음성을 따라 자신이 꿈꾸는 진정한 자기 정체성의 길과 대면하는 순간, 그녀는 가족이라는 불가피한 이쪽의 현실을 자각한다. 그녀는 바로 삶의 이쪽과 저쪽을 가르는 경계선 위에서 멈추어버린 것이다. 그리하여 그녀는 그 경계선을 넘어가버리는 대신 그 경계선 위의 삶을, 경계선의 안쪽에서 끌어당기는 구심력과 경계선의 바깥쪽으로 뻗어나가는 원심력 사이에서 유순함과 광기의 이질적인 힘들이 맞부딪히는 긴장된 내적 불화의 삶을 살아가는 것이다. 그 내적 불화의 삶이란 광기를 살아가는 삶이 아니라 광기를 불가능케 하는 현실을 살아가는 삶, 다시 말해 끊임없이 자기 안에 내재된 광기에 대한 자의식을 끌어안고 살아가는 삶이다.

　이처럼 전경린의 소설들은 끊임없이 광기와 일탈에 대해 말하면서도 그것을 불가능케 하는 현실의 언저리를 벗어나지 못한다. 그녀의 소설들이 계속해서 결혼과 가족이라는 제도적 구속에서 벗어

날 수 있는 삶의 가능성이라는 문제에 집착하고 있음에도 불구하고, 또한 계속해서 결혼과 가족이라는 제도적 삶의 무게를 벗어던지지 못하고 있다는 느낌을 받게 되는 것도 그 때문이다. 작품집 속에 수록된 작품들을 살펴보면 제도적 삶의 바깥을 향한 욕망 못지않게 제도적 삶 자체가 끌어당기는 정서적 인력이 의외로 끈질기게 작중인물들의 의식 속에 들러붙어 있음을 발견하게 된다. 이를테면 「二月 荒凉的 脚步」의 여주인공이 집을 떠나 기약 없는 정신적 방황을 계속하는 것은, 그녀가 가정을 거부하기 때문이 아니라 남편의 폭력과 파산으로 가정이 더이상 그녀의 행복을 보장해줄 삶의 공간으로서의 기능을 상실했기 때문이다. 「낙원빌라」의 휘양 또한 강간으로 암시되는 어떤 사건에 의해 남편과 아이들을 잃어버린 채 자신의 존재가 지워져버린 황량하고 무의미한 시간 속에 내팽개쳐진다. 그녀들은 표면상 아무 문제가 없어 보이는 결혼생활을 계속하다 어느 날 문득 집을 떠나버리는, 가정이라는 삶의 형태와는 근본적으로 짝이 맞지 않아 보이는 「메리고라운드 서커스 여인」의 여주인공과는 다른 것이다. 그녀들에게 가정은 돌아갈 수도 돌아가지 않을 수도 없는 공간이다. 그녀들에게 결혼생활이란 "그녀의 말을 못 알아듣는 남자"와 더불어 끊임없이 자신이 누구인가를 자문하며 살아가야 하는 삶이지만, 또한 "한없이 단념하고 수긍하면서 남편과 아이를 사랑하고, 은밀하게 통제하면서 조용하게, 심지어 어느 정도는 행복하게 살았"던, 인색하게나마 그녀들의 존재를 받아주는 유일한 삶의 공간이기도 하기 때문일 것이다. 제도적 삶에 대한 거부와 그 삶이 끌어당기는 정서적 인력 사이에서 갈등하는 심리는 이 작품집에서 유일하게 남성 화자가 주인공으로 등장하는 「바다엔 젖은 가방들이 떠다닌다」의 경우에도 다르지 않다. 이 작품의 주인공은 자신에게 혼란스럽고 위태로운 정열을 불러일으키는 화련이라는 여자와 "모험도 없고 혼란도 없고 격정도 없고 실패도 없고 갈등도 없고 이별도 없는" "한결같고 따스하고 잔잔한 풍경화 같은 결혼" 사이에서 결국 후자를 선택하게 된다. 그가 후자를 선택한 후 "어차피 인생에 더 나은 것 따위는 없을 것 같다. 우리는 단지 더 모르는 것에 끌릴 뿐이다. 그리고 모르는 것이 없어질수록 삶의 열정도 사라져간다"라고 되뇌는 작품의 끝 구절은 이 작품을 다 읽은 후에도 마음속에 오래 그 씁쓸한 여운을 남긴다.

전경린의 소설 속에 등장하는 여성들에게 제도적 삶의 무게는 아마도 삼켜버릴 수도 무작정 뱉어버릴 수도 없는 채 입 안에서 끊임없이 되새김질을 계속할 수밖에 없는 쓴 음식 같은 것인지도 모른다. 그녀들은 한결같이 제도가 지워버린 자신의 이름을 갈망하지만 가정 안에 그녀들의 이름이 없는 것과 마찬가지로 가정 바깥에도 역시 그녀들의 이름은 존재하지 않는다. 그런 의미에서 휘양이 찾아간 낙원빌라 주변의, 글자와 이름이 모두 증발해버린 듯한 기괴한 정적과 먼지들로 뒤덮인 풍경은 그녀가 내팽개쳐진 가정 바깥의 삶의 풍경을 암시하는 것처럼 여겨지기도 한다. 그녀들이 자신의 진정한 삶을 찾아 가정의 바깥으로 뛰쳐나올 때 그녀들은 격리되거나 자신의 옛 애인이 동성애자였음을 알게 된다. 그녀들이 가정이라는 삶의 틀 안으로 복귀하려 하자 이번에는 가정이 그녀들을 거부하거나 가정 자체가 이미 복구불능의 파산상태이거나 함께 가정을 이룰 남자가 떠나버린다. 결국 그녀들은 가정의 안쪽에서도 바깥쪽에서도 자신이 뿌리내릴 삶의 자리를 찾지 못하는 삶의 정처 없는 미아들인 것이다.

전경린의 소설들은 이처럼 결혼이라는 제도의 허구성에 반발하면서도 결혼 바깥의 삶의 가능성에 대해서는 매우 비관적이다. 이러한 비관적 인식이 여성의 삶에 대한 불가피한 현실적 판단에 근거를 둔 것일지라도, 그것은 때로 여성의 삶을 바라보는 작가의 시선이 결혼과 가정이라는 문제틀에 지나치게 고착되어 있다는 점과 어떤 연관이 있어 보이기도 한다. 결혼과 가정이라는 문제에 대한 그녀의 집요한 관심은 그녀의 소설들이 갖는 집중성이기도 하고 협애함이기도 하다. 전경린 소설의 여주인공들은 한결같이 아무런 의미를 찾을 수 없는 결혼생활 속에서 진정한 자기 찾기를 갈망하지만, 진정한 자기 정체성을 향한 그녀들의 갈망은 늘 또다른 남자와의 관계를 필요로 한다. 남편이 아닌 남자를 향한 갈망은 그녀들로 하여금 결혼생활을 벗어날 수 있게 해주는, 혹은 결혼생활을 그나마 견딜 수 있게 해주는 유일한 대안이다. 그녀들을 불행한 결혼생활 속으로 밀어넣는 것은 남자들이지만, 그 결혼생활에서 벗어날 수 있는 유일한 탈출구를 제공하는 것 역시 남자들인 것이다. 그런 의미에서 전경린 소설의 여주인공들은 매우 관계지향적인 인물들인 동시에 남성의존적인 심리적 성향이 매우 강한 인물들이라고 할 수도 있겠다. 그러나 여성들의 삶 속에서 결혼이라는 제도적 한계가 갖는 의미의 하중을 감안하면, 전경린의 소설들에 등장하는 여주인공들은 여성이라는 한계 안에 갇혀 있으면서도 자신에게 주어진 그 한계를 다른 어느 작가의 작품들에서보다도 고통스럽고 치열하게 살아내고 있는 인물들이라고 해야 할 것이다. 어떤 의미에서 전경린의 소설들을 살아 있게 하는 것은 오히려 여성이라는 삶과 의식의 한계 안에서 그 한계를 끊임없이 되새김질하는 그녀들의 고통스러운 자의식인지도 모른다. 그녀들이 보여주는 자신이 '여성임'에 대한 그 치열한 자의식은 전경린 특유의 섬세하고 미려한 문장들과 함께 그녀의 소설들을 팽팽하게 긴장된 탄력으로 떠받치고 있는 것이다.

작가의 말

　이번 소설집을 엮는 동안 원고의 고통들을 새삼 대면하는 일이 괴로워 교정지를 빠른 속도로 넘기고 말았다. 내가 하필 고통에 더 감응하고 고통을 발전시키고 심지어 고통을 장식하고 찬미하는 것은 견딜 수 없이 무모하고 민감하고 가볍기 때문이기도 하지만, 작두날 위에 올라서는 무녀와 비슷한, 경계를 넘는 매혹 때문일 것이다.

　상처와 황홀, 불행과 활기, 사랑과 슬픔, 결핍과 빛, 권태와 불륜, 영혼과 눈물, 유랑과 귀향…… 그렇다 해도 나는 고통에 대한 자긍심을 갖고 있지는 않다. 특히 온갖 꽃들의 개화와 낙화 사이로 그토록 빠르게 방을 바꿔온 화전과 같은 유랑에 대해서도. 그런 궤적은 알다시피, 의도도 아니고 계획도 아니며, 흡사 고통에 조응하는 치열한 의식의 승화작용 같은 것이니……

　돌아보면 잔혹한 유랑이었다. 오랫동안 표범처럼 나무 위에서 식사를 한 기분이 든다. 간신히 사냥한 먹이를 사력을 다해 나무 위에 끌어올리고 포크와 나이프를 손에 쥐면, 나의 뱃속에서 쓸쓸하고 무서운 황혼이 쏟아졌다. 피냄새에 홀린 하이에나들이 나무를 에워싸고 서로의 어깨를 밀며 숨죽인 채 반경을 좁혀오는 동안, 초원의 긴 풀들이 어둠에 베이며 눅눅하게 쓰러져갔다. 암흑 속에서 하이에나들의 눈이 금간 유리구슬들처럼 흐릿하게 발광할 때 긴장을 이기지 못하고 툭, 품고 있던 먹이를 떨어뜨리면 어디선가 밤독수리 떼가 재빠르게 날아들어 살점을 다투었다.

아, 하느님 난 언제나 이 육식의 숲을 지나가나요……

가시나무 가지를 벌려 마련한 잠자리는 밤새 나를 찌르고 이따금 땀처럼 미지근한 첫 빗방울이 두 눈 속에 투둑 떨어졌다. 그러면 나는 웃음이 솟는 얼굴로 빗방울에 감각을 집중하며 잠시 망설였다. 비가 왔으면 좋을지, 오지 않았으면 좋을지. 언제나 나는 빗방울이 떨어지는 쪽을 더 바랐다. 비가 내리고 벼락이 치고 내 생을 번쩍 들었다가 놓고, 내 몸의 털을 끝까지 흠뻑 적시기를…… 아, 나는 정말 얼마나 난폭하고 상스럽고 생생하게 살아 있었는지……

한 달여의 긴 여행에서 돌아와 오랜만에 남쪽 바다에 갔다. 온통 얼어붙은 눈으로 뒤덮인 추운 시절에 바다는 잎 진 숲처럼 고요하고 제 깊은 속을 보여주려는 듯 다정하고 순결했다. 나는 바다가 내미는 흰 손을 잡고 새 일기장같이 청명한 백지들을 한 장 한 장 넘겼다. 그리고 내가 얻은 것은, 놀랍게도, 언제나 내 속에 있었던 나의 심장이었다. 삶 속에서나 길 위에서나, 도덕 속에서나 부도덕 속에서나, 웃음 속에서나 눈물 속에서나, 늘 생생하게 살아서 매 순간 일천이백 킬로미터의 혈관 속에 분수처럼 선혈을 내뿜는 나의 심장…… 잠시 지독한 긍정과 함께 괴로움과 황홀을 평정할 만한 강렬한 평화가 나를 찾아왔다.

나의 소설들은 이 땅에서 살아가는 여성이, 지극히 완강하고 평범한 삶의 구조 속에서 피워올린 좀 끔찍하게 찬란한 무지개 같다. 여기엔 이즘도 없고 주장도 없다. 다만 내면의 욕망과 갈등과 환상과 슬픔과 비명과 상상과 고적한 선의 전경이 있으며, 생의 공포와 길항이 있으며, 혼란 속에서도 분명한 좁고 긴 길이 오롯이 존재할 것이다.

그런데도 이 여성의 내면 풍경이 이 땅의 많은 여성들과 무수히 포개어질 수 있는 것이니 오히려 애처롭다. 누군들 삶 속에 유랑이 없겠는가. 멀리 나아가는 것이나, 그 자리에 머무는 것이나, 되돌아오는 것이나…… 우리는 빠져나갈 수 없는 나선형 궤적을 유랑하며 삶을 축적하는 것을……

지금에 와서는 나, 어떤 삶이라도 좋다는 생각이다. 삶이기만 하면…… 국물에 던져넣는 해끔한 마른 멸치의 눈, 붉은 고추장에 산 채로 버무려져 맑게 나를 보는 은어의 눈, 그런 것들조차 네게 먹일 양식이니, 순리에 맞고 따스하고 평화로운 삶…… 자유는 늘 본능의 영감 속에 광휘처럼 존재하지만, 아마도 우리는 날개를 버리고, 자신을 띄우는 부력조차 억누르고, 사람으로 진화했을 것이다. 그래서 삶이란, 내 속에 갇히지 않고, 나를 외부로 연장시킨 것들에게 헌신하는 것.

나무들은 다가올 한 해의 이야기를 잘 알고 있는 것 같다. 숲은 추억의 나선형 자리마다 푸른 등불을 켜고 몸을 뒤친다. 어쩐지 나도 올 한 해를 잘 알고 있는 기분이다. 묵은 가지의 끝, 새로 뻗는 줄기는 얼마나 될까. 이제 모르는 것보다 아는 것들에 더 충실할 것이다. 앞으로 점점 더……

2003년 5월
전경린

문학동네 소설집
물의 정거장
ⓒ 전경린 2003

| 1판 1쇄 | 2003년 6월 10일 |
| 1판 3쇄 | 2003년 6월 27일 |

지 은 이	전경린
책임편집	김현정 장한맘
펴 낸 이	강병선
펴 낸 곳	(주)문학동네
출판등록	1993년 10월 22일 제22-188호

주 소	136-034 서울시 성북구 동소문동4가 260번지 동소문빌딩 6층
전자우편	editor@munhak.com
전화번호	927-6790~5, 927-6751~2
팩 스	927-6753

ISBN   89-8281-670-4 03810

www.munhak.com